洛克伍德
靈異偵探社

低語的骷髏頭

2

The Whispering Skull

Jonathan Stroud

喬納森．史特勞 ———著　楊佳蓉 ———譯

洛克伍德靈異偵探社

■書評推薦

「儘管三名主角會有摩擦對立，但他們組成了一支令人印象深刻的團隊，而配角們——以罐子裡的嘲諷骷髏頭骨爲首——爲故事增添了豐富的色彩和複雜性……並深入探索最好保留給死者的領域。」

——《科克斯書評》（*Kirkus Reviews*）

「史特勞描繪出生動對話、充滿幽默感的諷刺，以及對鬧鬼地點的細膩描述。他創造了高潮迭起的緊張氣氛，緩緩將故事推向最響亮的最高點，但接下來的安靜場景也同樣動人心弦。」

——《書單》（*Booklist*）

「史特勞一樣才華洋溢，結合冷面笑匠的幽默與刺激的動作場面，洛克伍德偵探社三名調查員的互動更是充滿火花（更不乏嚇人的時刻）。」

——《出版人週刊》（*Publishers Weekly*）

「迷人的角色、緊湊的動作、駭人的故事！」

「發揮縝密想像力，史特勞的作品有口碑保證又生動……成功將令人毛骨悚然的鬼故事與青少年的機智鬥嘴結合在一起。」

——《衛報》（*The Guardian*）

「冷調幽默與毛骨悚然的美妙結合。」

——《紐約時報》（*The New York Times*）

——《金融時報》（*Financial Times*）

「從頭到尾充滿樂趣……犀利如鞭子，風趣又機智，有時誠實得令人驚訝……充滿了鬼魂，沒有成人監督的獨立少年，以及一大堆美味的餅乾。」

——《學校圖書館學報》書評家伊莉莎白・柏德（Elizabeth Bird, *School Library Journal*）

「這故事會讓你讀到深夜，不敢關燈。史特勞是個天才，他創造了與我們世界相似且可信度極高的世界，卻又那麼駭人地不同。把《尖叫的階梯》放到你的待讀清單上！」

——《波西・傑克森》系列暢銷作家　雷克・萊爾頓（Rick Riordan）

Lockwood & Co.

洛克伍德靈異偵探社 2 低語的骷髏頭 目次

第一部　溫布頓死靈 09
第二部　意料之外的墳墓 35
第三部　失蹤的鏡子 109
第四部　死人在說話 193
第五部　精彩的一夜 263
第六部　透過那面鏡子 333
名詞表 410

獻給蘿拉與喬琪亞——

Lockwood & Co.

第一部

溫布頓死靈

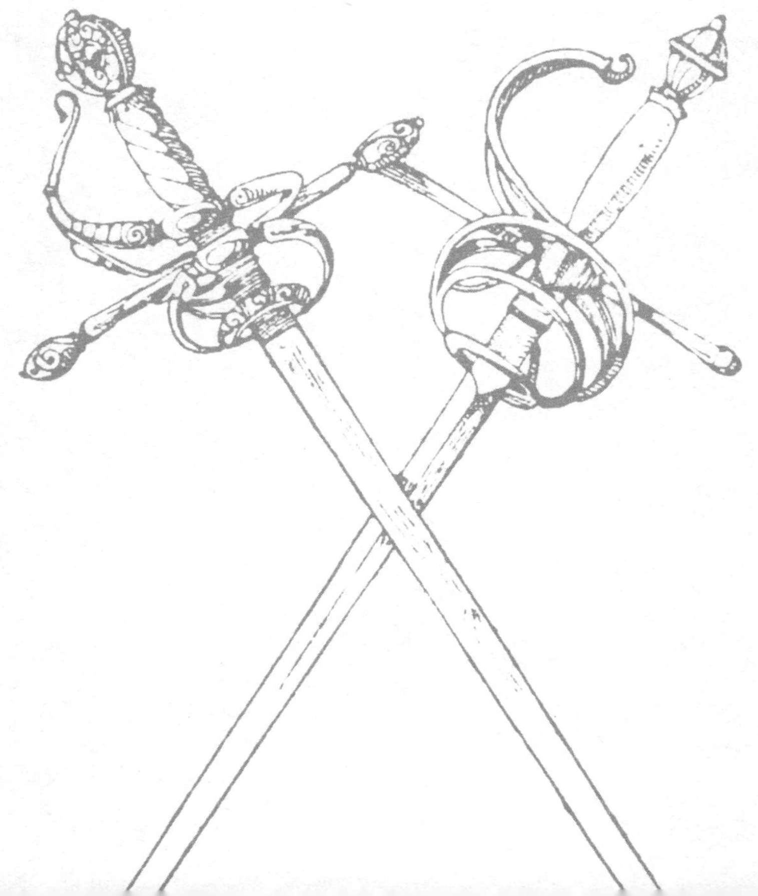

1

「先別看。」洛克伍德說：「現在有兩個。」

我往後偷瞄一眼，驗證他的觀察沒錯。不遠處，在林間空地的另一端，第二個鬼魂從地上浮起。就和第一個鬼魂一樣，男性外型的蒼白霧氣在濕答答的黑暗草地上飄浮。它的腦袋看起來像是頸子扭斷似地，歪向奇怪的角度。

我狠狠瞪著它，惱怒大過恐懼。以現場調查員的身分加入洛克伍德偵探社已十二個月了，我料理過各種長相駭人、大小不一的靈異訪客。脖子歪掉根本算不了什麼。「喔，很好啊，它從哪裡冒出來的？」

魔鬼氈劈劈啪啪撕開，洛克伍德從腰間抽出細刃長劍。「那不重要。我會盯著它。妳盯著妳的目標。」

我回頭盯哨。一開始的幻影還飄在鐵鍊圈外十呎處。它已經陪伴我們將近五分鐘，樣貌越來越清晰，我可以看清手臂與雙腿的骨頭、關節和軟骨。飄散在它四周的一縷縷鬼氣化為破爛衣服——鬆垮垮的白色襯衫、及膝的黑色馬褲。

鬼魂身上散發出一波波寒意。即便現在是溫暖的夏夜，鬼魂腳趾骨下的露珠也被凍成了閃耀的白霜。

「有道理。」洛克伍德轉頭高聲說：「既然都要吊死犯人，把他埋在十字路口了，多吊死一個也不會給人添太多麻煩。早該料到這種狀況。」

「那我們怎麼沒有料到呢？」

「這個問題要問喬治。」

手汗讓我指尖濕滑。我重新握好劍柄。「喬治？」

「什麼？」

「我們爲什麼沒想到會有兩個鬼魂呢？」

我聽見鏟子插入泥地的磨擦聲，一鏟泥土撒在我靴子上。從坑洞裡傳來不悅的嗓音：「露西，我只能追蹤歷史紀錄。資料上說有一個人在這裡處刑下葬。我完全不知道另一個傢伙是誰。還有誰想來挖土嗎？」

「我可做不來。」洛克伍德說：「喬治，你做得很好，這是你的天職。挖得如何了？」

「我超累，身上髒得要命，什麼都沒挖到。除此之外挺順利的。」

「沒有骨頭？」

「連根狗骨頭都沒有。」

「繼續挖。源頭肯定就在那裡。你現在的目標是兩具遺體。」

源頭是與鬼魂有緊密牽繫的物品，只要找到它，很快就能控制住鬧事的鬼魂。問題在於源頭不一定在隨意可見的地方。

喬治低聲唸了幾句，繼續彎腰鏟土。我們放在裝備包旁的提燈散發微弱光芒，使得他活像是戴了眼鏡的巨大鼴鼠。現在他胸口以下都在洞裡，挖出的土堆幾乎占滿鐵鍊圈內的空間。長滿青苔、我們相信是罪犯屍體下葬處標記的大片方形石塊早已翻倒，被推到一旁。

「洛克伍德。」我突然開口。「我這邊這個往這裡靠過來了。」

「別慌。輕輕把它趕走就好。簡單的動作，就像在家裡拿漂浮老喬練習的招式一樣。它會感應到鐵器，離我們遠遠的。」

「你確定？」

「沒錯。完全不用擔心。」

他說得倒容易。陽光燦爛的午後，在自家辦公室裡拿稻草人老喬練劍是一回事；在鬧鬼的樹林裡驅趕死靈又是另一回事了。我揮劍的手法毫無說服力。鬼魂穩穩逼近。

現在它完全凝聚定焦，長長的黑髮披在顱骨周圍，左邊眼窩裡殘留部分眼球，右邊眼窩只剩空洞。腐敗的皮膚裂開翻起，附著在顏面骨骼上，下顎歪垂到領口。身體相當僵硬，雙臂像是遭到綁縛似地緊緊貼在身側。薄霧般的異界光芒籠罩著整個幻影。它不時抽搐顫動，彷彿還掛在絞架上遭受風吹雨打。

「它越來越接近屏障了。」我說。

「我這邊這個也是。」

「真的很可怕。」

「我這個少了兩隻手掌。贏了。」

洛克伍德語氣輕鬆，不過這不是什麼新鮮事。洛克伍德說起話來總是不急不徐。幾乎啦——先前挖開貝瑞特太太的墓穴時，他整個人慌了手腳，但主因應該是他新買的漂亮大衣被抓出幾道爪痕。我速速瞄了他一眼。他已經擺好架式，高大修長的身影和平時一樣冷靜，舉起長劍緊盯緩緩接近的第二個訪客。燈光打在他蒼白瘦削的臉頰上，突顯出優雅的鼻梁線條，以及那頭蓬亂髮絲。他一副要笑不笑的模樣，這是陷入險境時的表情，反映他掌握情勢的決心。晚風微微吹起他的大衣下襬。和往常一樣，光是看著他我就充滿信心。我緊握劍柄，回頭監視我負責的鬼魂。

發現它已經飄到鐵鍊旁。無聲無息，就在我移開目光的一瞬間逼近。

我往上揮舞長劍。

鬼魂張著嘴，眼窩冒出綠色火花，以驚人的速度向前衝撞。我尖叫一聲，匆忙往後跳。鬼魂撞上鐵鍊圍成的屏障，離我的臉只有幾吋遠。碰撞聲之後是一陣靈氣衝擊，燃燒著的碎片如雨般灑落在圈外的泥濘草地上。蒼白的人影往後彈到十呎外，顫抖冒煙。

「露西，小心點。」喬治說：「妳剛才直接踩上我頭頂。」

洛克伍德的嗓音生硬中透著焦慮。「怎麼了？後面出了什麼事？」

「沒事。鬼魂撲過來，不過被鐵鍊擋住。下次我會用燃燒彈。」

「先別浪費彈藥。目前佩劍和鐵鍊已經很夠用了。喬治——來點好消息吧，相信你已經找到什麼了。」

鏟子飛了出來，回應他的催促。渾身是泥的人影從洞裡掙扎爬出。「沒有用。」喬治說：「搞錯地方了。我都挖了幾個小時啦。沒有什麼屍體。我們一定是哪裡弄錯了。」

「不可能啊。」我說：「肯定就是這裡。我就在這裡聽到聲音的。」

「抱歉，小露，下面什麼都沒有。」

「好吧，那是誰的錯？是你說就在這裡的！」

喬治用T恤的最後一塊淨土擦擦眼鏡，隨意打量我的鬼魂。「喔，眞是正點。」他說。「這個女人的眼睛是怎麼了？」

「它是男的。」我狠狠回應。「大家都知道以前每個人都留長髮。不要轉移話題！是你的研究結果把我們帶到這裡！」

「我的研究，還有妳的天賦。」喬治直截了當地說。「我沒聽到什麼聲音。妳要不要閉嘴用腦，來決定接下來怎麼做。」

好吧，或許我眞的有點躁動，但也是因爲腐屍衝到我面前才害我如此神經緊繃。而且我沒說錯，喬治向我們保證這裡有屍體。他在文獻紀錄上查到有一個殺人偷羊的犯人，叫約翰·馬洛瑞。馬洛瑞伏法來著，他在一七四四年於溫布頓的秋季慶典上被公開處刑。當年的流行八卦小冊子把馬洛瑞伏法的過程寫得繪聲繪影。他搭乘押送車來到咢斯菲十字路口附近，被懸掛於三十呎高的絞架上。之後，他的屍體掛在原處「給烏鴉和食腐鳥兒享用」後，才把殘骸埋到絞架附近。這段記載完全吻合近日鬧鬼的狀況——公地突然冒出一個死靈，使得這座孩童的遊樂場所稍微減少了些熱鬧氣氛。目擊者指出這個鬼魂離一片樹林很近，我們查到這座林子過去名爲「馬洛瑞的末日」，感覺八九不離十。現在只要找出墓穴的確切地點就行了。

今晚，樹林裡瀰漫著令人不快的詭異氣息。這裡種的大多是橡樹和樺樹，扭曲歪斜，樹幹被灰綠色的苔蘚覆蓋悶住，外型看起來與一般認知的樹木相差甚遠。我們各自運用天賦——能夠感應到靈異現象的感知能力。我聽見奇異的低語聲，磨擦木頭的咿呀聲在耳邊響起，把我嚇得跳起來，可是洛克伍德和喬治什麼都沒聽到。洛克伍德的靈視能力最好，他說瞄到人形輪廓站在遠處林間。然而只要正眼看過去，人影就瞬間消失。

樹林中央有一小塊沒長樹的空地，低語聲在這裡格外吵雜。我踩在濕答答的草地上來來回回仔細確認，最後在空地中央找到半埋在地裡、長滿青苔的石塊。石頭正上方測出最低氣溫，上頭黏了幾片蜘蛛網，不自然的黏膩恐懼對我們三人都造成影響。我一、兩度聽見虛幻的低語從身旁飄過。

一切吻合。我們猜測這塊石頭就是馬洛瑞下葬處的標誌，於是在此設下鐵鍊圈，動手開挖，期待能在半小時內解決這個案子。

兩小時後的成績如下：兩個鬼魂，沒有屍骨。現況與計畫有些差距。

「大家冷靜。」我和喬治狠狠互瞪，洛克伍德打破沉默。「我們找錯方向了，沒必要繼續。先打包回家，下次再來。現在只要對付眼前的死靈就好。你們覺得用什麼最有效？燃燒彈？」

他繞過來與我們會合，緊緊盯著第二個鬼魂，現在它也飄到鐵鍊圈前了。和我負責的鬼魂一樣，它披上腐屍的外皮，身穿長衫及相當搶眼的緋紅色馬褲。它的頭顱少了一塊，手臂骨頭從破爛的袖口伸出。正如洛克伍德所說，它沒有雙手手掌。

「最好用燃燒彈。」我說：「鹽彈對第二型沒效。」

「還沒有找到源頭就要浪費掉兩顆鎂光彈，眞是太可惜了。」喬治說：「你們也知道這有多貴。」

「可以用長劍打倒它們。」洛克伍德說。

「有兩個死靈，太冒險了。」

「可以先撒一點鐵粉。」

「我還是覺得燃燒彈最好用。」

在我們討論對策時，無手鬼魂歪著剩餘的半顆腦袋，彷彿在聽我們說話似地，一點一點接近。現在它輕輕貼向鐵鍊屏障，異界光芒像是湧泉般往上噴發，鬼氣碎片嘶嘶作響，灑了滿地。我們一同往後退了半步。

不遠處，我負責的鬼魂再次逼近。死靈就是如此，飢渴又充滿惡意，絲毫不懂得放棄。

「那就上吧，露西。」洛克伍德嘆息。「用燃燒彈就是了。妳解決妳的，我處理我的，然後就收工走人。」

我嚴肅地點頭。「說得好。」在戶外使用燃燒彈總有種難以形容的爽快感。不用顧忌周遭環境，直接炸掉目標。再加上死靈醜陋的外表（骨骸和無肢怪的醜陋程度不在其下），用這種方式料理它們特別開心。我從腰帶上抽出金屬投擲彈，用力丟到面前的那個鬼魂腳下。玻璃蓋子裂開，鐵粉、鹽粒、鎂粉炸出白熱火光，瞬間照亮周圍的樹木——接著夜晚又恢復黑暗。死靈消失了，取而代之的是挾著亮粉的煙霧，火花漸漸熄滅，留下零星的小叢火焰。

「很好。」洛克伍德抽出燃燒彈。「解決掉一個，還剩——喬治，怎麼了？」

我這才注意到喬治張著嘴，神情詭異又茫然。這不是什麼罕見的畫面，基本上我不怎麼在意。同時他的眼珠子往外凸，幾乎要貼上鏡片，像是有人從頭蓋骨裡施力擠壓。不過我也不是沒看過。重點是他舉起手的模樣，肥肥短短的食指顫抖著指向樹林。

洛克伍德和我順著他手指的方向看過去——原來如此。

在黑暗中、在扭曲的枝幹間，一道不屬於這個世界的光芒懸浮於半空，中央鑲著僵硬的人類形體。它的頸子斷了，腦袋歪向一邊，穩穩地穿過樹林朝我們飄來。

「不可能。我才剛炸掉它。它不可能這麼快就重新成形。」

「不然呢？」洛克伍德問：「不然這裡能有幾個被吊死的死靈？」

喬治發出無法辨識的怪聲，指尖的方向變了，指向樹林的另一個區塊。我的心跳漏了一拍，腸胃扭成一團。另一團淡淡的綠色光暈在那裡飄動。它的後面，幾乎超越我們視線範圍的地方，又出現一個。再往後……

「五個。」洛克伍德說：「又來了五個死靈。」

「六個。」喬治說：「那裡還有一個小的。」

我用力吞口水。「它們從哪冒出來的？」

洛克伍德的語氣依舊平緩。「確認一下後面有什麼。」

喬治挖出的那堆土就在腳邊，我爬到土堆頂上，緊張地轉了一整圈。

從這個位置可以看到提燈的小小光圈，落於堅固的鐵鍊圈旁。還沒被我們解決掉的鬼魂仍舊宛如鳥舍外的貓在屏障外碰撞。星空下，夜色往四面八方延伸；深夜樹林中，一群沉默的人影正在移動。六個、九個、十二個、更多……每一個都是破爛的衣服包著枯骨，身上籠罩著異界光芒，正往我們這邊飄來。

「到處都是。」我說：「它們從四面八方包圍我們……」

一陣短暫的寂靜。

「誰的保溫瓶裡還有茶？」喬治問。「我嘴巴有點乾。」

2

我們才不會因為情勢危急就驚慌失措。這是訓練的一環。我們是靈異現象調查員，區區十多個訪客同時現身不是什麼值得大驚小怪的異狀。

不過這並不代表我們不會心焦。

「喬治，你說只有一個人！」我滑下土堆，跳過那顆蓋滿青苔的石塊。「你說這裡只埋了一個人！姓馬洛瑞的仁兄！可以麻煩你幫我指一下他是哪位嗎？還是說混在大批人馬裡面你也認不出他？」

忙著檢查皮帶釦環、調整投擲彈繫帶的喬治抬起頭，一臉怒容。「我查過歷史資料了！不能怪我！」

「這點東西連我都查得到！」

「誰都別怪誰。」洛克伍德站得筆直，瞇細雙眼掃了空地一圈。他下了決定，馬上就付諸行動。「計畫F。現在就啓用計畫F。」

我盯著他。「是腳底抹油的意思嗎？」

「完全不是。計畫F指的是戰略上的緊急撤離。」

「小露，妳想到計畫G去了。」喬治咕噥。「是很像沒錯啦。」

「聽好了。」洛克伍德說：「我們不能在圈裡待上一整晚——也沒辦法確保鐵鍊能撐住。東側的訪客數量最少，我只看到兩個。所以我們就往那裡移動。衝向那棵高大的榆樹，然後穿過樹林，橫越公地。只要跑得夠快，它們就難以鎖定我們。喬治和我手邊還有燃燒彈，只要它們靠得太近就丟出去。還不錯吧？」

還稱不上不錯，但確實比我想得到的其他發展好多了。我取下腰間的鹽彈，喬治準備好燃燒彈，等待洛克伍德的號令。

缺了雙手的鬼魂在鐵鍊圈的東側晃盪，衝撞圈子幾次後，它失去了大量鬼氣，看起來比先前還要悽慘難堪。死靈到底是有什麼毛病？幹嘛披著那麼駭人的外表？爲什麼不直接化成它們生前的模樣就好？有各種理論，但是沒有一個能合理解釋鬼魂的行爲，沒有人知道正解爲何。靈擾就是這麼神祕費解。

「好了。」洛克伍德說完，踏出鐵鍊圈。

我朝著那個鬼魂丟出鹽彈。

鹽彈炸開，鹽粒飛舞，沾上鬼氣就亮起綠色火光。死靈像是被攪散的水面倒影般扭曲變形，一道道幽光往後彈射，遠離鹽巴，遠離鐵鍊圈，在遠處積成一灘，再次形成破爛腐敗的模樣。

我們沒空逗留觀賞，已經邁開腳步橫越漆黑的草地。

濕答答的草葉掃過小腿，佩劍在我手中震動。蒼白的鬼影在林間飄移，改變方向，追了過來。最近的兩個鬼魂飄進空地，折斷的脖子一抽一抽，腦袋上下彈跳。

它們速度很快，不過我們更快。我們來到空地邊緣，榆樹近在眼前。洛克伍德腿最長，和我們拉開一點距離。第二個是我，喬治追在我後面。再過幾秒，我們就能鑽進沒有鬼魂活動的黑暗樹林。

一切順利。

我絆倒了。一隻腳勾到凹凸不平的地面，跌了個狗吃屎，一臉撞上冰冷的草地，露水沾了滿身。有什麼東西撞上我的腿，喬治從我背上滾過，在咒罵聲中著地，滾了半圈。

我抬起頭——洛克伍德已經跑到樹下，轉過身來，這才發現我們沒有跟上。他高聲示警，舉步奔向我們。

冰冷的氣流掃過我身旁。我瞥了一眼，一個死靈就站在那裡。

沒有裸露的頭骨或是眼窩，沒有斷骨殘枝。我要給它加一點創意分數。它披著腐敗前的屍體樣貌，面容完整，瞪得大大的混濁雙眼散發微光。皮膚帶了一絲灰白光澤，像是堆在柯芬園市集攤位上的死魚。它清晰得驚人，我看得見它頸子上那條繩索的每一絲纖維，以及白牙上的亮澤水光……

我還趴在地上，沒辦法揮劍，也摸不到腰帶。

訪客朝我彎下腰，伸出蒼白的手……

然後它就消失了。炫目的亮光在我上方炸開。鹽巴、灰燼和燒紅的鐵粉落在我衣服上，讓我臉頰刺痛不已。

燃燒彈的火光熄滅。我慢慢起身。「喬治，謝了。」

「不是我。」他拉了我一把。「妳看。」

樹林與空地綻開一圈圈光暈，鎂光手電筒的光束劃破鬼魂身軀。幾道身影在草地上奔跑，沉重、黑暗又吵雜。靴子踩碎枯枝和落葉，擋路的樹枝被人推開斷裂。有人低聲下令，俐落的應答此起彼落，充滿警覺。死靈一方失去優勢，像是陷入混亂似的，它們漫無目的地四處亂飄。鹽彈炸開，火光隨處可見。逆光的糾結樹枝瞬間起火，灼燒我的視網膜。死靈迅速地一一瓦解。

洛克伍德來到我們身旁，他與喬治和我一樣，被突如其來的打擾驚得無法反應。在眼前，一道道人影衝入空地，大步接近我們。在手電筒和燃燒彈的照明下，他們的佩劍與外套泛著缺乏現實感的銀光，完美無瑕。

「費茲的調查員。」我說。

「太好了。」喬治呻吟。「我還寧可遇到死靈。」

□

狀況比我們想像的還要惡劣。來的可不是隨便哪一組調查員。是奇普斯率領的小隊。

我們沒有馬上認出他們，因為在這幾人抵達的最初十秒，拿手電筒猛照我們的臉，害我們喪失視力。等到他們壓低光束，我們才在充滿惡意的笑聲和體香劑的噁心氣味中，意識到不速之客的身分。

「東尼．洛克伍德。」帶著笑意的嗓音響起。「還有喬治．庫賓斯，以及……呃……茱莉嗎？抱歉，我老是記不住你們社內那個女生的名字。你們幹嘛來這裡玩沙？」

有人打開比鎂光手電筒柔和許多的提燈，照亮每一個人的臉。他們三個站在我們面前。其他穿著灰色外套的調查員在林間空地來回穿梭，四處撒下鹽巴和鐵粉。銀色煙霧懸浮在林間。

「你們還真是狼狽啊。」奎爾．奇普斯說。

我有沒有介紹過奇普斯？他是費茲偵探社倫敦分部的監督員。沒錯，費茲就是全國歷史最悠久、聲譽最響亮的靈異事件偵探社。河岸街上的氣派辦公室裡有三百名以上的調查員，大多不到十六歲，有的才剛滿八歲。他們組成小隊，由成年監督員帶領。奎爾．奇普斯就是其中之一。

說得好聽一點，奇普斯二十歲出頭，肌肉不太發達，短短的紅褐頭髮，窄臉上長了一片雀斑。說得難聽一點呢（但比較精確），他就是個矮冬瓜，頂著朝天鼻，活像紅蘿蔔的腦袋掛在單薄肩上的比例可笑。嘲諷的具象化，充滿惡意的丑角。他年紀太大，沒辦法對付鬼魂，但這無法阻止他在腰間掛著絕無僅有的閃耀佩劍，連劍柄都貼滿廉價的假寶石。

喔對，說到哪了？嗯，奇普斯。他見不得洛克伍德偵探社好。

「你們還真是狼狽啊。」奇普斯又說了一次。「比平時還要不修邊幅。」

我這才發現我們三個都被燃燒彈的威力波及。洛克伍德的上衣前襟焦了一片，臉上黏著一排排燒過的鹽粒。我一動，黑灰就從大衣和緊身褲上飄落。我的頭髮雜亂不堪，靴子傳來淡淡的皮革燒灼味。喬治也是一身灰，除此之外沒有太大損傷——或許是因爲他身上裹了一層泥。

洛克伍德拍掉袖口的灰粉，若無其事地開口：「奇普斯，感謝你的協助。情勢有些緊繃，我們已經控制住了，不過呢——」他深呼吸，「燃燒彈來得正好。」

奇普斯咧嘴一笑。「別客氣。我們只是看到三名本地民眾慌張逃命，凱特只能先丟出燃燒彈再來搞清楚狀況。完全沒想到這三個白痴就是你們。」

他身旁的女孩冷著臉說：「他們搞砸了這次任務。我什麼都聽不到。太多靈異雜音了。」

「顯然我們離源頭很近了。」奇普斯說：「應該不難找。或許洛克伍德的團隊這回能幫上忙。」

「我不這麼認爲。」女孩聳聳肩。

奇普斯的得力部下凱特．古德溫——她和我一樣擁有聽見鬼魂聲音的能力，但這是我們之間唯一的共通點。她一頭金髮，身材纖細，表情臭得可以——這給了我三個討厭她的理由，就算她其實心地善良、空閒時間忙著照顧可憐的流浪刺蝟也一樣。她野心勃勃、冷血無情，連淡水龜都比她有幽默感。玩笑讓她焦躁不安，彷彿感應到大家都在談論她無法理解的事物。她長得很好看，只是下巴有點太尖。要是她在柔軟的土地上反覆跌倒，下巴戳出的凹洞可以種出一大片豆子。她後腦勺的頭髮剪得很短，劉海以犀利的角度橫過額頭，讓人聯想到馬匹前額那撮毛。她灰色的制服外套、裙子、緊身褲總是完美無瑕，我不認爲她曾經爬進煙囪躲避惡靈，或是在監獄下水道對抗騷靈（公認最爛的任務），這些我都幹過。最讓我不爽的是我老是在惹上什麼麻煩後遇到她。比如說現在。

「你們今晚來找什麼啊？」洛克伍德開口詢問。他不像喬治和我一樣沉著臉默不作聲，盡力展現禮儀。

「這個群聚鬧鬼事件的源頭。」奇普斯朝著樹林比畫，最後一個訪客在前一秒化爲一陣綠光後灰飛煙滅。「算是大型任務。」

洛克伍德望向散在空地各處的年少調查員。他們帶著噴撒鹽粒的槍枝、彈弓、擲彈器。實習生扛著一綑綑鐵鍊，還有人拖著攜帶式弧光燈和保溫茶桶，用手推車運來一箱箱銀質封印。「原來如此……你們的防護措施做得夠嗎？」

「和你們不一樣。我們知道自己面對的是什麼。」他的視線掃過我們腰間的陽春裝備。「我搞不懂你們怎麼會以爲能靠那點東西抵擋一大群死靈。格雷蒂，怎麼了？」

綁著馬尾的女孩蹦蹦跳跳地跑過來，看起來差不多八歲大。她俐落地敬了個禮。「奇普斯先生，我們在空地中央找到可能的靈異節點。那裡有一大堆土和一個大洞——」

「我得要阻止你們往那邊跑。」洛克伍德說：「那是我們正在調查的地點。這整個案子其實是我們的。溫布頓市長兩天前委託我們調查。」

奇普斯挑眉。「抱歉，東尼，他也委託了我們。這是開放式委託，誰都可以承接。先找到源頭的人就能拿到錢。」

「那就是我們啦。」喬治冷冷回應。他把眼鏡擦乾淨了，但整張臉還是沾了一層棕色泥巴，活像是貓頭鷹。

「如果你們已經找到，怎麼沒有把它封印起來？」凱特．古德溫問：「怎麼有那麼多鬼魂到處跑？」雖然她的下巴和髮型有點怪，這些疑問倒是很中肯。

「我們找到下葬處了。」洛克伍德說：「現在只要把遺體挖出來就好。」

奇普斯沉默幾秒後才開口：「下葬處？」

洛克伍德稍一猶豫。「沒錯。死刑犯的遺體就埋在這裡……」他看著三人。

金髮女孩哈哈大笑。各位可以想像血統高貴的馬兒對著三頭路過的驢子不屑地嘶嘶叫，差不多就是這種感覺。

「你們三個眞的是白痴。」奇普斯說。

「不要侮辱白痴。」凱特．古德溫哼了聲。

「什麼意思？」洛克伍德語氣僵硬。

奇普斯抹抹眼角。「意思是這片空地不是下葬處，白痴。這裡是刑場。絞架就設在這邊。等等……」他轉身，對著空地另一頭高喊：「嘿，鮑比！過來一下！」

「是的，奇普斯先生！」監督任務執行的矮小人影從空地中央跑了過來。

我暗暗慘叫。鮑比．維農是奇普斯手下中資歷最淺、最惹人厭的傢伙。他才在奇普斯身邊工作一、兩個月。維農很矮，年紀也很小，然而氣質老成，就算他其實是個五十歲大叔我也不會意外。即使和他矮人一等的上司相比，他還是不高。他只到奇普斯的肩頭、古德溫的胸口。我不敢想像要是他站到洛克伍德身旁會有多少落差，幸好他們兩個沒有靠近過。他穿著灰色短褲，細瘦的雙腿像是毛茸茸的竹竿般伸出，腳掌小到幾乎看不見。在塗了髮膠的雜毛下，他膚色蒼白、毫無特色。

維農很聰明。和喬治一樣專精調查。今晚他抱著小小的寫字板，上頭裝了一支筆燈，就著燈光研究覆蓋防水封套的溫布頓公地地圖。

奇普斯說：「鮑比，看來我們的朋友對這個地點的性質有些困惑，我剛提到絞架，可以請你補充說明一下嗎？」

維農得意洋洋的假笑囂張到幾乎有了形體，在他頭上飛舞。「沒問題，先生。我跑了溫布頓圖書館一趟，研究本地犯罪史。在那裡查到了一筆紀錄，是名叫馬洛瑞的男性——」

「在此地處刑下葬。」喬治打斷他。「我也查到了。」

「啊，那你有沒有順便繞去溫布頓諸聖堂的圖書館？」維農說：「我在那裡找到很有意思的本地編年史。在這個路口的拓寬工程途中，挖出了馬洛瑞的遺體——應該是一八二四年的事——改葬別處。所以他的鬼魂並沒有束縛在屍骨上，而是他死亡的地點。其他在這裡處刑的犯人也是一樣。馬洛瑞只是第一個被吊死的人，編年史上列出了多年來在此處刑的犯人，少說也有幾十個。」維農敲敲寫字板，對我們咧嘴而笑。「就是這樣。紀錄都很好查——只要找對地方。」

洛克伍德和我偷瞄緊閉著嘴巴的喬治。

「絞架當然早就拆除了。」維農繼續說下去。「所以我們要找的大概是某種柱子，或是石塊，標示絞架原本的位置。那就是控制剛才那些鬼魂的源頭。」

「如何，東尼？」奇普斯問：「你們有看到石塊嗎？」

「是有一個沒錯。」洛克伍德不情願地透露：「在空地中央。」

鮑比．維農嘖了幾聲。「好極了！它是不是……方方、歪歪的，上面有道明顯的刻痕？」

我們都沒多看那塊石頭一眼。「呃……可能吧。」

「沒錯！那是代表絞架的標記。原本的絞架就立在石頭旁，屍體掛在上頭，直到屍骨散落。」他眨眨眼。「你們該不會動了那塊石頭吧？」

「沒有。我們把它留在原處。」洛克伍德說。

空地中央的一名調查員高喊：「找到方形石塊了！肯定就是絞架的標記。看來有人把它挖出來丟在這裡。」

洛克伍德皺起臉。維農得意大笑。「老天。看來你們翻開了群聚鬧鬼事件的主要源頭，然後就丟著不管。難怪那麼多訪客回頭往這裡跑。就像是忘記關水龍頭，讓水槽積滿水……肯定會出大事！好啦，我要去監督封印程序了。很高興和你們說上話。」他蹦蹦跳跳地橫越草地，我們沉著臉目送他離開。

「那傢伙頗有天分呢。」奇普斯說：「我猜你們也想延攬他。」

洛克伍德搖搖頭。「不了，我會成天被他絆倒，或是把他忘在沙發後面。好啦，奎爾，既然找到源頭的人是我們，接著由你們的調查員負責封印，酬勞就讓我們雙方共享吧。我們拿六成就好。明天一起去見市長，向他提出我們的協議，如何？」

奇普斯和古德溫哈哈大笑，笑聲中沒有半點善意。奇普斯拍拍洛克伍德的肩膀。「東尼，喔，東尼——這我可是愛莫能助，你也很清楚封印源頭的調查員能拿到酬勞。這是靈異局的規矩。」

洛克伍德後退一步，一手按住劍柄。「源頭歸你們？」

「沒錯。」

「我可沒辦法同意。」

「抱歉，你們沒有其他選擇。」奇普斯吹了聲口哨，四名高大壯碩的調查員從黑暗中大步走出，個個都像是大猩猩的表親，手持長劍守在奇普斯左右。

洛克伍德的手從腰間緩緩退回。喬治和我原本打算拔劍，也乖乖跟著收手。

「這才像樣嘛。」奎爾．奇普斯說：「東尼，面對現實吧。你們眞的算不上正式的偵探社。三名調查員？手邊沒幾顆燃燒彈？你們的辦公室和貧民窟有什麼兩樣！連制服都買不起！只要碰上眞正的偵探社，你們怎麼比都比不過的。好啦，你們自己出得了樹林嗎？還是要請格雷蒂牽著你們的手？」

洛克伍德費盡全力恢復冷靜。「不勞你費心，好意我們心領了。喬治、露西——走吧。」

我已經邁開腳步，但喬治一動也不動，圓圓鏡片後方雙眼閃著怒火。

「喬治。」洛克伍德又喚了一聲。

「你要讓費茲偵探社踩在我們頭上嗎？」喬治悄聲說：「就因爲他們更大更強，就以爲可以輾過每一個擋在他們前面的人？我膩了。要是公平競爭，我們早就把他們甩在後面了。」

「這是當然。」洛克伍德輕聲說：「可惜沒辦法。我們走吧。」

奇普斯輕笑幾聲。「庫賓斯，你這是吃不到葡萄就說葡萄酸嗎？眞不像你啊。」

「奇普斯，你被那群雇來的打手擋住，竟然還聽得到我們說話，還眞是了不起。」喬治說：「你就好好保住自己的小命。說不定有一天我們有機會和你較量一下，到時候再來看是誰比較厲害。」說完，他轉過身。

「這是挑釁嗎？」奇普斯高聲問。

「喬治。」洛克伍德說。「走了。」

「不，東尼……」奇普斯推開他的調查員走上前，嘴角都要咧到耳朵後面了。「聽起來不錯啊！庫賓斯難得提出了好主意。較量！你們和我優秀的手下！應該會很精彩。東尼，如何啊？還是說你怕了？」

我到現在才驚覺奇普斯笑起來和洛克伍德頗爲相似——縮小幾分，更加張狂、更有侵略性的版本，如果洛克伍德是狼，奇普斯就是滿身斑點的鬣狗。現在洛克伍德收起笑容，板起臉，面對奇普斯，雙眼發亮。「喔，這個構想確實不錯。喬治說得對。要是處於同樣條件下，我們肯定會把你壓在地上打。沒有強勢火力，沒有什麼行政把戲；單純測試偵探社的必要能力——調查、運用天賦、壓制鬼魂、封印源頭。可是要拿什麼來賭？總要有點好處，讓我們的時間花得值得。」

奇普斯點頭。「沒錯。而且你們根本拿不出我看得上眼的賭注。」

「這可不一定。」洛克伍德撫平大衣前襟。「這樣吧？只要再接到同一個案子，先完成任務的一方獲勝。輸家得在泰晤士報上刊登啓事承認落敗，宣告對手技高一籌。如何？奇普斯，這想必會讓你樂不可支。只要你贏的話。」他向對手挑眉，奇普斯沒有馬上回應。「當然了，如果你們覺得沒把握……」

「沒把握？」奇普斯哼了聲。「怎麼可能！就這麼說定了。凱特和茱莉是見證人。下回我們在工作時相遇，就來一較高下。東尼，在那之前——拜託保住你們三個的性命。」

他轉身離開。凱特．古德溫與其他人隨他往空地中央移動。

「呃……我叫露西。」我說。

沒有人聽到。大家都有事要忙。在弧光燈的強光中，幾名調查員照著鮑比．維農的指示，用一片片銀鍊網包覆長滿青苔的石塊。其他人拖來手推車，準備把它扛走。歡呼聲四起，夾雜著掌聲和零星笑聲。偉大的費茲偵探社再次達成任務。他們又從洛克伍德偵探社的眼皮下偷走功勞。

我們三個在黑暗中默默站了一會。

「我眞的忍不住要嗆他。」喬治說：「抱歉。不然我會一拳揍下去。我這雙手可是很嬌貴的。」

「你不用道歉。」洛克伍德說。

「如果單挑也沒辦法打敗奇普斯那夥人的話，我們乾脆現在就解散算了。」我由衷地說。

「對！」喬治以拳頭擊掌，幾片凝結的泥巴從他身上飄落。「我們是全倫敦最強的調查員，對吧？」

「沒錯。」洛克伍德說。「沒有人比得過我們。好啦，露西的衣襟燒焦，我想我的褲子也快要解體了。我們先回家吧？」

Lockwood & Co.

第二部

意料之外的墳墓

3

隔天早上，天幕一如往常的湛藍清澈，是個經典的夏日早晨。停在路旁的車輛如寶石般閃耀。我穿著T恤和短褲搭配夾腳拖鞋，踏進街角的亞利夫雜貨店，被陽光照得睜不開眼，耳邊淨是讓人喘不過氣的城市喧囂。晝長夜短，這是鬼魂最衰弱的時節。每到此時，大部分的人會選擇忽視靈擾。不過調查員可沒辦法這麼做。我們永遠不能停下腳步。讓大家看看我們的厲害。我買了牛奶和蛋糕捲準備當今天的早餐，踩著夾腳拖鞋緩緩踩回家。

波特蘭街三十五號在陽光下閃閃發光，看起來和平時沒有兩樣，門前還是掛著那塊招牌：

A・J・洛克伍德偵探社，專業調查人員。

天黑後請拉鈴，在鐵線外稍候。

木板搖搖欲墜，立在桿子上的門鈴鏽了好幾處；門前小徑中段那三片被黑螞蟻挖鬆的鐵板地磚還是沒修好，還有一片消失得無影無蹤。我無視這一切，進了門，把蛋糕捲裝盤，泡好茶。接著往地下室走去。

在螺旋梯上，我聽見橡膠鞋在磨亮的地板上滑動，以及劍刃劃破空氣的咻咻聲。清脆的衝擊聲代表長劍擊中目標。洛克伍德照著平時習慣，在經歷不甚滿意的工作後以運動來驅散挫折感。

練劍室沒有多少雜物，只有一座舊長劍架、粉筆灰盒、一張矮矮的長桌，三張搖搖晃晃的木椅靠牆放置。房間中央掛著兩具真人尺寸的稻草人，從天花板的鉤子垂落。稻草人臉上以墨水畫出潦草五官。一個戴著破舊蕾絲小圓帽，另一個戴著髒兮兮的高禮帽。包裹棉布的軀幹被刺出數十個小洞。假人的名字分別是艾美拉妲夫人和漂浮老喬。

今天洛克伍德的攻勢全都往艾美拉妲身上招呼。她在半空中旋轉，小圓帽歪了。洛克伍德拉開距離，繞著她打轉，長劍舉在身前。他身穿練劍用的合身束腳褲，外套脫了，襯衫袖子稍微捲起。他迅速地前後移動，灰塵在腳邊飛舞。他以劍尖在半空中劃出一個個圖樣，做出佯攻的假動作，閃到一旁，朝著假人殘破的肩膀驟然揮劍，劍尖穿透稻草束，從另一端刺出。他的面容平靜，頭髮反射陽光，眼中閃著陰鬱的意圖。我在門邊看著他。

「請切一片蛋糕給我，謝謝。」喬治說：「如果妳走得開。」

我走向矮桌，喬治坐在桌面上看漫畫。他那件寬鬆的運動褲怎麼看都不順眼，汗衫正如其名，吸飽了汗水。他雙手沾滿白色粉筆灰，臉頰泛紅。桌上放了兩瓶水，一支長劍斜靠在他身旁。

洛克伍德在我走近時抬起頭。「蛋糕捲和茶。」我說。

「妳先來一下！」他指著劍架旁的長形紙箱，箱口已經撕開。「剛從穆雷那裡送來的義大利式長劍。新款輕型鋼，尖端鑲銀。質感真的很棒，值得嘗試。」

我猶豫了下。「你要讓喬治和蛋糕獨處……」

洛克伍德對我咧嘴一笑，左右揮舞劍刃，劃出唰唰破空聲。

他的邀約難以抗拒。總是如此。況且我也想試試新來的長劍。我從紙箱裡抽出一支，鬆鬆地握在掌心。這支劍比我預期的還要輕盈，重心與我常用的法式鋭劍大不相同。我握住劍柄，打量以金屬纏繞而成的花稍護手。

「護手也鑲了銀絲。」洛克伍德說：「保護使用者不被噴濺的鬼氣傷到。妳覺得如何？」

「挺華麗的。」我語帶質疑。「感覺是奇普斯在用的東西。」

「別說這種話嘛。這可是高級品喔。試試看吧。」

手握長劍讓人心情暢快。就算還沒吃早餐，就算腳下穿著夾腳拖鞋，我還是從武器裡獲得了能量。我轉向漂浮老喬，在他身旁劃了一個抑制訪客行動的基礎法陣。

「別向前太多。」洛克伍德在旁邊指點。「妳有點失去平衡了。試著把手臂伸長一點。像這樣……」他轉動我的手腕，輕輕調整我腰部的位置，帶著我轉換姿勢。「如何？有沒有比較好？」

「嗯。」

「我覺得這款長劍很適合妳。」洛克伍德用鞋尖戳戳漂浮老喬，讓他前後擺盪，我跳向一旁閃過假人。「想像他是飢渴的第二型鬼魂。他想觸碰人類，朝妳衝過來……妳得將鬼氣壓制在一個地方，不讓它掙脫而影響到其他調查員。試試雙結法陣，像這樣……」他的劍尖在假人周圍彈射，化為繁複模糊的銀光。

「我沒學過這招。完全跟不上。」

洛克伍德微微一笑。「喔，只要用迴旋步法就行了。我找一天帶妳從頭練一遍。」

「好。」

「茶要冷了。」喬治高聲說。「而且我要吃掉倒數第二片蛋糕啦。」

他說謊。蛋糕捲還在。不過確實該吃點東西了。我覺得腸胃翻攪，腳有點軟。或許是昨晚的疲憊在發威。我低頭閃過老喬和艾美拉妲，來到桌邊。洛克伍德又練了幾回合，動作敏捷優雅，毫無缺點。喬治和我看著他，嘴裡不停咀嚼。

「這個蛋糕捲如何？」我塞了滿嘴蛋糕，勉強擠出聲音。

「不錯。讓我倒胃口的是迴旋步法這種鬼東西。」喬治說：「不過是那些偉大偵探社發明的時髦噱頭、虛有其表的玩意兒。我個人認爲只要能砍到訪客，避開鬼魂觸碰，把它送回老家就夠了。不用多學什麼。」

「你還在氣昨晚的事。好吧，我也是。」

「我會克服的。沒有徹底調查是我的錯，但我們眞的不該錯過那塊石頭。明明就能在費茲那批烏合之眾現身前解決案子，拍拍屁股走人。」他搖搖頭。「那群鼻子長在眼睛上的勢利鬼。我以前在那裡做過，很清楚他們的本性。他們鄙視任何一個沒有體面外套或是燙得整整齊齊的褲子的人。把外表看得比什麼都重……」他一手插進運動褲褲腰，不雅地抓了一把。

「喔，費茲偵探社內大部分的人都沒問題。」雖然劇烈活動了好一陣子，洛克伍德大氣也不喘一口。他把長劍放回架上，敲出鏗鏘聲，拍掉掌心的粉筆灰。「他們和我們一樣還只是小孩，冒著生命危險上工。惹麻煩的都是監督員，他們因爲在最資深、最大的偵探社有個閒差，就認爲自己高高在上。」

「還用你說嗎？」喬治語氣沉重。「以前我差點被他們逼瘋。」

我點頭。「不過奇普斯最惡劣。他眞的恨透了我們，對吧？」

「不是我們。」洛克伍德說：「是我。他恨的是我。」

「爲什麼？他和你有什麼過節？」

洛克伍德拎起一瓶水，噓了一口氣，一副若有所思的模樣。「天知道。或許他嫉妒我從容的態度，或是我純眞的魅力。說不定是我的事業——有自己的偵探社，不用聽誰的命令，身旁有優秀的同伴。」他對上我的視線，笑了笑。

喬治從漫畫書裡抬眼。「說不定是因爲你曾經拿劍戳過他的屁股。」

「好吧，這也不無可能。」洛克伍德喝了一小口水。

我的視線掃過兩人。「什麼？什麼時候的事？」

洛克伍德輕快地坐進椅子。「小露，那時妳還沒來。我還很小，靈異局在倫敦替年少調查員舉辦年度劍術大賽。就在艾伯特廳。每年都是由費茲和羅特威技壓全場，不過我以前的老大掘墓者希克斯認爲我夠強，也讓我參賽。我在四強賽對上奇普斯。他比我大了幾歲，當年比我高，是那一場的熱門選手。妳可以想像他是如何地自吹自擂。總之呢，我用了幾個溫徹斯特長刺擺了他一道，長得高是優點也是缺點，他被自己的腳絆倒了。我趁他四肢撐地的時候戳了他一記——

沒什麼好計較的，觀眾就愛看這種場面嘛。真是奇怪，在那之後他就處處和我做對，完全喪失理智。」

「是喔。那……你後來有奪冠嗎？」

「沒有。」洛克伍德盯著手中的水瓶。「我是進入決賽沒錯，但我沒有贏。這麼晚了？今天我們也拖太久了吧。我該去沖澡了。」

他跳了起來，拎了兩片蛋糕捲，我還來不及多說什麼，他便已經離開練劍室，爬上樓梯。

喬治盯著我看。「妳也知道他不喜歡對人太過坦誠。」

「是啊。」

「他就是這樣。我很驚訝他對妳說了那麼多。」

我點點頭。喬治說得對。可以從這裡那裡聽到他過去的一些軼事，但最多就這樣了。要是追問下去，他就會像蚌殼一樣閉緊嘴巴，讓人火大——同時也耐人尋味。總能激起我的好奇心。加入這間偵探社整整一年，雇主的神祕過往仍舊令我著迷不已。

□

撇開溫布頓的挫敗，那年夏天洛克伍德偵探社的營運還算順利。不到事事順心——我們沒有發大財之類的；沒有蓋起豪華別墅，門口架設驅鬼燈，電動水道沿著車道流淌（據說大名鼎鼎的羅特威偵探社的社長史提夫・羅特威就幹了這種事）。但我們確實過得比先前還要舒服一些。尖叫的階梯事件在七個月前落幕，帶給我們不小的知名度。報章雜誌大肆報導我們成功驅除全英格蘭數一數二的鬼屋康比柯瑞大宅裡的鬼魂，案子隨即蜂擁而至。我們除掉了在艾平森林偏遠區域搞鬼的黑暗惡靈；淨化了滋擾上敏斯特一處神職人員宿舍的發光童靈。是的，還有貝瑞特太太之墓的調查任務，雖然我們差點丟了小命，也因此二度入選《靈異眞相》的「本月最佳偵探社」。我們的檔期幾乎全滿了，洛克伍德甚至提到要不要請個祕書。

不過呢，目前我們還是間小小的偵探社，全倫敦沒有哪間偵探社的規模小過我們。安東尼・洛克伍德、喬治・庫賓斯、露西・卡萊爾，就我們三個，擠在波特蘭街三十五號，吃睡工作都密不可分。

喬治？這七個月來他幾乎沒變。不修邊幅、言語惡毒、對下襬卡在屁股上的羽絨外套的愛始終如一，實在是太可惜了。但他對案件調查確實是不遺餘力，能挖出每一個鬧鬼地點的關鍵事證。他也是偵探社內最謹慎的成員，不會一頭栽進危險；這項特質不只一次救了我們的命。喬治摘下眼鏡在運動服上擦拭的習慣發作的場合有三個：一，對自己充滿信心；二，心浮氣躁；三，對我感到極度厭煩（感覺他幾乎隨時都處於第三種狀態）。不過他和我現在處得比較好了。老實說我們這個月才火力全開大吵一架，平底鍋滿天飛，這算得上是創紀錄了。

說到用科學解釋訪客行爲，喬治對此可是樂此不疲，他想理解它們的本質、回到這個世界的原因。因此他拿我們收集的源頭——有些年代的骨頭或是其他小東西，裡頭保存了些許鬼魂力量——做了一連串實驗。他這個習慣有時讓人受不了。我數不清有多少次被連接在某個遺物上的電線絆倒，或是在往冷凍庫深處翻找魚柳條或青豆時被斷肢嚇著。

至少喬治還有幾個嗜好（包括看漫畫和烹飪）。安東尼．洛克伍德又是另一回事了。他沒有什麼工作之外的興趣。就算難得放假，他也只是賴床、翻閱報紙、重讀屋裡書架上那些破破爛爛的小說，最後丟到一旁，沉著臉練幾輪劍，為下一次任務準備。感覺少有閒事能占用他的時間。

他從不談論舊案子。某種力量驅策著他不斷前進。在他彬彬有禮的外表下，不時能隱約瞥見那股接近執著的活力，然而他從未透露推動他的動機，我只能自己瞎猜。

乍看之下，他一如往常精力充沛、思緒敏捷、熱情四射、永不疲憊，不斷激發身旁眾人的潛力。他仍舊把頭髮往後梳成時髦的髮型，仍舊偏愛太過合身的裝束；待我客客氣氣，一如我們初識那天。但是觀察得越久，我就越意識到——他同樣與現實保持距離，包括我們發現的鬼魂、接見的客戶，甚至是他的同事，喬治和我（雖然我很不想承認）。

最明顯的證據就在我們對彼此透露的個人情報。我花了幾個月才鼓起勇氣，向他們說起我的童年、我當學徒時不愉快的經驗，以及離家的原因。喬治也有一堆故事要說——我基本上是右耳進左耳出——多半是他在倫敦北區成長的歷程，普通得要命；家庭和諧，沒有哪個家人死亡或失蹤。他曾經讓我們和他母親見上一面，那個矮矮胖胖的開朗婦人叫洛克伍德「小鴨」，叫我「親愛的」，還送上自己烤的蛋糕。那洛克伍德呢？沒有。他極少提起自己的事情，更別說他的過去或是家人了。在他老家和他當了一年室友，我依然對他的雙親一無所知。

這實在是太挫折了，波特蘭街三十五號整棟屋子裡擺滿他們收集的手工藝品、傳家寶、書本、家具。客廳與樓梯牆上掛滿稀奇古怪的玩意兒，面具、武器，還有來自異國文化的驅鬼道具。顯然他爸媽是某個領域的研究者或是收藏家，對歐洲以外的範疇特別感興趣。可是洛克伍德絕口不提他們的下落（或者該說是他們的遭遇）。也沒看到他們的照片或個人紀念品。

至少在我進得了的房間都沒看過。

我想我知道洛克伍德的過往藏在哪裡。

二樓有扇門，和波特蘭街三十五號屋裡其他門不一樣，這扇門從沒開過。在我住進此處時，洛克伍德說這扇門不能開，喬治和我沒有違背過規定。就我所見，這扇門沒有上鎖，門板平凡無奇（但有塊三角形的貼紙或標籤殘膠），每天在門前走來走去，卻怎麼都無法打開它。我忍不住猜測房裡究竟有什麼，眞想往裡面偷看一眼。到目前爲止，我成功抗拒了那股誘惑——比起單純的好心，謹愼的成分更多一點。我曾經向洛克伍德提到這個房間一、兩次，沒有什麼好結果。

至於我——露西．卡萊爾——全公司最菜的員工，這一年有什麼轉變呢？外表沒有多少差異。爲了方便，我維持著不容易遭到鬼氣波及的鮑伯頭。我沒有變得更時髦、更漂亮，也沒有長高半公分。在戰鬥中，我還是一頭熱地上陣，顧不著使出精妙招式，也缺乏耐性，沒辦法和喬治一樣細細查閱資料。

不過我確實有所轉變。加入洛克伍德偵探社以來，我獲得了過去缺乏的安全感。腰間繫著佩劍走在大街上，享受小孩的注目、大人向我恭敬地點頭致意，我不但知道自己擁有特別的社會地位，也眞心相信這是我自己掙來的成果。

我的天賦迅速成長，以內心聆聽異界聲響的技術更上一層樓。我能聽見第一型鬼魂的低語，第二型鬼魂散發的隻字片語，現在少有鬼魂能逃過我的耳朵。觸覺感知也突飛猛進。摸到某些物品就能得到強烈的過去迴響。我察覺鬼魂意圖的直覺越來越敏銳，有時候甚至能預測它們的行動。

這些都是罕見的能力，然而某個深層的力量給它們蒙上陰影——那是籠罩波特蘭街三十五號的祕密，對我的影響特別大。七個月前的某個事件讓我超越了洛克伍德和喬治，以及其他與我們競爭的調查員。在那之後，我的天賦成爲喬治實驗的焦點，以及我們的主要話題。洛克伍德甚至相信這會成爲我們的財源，讓我們登上倫敦頂尖偵探社的寶座。

不過得先解決一個問題。

問題的核心就在喬治的辦公桌上，在厚重的玻璃罐裡，被一塊黑布蓋著。

它既危險又邪惡，有可能讓我的人生天翻地覆。

那是一顆骷髏頭。

4

喬治離開練劍室，回到辦公室。我端著茶杯跟在他背後，繞過一堆堆工作用到的雜物，舊報紙、幾袋鹽巴、捲得整整齊齊的鐵鍊、幾箱銀製封印。陽光從對著小院子的窗戶灑入，照亮空氣中的灰塵粒子。我們的黑皮案件紀錄本端放在洛克伍德的辦公桌上，擠在木乃伊化的心臟和一瓶彩色硬糖球之間，裡頭記錄了我們接下的每一個案子。晚點還得劃掉溫布頓死靈這一筆紀錄。

喬治站在他的桌邊，板著臉凝視桌面。我的辦公桌平時亂得很，但今天早上喬治的桌面亂到了新的境界。只能用轟炸現場來形容。燒過的火柴、薰衣草蠟燭、一灘灘凝在桌上的蠟油。糾結的電線和從解體電暖器內散出的零件。桌角擱了把噴槍。

辦公桌另一端有個被黑色緞布蓋起來的物體。

「所以說電暖器沒有用？」我問。

「毫無幫助。溫度不夠高。我今天要嘗試把它放到太陽下，看能不能給它一點刺激。」

我盯著桌上的物體。「你確定？之前照陽光也沒有反應啊。」

「那時候太陽不夠亮。我要等日正當中時帶它到院子裡。」

我的指尖輕敲桌面。有件事我憋了很久，一直在心頭繚繞，現在總算說出口。「你知道陽光會傷害它。」我緩緩說道。「你知道陽光會燒灼鬼氣。」

喬治點頭。「對……這就是我的用意。」

「嗯，就算這樣也很難讓它開口吧？我的意思是，這樣會不會適得其反？你用的那些方法感覺都是在給它施加痛苦。」

「又怎樣？它是訪客啊。而且訪客真的有痛覺嗎？」喬治掀開黑布，亮出圓柱狀的玻璃罐，比一般垃圾桶稍微大了一些，頂端封上構造複雜的塑膠蓋，好幾個安全栓突出來。喬治彎腰湊近罐子，翻開栓塞，蓋子上露出小小的三角形鐵絲網。他對著鐵絲網說話：「哈囉！露西覺得你不太舒服！我不這麼想！願意告訴我們誰說得對嗎？」

他等了一會。罐裡一片漆黑，凝滯不動。某樣東西靜靜地懸在陰影中央。

「現在是白天，它當然不會回應。」

喬治轉回栓塞。「它只是要和我們唱反調。它天性就是這麼壞。它向妳搭話後，妳不也是這麼說？」

「老實說我們也無法確定它的想法。」我盯著玻璃下的黑影。「我們對它一無所知。」

「嗯，我們知道它對妳說我們都會死。」

「它說『死亡即將降臨』，喬治。和你說的有一點差距。」

「只是措辭問題罷了。」喬治把殘破的電暖器搬離辦公桌，丟進椅子旁的箱子。「小露，它對我們不懷好意。不該對它心軟。」

「我才沒有心軟。只是覺得不一定要透過折磨它來獲得我們想要的結果。或許我們該全力研究它和我的聯繫。」

喬治不置可否地哼了聲。「嗯。對啦。你們之間的神祕聯繫。」

我們細細打量玻璃罐。在這樣的陽光下，厚玻璃帶了點藍色調；換成月光或是人工照明，它會泛出銀光，因爲這是日出公司製造的防鬼銀玻璃。

沒錯，玻璃罐裡就關了一個鬼魂。

這個鬼魂的身分不明，只能確定它依附於目前拴在罐底的人類頭骨。這顆黃褐色的骷髏頭有些破爛，此外毫無特別之處。成人尺寸，但我們看不出是男性，還是女性。這個鬼魂束縛在骷髏頭上，跟著困在拘魂罐裡。大部分的時間它是一片混濁的綠色鬼氣，在罐裡飄浮，令人不快。偶爾——往往是在不合時宜的時刻，比如當你端著熱飲經過或是急著上廁所——它會突然化爲半透明的詭異人臉，蒜頭鼻，雙眼突出，咧著厚厚的嘴唇。可怕的幻影接著會不懷好意地盯著房裡的人。喬治宣稱曾看過它拋飛吻。它通常是一副有話想說的模樣，與外界溝通的能力就是這個鬼魂最大的謎團，因此喬治把它放在自己桌上。

原則上訪客不會說話——至少無法發出有意義的聲音。大多數訪客，比如虛影、潛行者、冰魔女、隨行者等第一型鬼魂，都默不作聲，只有零星的呻吟或是嘆息。第二型鬼魂更加強大也更危險，它們有時會冒出幾個字眼，像我這樣聽力敏銳的調查員能夠捕捉到。那些字句通常不斷重複，飄盪在空氣中，少有變化，與束縛鬼魂的關鍵情緒——恐懼、憤怒、復仇的欲望——有關。除了傳說中的第三型鬼魂，鬼魂無法好好說話。

很久以前，梅莉莎・費茲——英國最初兩位靈異現象調查員之一——宣稱她遇到了能與她正常對話的鬼魂。她在幾本書中提及此事，暗指它們透露了某些關於死亡、關於靈魂、關於通往另一個世界途徑的祕密（但她從未明說細節）。在她過世後，其他人前仆後繼地嘗試得到同樣成就，甚至有幾個人自稱成功了，可是他們的證詞從未獲得證實。這造成大部分調查員相信第三型鬼魂存在，只是無法找到它們而已。我曾經也是這麼想的。

直到玻璃罐裡的鬼魂——那個頂著醜臉的傢伙——對我開口說話。

當時地下室只有我一人，我撞翻了拘魂罐，碰鬆了蓋子上的蓋板，露出藏在下面的鐵絲網。我馬上就聽見鬼魂的聲音在腦中響起——它眞的在對我說話，直呼我的名字。在我關上栓塞前，它也對我說了幾件關於死亡降臨的不快話題，但說得很模糊。

或許是我聽錯了，因爲它再也沒有說過話。

向洛克伍德和喬治提起這番遭遇時，他們先是激動不已，衝進地下室，抱出罐子，轉開栓塞；罐裡的人臉什麼都沒說。我們試了一連串實驗，將栓塞轉向各種角度，在不同時間點嘗試，滿懷期待地坐在罐子旁，甚至躲開骷髏頭的視線範圍。那個鬼魂卻還是沉默不語。它偶爾會像以前那樣現形，以怨毒挑釁的眼神瞪著我們，但從未開過口，也沒有展現出開口的意願。

我們三個都大失所望，但理由各自不同。洛克伍德強烈意識到一旦能證實此事，偵探社可以賺到多少名聲。喬治認爲或許可以向來自另一個世界的存在套出獨家情報。我想到的是自己，它突然間揭露了我原有天賦的驚人潛力，帶給我恐懼，也讓我心中充滿不祥的預兆。這事沒再發生，我暗自鬆了一口氣。但同時也心頭火起。不過是一次偶發事件就讓我在洛克伍德和喬治心中的地位提昇不少，若是能再次觸發，若是能在眾人面前證明我的能力，我就可以一舉成爲全倫敦最炙手可熱的調查員。然而鬼魂就是不開口，過了好幾個月，我幾乎要懷疑這經歷的意義了。

洛克伍德行事務實，不久便將注意力轉移到其他事物上，不過每次出勤都會再三確認我是否聽到什麼聲音。但喬治堅持對這顆骷髏頭深入研究，用了各種奇招逼鬼魂開口。一次次的失敗並沒有讓他氣餒，只是激發了他的熱情。

我能從他盯著沉默玻璃罐的雙眼中看到充滿興致的光彩。

「顯然它意識到我們的存在。」他邊想邊說。「從某些跡象可以看出它很清楚周遭發生了什麼事。它知道妳的名字。也知道我的——根據妳的說法。它肯定能聽見玻璃外的聲音。」

「或是讀唇。」我說：「我們常常沒把罐子蓋好。」

「或許吧……」他搖搖頭。「天知道？疑問太多了！它爲什麼在這裡？它想要什麼？爲什麼對妳說話？它在我身邊好幾年了，從來沒有找我搭話。」

「沒這個必要吧？你又沒有聽力的天賦。」我用指甲敲敲玻璃。「喬治，你擁有這個罐子多久了？是你偷來的吧？我忘記你是怎麼做到的了。」

喬治重重坐進椅子，椅子木頭吱嘎作響。「那是我在費茲偵探社的事情，當時我還沒有因爲不服命令被踢出去。我在河岸街的費茲總部工作。妳去過那裡？」

「只有一次面試。也就一下子。」

「嗯，總部很大，有對外開放的接待室——就是那些玻璃牆隔間，接待員在那裡記下客戶的要求。再來是展示那堆知名收藏品的大廳，還有鋪著桃花心木、俯瞰泰晤士河的會議室。此外還有一堆大部分調查員進不了的機密區域。比如黑圖書館，裡頭放了梅莉莎本人的藏書，門一直鎖著。我超想進去查資料。不過呢，真正引起我興趣的東西在地下。費茲總部的地下室有好幾層樓深，聽說甚至往泰晤士河河床下延伸。我看過監督員搭乘特別的電梯下去，偶爾見到像這樣的罐子用推車運進電梯。我問了好幾次，他們說是為了安全。他們把危險的訪客存放在地下庫房，直到能把它們丟進最底層的熔爐燒燬。」

「熔爐？費茲熔爐不是在克拉肯維爾？大家都把源頭拿去那裡燒。為什麼還要在地底下加設熔爐？」

「我也很納悶。想過各式各樣的可能性。得不到答案讓我煩躁到不行。總之呢，我問太多問題，他們就把我炒了。我的監督員——那個姓史文尼的女人，臉活像是泡在醋裡的舊襪子，給我一小時清空辦公桌。我把東西收進紙箱的時候，碰巧看到兩、三個玻璃罐即將被推進電梯，負責運送的人有事暫離。所以呢，我就溜過去，撈走離我最近的罐子，放進紙箱，蓋上舊毛衣，在史文尼的眼皮下帶走它。」想起這件事，他得意洋洋地咧嘴。「所以我們才有這顆附贈鬼魂的骷髏頭。誰會想到它是真正的第三型鬼魂呢？」

「如果真的是的話。」我的語氣充滿懷疑。「它已經好久沒有反應了。」

「別擔心。我們總會找到方法讓他開口。」喬治在T恤上擦擦眼鏡。「一定要達到目標。小露，這是一場豪賭。靈擾爆發後都過了五十年，我們卻還是難以看清鬼魂的眞面目。無論往哪裡看都是謎團。」

我漫不經心地點點頭。儘管喬治說得口沫橫飛，我的心思溜到別處去了。我盯著洛克伍德的空位，他的外套掛在搖搖晃晃的舊辦公椅上

「說到身旁的謎團。」我緩緩說道：「你從沒好奇過二樓那扇門嗎？就是洛克伍德說不能開的那個。」

喬治聳聳肩。「沒有。」

「才怪。」

他鼓起臉頰。「好啦，我當然好奇過。可是那是他的私事。和我們無關。」

「裡面會有什麼？他對這個話題很敏感，上禮拜我問過，差點又被他訓了一頓。」

「那妳最好把這件事忘得一乾二淨。這屋子不是我們的，要是洛克伍德想保有什麼隱私，那都是他的決定。換作是我，我會放下這件事。」

「我只是覺得他這樣神祕兮兮的很小家子氣。太可惜了。」

喬治狐疑地哼了聲。「少來了。妳就愛他這樣神祕兮兮。就像是妳愛他偶爾露出的陰鬱眼神，彷彿正在醞釀什麼大事，或是思考巧妙的步法。別否認了。我清楚得很。」

我看著他。「你這話是什麼意思？」

「沒事。」

「我想說的是，他不能這樣什麼事都往心裡藏。我們是他的朋友，對吧？他應該對我們坦承。我覺得——」

「覺得怎樣，露西？」

我猛然轉身。洛克伍德就在門邊。他沖過澡，換好衣服，頭髮還濕濕的。那雙黑眼直盯著我。無法判斷他在那裡站了多久。

我說不出半句話，感覺臉頰紅了起來。喬治忙著擺弄桌上的雜物。

洛克伍德與我四目相交好一會才移開視線，拎起一個長方形的小東西。「我拿這個來給你們看。是邀請卡。」

他把物體沿著桌面滑過來；它掠過喬治伸長的手，橫越他的桌面，落在我面前。這是一張卡片，銀灰色的厚卡紙，上了一層亮膜。天頭印著獨角獸圖案，牠揚起的前蹄掛著一盞提燈。在這個標記下是信件內容：

費茲偵探社

潘妮洛・費茲女士

與費茲偵探社董事會敬邀

安東尼・洛克伍德、露西・卡萊爾、喬治・庫賓斯

參加本社成立五十週年紀念晚會

時間：六月十九日（六）晚間八點

地點：河岸街費茲總部

請繫黑領結　凌晨一點散會　敬請回覆

我愣愣看著卡片，剛才的尷尬全都拋在腦後。「潘妮洛・費茲？邀請我們參加宴會？」

「還不是普通的宴會。」洛克伍德說。「這是本年度最盛大的宴會。只要是上得了檯面的人物都會出席。」

「呃，那幹嘛找我們？」喬治越過我的肩膀打量邀請卡。

洛克伍德嗓音帶了點火氣。「因爲我們是遠近馳名的偵探社。也因爲潘妮洛・費茲本人和我們的交情。還記得吧，我們在康比柯瑞大宅找到她童年朋友的遺體。就在尖叫的階梯下面。他叫什麼來著？山姆之類的。她很感激我們，寫信傳達了她的心意。或許她一直很在意我們近期的傑出表現。」

我忍不住挑眉。費茲偵探社的社長潘妮洛．費茲，她身為靈異界鼎鼎有名的梅莉莎．費茲的孫女，是全國最有權勢的大人物之一。政府官員在她家門口排隊等候。她對靈擾的看法登上各家報紙，是家家戶戶茶餘飯後的話題。她極少離開自己位於費茲總部樓上的住處，據說以鐵腕風格掌控她的事業。我不太相信她對洛克伍德偵探社有多大興致，儘管我們確實很了不起。

不管我們怎麼想，這張邀請卡是鐵錚錚的事實。

「六月十九號。」我想了想。「就是這星期六嘛。」

「那……我們要去嗎？」喬治問。

「當然要！」洛克伍德說：「這是經營人脈的完美場合。所有大人物都會出席，每一間偵探社的高層、靈異局的大頭、賣鹽巴與鐵製品的大老闆，說不定還見得到日出公司的董事長呢。錯過這次，我們可等不到這麼好的機會。」

「好極了。」喬治說。「在滿是汗臭味的擁擠房間裡，和數十個又老又胖又無聊的生意人共處……真是再好不過。要是讓我在宴會與臭氣鬼之間選一個，我寧可和發臭的鬼魂單挑。」

「喬治，你毫無遠見。」洛克伍德一臉無法苟同。「而且你與那個東西相處太久了。」他伸長手，和我剛才一樣敲了敲拘魂罐厚實的玻璃，發出不規律的微弱聲響。罐裡的物體翻攪了一下就靜止不動。「這不太健康，你不能抱著這個東西到處跑。」

喬治皺眉。「我可不同意。沒有東西比它還重要。只要找對方法，這會是突破性的大發現！你想想啊，一旦我們能讓死者應我們的要求說話——」

牆上的蜂鳴器響起，有人拉了門鈴。

洛克伍德皺起臉。「會是誰？今天沒有人預約啊。」

「會不會是幫雜貨店送貨的男生？」喬治提出猜測。「每個禮拜幫我們送蔬菜水果那個。」

我搖搖頭。「不是，他昨天送了貨。一定是新客戶。」

洛克伍德拎起邀請卡，塞進口袋。「還等什麼？一起去看看吧。」

5

客人的名片說明他們名叫保羅・桑德斯和艾伯特・喬普林，十分鐘後，這兩名男士在我們的客廳坐定，接過熱茶。

桑德斯先生的名片上註明了「公家機關指定挖掘業者」，顯然比他的同伴強勢許多。他高高瘦瘦，膝蓋和手肘關節突出，費了一點工夫才坐進沙發。他身上的灰綠色精紡毛料套裝袖口已經磨得很薄了。他的臉頰枯瘦、飽經風霜，顴骨又寬又高。他對我們露出滿意的微笑，瞇瞇眼中閃爍微光，被細軟的灰髮遮住一半。接過茶杯前，他把破舊的短簷紳士帽小心翼翼地擱在大腿上，帽沿插著一根銀帽針。

「感謝諸位接受我們唐突來訪。」桑德斯先生嘴上說著，一一對我們三個點頭致意。洛克伍德斜倚在他平時的位置，喬治和我準備好紙筆，坐在旁邊的直背椅上。「你們人真好。你們是我們今天早上嘗試的第一間偵探社，我們幾乎不抱任何希望。」

「桑德斯先生，很高興得知我們是兩位的首選。」洛克伍德從容回應。

「喔，洛克伍德先生，只是你們這邊剛好離我們的倉庫最近。我是大忙人，做事講求效率。好啦，我是美夢挖掘與淨化公司的桑德斯，這十五年來在國王十字站附近執業。這位是我的生意夥伴喬普林先生。」他的大腦袋往身旁的矮小男子歪了歪，這人還沒說過半句話。他抱著一大堆亂七八糟的文件，瞪大雙眼，好奇地打量洛克伍德放在四處的亞洲驅鬼道具。「希望今晚能請諸位協助我們。」桑德斯繼續說。「當然了，我有一批能幹的日班員工，鏟土工人、挖土機駕駛、運屍工、照明技術員……還有固定的夜班人員。但今晚我們還需要真正的偵探社火力支援。」

他對我們眨眨眼，像是事情已經談定似地，大聲吸了一口茶。洛克伍德還是掛著禮貌的微笑，彷彿這個表情黏死在他臉上。「確實。兩位希望我們做什麼，還有地點在哪裡？」

「啊，你做事眞仔細。很好。我也是如此。」桑德斯靠上椅背，往沙發後方伸展瘦巴巴的胳臂。「我們正在倫敦西北部的肯薩綠地工作，清除可疑墓地。政府剷除疑屍的新政策的一環。」

洛克伍德一愣。「剷除什麼？抱歉，我沒聽清楚。」

「疑屍，可疑的屍體。換句話說就是源頭。年代久遠的墓園越來越危險，可能會危及周遭地區。」

「喔，就像斯特普尼怪客！」我說：「還記得去年的案子嗎？」怪客是個從斯特普尼教堂墓地生出來的幽影，它飄到對街，連續兩個晚上在附近住宅殺了五個人。第三晚，羅特威偵探社的調查員將它包圍，把它逼回自己的墓穴，用少量炸藥摧毀。這起事件造成社會大眾焦慮，因爲那處墓地先前還是官方認可的安全地帶。

桑德斯先生對我露齒一笑。「小妞，正是如此！這一行可不好幹啊。不過靈擾就是這樣。總有新的訪客冒出來。斯特普尼墓地有三百年歷史，以前惹過麻煩嗎？沒有！但之後他們發現那個墓穴的死者當年死於非命，我們很清楚這類鬼魂不會乖乖安息——凶案死者、自殺身亡等等。所以政府現在要監視每一處墓園，這就是目前美夢挖掘與淨化公司在肯薩綠地做的工程。」

「那是大型墓園。」喬治說：「你們打算挖開幾個墓穴？」

桑德斯抓抓下巴如同棕刷的粗短鬍髭。「每天挖幾個。重點在於找出比較可能惹麻煩的死者。我們趁著天黑後，靈異現象最強烈的時段進行評估。夜間團隊鎖定可疑的墓穴，用黃色油漆做記號，隔天早上我們就開挖，帶走遺骨。」

「晚班感覺挺危險的。」洛克伍德說。「你們找了誰？」

「一群守夜的孩子，幾個按件計酬的靈感者。兩、三個成年男性負責驅趕跑來鬧事的盜墓者。我給了他們不少酬勞。基本上都是小意思，虛影、潛行者之類的第一型。第二型很少見。要是眞有可疑之處，我們就先請調查員來處理。」

洛克伍德皺眉。「你們怎麼有辦法預知危險？我不懂。」

「啊，這要歸功於這位喬普林啦。」桑德斯先生枯瘦的手肘粗魯地頂了頂同伴的側腹。這名矮小男子嚇了一跳，一半的文件撒了滿地。桑德斯不耐地瞪著他慌張地撿起那些紙張。「艾伯特是我們的寶貝人才……說吧，告訴他們你都在做什麼。」

艾伯特．喬普林先生直起背脊，對我們友善地眨眨眼。他比桑德斯年輕一些，我猜大概四十出頭，不過兩人不修邊幅的程度不相上下。他那頭棕色鬈髮看起來好幾個禮拜，說不定是好幾年沒梳過。他討喜的面容透出懦弱，臉頰飽滿，有著戽斗下巴。眼中帶著笑意與歉意，框上一副小巧的圓眼鏡，和喬治那副有幾分相像。縐巴巴的亞麻外套肩頭黏了不少頭皮屑，裡面是格紋襯衫，搭配對他來說略短的黑色長褲。他垂著肩，雙手護著那些文件，宛如害羞又勤勉的睡鼠。

「我是這個計畫的檔案研究員。」他說：「協助計畫進行。」

洛克伍德點頭鼓勵他繼續說下去。「原來如此。你以什麼方式協助呢？」

「挖掘！」喬普林還來不及答腔，桑德斯先生搶先開口。「他是這一行的挖掘大師，對吧，艾伯特？」他誇張地伸手捏捏喬普林軟弱的二頭肌，又對我們眨眨眼。「光看他這副模樣，你們一定想不到吧？不過我是認真的。我們挖骨頭，喬普林挖的是故事。好啦，別像顆南瓜似地呆坐在這裡，快向他們說明清楚。」

「好的……」喬普林一陣慌亂，緊張地托托眼鏡。「嗯，其實我是個學者，研究喪葬紀錄，在舊報紙上交叉查詢，尋找你們眼中那些『高風險』墓地。你們也知道，就是那些死得悽慘難堪的人。找到後就通知桑德斯先生，他會依情況採取必要措施。」

「清除墓穴通常不會出問題。」桑德斯說：「但也不是萬無一失。」

學者點點頭。「是的。兩個月前，我們處理過梅達谷墓園。我找出一個愛德華時代的謀殺案受害者墓地，都被雜草淹沒了，墓碑遭到遺忘。有個夜班巡邏的孩子清掉荊棘叢，替明早的作業做準備，那個鬼魂竟然就直接從地裡蹦出來，想把他拉進墓穴！灰色的可怕女性，喉嚨被刀劃開，雙眼幾乎要從眼窩裡滾出來。那個可憐的小伙子尖叫得像是垂死的兔子。是的，他被鬼魂觸碰了，調查員前來救助，給他打針，相信他已經好起來了……」喬普林先生越說越小聲，露出傷感的笑容。「總之，這就是我的工作。」

「不好意思。」喬治開口：「你就是在普特編的那本《倫敦墓園史》裡撰寫中世紀葬禮章節的艾伯特．喬普林嗎？」

矮小的男子一愣，雙眼亮了起來。「你怎麼……是的，就是我！」

「那篇眞是精彩，一翻開就停不下來。」

「眞沒想到你竟然看過！」

「我認爲你對於靈魂牽繫的推測相當有意思。」

「是嗎？喔，那個理論非常迷人。我認爲——」

我憋住呵欠，暗自後悔沒把枕頭抱下來。洛克伍德同樣不耐，揚手打斷兩人熱烈的對談。「我認爲我們需要知道你前來求助的原因，桑德斯先生。請說重點。」

「沒錯，洛克伍德先生！」桑德斯清清喉嚨，重新擺好擱在膝上的帽子。「你是務實的人，我也是。很好。前幾晚我們忙著調查墓園的東南角。肯薩綠地墓園地位不凡，在一八三三年設立，占地七十英畝。」

「裡面有許多體面的墓地和陵墓。」喬普林補充。「漂亮的波特蘭石灰石。」

「那裡不是也有地下墓穴嗎？」喬治問。

桑德斯點點頭。「沒錯。中央有座禮拜堂，地窖就是墓穴。現在都封閉了——那些沒有埋進土裡的棺材太危險。地面上的墓園橫跨哈羅路和大聯合運河之間的幾條道路。維多利亞中期的墓地大多是老百姓的。路旁種著一排排老椴樹。非常平靜，就算是過去這幾年，通報的訪客數量也算相對稀少。」

喬普林先生在懷中的文件裡翻了一陣，抽出幾張紙又塞了回去。「等我一下——啊，這就是東南角的平面圖！」他抽出一張地圖，圖上印了兩三條首尾相接的小徑，中間空地標上代表墓地編號的數字。用釘書針附在上面的表格寫滿細小的文字——全是名字。「最近我在確認這一區的喪葬紀錄，沒有找到需要防備的對象……至少我是這麼想的。」

「就這樣，我的手下走在路上，留意靈異擾動。」桑德斯說：「一切順利，直到昨晚他們在這條走道東側探勘幾處墓地的時候。」他髒兮兮的手指往地圖上一戳。

洛克伍德不耐地以指尖輕敲膝蓋。「嗯，然後……」

「我們在草地上找到一塊意料之外的墓碑。」

房裡沉默一會。「『意料之外』是什麼意思？」我問。

喬普林先生揚了揚那張手寫表格。「那處墓地沒有登記在官方名單上。它不該在那裡。」

「是我們的探測人員找到的。」桑德斯瞬間換上嚴肅的表情。「她馬上身體不適，無法繼續工作。另外兩名靈感者前去調查那塊墓碑，兩人都感到暈眩與劇烈頭痛。其中一人說她感應到有什麼東西盯著她看，那個東西太過邪惡，她幾乎無法動彈。她們都不想接近那一小塊石板周圍十呎處。」他吸吸鼻子。「當然了，我不確定要採信多少她們的說詞。你們也知道有靈感的人是什麼樣子。」

「確實。」洛克伍德淡淡地回應。「我自己就是。」

「我可不是。」桑德斯繼續說。「我沒有半點感應能力，一直戴著這個銀護符保平安。」他拍拍紳士帽上的帽針。「所以我怎麼著？我走到墓碑旁邊，彎下腰看個仔細。刮掉表面的青苔和地衣，發現這塊花崗石上深深刻了一個名字。」他發出低沉的喉音。「一個名字。」

洛克伍德等了幾秒。「嗯，是什麼？」

桑德斯先生舔了舔薄薄的嘴唇，大聲吞了口口水，一副欲言又止的模樣，悄聲說：「還不是隨便哪個人的名字。」他拱起背脊，腦袋往前伸，枯瘦的膝蓋差點撞倒茶杯。洛克伍德、喬治，還有我靠了上去，恐懼與好奇的氣氛瀰漫整間客廳。喬普林先生又一陣手忙腳亂，再次鬆了手，幾張紙飄到地毯上。太陽剛好被一大片雲遮蔽，房裡的光線陰沉冰冷。

桑德斯深吸一口氣，嗓音突然提高八度：「對艾德蒙・畢克史塔這個名字有印象嗎？」他這句話在周圍迴盪，彈過牆上的驅鬼杖和各色護符。我們坐著不動，回音漸漸隱沒。

「老實說還眞的沒有。」洛克伍德說。

桑德斯先生坐回沙發深處。「確實——我也沒聽說過這個人。但這位喬普林，成天淨是把鼻子伸進那些古怪又惹人厭的過往事蹟，他聽過這個名字。對吧？」他戳戳隔壁的同伴。「他對此緊張萬分。」

喬普林先生乾笑一聲，大費周章地整理大腿上的文件堆。「桑德斯先生，我不會這麼說。洛克伍德先生，我只是提高警覺。就這樣。我對艾德蒙・畢克史塔醫師略有瞭解，馬上提議在清除這個神祕墓地前先找偵探社來調查。」

「所以你們打算挖開它？」洛克伍德問。

「該地產生強烈的靈異現象。」桑德斯說：「得盡早剷除這個危險因子。最好今晚就處理掉。」

「抱歉。」我對某件事深感困擾。「既然你們知道它很危險，那爲什麼不和其他墓穴一樣在白天開挖？爲什麼要找我們來處理？」

「靈異局的新規定。我們依法得要請調查員來處理可能與第二型鬼魂有關的墳墓。這份支出由政府買單，因此調查員得在晚間作業，證實我們的疑慮。」

「好吧，那這個畢克史塔是誰？」喬治問。「他有什麼好怕的？」

在回答前，喬普林又往文件堆裡翻了一陣，摸出一張泛黃的A4紙，攤開來，放到我們面前。這是一則十九世紀剪報的放大影本，欄位狹窄，文字緊緊相連。中央模糊的照片中站著一名矮胖男子，穿著立領襯衫，鬢角濃密，還有一大把刷子似的鬍鬚。除了齒列略嫌太過野蠻，他和典型的維多利亞中期男性並無不同。下面是新聞標題：

漢普斯特驚悚之夜

療養院的駭人景象

「這位就是艾德蒙·畢克史塔。」喬普林說：「從這篇一八七七年的《漢普斯特公報》報導可以得知他早已過世。不過呢，看來他又再次現世了。」

「請告訴我們一切細節。」在這之前，洛克伍德的肢體語言透露他正以不失禮的方式展現興趣缺缺的心情。看得出他對桑德斯沒有好感，又對喬普林說的事感到無聊。而現在他的姿勢突然變了。「喬普林先生，再來點茶吧？桑德斯先生，要不要來一片蛋糕捲？是露西自己做的唷。」

「謝謝，我這就來嚐嚐看。」喬普林先生咬了一小口蛋糕。「不好意思，畢克史塔醫師的背景相當模糊。我還沒找到時間仔細調查，只知道他是醫生，在緊鄰漢普斯特綠地的綠門療養院治療緊張症。在那之前他是普通的家庭醫師，但生意越來越糟，傳出一些醜聞，他不得不歇業。」

「醜聞？」我問：「什麼樣的醜聞？」

「不太清楚。顯然他因爲有害身心的行爲聲名狼藉。據說他沉迷巫術，一腳踏入禁忌的領域，甚至傳出盜墓的風聲。警方介入調查，但無法證實他的作爲。畢克史塔得以轉職到這間私人療養院工作。一八七七年的某個冬夜前，他住在院區的宿舍裡。」

喬普林蒼白短小的雙手撫平紙張，確認上頭的文字。

「畢克史塔似乎有幾名黨羽。和他有同樣嗜好的男男女女，他們晚間會在他的住處聚會。謠言指出他們穿著長袍兜帽，點起蠟燭、實行……嗯，我們不知道他們想幹什麼。碰上這種場合，醫師會命令僕人離開屋子，他們當然是欣然接受，因爲畢克史塔脾氣暴躁，沒有人膽敢忤逆他。總之呢，在一八七七年的十二月十三日，這群人恰好在他家聚會，他付薪水給僕人，要他們兩天後再回來。等他們離開，畢克史塔的客人乘坐的馬車隨即抵達。」

「兩天休假？」洛克伍德說：「還挺久的嘛。」

「是的，這次聚會預計持續整個週末。」喬普林低頭看著剪報。「可是發生了怪事。《公報》上面說隔天晚上，幾名療養院的護理人員經過屋外，沒聽到半點動靜，燈也沒開。他們以為畢克史塔不在家，但其中一人注意到二樓的網紗窗簾扭曲變形，泛起波紋，彷彿有人——或是某種力量——從下方輕輕拉扯。」

「喔。」我低語：「接下來的發展不太愉快吧？」

「沒錯，小妞。」桑德斯先生一邊吃著第二片蛋糕一邊開口補充：「好吧，要看你們怎麼想。艾伯特愛極了這種故事，迷得要命。」他把沾在領子上的碎屑拍到地毯上。

「喬普林先生，請繼續。」洛克伍德說。

「有人打算破門而入，其他人想起畢克史塔醫師的傳聞，不想多管閒事。他們在屋外爭辯的當下，發現窗簾動得更劇烈，一道道長長的黑色形體沿著屋內窗台奔跑。」

「黑色形體？」我問：「是什麼？」

「是老鼠。」喬普林先生喝了一小口茶。「他們總算看清是老鼠在扯動窗簾。一大堆老鼠，在窗台上狂奔、掛在窗簾邊角，跳入黑暗中。他們認為老鼠出現在那裡肯定有什麼理由，各位可以猜一猜。總之，護理人員召集了最勇敢的壯丁，要他們帶著蠟燭闖進屋裡，還沒爬上二樓就聽見上方傳來帶著水聲的噁心聲響，還有撕扯和牙齒敲擊的聲響。嗯，或許你們可以想像他們看到的景象。」他把眼鏡推上鼻梁，打了個寒顫。「我不想說太多細節。只能說他們畢生絕對忘不了。畢克史塔醫師——或者該說是他殘留的部分——倒在書房地上，旁邊還有袍子的碎片，除此之外不剩多少東西。老鼠幾乎把他吃光了。」

沉默。桑德斯先生吸了吸鼻子，抹抹人中。「這就是畢克史塔醫師的末日。他只剩一堆血淋淋的骨頭和筋肉。眞噁心。好啦，誰想吃最後一塊蛋糕捲？」

喬治和我同時開口：「不用了，請隨意。」

「喔，這塊奶油特別多。」桑德斯咬下一口。

「各位可以想像警方急著找醫師的同夥談談，但他們找不到半個人。艾德蒙．畢克史塔的故事眞的就到此爲止。儘管他死狀悽慘，儘管謠言滿天飛，他沒有留在大家心中太久。綠門療養院在二十世紀初燒燬，他的名字就此淡去，連屍骨也消失無蹤。」

「好啦，現在我們知道它們埋在哪裡。你們要我們解除這份威脅。」洛克伍德說。

桑德斯先生點點頭，他吃完蛋糕，往褲管上擦手。

「這件事還眞怪。」我說。「爲什麼沒有人知道他被埋在哪裡？爲什麼紀錄上沒有他這個人？」

喬治點點頭。「而且他的死因究竟是什麼？是老鼠，還是別的原因？有太多未解之處。這篇報導只是冰山一角，它在催促我們深入調查。」

艾伯特．喬普林輕笑一聲。「我完全同意。你這個小伙子和我眞是意氣相投啊。」

「調查不是重點。」桑德斯先生說：「墓裡面的鬼東西蠢蠢欲動，我要它今晚就離開墓園。

洛克伍德先生，如果你們願意監督挖掘作業，我會非常感激。如何？」

洛克伍德瞄向我和喬治。我們對他投以閃亮的眼神。「桑德斯先生。」他說：「我們很樂意幫忙。」

6

洛克伍德、喬治和我在當天傍晚抵達肯薩綠地墓園的西門，腰間佩帶新入手的銀尖義大利式細刃長劍，雙手各提一個容量最大的裝備包。背後的太陽在幾抹粉紅色雲朵的陪伴下落向地平線，即將迎來又一個美好的夏夜。儘管風光明媚，我們卻繃緊神經，情緒高漲。這份工作不能等閒視之。

在倫敦的大型墓園中，肯薩綠地最爲古老體面，從人們和死者關係比較友善的時期遺留至今。在維多利亞時代，漂亮的樹蔭與小徑讓此處成爲都市喧囂中的淨土。石匠拿墓碑較量身手，營造出一座座美觀精緻的作品。園區裡種了一叢叢玫瑰，四處生氣蓬勃。到了星期天，許多人攜家帶眷來此緬懷故人。

嗯，現在已經見不到這種場面了。靈擾改變了一切。墓地被雜草覆蓋，玫瑰叢無人照料，長成一片片荊棘。就算是白天也少有人造訪，到了晚間，此處瀰漫恐懼氣息，眾人極力迴避。即便絕大多數的死者靜靜長眠，就連調查員也不太願意在這裡待太久。感覺就像踏入敵人的領域，我們是不受歡迎的外來者。

西門通往哈羅路，過去足以容納兩輛馬車同時進出，現在被粗糙的柵欄堵住，木桿中間繞上鐵絲，貼著層層褪色的海報和傳單。年分最近的海報上印著睜大雙眼笑容可掬的女子，身穿及膝裙和T恤，展開雙臂擺出歡迎的姿勢。她下方是醒目的大字——誠摯邀請：我們歡迎來自另一邊的朋友。

「我比較想拿鎂光彈迎接它們。」在調查案件前，我肚子裡總像是卡了什麼東西似地。海報上女子的笑容讓我渾身不舒服。

「這些拜鬼邪教裡的白痴還真不少。」喬治認同我的想法。

柵欄中央的窄門開著，旁邊立了一間鐵皮小破屋，裡頭擱了張躺椅、幾個無酒精飲料空罐，還有一個小男生在裡面看報紙。

這個男生戴著巨大的報童帽，活潑的黃色格紋，陰影幾乎遮住整張臉。他身穿單調的守夜員棕色制服，鐵頭守夜杖斜倚在小屋角落。他窩在躺椅上盯著我們看。

「我是洛克伍德，來這裡見桑德斯先生。」洛克伍德向他打招呼。「不用起來沒關係。」

「我不會的。你們是誰？靈感者？」

喬治敲敲劍柄。「有沒有看到這個？我們是調查員。」

男孩一臉狐疑。「最好是。那你們怎麼沒有穿制服？」

「我們不需要制服。」洛克伍德回應：「佩劍是調查員真正的象徵。」

「放屁。正派調查員都會穿體面的外套，像是費茲那夥高傲鬼。我敢說你們和那些空有靈感的弱雞一樣，看到潛行者的影子就昏倒。」他啪地攤開報紙。「隨便啦。你們進去吧。」

洛克伍德愣住了。喬治往前踏了半步。「調查員的佩劍不只能砍鬼，也可以用來教訓嘻皮笑臉的守夜小鬼。要見識一下嗎？」

「喔，好可怕喔，我都要嚇尿了。」男孩拉下帽沿，蓋住眼睛，舒舒服服地換了個姿勢，大拇指往背後一比。「沿著大路直走就會到墓園中央的禮拜堂，基地就在那裡。請移步吧，光線都被你們擋住了。」

一瞬間，我眞想讓哈羅路旁多一個小鬼，但我忍住這美好的誘惑。洛克伍德打手勢要我們往裡走，我們通過西門，踏入墓園。

□

一進門，我們反射性地停下腳步，啓用內在的感知能力。我豎起耳朵，洛克伍德和喬治東張西望。一切風平浪靜，沒有突然暴漲的靈異壓力。我只聽見烏鶇甜美的叫聲，還有草叢裡的幾隻蟋蟀。鋪著碎石子的步道反射傍晚微光，穿梭在一塊塊深色墓碑間，枝葉懸在步道上空，投下陰影。爬升的明月劃開深藍色天幕。

我們沿著排排椴樹間的幹道往前走，微弱的月光穿透樹木間的縫隙，黑暗的草地上鍍上一層瑩白。我們的靴子踏出沙沙聲響，裝備包裡的鐵鍊隨著步伐輕輕地鏗鏘作響。

「應該是個單純的案子。」洛克伍德打破沉默。「就在旁邊看他們挖開墓穴，然後我們打開棺木，拿銀器封印畢克史塔醫師的屍骨，離開現場。簡單。」

我懷疑地哼了聲。「開棺才沒有這麼容易。每次都會出事。」

「也不是每次啦。」

「你倒是說說哪次平安無事？」

「我站在露西這邊。」喬治說：「你認為艾德蒙・畢克史塔不會惹出麻煩。我賭他一定會。」

「你們別這樣瞎操心。」洛可伍德高聲說：「往好的一面想嘛。今晚我們知道源頭的確切位置，也沒有奇普斯來攪局，對吧？我認為這會是一個美好的夜晚。至於畢克史塔呢，就算他死於非命，也不代表他現在成了凶狠的鬼魂。」

「也許吧……」喬治低喃。「不過要是我被老鼠吃掉，一定會很不開心。」

走了五分鐘，我們看到樹叢間冒出厚實的白色屋頂，宛如劃破黑暗海面的鯨魚。這座聖公會禮拜堂矗立在墓園中央，正面由四根希臘式廊柱撐起屋頂，一道寬敞的階梯通往雙開正門。門開著，透出溫暖的燈光。禮拜堂前方架起大型泛光燈，照亮兩間組合式工寮，旁邊停放挖掘機具、小型砂石車、零星的土堆。一縷縷薰衣草煙霧從基地邊緣的炭桶裡飄出。

顯然這是美夢挖掘與淨化公司的運作中心。幾個人站在禮拜堂門口的階梯頂端，剪影投在門上。我們聽見有人高聲說話，恐懼成了空氣中的雜訊。

我們三個放下裝備包，擱在其中一個冒著煙的炭桶旁，走上階梯，一手按住劍柄。那些人安靜下來，移到一旁，默默打量我們。

桑德斯先生戴著紳士帽的高瘦身影掙脫包圍，從門邊快步上前招呼我們。「來得正好！」他高喊：「出了點小事，這些蠢貨拒絕留下來！我反覆對他們說頂尖調查員要來了——不，他們想要領乾薪。你們半毛錢都拿不到！」他轉頭大吼。「我就是請你們來冒險的！」

「看到那種場面，沒有人想待在這裡。」一名壯漢開口回應。他的鬍碴充滿魄力，頸子和手臂上刺了幾顆骷髏頭，襯衫領口掛著沉甸甸的鐵項鍊。人群中有幾名粗壯的工人和滿臉驚恐的守夜少年，把守夜杖當成毛毯似地緊緊抱住。我還注意到幾個十多歲的女孩，她們穿著沒有腰線的輕盈連身裙，畫上黑色眼線，過大的手鐲與垂到肩胛骨上的長髮。她們是靈感者，能幫忙感應靈異現象，但秉持和平主義的理念，不肯實際出手與鬼魂搏鬥。她們基本上和夏季感冒一樣乏味，像蕁麻疹似地惹人厭。我們雙方基本上處得不太好。

桑德斯狠狠瞪著發話的男子。「諾里斯，你要不要臉啊？怎樣？看到虛影和微光鬼就嚇得跳起來嗎？」

「這東西不是虛影。」諾里斯說。

「給我們找幾個眞正的調查員來！」有人大叫。「不是這些烏合之眾！看看他們——連體面的制服都沒有！」

手鐲叮叮咚咚敲打一陣，靈感者中最飄逸最恍惚的女孩走上前。「桑德斯先生！除非確定它沒有害處，米蘭達、崔西亞，還有我，拒絕接近那座墳墓！希望這樣說得夠清楚。」

旁人七嘴八舌地贊同她的決意，幾名男子叫囂辱罵，桑德斯扯著嗓子要大家聽他說話。人群威脅似地往內推擠。

洛克伍德悠閒地舉起手。「哈囉，大家好。」他朝眾人露出最燦爛的笑容，喧鬧聲停了下來。「我是洛克伍德偵探社的安東尼．洛克伍德，或許各位聽說過敝社的事蹟。康比柯瑞大宅？貝瑞特太太的墓？這些都是我們的成功案例。今晚我們來此協助各位，希望能聽聽各位遭遇到的困擾。這位小姐——」他對那名靈感者微微一笑，「顯然妳有過很惡劣的體驗。可以請妳說說嗎？」

這是洛克伍德的經典招數。友善、體貼、充滿同情心。而我一心只想賞這個女生一巴掌，把她一腳踢往黑暗的墓園。所以他才能當我們的老大；所以我才沒有半個女性朋友。

這個女生沒有辜負我的預期。她濕潤迷茫的大眼睛朝他眨了眨。「感覺像是……像是有什麼東西從我腳下往上衝。」她悄聲說：「它準備要……要抓住我，把我吞噬。如此邪惡的能量！如此強大的惡意！我再也不要靠近那個地方了！」

「不只這樣！」另一個女生大叫：「克萊兒只有感覺到。但我看到了，就在夜幕低垂之時！它戴著兜帽的頭就這樣轉過來看著我！就瞥了我一眼。啊，我就昏過去了！」

「兜帽？」洛克伍德提問。「可以告訴我它長得像——？」

女孩尖銳的嗓音讓眾人再度激動起來，他們同時開口，伸手抓向我們，往前推擠，把我們逼得貼在門板上。我們成為這圈恐慌臉龐的中心。在禮拜堂階梯之下，最後一抹晚霞從永無止盡的墓碑間撤離。

桑德斯再次怒吼：「很好，你們這群膽小鬼！叫喬普林派你們到別的區塊！離那座墳墓遠遠的！滿意了嗎？別擋路——快去幹活！」他抓著洛克伍德的手臂側身擠進禮拜堂。喬治和我跟了上去，被人牆推來擠去，從即將關上的門縫間鑽進去。「想辭職就拿不到遣散費！」桑德斯對著門外大叫：「我沒叫你們滾！」兩扇門砰地關上，擋住人群的喧鬧。

「眞是棘手。」桑德斯沉聲道。「是我一時失算，急著開工，一小時前要工人在畢克史塔的墳墓周圍開挖。以爲這樣能幫上你們。天都還沒黑，他們就突然鬧了起來。」他摘下帽子，用袖子抹抹額頭。「在這裡清靜一下吧。」

禮拜堂不大，白色石膏牆面，裝潢樸素，瀰漫一股潮氣，伴隨著如影隨形的刺骨冰寒，連擱在石頭地磚上的三組煤氣暖爐也無法驅散。暖爐旁，兩張廉價辦公桌上堆了一大疊文件。另一面牆邊擱著布滿灰塵的祭壇，前方是一排木頭欄杆，後側有一扇緊閉的小門，木頭講壇設在一側。我們頭頂上是扇貝雕花的石膏圓頂天花板。

房裡最有意思的是一大塊黑色石頭，尺寸和形狀像是緊閉的石棺，擱在祭壇欄杆內地板上的長方形金屬底盤上。我興致勃勃地研究這個玩意兒。

「是的，小妞，這是靈柩台。」桑德斯說：「維多利亞時代把棺材運到下面墓穴的裝置，靠的是液壓式機關。就喬普林的說法，這東西沒壞，在靈擾失控前都還在用。對了，喬普林跑哪去啦？那個蠢貨老是不在位子上，要找他的時候總在外頭遊蕩。」

「關於畢克史塔墳墓的『小插曲』……」洛克伍德催促道：「請告訴我們究竟是怎麼一回

事。」

桑德斯翻翻白眼。「天知道。我根本問不出什麼有條理的答案。你們剛才也聽到了，幾個靈感者看到什麼東西。有的說它長得很高，有的說它披著斗篷或長袍。全都前言不連後語。有個守夜的孩子說它有七顆腦袋。荒唐！我把她趕回家了。」

「守夜員通常不會編故事。」喬治說。

沒錯。擁有強大靈感的孩子大多會去當調查員，但如果能力不足，那就只能吞下尊嚴，加入守夜員。這份危險的工作薪水微薄，基本上就是在天黑後負責巡邏和守衛，但這些孩子有一定的力量，我們絕對不會低估他們。

洛克伍德雙手插進黑色長大衣的口袋，眼中閃著興奮的光芒。「越來越有意思了。桑德斯先生，墓地現在狀況如何？挖開了嗎？」

「我們的壯丁往下挖了一點，應該有挖到棺材。」

「很好。我們馬上就開工。喬治對於鏟子很有一手——對吧，喬治？」

「嗯，我確實有豐富的經驗。」喬治說。

□

出乎意料冒出來的艾德蒙．畢克史塔墓地就在挖掘基地旁的一條小路邊。桑德斯默默領路，基地裡沒有人跟上，他們待在弧光燈的光圈裡，目送我們離開。

這一區墓地還算體面，大多設置了墓碑、十字架，或是簡單的塑像。天色已經完全暗下。被荊棘和潮濕雜草掩蓋一半的墓石在月光下發白，陰影投向死者長眠的土堆。

走了幾分鐘，桑德斯慢下腳步。前方是一堆剛被砍下的粗硬荊棘，桑德斯的手電筒照亮停在一旁斜斜擋住步道的黃色老舊挖土機。鏟斗裡滿滿裝著土，鏟子和鶴嘴鋤等挖掘工具散落一地。

「他們撤得很急。」桑德斯的嗓音緊繃高亢。「好，我就停在這裡，你們需要什麼就大聲叫我。」他也不演了，匆忙遁入黑暗中，把我們留在墓地前。

我們解開佩劍。今晚很安靜，我清楚意識到自己沉重的心跳。洛克伍德從腰間抽出筆燈，照亮步道左側的黑暗空間。這是一塊方形空地，另外三面被普通的墓地和墓石包圍。正中央有一塊灰色石板，斜插在土裡。石板前方的雜草被工人鏟開了，留下邊緣平緩的大洞，大約八呎寬，三呎深。泥地裡印著挖土機鏟斗尖端的一道道齒痕。不過我們眼中只有那塊石板。

在採取下一步行動前，我們迅速動用感官探測。

「沒有死亡光輝。」洛克伍德輕聲說：「這是當然了，沒有人在這裡喪命。有什麼發現嗎？」

「沒有。」喬治說。

「我有。微弱的鼓動。」

「是人的聲音嗎？」

它讓我心煩意亂——完全聽不出是什麼樣的聲響。「只是……輕微的擾動。這裡肯定有什麼東西。」

「你們的眼睛和耳朵都準備好。」洛克伍德說：「很好，我們先設下屏障，然後我去調查那塊石頭。我可不想和昨晚一樣漏掉什麼。」

喬治將一盞提燈放到隔壁墓地的石頭基座上，我們就著燈光拿出鐵鍊，在坑洞旁圍了一圈。等我們完工，洛克伍德踏出鐵鍊圈，走向那塊石頭，一手按住劍柄。喬治和我在圈裡待機，緊盯著四周陰影。

洛克伍德來到石板前，屈膝跪下，撥開雜草。「嗯，材質粗劣，被風雨摧殘得差不多了。高度只有標準墓碑的四分之一。沒有立得很好——歪得太嚴重。辦事的人只是隨便交差……」

他打開手電筒，光束掃過石板表面。上頭黏著累積數十年的地衣，連刻字的凹槽都被占據。「艾德蒙．畢克史塔……」洛克伍德唸出石板上的名字。「這不是一般石匠的手筆。甚至沒有好好刻進去，只是隨手拿個工具刮花石頭表面。所以在多年前有人匆忙埋下棺材，手法業餘。」

就在他起身的同時，從墓地後方傳來輕微的動靜，一道人影跳出黑暗，撲向燈光。喬治和我同時大叫，洛克伍德則跳到一旁抽出長劍。他在跳躍時扭身，落在坑洞中間，面對著那塊石板。

「抱歉。」艾伯特．喬普林先生說。「嚇到你們了嗎？」

我低聲咒罵，喬治吹了聲口哨，洛克伍德用力吁氣。喬普林先生跌跌撞撞地繞過坑洞邊緣，腳步笨拙，垂著肩膀，讓我聯想到大猩猩的姿態；灰色頭皮屑飄起，像是細雨般沾在他身上。他細長的手臂抱著一疊紙張，像是母親保護小孩般緊緊按在胸口。

他托起眼鏡的姿態中帶著歉意。「眞是對不起，我從東門進來，途中迷路了。我有沒有錯過什麼？」

喬治正要開口——就在這時，我被一陣寒意包圍。就像是跳進泳池裡才發現水還沒加熱，一頭撞上冰冷的池水。結實的水牆撞得你疼痛不堪，全身上下沒有一處能倖免。就像這樣。我驚叫一聲。這還不是最糟的——寒意襲來時，我的內在感官瞬間開啓。方才感應到的鼓動？突然變得無比響亮。隔著喬治的嗓音和喬普林的碎唸，鼓動化爲悶窒的嗡嗡聲，彷彿一大群蒼蠅正往這裡飛來。

「洛克伍德……」我開口。

下一秒就結束了。我的腦海恢復清晰，寒意消失。我覺得皮膚刺痛發紅。雜音再次縮回背景。

「……那間教堂眞的很獨特，庫賓斯先生。」喬普林的聲音傳來。「全倫敦最優秀的黃銅拓印。我一定要找時間帶你去看看。」

「嘿！」洛克伍德在洞裡高喊。「喂！看我找到什麼！不，喬普林先生，請別靠近——別跨過鐵鍊圈。」

他的手電筒對準腳邊泥地，腦中依舊嗡嗡作響，我緩緩跨過鐵鍊，和喬治一起滑入坑裡，靴子踩過柔軟的黑色泥土。

「在這裡。」洛克伍德說：「你們覺得是什麼？」

起先，在明亮的燈光中，我什麼都看不清。等洛克伍德移動光束，我總算看到了，某樣紅色又狹長的物體邊緣從泥地裡突出。

「喔，這還眞怪。」喬治說。

「是棺材嗎？」矮小的喬普林先生在鐵鍊圈邊緣徘徊，急切地伸長頸子。「洛克伍德先生，是棺材嗎？」

「不知道……」

「我見過的棺材大多是木製的。」喬治低喃：「維多利亞時代的棺材大多早就在地底下腐朽。大部分的死者經過完善的儀式，依循恰當的規矩埋入六呎深的墓穴……」

我們沉默好幾秒。「那這個呢？」喬普林提問。

「感覺只有四呎深，還沒有擺正，看來埋下這具棺材的人想盡早了事。它沒有腐敗，因爲材質不是木頭。這是個鐵箱。」

「鐵……」洛克伍德沉吟。「鐵棺材——」

「你們有沒有聽見？」我突然開口。「一大群蒼蠅的嗡嗡聲？」

「當年還沒有靈擾。」喬治說。「他們究竟要把什麼東西困在這裡？」

7

快到半夜我們才把這玩意兒挖出來，其中一人站崗守備、留意氣溫變化，其他人拿工具大興土木。每隔十分鐘就換手。我們使用工人丟棄的鏟子與鶴嘴鋤，撥開金屬箱子旁的泥巴，坑洞中央越挖越深，箱蓋和側面緩緩出土。

現場幾乎沒人說話，沉默像是薄紗般將我們裹起，耳邊只聽得到沙沙挖土聲。一切停滯下來。我們不時撒下鹽巴與鐵粉，控制坑洞中央的超自然力量。看來這招效果不錯。坑裡比步道低了兩度，不過溫度還算穩定。我剛才聽見的嗡嗡聲消失了。

這處神祕墓地令艾伯特．喬普林著迷不已，他在我們身旁待了一會，又情緒高漲地在其他墓碑間來回兜轉。等到夜色越來越濃，覆蓋棺材的泥土越來越少，就連他也開始提高警覺，突然想起自己在禮拜堂還有重要事務要辦，溜得不見人影。只剩下我們三個。

沙、沙、沙。

總算大功告成。整個鐵箱暴露在空氣中。洛克伍德又開了一盞露營燈，放在接近坑洞中央的泥地上。我們稍稍退開，盯著這半個晚上的成果。

這個鐵箱大約六呎長、兩呎寬，高度大概才一呎多一點。

換句話說，不是隨便的舊箱子。正如洛克伍德剛才的推測——這是一具鐵棺材。

側邊還蓋著一點看起來灰灰黏黏的沙土，撥開後總算看到箱子表面。珊瑚色的鐵鏽如同花朵般處處綻放，是乾涸血跡的色澤。

或許這個箱子原本乾淨方正，但土壤多年來的壓迫使得它略略變形，邊緣不再筆直，蓋子中段陷沒。以前我看過從羅馬遺跡出土的鉛製棺材，也是這種受過擠壓的模樣。箱蓋一角凹到完全脫離側邊，露出一線黑暗。

「提醒我以後別躺進鐵棺材。」喬治說：「放久了實在不好看。」

「而且也無法發揮原有的作用。」洛克伍德補上一句。「無論裡面裝了什麼，都能從這個小洞溜走。露西，妳還好嗎？」

我站在原處搖搖晃晃。不，我一點都不好。腦袋陣陣脹痛，反胃想吐。嗡嗡聲回來了。感覺像是有一群隱形蟲子在我身上爬來爬去。這是強大的瘴氣——訪客接近時帶來的深刻不適。即便旁邊就放了巨大的鐵製品，還是無法撼動這股力量。

「沒事。」我簡短地回應。「誰來開？」

好問題。根據《費茲教戰守則》的建議，良好的調查員團隊會在開啓「密閉空間」（例如墓穴、棺材、密室）時，只在火線上配置一個人。其他人守在旁邊，準備好各種武器。這項職務得公平輪流，和餅乾分配原則差不多重要。這些都是爭執的引爆點。

「不是我。」洛克伍德拍拍大衣前襟補好的爪痕。「貝瑞特太太那次我已經上場過了。」

「嗯，梅爾摩斯大宅的活門是我開的。喬治？」

「我開了薩弗旅館的密室。」喬治說：「你們一定還記得——那扇門上畫了古老的詛咒記號。喔，想到就全身發毛。」

「才怪。那裡沒有鬧鬼也不是密室，只是塞滿內褲的洗衣間。」

「我開門的時候並不知道，對吧？」喬治抗議。「不然就丟銅板決定吧。」他往褲子口袋裡摸了一陣，挖出一枚髒兮兮的銅板。「小露，妳要哪一面？正面，還是反面？」

「我要——」

「人頭？有趣的選擇。來試試看吧。」銅板飛起，快到我的視線難以捕捉。「啊，是反面。小露，算妳運氣不好。來，撬棍給妳。」

洛克伍德咧嘴一笑。「喬治，別白費力氣了，棺材你來開。先拿好工具和封印。」

我鬆了一大口氣，率先走向裝備包。喬治氣呼呼地跟了上來。不久，銀封印、小刀、撬棍，以及其他裝備全都放到棺材旁。

「不會太複雜。」洛克伍德說。「你們看——鉸鍊在這一邊。對面有兩個釦鎖——這裡和這裡——這一個已經開了。露西，靠近妳的那個被鏽斑黏住。只要喬治動一下撬棍，我們就能回家啦。」他看著我們。「有什麼問題嗎？」

「有。」喬治說。「我問題可多了。你們要站哪裡？離多遠？要是有什麼恐怖的東西衝出來，你們要拿什麼來保護我？」

「全都交給露西和我就好。來吧——」

「要是我回不了家，我已經立好遺囑，先告訴你們放在哪裡。在我床底下最裡面的角落，面紙盒後面。」

「老天，你想太多了啦。你準備好的話——」

「蓋子上是不是刻了什麼？」我問。到了這個節骨眼，我繃緊神經，感知能力火力全開。「那裡是不是有一點痕跡？」

洛克伍德搖搖頭。「沾了那麼多泥巴真的看不出來，我現在可沒空把箱子擦乾淨。來吧，解決這個案子吧。」

鐵棺材的蓋子比洛克伍德預期的還要難搞，除了生鏽的釦鎖，遍布表面的鐵鏽固結在箱子側面，我們花了二十分鐘拿小刀與鑿子刮掉這些阻礙，總算解放了鉸鍊。

「就是這樣……」洛克伍德測了最後一次溫度。「看起來不錯。氣溫沒有降，瘴氣沒有惡化。不管裡面裝了什麼，它都乖巧的不得了。現在是最佳時機。露西——我們就定位吧。」

他和我移到棺材的兩端，我握住我們最大、最紮實的銀鍊網，直徑足足有四呎。我攤開網子，用雙手托著。洛克伍德抽出長劍，橫在胸前，隨時都能出擊。

「喬治。」他說：「交給你了。」

喬治點點頭。他閉上雙眼穩定情緒，舉起撬棍，手指鬆開又握緊，轉轉肩膀，脖子發出喀喀聲響。他接近棺材，彎下腰，將撬棍末端卡進棺蓋中間的縫隙，雙腳站得更開一點，像是高爾夫球手似地扭了扭屁股。他深吸一口氣，用力往下壓。沒有任何反應。他又壓了一次。好吧，可能是蓋子變形後某個地方卡住了。喬治再次使勁。

箱蓋喀嚓一聲彈開，撬棍頭猛然往下垂，喬治往後抽身，失去平衡，重重仰倒在地，眼鏡歪了。他撐起上身，呆呆地望著棺材內。

然後放聲尖叫。

「露西，手電筒！」洛克伍德俯衝向前，以劍刃護住喬治。然而什麼都沒有出現。沒有訪客，沒有幻影。提燈照亮棺蓋內側，也照亮棺材裡的某樣東西，反射出陰森幽光。手電筒在我手中。我把光束照向棺材，照亮躺在裡頭的物體。

如果你膽子不大，或許會想跳過下兩個段落，因為與我對上眼的屍體除了枯骨，還多了不少東西。它尚未腐朽的部分太多了，這是第一個驚喜。各位有沒有把香蕉忘在沙發下的經驗？有的話，就會知道它很快就會發黑，然後變得又黑又黏，接著往內萎縮。這個封在鐵棺材裡的傢伙正處於香蕉的第二和第三階段之間。手電筒照亮乾涸發黑的皮膚，顴骨上方扯得緊緊的，有幾處裂了開來。額頭正中央有個洞，四周皮膚完全翻起。

長長的白髮一縷一縷垂向腦袋側邊，像是玻璃般失去色彩。眼窩空蕩蕩的，嘴唇萎縮，露出牙齦和牙齒。

他身上掛著殘破的紫色斗篷，或是披風，下面是舊式的黑色套裝，漿得硬梆梆的高領，維多利亞式黑色領巾。他化為白骨的雙手捧著包裹破爛白布的物體。不知道是因為棺材擺放的角度，還是因為多年來土壤的擠壓，他懷中的物體從白布邊緣滑出來，從手指骨之間依稀可見。那是一片玻璃，寬度大概和人頭差不多，不規則邊緣。上頭沾滿塵土與黴斑，但玻璃依舊晶透——它反射出的光芒吸引我的目光。

「看啊！快看……」

那是什麼聲音？

「露西！把它封印起來！」

這當然是洛克伍德的吶喊。

聽到他的命令，我甩開銀鍊網，罩住棺材的內容物。

□

「喬治，你到底看到了什麼？」洛克伍德問。

我們轉移陣地，回到步道上，喝熱茶吃三明治（桑德斯手下送來的）。一小群人聚集過來——桑德斯、喬普林、幾名工人和守夜的孩子——有的是因爲好戲已經結束，剩下的是聽到喬治的慘叫聲。他們賴在其他墓碑周圍眺望那個坑洞，和鐵鍊圈維持安全距離。我們已經關好棺蓋，只露出一小角銀鍊網。

「我知道畢克史塔的屍體看起來不太妙。」洛克伍德繼續追問。「可是我們早就見識過更噁心的場面。還記得普特尼谷嗎？」

喬治這幾分鐘格外消沉，幾乎沒開口，臉上掛著奇異的表情。他眼中透出麻木的苦惱，同時也瀰漫遠離現實的企盼；他的視線不斷飄回那個坑洞，一副把什麼東西忘在那裡的模樣。我很擔心。這讓我稍微聯想到鬼魂禁錮，受害者的意志力被凶狠鬼魂抽乾，可是我們已經用銀鍊網封印源頭了，現在眼前沒有半個鬼魂。喬治慢慢恢復過來，食物讓他迅速充飽電量。他對洛克伍德搖頭，緩緩回應：「不是屍體。我們的冰箱裡有更糟的東西。是他懷裡那面鏡子。」

「所以你覺得是鏡子？」一閉上雙眼，我就能看見那片玻璃，閃閃發亮，比黑暗還要黑。

「我不知道那是什麼。可是我的視線馬上被它吸過去。我在上面看到⋯⋯我不知道自己看到了什麼。鏡面基本上是一片黑，但是在黑暗中有別的東西，很可怕。我忍不住尖叫——感覺像是有人把我的內臟從胸口吸出來。」喬治打了個哆嗦。「不過呢，它同時也充滿了吸引力——我沒辦法移開視線，就算它讓我痛苦萬分，但仍只想一直盯著看。」他深深地嘆了一口氣。「要是露西沒拿網子蓋住它，我可能到現在還在看。」

「這樣聽來，幸好你沒有繼續看下去。」洛克伍德接著仔細打量喬治。「這鏡子還眞邪門，難怪要用鐵棺材封起來。」

「畢克史塔那一代的人知道鐵的功效嗎？」我問。靈擾在五十年前爆發，防鬼的鐵器和銀器也是從那時候開始大量製造。這座墳墓比這些早了一兩個世代。

「大部分的人不知道。」洛克伍德回應。「不過銀、鹽巴、鐵是廣泛用來對付鬼魂和邪靈的物品。所以這裡出現鐵棺材應該不是巧合。」他壓低嗓音。「你們有沒有在畢克史塔醫師身上察覺到什麼不尋常的地方嗎？」

「除了一般的屍體木乃伊化現象嗎？」

「沒錯。根據喬普林的剪報，畢克史塔被老鼠吃掉了，對吧？棺材裡的仁兄整個人完好如初。你們有沒有看到他的額頭——」桑德斯和喬普林走上前，他馬上閉嘴。方才桑德斯忙著對守夜的孩子們吼叫下令，而喬普林在鐵鍊圈旁徘徊，緊盯著那副棺材。兩人眉開眼笑，拍拍我們的肩膀道賀。

「洛克伍德先生，做得好！」桑德斯高聲說：「眞是太有效率了。既然鬧劇結束了，我們可以幹正事啦！」他端著冒煙的馬克杯喝了一大口咖啡。「據說畢克史塔那個老頭捧著一個水晶之類的……可能是他搞那些詭異儀式的道具。不過你們當然已經拿網子全部蓋起來了。」

洛克伍德笑了聲。「相信我，你們不會想動那片網子的。裡面確實有個非常強力的源頭。我們得馬上聯絡靈異局，讓他們想辦法好好處置。」

「明天一大早就打電話！」桑德斯說：「現在我們得要完成手邊的任務啦。已經落後半個晚上的進度了，洛克伍德先生。我們回辦公室一趟，好好商量後續事務。」

「今晚可以把棺材移進禮拜堂嗎？」喬普林詢問。「我不想把它留在這裡。那些小偷和搞邪教的很危險……你們也知道。」

洛克伍德皺眉。「好吧，絕對不能讓網子鬆動，在移動過程中，把鐵鍊纏上，然後不能讓其他人接近。」

洛克伍德與桑德斯離開現場。喬治靠著隔壁墓地的石頭基座，和喬普林聊得天花亂墜。我慢吞吞地整理裝備，找事情做。現在還挺早的，連十二點都沒過，顯然比昨晚還要順利太多。但也充滿怪異之處。這個墓地非常奇怪，疑點重重。喬治看到了某樣東西，但棺材裡根本沒有什麼鬼魂。能夠突破鐵箱的束縛造成大量靈異干擾，無論是什麼玩意兒都絕對非同小可。

「小姐？」

是名叫諾里斯、最高大壯碩的挖掘工人。他的皮膚硬得像皮革，灰白色鬍碴沿著兩頰往上延伸，和理成平頭的頭髮連成一片。他頸子上刺的是瞪著雙眼的骷髏，兩旁加上展開的翅膀。「抱歉，小姐，我有沒有聽錯？你們說沒有人能接近那副棺材？」

「是這樣沒錯。」

「那最好阻止妳的朋友。看看他往哪裡走。」

我轉過身。喬治和喬普林已經跨過鐵鍊圈，走向棺材，熱烈地討論個不停。喬普林把文件緊緊攬在腋下。

「喬治！」我大叫。「你在搞什麼——？」

我突然懂了。

棺蓋。上頭的刻印。

那兩人依舊沒有停下嘴巴，俯身站在棺材旁，動手刮掉蓋子上的泥巴。喬治掏出折疊刀，稍稍掀起棺蓋找個方便使力的角度。蓋子下的銀鍊網鬆開了，往旁邊滑落。

諾里斯對我說了些話，但全都沒有進入我的腦袋，因爲此時我意識到喬普林和喬治身旁出現了第三道人影。

它高高瘦瘦的，一動也不動，沒有發出半點聲音，並不具備實際形體。鐵棺材直接切入它那身灰色長袍一角。一縷縷鬼氣閃閃發亮，又粗又短，像是海葵的觸手，從幻影的基底往外伸展翻捲。垂落的袍子下沒有手腳。它的頭部被帶著彎曲縐褶的兜帽蓋住，完全看不見。只露出兩個特徵，蒼白尖削的下巴，色澤猶如魚骨頭，還有參差利齒的嘴巴。

我才剛張開嘴——只要半秒就能吼出警告——卻聽見一道嗓音在腦中響起。

「快看！快看！」

「喬治……」

「我將實現你內心深處的欲望——」

他毫無動靜，喬普林也是，即便那道人影就在他們的視線範圍內。那兩人維持半彎著腰、撥掉棺蓋上泥塊的姿勢。他們的眼睛瞪得大大的，表情呆滯。

「看啊……」

那道低沉的嗓音充滿誘惑——同時也帶來冰冷的反感。它混淆了我的感官；我好想聽從它，卻又極想抗拒。

我逼迫自己動起來。

人影也動了。它往上升起，如同一根灰色的柱子，在星光下若隱若現。

我身旁有人大叫。沒時間了。我抽出長劍。

人影聳立在喬治和喬普林身旁，他們似乎在一瞬間脫離迷茫的狀態，猛然抬頭，嚇得往後退開。我聽見喬治大聲嚷嚷。喬普林丟下文件。人影懸在原處，停滯了幾秒。我知道它的打算。我知道它會突然彎下來，像是瀑布般傾瀉而下，將他們吞噬。它會一口氣吃掉他們兩個。

我離得太遠了。可惡……長劍根本沒有用。

沒時間更換武器了。來不及往腰帶上尋找別的道具。長劍——

那道人影彎下腰——嘴巴大張，森森利牙往下俯衝。

我擲出長劍，它像是輪子般旋轉著劃過空中。

喬普林驚慌之下被自己的腳絆倒，撞上喬治。喬治一邊後退，一邊往腰間尋找抵擋鬼魂的武器，失去平衡，即將倒下——

「我將實現你內心深處的欲望——」

長劍飛過喬治和喬普林之間，越過他們頭頂，包覆白銀的劍刃直直插入那張披著兜帽的臉。

人影消失了。我腦中的聲音也就此斷絕。靈異衝擊波從坑洞中央往外蔓延，撞得我站不穩腳步。洛克伍德的頭髮和衣襬在空中飛舞，他跑過我身旁，衝進坑洞裡，在鐵鍊旁煞住腳步，瞪大雙眼掃視現場。不過已經沒事了。喬治沒事。喬普林沒事。棺材沒有動靜了。夏日星斗在我們頭頂上閃爍。

訪客消失了。

8

事發當下，洛克伍德相當克制。他在墓園什麼都沒說。在回家路上什麼都沒說。一直等到我們鎖好家門，擺好驅鬼護符，把裝備包丟到角落，上完廁所，他的自制才消耗殆盡。他帶著喬治直接進客廳，沒有照平時結案後的習慣來一點洋芋片和熱巧克力，而是狠狠罵了他一頓。

「我真沒想到你竟然把自己的生命——還有那個白痴喬普林先生——放到刀口上。你們下一秒就會遭到鬼魂觸碰。要不是露西出手，你們早就完了！別拿那些廢話搪塞我，說什麼你以為源頭已沒有威脅性。在任務中，讓調查員以外的人士接近具備力量的源頭違反了所有規約。你明明就很清楚！你腦袋在想什麼？」

喬治定在咖啡桌旁他最愛的椅子上。平時缺乏表情的臉上展現出悔恨、不馴、刻意的冷漠。「那時候我們在討論棺蓋上的銘刻。」他語帶惱怒。「一旦棺材落入靈異局手中，我們就再也見不到它了，所以喬普林說——」

「不管喬普林說什麼，你都不該受到影響！」洛克伍德大吼。「你認為這是差點害死自己的好藉口嗎？描下破爛棺材上的刻痕？喬治，我真的沒想到你會這麼做！太意外了！」

其實他沒有嘴上說得那麼意外，我也是。除了嘴賤、彆扭、成天找架吵，喬治最知名的特質就是對於未知事物的迷戀。若他不是在文獻堆裡調查案件背景，那就是在文獻堆裡調查訪客相關的理論——他想探究鬼魂爲什麼會回到人世間，這究竟是如何發生的。令他痴狂的不只是拘魂罐裡的骷髏頭，只要逮到機會，他也會對其他具備靈異力量的物品下手。那副鐵棺材被他歸納爲研究對象也很合理。

也可以理解那個煩人的矮小學者喬普林與喬治擁有同樣的熱忱。

洛克伍德陷入沉默。他雙手抱在胸前，顯然正在等待喬治道歉，但喬治沒有放棄回嘴。「我知道棺材和裡面裝的東西很危險。」他緊咬不放：「我看到的那面鏡子很可怕，可是它們的力量沒有人知道。所以我認爲搞清楚我們面對的訪客——包括那個銘刻在內——是偵探社應盡的責任。我們可以藉此推測畢克史塔——和他的鬼魂——究竟在打什麼主意。」

「又怎樣？」洛克伍德大聲嚷嚷。「誰管那麼多？那不是我們的工作內容！」從許多層面來看，洛克伍德和喬治恰恰相反——不只是個人衛生觀念的差異。他對鬼魂背後的機制毫無興致，也不太理會它們的願望或是意圖。他只想以最有效率的手段剷除它們。不過呢，我認爲今天他最火大的是喬治大意馬虎的業餘表現。「那種東西——」他壓低嗓音，「是伯恩斯與靈異局的職務範圍。不是我們。對吧，露西？」

「沒錯！當然不是。」我小心翼翼地拉整裙角。「雖然有時候這種東西確實挺有意思的……喬治，所以說你有看到刻在上面的東西嗎？我一直忘記問了。」

喬治點頭。「有，剛好瞄到。」

「內容是什麼？」

「『若你珍惜靈魂，務必棄絕這個詛咒之箱。』就這樣。」

我遲疑了下。「棄絕？」

「基本上就是不要碰的意思。」

「好吧，已經太遲了。」

洛克伍德瞪著我們，清清喉嚨。「反正都沒有意義了，對吧？」他擠出悅耳的嗓音。「我說過很多次了，畢克史塔和他的鏡子已經與我們無關。還有，喬治——」

「等等。」我打斷他。「我們口中的艾德蒙．畢克史塔，他的死狀和喬普林提供的故事相符嗎？棺材裡的屍體沒有被老鼠撕碎吧？他的腦門中了一槍。」

喬治點頭。「沒錯。露西，妳提出的疑點很有道理。」

「說不定他是先中了一槍，接著才落入老鼠口中。」

「有可能……但他看起來挺完整的。」

「這不是重點！」洛克伍德大叫。「如果這是交給我們調查的案子，或許有點意思，但這工作已經結案了。結束了！給我忘記！重點是我們這次收錢辦事的目標是找到源頭並封印它。」

「呃，其實我們沒有封印好源頭。」喬治說：「如同我剛才的親身經歷，現場有那麼大量的鐵和銀，畢克史塔的鬼魂卻還是有辦法跑出來。這很不尋常。就算是你，也該承認這件事值得調查。」

洛克伍德低聲咒罵。「沒有！我一點都不這麼想！喬治，是你鬆動了網子——所以訪客才會溜出來，對你施展鬼魂禁錮。你是僥倖撿回一命！你太容易分心了，這是你的老毛病。你要把優先順序放在心上！看看這個玩意兒……」

他狠狠指向咖啡桌，桌上放著拘魂罐，骷髏頭隱約可見，綠色的鬼氣和平時一樣混濁。這天下午，喬治又拿它做了一些實驗。正午的太陽對它毫無影響，開收音機讓它籠罩於震耳欲聾的古典音樂也無效。筆記本和潦草的紀錄化爲一小片海。

「這是最佳證據。」洛克伍德繼續說下去。「你花太多時間對付這個破爛罐子了！給我多花點時間調查眞正的案子，替偵探社多做點事！」

喬治的臉漲得通紅。「這是什麼意思？」

「前天的溫布頓公地的案子……你完全忽略了絞架的歷史背景。就連那個智障鮑比・維農都能挖出更多有用的情報！」

喬治僵硬地坐著，張開嘴像是要反駁，卻又閉上嘴巴。他臉上毫無情緒，摘下眼鏡，在運動服上抹了抹。

洛克伍德雙手耙梳頭髮。「這麼說太不公平了。我不該說這種話。抱歉。」

「別這麼說。」喬治語調平板。「我以後會更努力。」

「嗯。」

客廳裡一陣寂靜。「我來泡熱巧克力吧？」我擠出開朗的語氣。熱巧克力能舒緩各種不愉快的情緒。夜晚即將結束，天快要亮了。

「我來吧。」喬治突然起身。「看我能不能把這件事做好。小露，妳要兩顆方糖對吧？洛克伍德……你的我會加兩倍奶泡。」

洛克伍德對著關上的房門皺眉。「跟妳說，他剛才那句話讓我心裡不太舒坦……」他嘆了口氣。「露西，我這句話是認眞的：妳剛才的表現非常傑出——丟出長劍救了他們兩個。」

「謝啦。」

「妳瞄得眞準，直直從他們中間飛過去。要是往左偏一點就要正中喬治眉心啦。眞的是非常優秀的準度。」

我比了個手勢表示謙虛。「喔……非常時刻有非常手段。」

「妳其實完全沒有瞄準對吧？」

「對。」

「妳只是丟出去而已。瞎貓碰上死耗子，碰巧喬治沒有站穩，跌到旁邊。不然妳的劍就要插在他頭上了。」

「對。」

他對我微微一笑。「不過呢……這無法抹滅妳的傑出表現。只有妳及時反應過來。」

他火力全開的認可再次讓我臉紅。我清清喉嚨。「洛克伍德，畢克史塔的鬼魂……它是哪一種？我從沒見過那樣的東西。你有沒有看到它拉得多長？哪種訪客做得到這種事？」

「小露，我不知道。希望我們捆在上面的鐵鍊可以讓它安靜到天亮，然後它就是靈異局的問題啦，可喜可賀。」他再次嘆息，從椅子上爬起來。「我去幫喬治。我知道自己傷到他了，也有點擔心他會對我的熱巧克力動什麼手腳。」

□

等他離開，我靠上沙發椅背，仰頭盯著天花板。不知道是太累了，還是這晚過得太刺激，視野有些飄移不定。一個個影像從我眼前飄過——喬治和喬普林僵在棺材前；畢克史塔屍體發黑的獰笑；披著長袍的駭人鬼魂往夜空升起拉長……影像兜著圈緩緩飛舞，成了全世界最兒童不宜的旋轉木馬。

床鋪。我需要睡一下。我閉上眼睛。沒有用。那些影像還在。更糟的是它們讓我想起那道冰冷的嗓音，誘哄似地對著站在坑裡的我說話，要我快看……看什麼？那個鬼魂？那面鏡子？

幸好我不知道。

「累了嗎？」有人柔聲搭話。

「嗯。有一點。」這時，我覺得自己的肚子開了一道電梯井，靈魂從那個洞掉進去。我睜開眼睛。門還關著。聽得見洛克伍德和喬治在幾道牆外的廚房裡說話。

天花板上浮現一道旋轉的綠光。

「因為妳看到那個東西了。」最低沉的喉音；既奇異又熟悉。我曾經聽過一次。

我緩緩抬頭，望向咖啡桌。桌面被翡翠色的鬼氣照亮，罐裡的物質像是爐口上的沸水，從中心往外一波波脈動。帶著嗤笑的臉浮在鬼氣中。圓圓的鼻子尖端緊緊貼著銀玻璃，邪氣的雙眼閃閃發光，沒有嘴唇的嘴巴扭出獰笑。

「是你。」我喉嚨乾涸，幾乎擠不出聲音。

「這句招呼不怎麼有誠意啊。」嗓音響起。「不過沒錯，是的，我不否認。就是我。」

我掙扎起身，呼吸急促，狂喜從體內湧起。我沒有想錯，它的確是第三型鬼魂。擁有清楚的意識，能與外界溝通！可是洛克伍德和喬治不在這裡──一定要給他們看看，一定要證明這件事。我走向房門。

「喔，別把他們扯進來。」骷髏頭的低語帶著痛苦。「這是我們之間的小祕密。」

我停下腳步。它上回願意開口是七個月前的事。相信我一開門，它就會封閉起來。我吞吞口水，努力忽視狠狠撞擊胸腔的心臟。「好吧。」我啞著嗓子回應，第一次直視它。「既然你如此希望，我們就來聊聊吧。你是什麼？爲什麼對我說話？」

「我是什麼？」那張臉從中間裂開，鬼氣散開，我清楚看見罐子底部那顆沾染污漬的棕色骷髏頭。「這就是我。」嗓音嘶嘶作響。「看仔細了。同樣的命運等著妳。」

「喔，我好怕啊。」我冷笑。「你和上次沒有兩樣。當時你說了什麼？死亡即將降臨？不好意思，我還活得好好的，你依然被困在這個罐子裡，像一團發光的蛞蝓。你的預言眞是準確。」

鬼氣像是電梯門般從兩側闔起，那張臉再次現形，左右稍微沒拼好，眼歪嘴斜的，稍微失了點魄力。「眞是失望。」它低語：「妳沒有聽從我的警告。死者復活，生者赴死——我是這麼說的。可惜啊，露西，妳太愚蠢了。對身旁種種徵兆視而不見。」

我聽見餐具敲擊的叮噹聲從廚房傳來，舔舔嘴唇。「胡說八道對我沒用。」

那張臉發出咕噥聲。「怎樣？要我拍照給妳看嗎？好好運用妳的眼睛和耳朵！用用妳的大腦，女孩。沒有別人做得到。妳只能靠自己。」

我搖搖頭，想讓腦袋清楚一點。我雙手扠腰，對罐子裡的人臉爭辯：「錯了。我不孤單。我還有朋友。」

「誰？胖子喬治？說謊精洛克伍德？」那張臉笑得皺成一團。「是啊，好個合作無間的隊伍。」

「說謊精……？」鬼魂的嗓音帶著接近催眠的功效；我難以無視它。那道嗓音中蘊含的得意瞬間竄過我全身，我慌忙退到客廳另一頭。

「不用嚇成這樣。神祕兮兮、滿口謊言。妳很清楚他就是這種人。」

我對它的愚言嗤之以鼻。「我可不這麼想。」

「那就去吧。」低語再次響起。「門沒鎖。一伸手就能打開。」

我當然會這麼做。我突然好需要陪伴；我需要他們。我不想和這道沾沾自喜的嗓音獨處。

我橫越房間，手指伸向門把。

「說到門啊，我曾經看過妳在二樓，站在那個房間外。妳很想開門進去，對吧？」

我稍一遲疑。「才沒……」

「幸好妳沒有。不然妳可沒辦法活著走出來。」

腳下的地板彷彿稍稍傾斜。「沒有。」我再次聲明。「沒有。」我摸上門把，準備轉動。

「除了我，這棟屋子裡還有其他應該要害怕的事物。」

「洛克伍德！喬治！」我打開門，對著他們震驚的臉龐嘶吼。洛克伍德嚇到把半杯熱巧克力灑在走廊地毯上，喬治手中托盤上的洋芋片和三明治狠狠一晃。我領著他們進房。

「它說話了！」我大叫：「那個罐子！快看！快聽！」

我手忙腳亂地向玻璃罐比畫。當然了，那個鬼魂什麼都沒說。當然了，那張臉消失了；混濁的鬼氣懸浮在罐裡，像是裝進果醬罐的泥濘雨水般引人入勝。朦朧中隱約可見骷髏頭的牙齒，隔著固定它的金屬夾子獰笑。

我垂下肩膀，深吸一口氣。「剛才它說話了。」我的嗓音虛軟無力。「它眞的對我說話了。要是你們早一分鐘進來……」我怒目而視，彷彿要把他們錯過好戲的責任推到他們頭上。

他們一言不發，愣愣站著。喬治用小指尖把三明治推回原位。洛克伍德總算回過神來，把兩個馬克杯放到桌上，掏出手帕抹掉濺到手上的巧克力。

「來喝點東西。」他說。

我盯著咧嘴獰笑的骷髏頭，心中充滿怒氣，猛地往前跨出一步。要不是洛克伍德揚手制止，我肯定會把罐子踹到地上。

「沒關係，小露，我們相信妳。」

我疲憊地抓抓頭髮。「很好。」

「坐下吧，吃點東西。」

「好。」我乖乖聽話。大家一起坐下享用點心。過了一會，我再次開口：「感覺和第一次在地下室那樣，它突然對我搭話，我也回了。」

「是那種你來我往的對話？」洛克伍德問：「眞正的第三型？」

「絕對是。」

「你們的對話內容如何？」喬治問。

「讓我很……不爽。」我狠狠瞪著無聲無息的罐子。

他緩緩點頭。「梅莉莎·費茲說過和第三型鬼魂溝通非常危險，它們會扭曲你的話語、玩弄你的情緒。她說如果不夠謹慎，就會漸漸遭到它們掌控，直到你無法照著自己的心意行動……」

「不太一樣……整體來說就是『不爽』。」

「那它對妳說了什麼？」洛克伍德問：「這次它又分享了什麼高見？」

我把視線轉向他。他坐回剛才的位子，小口小口喝熱可可。儘管今晚高潮迭起，他還是和往常一般冷靜沉著，不露出半點破綻，情緒控制得好好的。

除了我，這棟屋子裡還有其他應該要害怕的事物。

「嗯，也沒什麼啦。」我說。

「一定多少有些新鮮事吧。」

「它有沒有提到死後的世界？」喬治一臉急切，鏡片後的雙眼熠熠生輝。「這可是不得了的情報。大家都想知道。喬普林大叔對我說他參加過以這個為主題的學者盛會。死後會發生什麼。永生……人類靈魂的命運……」

我深吸一口氣。「它說你是胖子。」

「什麼？」

「基本上它都在說我們的事。它一直在觀察我們，知道我們的名字。它說——」

「它說我是胖子？」

「對，可是——」

「胖子？胖子？這算什麼來自另一個世界的訊息？」

「它說的都是這種話嘛！」我大叫：「都是些屁話。我覺得它很壞心，想要傷害我們，操控我們起內鬨……它還說我對身旁的事物視而不見……抱歉，喬治。我不是故意要嗆你，希望你——」

「要是我在意體重，我買面鏡子就好了。」喬治說：「太讓人失望了。沒有任何關於另一個世界的情報？算我白問了。」他咬了一大口三明治，一臉後悔地癱坐在椅子上。

「它對我有什麼評價？」洛克伍德那雙平靜的黑眼直視著我。

「呃……這樣那樣之類的。」

「比如說？」

我別開眼，突然對三明治充滿興致，以誇張的姿勢挑出一塊特別厚的，捏在手中打量。

「喔，很好，是火腿。太讚了。」

「露西，上回我看到這種肢體語言是在和瑪婷．葛雷聊起她失蹤的丈夫時，之後我們發現他被塞在她家冷凍櫃底下。不要迴避問題，說吧。」他從容地笑了笑。「我真的不會生氣。」

「不會嗎？」

他輕笑一聲。「它說的話能難聽到什麼程度？」

「好吧，它對我說……我沒有相信喔，也一點都不在乎，無論真相是什麼……它暗示你把什麼危險的東西藏在那個房間裡。你知道的，就是二樓那個房間。」我的聲音缺乏底氣。

洛克伍德放下馬克杯，冷冷開口：「我知道。就是妳一直掛在嘴邊的那個房間。」

我啞聲叫嚷：「這次不是我提的！是罐子裡那個鬼魂說的！」

「罐子裡的鬼魂。是啊，它碰巧和妳擁有同樣的執念。」洛克伍德雙手環胸。「告訴我，『罐子裡的鬼魂』到底說了什麼？」

我舔舔嘴唇。「不重要了。反正你根本不相信我，我什麼都不說了。我要回房間。」

我站起來，洛克伍德也跟著起身。「喔，不，妳不能走。妳不能丟出子虛烏有的指控，然後揚長而去。告訴我妳看到了什麼。」

「我什麼都沒看到。我說過很多次了，它……」我停頓一秒。「所以裡面真的有什麼。」

「我可沒這麼說。」

「你拐彎承認房裡眞的放了什麼東西。」

我們站在原處對峙，喬治又拿了一塊三明治。就在此時，走廊上的電話響了，我們三個都嚇了一跳。

洛克伍德低聲咒罵。「是怎樣？現在是清晨四點半耶。」他走出客廳接電話。

喬治說：「看來梅莉莎．費茲說得沒錯。第三型鬼魂確實會擾亂思緒、玩弄情緒。看看你們兩個剛才在幹嘛？爲了不存在的議題吵成那樣。」

「才不是不存在的議題。那是最基本的信任問題——」

「從我的角度來看連屁都不如。這個鬼魂叫我『胖子』，我有和它吵起來嗎？」

門開了，洛克伍德再次進房，他臉上的憤怒被困惑與擔憂取代。

「今晚眞是越來越離奇了。」他說：「桑德斯從墓園打來，說有人闖進保管畢克史塔棺材的禮拜堂。其中一個守夜的孩子受傷了。你們記得那面詭異的鏡子嗎？它被偷走了。」

Lockwood & Co.

第三部

失蹤的鏡子

9

我們今天早上不只接到一通電話。過了四個小時，大約在八點左右，我們還在補眠的時刻。在這種情況下，我們一般會這樣回應：一、忽視它（洛克伍德）；二、好聲好氣地要對方晚點回電（喬治）；三、臭罵對方一頓然後掛電話（我——睡眠不足讓我難有好脾氣）。不過這次是靈異局的伯恩斯督察來電，要求我們到局裡參加緊急會議，我們實在是別無選擇。十五分鐘後，我們連早餐都沒吃，昏昏沉沉地擠上計程車，前往蘇格蘭警場。

又是一個完美的夏日早晨，倫敦的大街小巷被美妙的淡淡影子和閃耀的陽光籠罩。計程車裡的氣氛就沒這麼明朗了。洛克伍德臉色蒼白，只說得出隻字片語；喬治的眼袋簡直能讓田鼠當吊床用。一路上我們幾乎沒有開口。

但對我來說再好不過。我的腦袋脹得要爆炸，搖下車窗，閉起雙眼，以涼爽的新鮮空氣沖刷思緒。昨晚一連串遭遇在腦中彈跳，爭取我的關注——墓園裡的幻影、罐子裡猙獰的骷髏頭、和洛克伍德的爭執——這一切感覺都太不真實了。

特別是骷髏頭的警告。在我踉蹌下樓途中，看到二樓那扇不得開啓的門，心中頓時閃過一陣刺痛。那番話的力量在陽光下萎縮，我知道不該受到它影響。它是騙子，正如喬治所說，只是想找機會陷害我。能聽見鬼魂聲音的我得格外小心。

然而那段對話依舊充滿現實感。全倫敦——或許除了偉大的梅莉莎・費茲——沒有其他人像那樣和鬼魂說過話。我的腦袋一片混沌，在朦朧睡意間感受到一股顫慄。特別的究竟是那顆骷髏頭——還是我？

我回過神，發現自己自顧自地嘴角上揚。我用力睜開眼睛，車子已經開到維多利亞街，即將抵達目的地。計程車在路上緩緩穿梭，剛好行經日出公司的氣派辦公大樓前。最新產品的廣告看板——薰衣草手榴彈、更輕巧的鎂光彈——懸在大樓前的廣場上空反射陽光。

喬治和洛克伍德癱在座位上，默默望向車外天空。

我打直背脊，把佩劍調整到更舒服的位置。「洛克伍德，伯恩斯想幹嘛？與畢克史塔有關？」

「對。」

「我們又犯了什麼錯嗎？」

他皺起臉。「妳也知道伯恩斯的個性。他需要理由嗎？」

計程車停在蘇格蘭警場的玻璃帷幕外，靈異局的總部也設在此。我們下了車，付錢，拖著腳步進門。

靈異現象研究與控制局——簡稱靈異局，這樣叫起來比較方便——的存在是爲了監控遍及全國的數十間偵探社。同時也負責彙整國內各處持續不斷的鬧鬼現象，他們在維多利亞街地底深處設置了鋼鐵庫房，架設寬敞的實驗室，讓靈異局內的科學家與難解的靈擾搏鬥。不過與我們最有關係的是他們長期意圖控制像我們這樣的獨立偵探社，特別是局內迂腐又壞脾氣的指揮官——蒙特古．伯恩斯。

伯恩斯對洛克伍德偵探社的反感和脊椎反射差不多。他不喜歡我們的調查手法，不喜歡我們的態度，甚至連我們在波特蘭街可愛的小小辦公室也看不順眼，雖然他稱讚過我今年春天在窗外花台種下的鬱金香。他每次「召見」的結果都是我們排排站在他的辦公桌前，像是調皮搗蛋的學童般遭受斥責。

所以呢，這回我們沒有困在平時那個聞得到淡淡鬼氣的等候區，而是直接被帶進控制中心，實在是有點意外。

這是控制中心最安靜的時段。牆上的倫敦街道圖幾乎沒有半個閃爍的光點，沒有人操作成排的電話。幾個衣著整潔的男女坐在桌邊翻動牛皮紙資料夾，整理新的事件報告。有個小伙子拿拖把清理前夜靈異局調查員帶回來的滿地鹽巴、灰燼、鐵粉。

辦公室另一頭的會議桌設置了掛圖架，伯恩斯督察就坐在一旁，板著臉盯著一堆文件。

他身旁還有其他人——和平時一樣趾高氣揚、光鮮亮麗的奎爾．奇普斯和凱特．古德溫。

我僵在原地。洛克伍德牙縫間擠出氣音。喬治以我們聽得見的音量咕噥：「生死關頭、社內爭執、只睡了兩、三個小時我勉強可以忍，但這下我要抓狂了。要是我跳上桌尖叫，不要阻止。讓我發洩一下吧。」

看到我們走近，伯恩斯瞄了手錶一眼。「總算。」他說。「大家都知道你們昨晚有多辛苦。

坐吧，咖啡自己倒。看來你們還買不起正式的制服。庫賓斯，你T恤上沾的是蛋黃，還是鬼氣？我發誓上次見到你的時候就看到那個東西了。同一件衣服，同樣的污漬。」

奇普斯勾起嘴角，古德溫面無表情。他們的裝束依舊筆挺潔淨，簡直可以拿來盛裝飯菜了，前提是不會被他們的臉破壞胃口。我再次意識到自己看起來有多糟，濕頭髮沒擦沒梳，衣服縐得要命。

洛克伍德饒富興味地對眾人微笑。「伯恩斯先生，我們很樂意等你和奇普斯開完會。我可不想打岔。」

「如果你想解雇他們，我知道有個地方剛好缺人。」喬治補上：「馬里波恩車站要兩名廁所服務員。穿同一件外套、同一套衣服上工應該沒差。」

「奇普斯先生與古德溫小姐是應我的要求來此。」伯恩斯說：「這件事很重要，我需要多找幾組調查員。請坐，別再放話了。注意力請全放在我身上。」

我們入座，奇普斯幫我們倒咖啡。有人能以這種施恩的態度倒咖啡嗎？可以的話，奇普斯做得滿好的。

伯恩斯說：「我聽說你們昨晚在肯薩綠地的表現了——」他看了一眼筆記，以不屑的語氣繼續說：「美夢挖掘公司的保羅・桑德斯先生已向我報告了大致過程。先不論你們應該要在移除那副棺材時馬上聯絡我們。為了釐清目前的狀況，我要你們詳細說明昨晚發生的一切。」

「伯恩斯先生，請問目前的狀況是什麼？」洛克伍德提問。「桑德斯今天清晨打電話給我們，但從他口中問不出什麼端倪。」

伯恩斯若有所思地打量我們，他的表情和平時一樣飽經風霜，垂著眼袋的雙眼依舊犀利。我的注意力還是被他那把大鬍鬚吸走。在我眼中，伯恩斯的鬍鬚很像某種來自異地的毛毛蟲，大概是在蘇門答臘森林裡採集到的未知生物。它彷彿擁有生命，隨著主人的心情抽動顫抖。今天它看起來有些膨脹、剛毛豎立。伯恩斯說：「桑德斯那個智障，他知道他麻煩大了，連句話都說不好。一小時前我找他來這裡，聽他在大白天扯了一堆鬼話。簡單說就是你們找到的鐵棺材被人洗劫，裡面的東西不翼而飛。」

「有人受傷嗎？」我問：「聽說有一個守夜的——」

「事情一件一件來。」伯恩斯說：「我要你們仔細交待打開棺材時的細節，看到什麼、聽到什麼，還有一切相關的靈異現象。說吧。」

洛克伍德負責發言，喬治和我補充個人感受。我注意到喬治對於他和喬普林在圈內遇上的事情印象模糊。根據他的說法，他們才剛靠近棺材，畢克史塔的鬼魂就低頭撲向他們。完全沒提到他們無助地僵立原處，無法動彈。

當我提起那道聲音時，洛克伍德皺起眉。「妳之前沒說到這件事。」

「現在剛好想起來嘛。我猜是那個鬼魂，它很希望我們看著什麼東西，說那會實現我們『內心深處的欲望』。」

「它在對妳說話？」

「我想它是在對每一個人說話。」

伯恩斯凝視我好一會。「卡萊爾，妳擁有出眾的天賦。好了，那個把庫賓斯嚇壞的物體——你們說是鏡子之類的——是鑲在木頭外框裡？」

喬治和我點點頭。

「就這樣？」奎爾．奇普斯問。「這點線索太模糊了吧。」

「沒空看仔細。」洛克伍德說：「事情發生得太快，花時間研究那個東西太危險了。」

「你們難得做出明智之舉。」伯恩斯說：「總結下來，那座墓地裡可能有兩個源頭。畢克史塔醫師的屍體和那面鏡子。」

「沒錯。那道幻影一定是從屍體跑出來的。」洛克伍德說：「當時我們的網子還蓋著鏡子。不過從喬治的體驗來看，那面鏡子肯定另外蘊藏著超自然力量。」

「很好。」伯恩斯從文件堆裡抽出幾張表面光滑的黑白照片，反面朝上，排在自己面前。「現在我要說的是今天清晨發生的事。你們離開墓園後，桑德斯先生用堆高機把棺材運進禮拜堂。他說他們全程確保銀鍊網和其他封印都沒有移動。他們拿鐵鍊綑住棺材，派一名守夜的男孩守門，繼續忙其他的事情。」

「等等。」洛克伍德的神態起了我們熟悉的變化。所有疲憊困頓都被他留在計程車上，現在他反應迅速、興致勃勃、極度專注。「禮拜堂是桑德斯的辦公室，他和喬普林在那裡工作。這兩人後來跑哪去了？」

「桑德斯說他與喬普林先生跑去墓園的其他區處理事務，守夜員大多跟著他們行動，不過基地總是有人來來去去，拿設備工具、休息一會之類的。」

「過了凌晨，兩點半左右，守門的守夜員換了班，桑德斯回來監督，趁機往禮拜堂裡看了一眼。他說裡頭很平靜，棺材沒有半點變化。換另一個叫泰瑞．摩根的小伙子來守門。這個孩子十一歲大。」伯恩斯的炯炯目光掃向我們，伸出一根手指搓搓鬍鬚。「嗯，今天的日出是四點十三分，針對靈異現象的調查不得不暫停。接近四點半的時候，另一個孩子來禮拜堂和泰瑞．摩根換班。他發現門開著，摩根倒在屋裡。」

我的心臟一震。「該不會……」

「不，算他走運，只是昏過去而已。他被人拿什麼東西狠狠毆打，那個人隨即打開棺材，把你們的封印丟到一旁，把棺材裡的東西翻到地上。」

他把最上面的兩張照片翻過來，沿著桌面轉向我們的方向。奇普斯接過其中一張，洛克伍德領了另一張。我們湊上去看個仔細。

這是從門邊拍攝的禮拜堂內部，背景可以看到一張辦公桌和祭壇一角。地上散了一大堆偵探社的裝備，我們的鐵鍊、銀鍊網，還有幾個我們拿來封住棺材的護符。畫面中央是傾倒的鐵棺材，木乃伊化的遺體半身落在石磚地上。照片上的畢克史塔就和昨晚的驚鴻一瞥同樣倒人胃口，發黑萎縮的人形物體，裹著破爛長袍和發霉的套裝。一條枯瘦的手臂像是從手肘狠狠反折似地以不自然的角度伸出，另一隻手掌心朝上，彷彿是想抓向某樣不存在的東西。一綹綹白髮貼在裸露的頭蓋骨上，形似溺死的蜘蛛長腿。

「眞噁。」喬治說：「凱特，別看它的臉。」

金髮女孩隔著桌子對我們皺眉。「我早就習慣這種場面了。」

「也是，妳在這位奇普斯手下辦事，對吧？我想也是如此。」

奇普斯對著照片皺眉。「棺材看起來很沉，小偷肯定不只一人。」

「說得好。」伯恩斯說：「沒錯，泰瑞．摩根一小時前在醫院醒來，他驚恐萬分，但還有辦法描述遭受攻擊的過程。他聽見台階旁的草叢裡有些雜音，轉頭一看，發現一名戴著黑色滑雪面具的男子迅速接近。接著另一個人從他背後毆打他。」

「可憐的孩子。」我說。對面的凱特．古德溫對我挑眉。我面無表情地回瞪她。我也能擺出一張冷臉。

「鏡子就這樣不見了……」奇普斯邊想邊說：「他們特地挑選接近日出時犯案，認爲在這個時間點移除封印比較安全。但風險還是很大。」

「最不可思議的地方在於事發的速度。」伯恩斯說：「棺材在半夜十二點左右打開，還不到四個小時，小偷就找上門了。一般來說消息不會傳得這麼快，現場肯定有人直接下達命令。」

「或是開棺後離開現場的人。」凱特．古德溫說著，對我們勾起嘴角。

我瞄向洛克伍德。他的注意力全放在照片上，像是裡頭有什麼東西讓他感到疑惑。他對古德溫的嘲弄渾然不覺。「誰知道那副棺材的事？」我問。

伯恩斯聳聳肩。「挖掘工人、靈感者、守夜員……還有你們。」

「如果你認爲是我們幹的，歡迎搜查屋子。就從喬治丟髒衣服的籃子開始吧，我們偷來的東西大多藏在那裡。」

督察比了個不屑的手勢。「我不認爲是你們偷的。但我強烈希望把它找回來。洛克伍德先生！」

「他快睡著了。」奇普斯說。

洛克伍德抬起頭。「什麼？抱歉？」他放下照片。「鏡子嗎？嗯，你說要把它找回來。可以問一下是爲了什麼嗎？」

「你很清楚原因。」伯恩斯語氣生硬。「庫賓斯才看了那面鏡子一眼，就遭到奇異力量的負面影響。天知道鏡子對他做了什麼？更何況一切蘊藏超自然力量的物品都是國定的危險物。嚴格禁止一般民眾竊取、販售、散布。再給你們看個東西。」

伯恩斯又撥來一張黑白照片。這次是某個無趣的公共集會所內部，拍照者位於房間後側。大約有十個人坐在木頭長椅上，面對前方的小平台。台上站了一名警察，可以看到旁邊一扇門裡拉起了警方的封鎖膠帶。陽光從屋頂上方射入。平台上有一張桌子，勉強能看到桌上放了類似玻璃水果碗的東西。

「卡納比街邪教。」伯恩斯說：「二十年前。你們當然都還沒出生。當年還是年輕警官的我去過現場辦案。其實都大同小異。一票蠢蛋想和死者『溝通』，探究死後世界的祕密。他們不只是嘴上說說，還跑去向盜墓者買了可疑的玩意兒，痴心妄想有一天能見到訪客。有沒有看到這個碗？他們把墳墓裡挖出來的寶貝——埋在馬歇爾希監獄庭院的骨頭，上頭還連著手銬腳鐐——放在裡面。通常盜墓者賣的都是些垃圾，但這次這個是眞貨。訪客現身了。你們可以看出它傳遞了什麼訊息。」

我們緊盯著照片，長椅上那些人全都垂著腦袋。「等等。」凱特·古德溫說：「所以這些人……他們都……」

「死透了，無一倖免。」這句話像是從伯恩斯的靈魂深處說出似的。「十三個人。我可以舉出數十件案例——要拿照片給你們看也行，不過肯定會害你們吃不下早餐。」他上身前傾，長滿手毛的手指往桌面一戳。「這告訴我們，力量強大的物品一旦遭到誤用，就會造成致命危機！它們就像是未爆彈。這面鏡子，管它是什麼東西，總之也不例外。靈異局相當關注此事，要把它找回來。上級將這件事列爲最優先事項。」

洛克伍德將椅子往後一推。「嗯，祝你們好運。如果我們還幫得上什麼忙，歡迎隨時聯繫。」

「雖然我的理智難以接受，不過你們確實能幫點忙。今天早上我人手不足，依爾弗德爆發嚴重的靈異事件，許多靈異局的人馬正忙著調查。既然你們已經和這個案子扯上關係，既然可能因爲你們的疏忽，那個東西沒在昨晚就交到我們手上，我要你們追查那面鏡子的下落。靈異局會支付相應的酬勞。」

「你要雇用我們？」喬治愣愣看著督察。「你們是窮途末路了嗎？」

伯恩斯的鬍鬚可憐兮兮地下垂。「幸好費茲偵探社派出奇普斯和他的小隊前來協助。這個案子同時交給他們。我要你們合作。」

我們鬱悶地瞪著對桌的兩人。奇普斯與古德溫冷冷看著我們。

我清清喉嚨。「伯恩斯先生，在倫敦這麼大的地方，有那麼多偵探社可以選。你確定真的要請他們？」

「去路上找個瘋子。」喬治跟著抗議。「去養老院隨便挑個老頭。不管是誰都比奇普斯好太多了。」

伯恩斯眼神凶狠。「找到失蹤的陪葬品，查出小偷的身分與原因。在其他人受傷前完成，越快越好。如果想給我好印象——」鬍鬚往外飛起，牙齒一閃。「你們好好合作，不要互嗆謾罵，最重要的是別拔劍互毆。懂了嗎？」

奇普斯爽快點頭。「是的，先生。這是當然的。」

「洛克伍德先生？」

「當然，完全沒問題，督察。」

□

「就這麼說定了。」一同離開會議室後，洛克伍德說：「你們別來扯我們後腿，我們也不會插手你們的事。不偷情報也不作弊。不過先來談談之前的比試。沒錯，這是公平競爭的機會。你們想加入，還是要退出？」

奇普斯發出狗吠似的笑聲。「退出？怎麼可能！我們的協議依然有效。先追蹤到那面鏡子、交給伯恩斯的一方就贏了。輸家要登報認輸，承受社會大眾的羞辱。一言爲定？」

洛克伍德從口袋裡抽出雙手，隨意瞄了喬治和我一眼。「你們也同意？」

我們點點頭。

「我方沒有異議。你要與隊員討論一下嗎？」

「喔，我隨時奉陪。」凱特・古德溫說。

「鮑比・維農的意見呢？」喬治問。「我想他應該在場吧。」他對著空蕩蕩的走廊東張西望。

奇普斯皺眉。「鮑比才沒有那麼小隻。我們晚點向他說明，反正他會聽我的。」

「那就好。」洛克伍德說：「比賽開始。祝你們好運。」

兩人握了手。奇普斯和古德溫轉身離開。

「廁所在那裡。」喬治說：「你可能會想洗個手。」

「沒空。」洛克伍德對我們笑得森冷。「我們要搶先奪得勝利。走吧。」

10

剛過中午，墓園艷陽高照，蜜蜂繞著十字架嗡嗡飛舞，蝴蝶在哀悼天使塑像和覆滿常春藤的石雕造景上飄移。天氣很熱，一切事物緩慢而慵懶。除了洛克伍德——他領著我們走過碎石子路，腳步快到一個沒踩好就會摔得狗吃屎，同時嘴裡說個沒完。

「奇普斯那夥人八成早就到了。我們就當作沒看到他們，不管他們說什麼。就算受到挑釁也不要反應——也不要挑釁他們。特別是你，喬治。」

「幹嘛特別說我？」

「有時候你光是看著別人就能讓他們勃然大怒。聽好了——我們動作要快。回波特蘭街一趟害我們落後太多。」

雖然這話沒錯，但實在是難以避免。我們都需要收拾工作腰帶和裝備包，補充裝備，好好吃點東西。喬治還需要沖澡。這些都是考量重點。

「奇普斯會做那些最顯而易見的事情。」洛克伍德繼續說著，禮拜堂的屋頂從樹叢間浮現。「他會分散人手追蹤兩個不同的線索。第一個是鏡子，那個神祕兮兮的艾德蒙·畢克史塔到底拿鏡子幹了什麼好事？撇開那些巫術與老鼠，畢克史塔究竟是誰？喬治，這就交給你了。」

喬治的鏡片一閃。「我馬上就去檔案館。」

「等等。我要你先陪我一起看過現場狀況，特別是那副棺材。之後你就可以離開了，交給露西和我追查第二條路線——誰偷了那個東西？現在它在哪裡？我們四處看看，與現場的人士談談——」他像是突然想到什麼似地話鋒一轉：「喔，我一直想問問你們。伯恩斯那張照片……你們有看出什麼古怪之處嗎？」

我們看著他，一起搖頭。

「沒有嗎？我好像在棺材內部看到什麼東西。被屍體的腿遮住一半，還滿模糊的，很難斷定，只是……」

我皺眉。「那你覺得是什麼？」

「不知道。可能是我看錯了。啊，我說得沒錯吧？奇普斯那夥人早就到了。」

繞過禮拜堂，我們看到穿著灰外套的身影在挖掘基地裡穿梭。一大群費茲調查員在其中一間組合屋旁忙碌。有人和身上滿是刺青的工人談話，那些工人坐在折疊椅上，大腿上放著盤子，一心只想早點吃完午餐。其他人四處拍照，觀察地上的腳印。好幾個人包圍了三、四名守夜員的孩子，看起來正在偵訊他們。一名頂著蓬鬆亂髮的壯碩調查員激烈地比手畫腳。我認出那些孩子昨晚也在這裡，他們臉色蒼白、神情驚慌。

「那是奈德．蕭。」喬治小聲說。「認得他嗎？」

洛克伍德點頭。「奇普斯的打手之一。是個陰險的傢伙，曾經有人指控他痛毆葛林堡的調查員，只是都無法證實。哈囉，桑德斯先生，喬普林先生！又見面啦！」

經歷昨晚的風風雨雨，挖掘公司老闆和矮小的學者都有些憔悴。桑德斯面如死灰，一臉焦慮，下巴布滿鬍碴，身上那件衣服從昨天穿到現在，縐得不成樣子。喬普林看起來更糟，憤怒與不安令他雙眼通紅。他擔憂地抓抓頭髮，隔著小小的鏡片對我們眨眼。頭皮屑比先前還要顯眼，像是灰色雪花般落在他肩頭。

「眞是太糟了！」他高聲哀號：「前所未聞！天知道被偷走的東西有多大價值！駭人聽聞！冷血無情！驚世駭俗！」

「還有那個受傷的守夜孩子，他眞是可憐。」我說。

兩個大人沒有理會我。桑德斯對喬普林擺出臭臉。「算不上什麼前所未聞，艾伯特。以前也發生過幾次竊案。墓地的保安和篩子一樣可靠。只是現在惹出了天大風波。靈異局要開砲了。調查員如蒼蠅般到處爬。」

喬普林吸吸鼻子。「保羅！就告訴你要多派幾個人守著那個東西！就找個小孩來看門？人手再多都不夠。不，你就是不聽！你每次都把我踩在腳下。我想回去確認一下，可是你說——」

「兩位男士，介意讓我們看看禮拜堂嗎？」洛克伍德笑容可掬。「不麻煩你們帶路，我們知道怎麼進去。」

「不太確定你們還能找到什麼其他人沒找到的新線索。」桑德斯酸溜溜地說：「你一定知道是內鬼幹的好事吧？某個守夜的小鬼放那些小偷進去。那些不知感恩的乞丐！看我付了多少錢給他們！」

洛克伍德望向遭到偵訊的守夜少年。就算隔了一段距離也聽得見奈德．蕭的囂張語調。「看來他們可不好受。可否請問是爲了什麼嗎？」

桑德斯咕噥：「洛克伍德先生，根本沒有什麼古怪。看看這裡的配置就知道了。禮拜堂在這，唯一的出入口在台階這邊，外頭是我們的基地。天快亮的時候——也就是竊案發生時——大部分的守夜員回到他們的小屋準備休息。總有幾個人在火堆旁瞎晃，犯人很難神不知鬼不覺地溜進來。所以奇普斯相信某些小鬼涉案，甚至是全部的人都牽涉其中。」

「爲什麼小偷要經過小屋？」我問。

「小妞，西門在那個方向，晚間只有那扇門開著，其他出入口都上了鎖，圍牆太高了，很難爬進來。」

喬普林先生似乎分心在想別的事，咬住下唇，熱烈的眼神投向墓園另一端，不過他突然開口：「沒錯，只要我們連那扇門也封住——保羅，如同我的建議——說不定這起竊案就不會發生了！」

「可不可以別再拿這件事和我吵了？」桑德斯狠狠反駁。「不過是丟了個破爛遺物！」

喬治對著禮拜堂另一頭皺眉，建築物的尾端貼著濃密的灌木叢。「奇普斯的理論毫無根據。小偷明明就可以繞到禮拜堂後側，不用經過基地就能回到西門。」

「這倒不盡然。」喬普林說：「桑德斯和我在那裡工作。我們與守夜員在禮拜堂那一側忙到天亮，評估另一區的危險性。總共有幾十個人在，要繞過去可不容易。」

「真有意思。」洛克伍德說：「好，我們還是看一看，說不定會有什麼靈感。兩位謝啦！祝你們有愉快的一天。」等我們轉身走出一小段路，他才小聲說：「希望那兩個白痴沒有跟上來。我們要安安靜靜地調查。」

兩條靈異局的黃黑色封鎖膠帶橫在禮拜堂門上。當我們走近，奎爾．奇普斯和他的小小調查員鮑比．維農從膠帶下鑽出來，被陽光照得直眨眼。維農的身影幾乎被巨大的寫字板遮住，他戴著乳膠手套，脖子上掛著巨大的相機。經過我們身旁時，他正往寫字板上的筆記本小心翼翼地寫東西。

奇普斯懶洋洋地對我們點點頭。「東尼。庫賓斯。茱莉。」他們快步走下台階。

「呃……我叫露西！」我對著他的背影大叫。

「怎麼沒有人把他絆倒？」喬治喃喃唸著。「這一定會大快人心。」

洛克伍德搖搖頭。「喬治，穩住。記住──不要挑釁！」

我們在禮拜堂門口站了一會，分析不幸的守夜少年遭到襲擊的地方。離基地有點遠，在那個時段可能是一片黑。入侵者可以從側邊的樹叢裡潛入，踏上台階，不被下方的任何一個人看到。門鎖被可能是鑿子之類的尖銳工具撬開。

能看出的就這麼多。我們鑽過膠帶，避開炎熱日光，踏入清涼的禮拜堂。

室內的光景和伯恩斯那張照片拍攝時沒有太大差異。鐵鍊、棺材、畢克史塔醫師扭曲的屍體，毫無變動，除了有人拿髒兮兮的麻布蓋住遺體，讓我鬆了一口氣。

在陽光下，鐵棺材看起來比我記憶中的還要大了一圈，沉重、厚實，表面布滿鏽斑。棺材的其中一側，在滿地的鹽巴和鐵粉間落了一根守夜男孩丟下的長棍。

洛克伍德彎腰觀察散落一地的鐵鍊，又蹲下來細看地磚。「小偷就蹲在圈外。可以在鹽巴間看到他們鞋尖的印子。當時天要亮了，訪客幾乎傷不了他們，但他們不想冒險。他們敲昏那個孩子，拿了他的長棍撬開棺蓋，解開銀鍊網。接著他們停頓一會，看有沒有什麼異狀。沒事。毫無反應。他們踏入圈內，翻倒棺材，屍體滾到地上。」他瞇細雙眼。「爲什麼要這麼做？怎麼不直接拿走鏡子？」

「說不定他們想確認棺材裡面還有沒有其他東西。」喬治說。

「而且不想親手碰到畢克史塔。」我補充。「這我能理解。」

「有道理。所以他們翻倒棺材，那裡面還有其他的東西嗎……？現在還在嗎？」他跳過屍體，往棺材裡看去，抽出腰間長劍，往最深處戳了戳，這才直起腰。

「什麼都沒有。眞是奇怪。那張照片上明明就……」

「你到底在照片上看到了什麼？」我問。

「一綑木棒。」他焦躁地撥開遮住額頭的頭髮。「我知道，看起來不太像，也許只是錯覺。總之現在也找不到了。」

我們花了點時間觀察整間禮拜堂。我特別在意祭壇欄杆後的那扇小木門。上頭掛著大鎖，還上了三道插銷。我半信半疑地拉了拉大鎖。

「這不是對外的門。通往地下墓穴。」我說：「這一側鎖得很牢，本來想說小偷會不會從這裡進出，但這樣和受傷孩子的證詞不符。」

「這扇門看起來很堅固。」洛克伍德贊同我的說法。「好啦，我們到外面去。」

「你認為奇普斯的理論如何？」我們踏下階梯時，喬治開口問：「你覺得小偷就直接穿過守夜員的基地？那些孩子也是共犯？」

洛克伍德捏住筆直的鼻梁。「我非常懷疑這個說法。更有可能是——」他閉上嘴，我們聽到一聲痛呼。

我們待在禮拜堂裡這陣子，基地一直很安靜。桑德斯、喬普林、挖掘工人都去忙手邊的事了，沒看到奇普斯的身影。只剩一名守夜的少年留在禮拜堂外，四名高壯的費茲調查員高牆似地包圍他。少年正從地上撿起他的黃色格紋帽子，等他站好，我認出他就是昨天駐守在西門崗哨的賤嘴小鬼。他重新戴好帽子，就在此時，最高大的調查員奈德·蕭湊上前，隨手往他頭部側邊甩了一掌，帽子再次落地，少年一個踉蹌，差點跌倒。

洛克伍德迅速跨出幾步，來到欺凌的現場。他戳戳奈德的肩膀：「別再這麼做了，你的體型是他的兩倍。」

奈德轉了過來。他大概十五歲，和洛克伍德差不多高，一身橫肉。他面無表情，下頷寬大，其實不能說他不好看，只是兩眼間的距離有點太近。他和費茲偵探社的同事一樣穿著整潔的制服，但效果被那頭濃密雜亂的棕髮抵銷了。簡直就像頭上頂了隻小犛牛似的。

奈德眨眨眼，臉上露出一絲遲疑。「洛克伍德，別來礙事。和你無關。」

「我能理解你想痛揍這個孩子，我也很想這麼做。不過這可行不通。要是想欺壓別人的話，找個高大一點的對象吧。」

奈德的嘴角像是被隱形的線往上拉扯一般勾起。「我想幹嘛就幹嘛。」

「故意對小孩子動手？你是哪來的膽小鬼？」

奈德臉上閃過笑意，望向霧氣迷茫的墓園，一副想著遠方美好時光的模樣。接著他猛然轉身，一拳揍向洛克伍德的臉頰——至少他打算這麼做，但洛克伍德上身往後一晃，躲過這一擊。奈德被自己的勢頭帶著往前衝，洛克伍德抓住他揮舞的手臂，狠狠扭到他背後，同時往奈德腳踝後側一踢。奈德大聲慘叫，失去平衡，被自己的腳絆倒，撞向他的同伴，兩人一起重重倒地。

奈德的臉漲成紫紅色，想立刻起身，卻被我輕輕抵在他胸口的劍尖制住。

「我們的不挑釁原則眞有彈性。」喬治說：「我可以補一腳嗎？」

奈德默默站起來，洛克伍德淡然凝視他。我垂下持劍的手，但還是維持伺機而動狀態。其他三名費茲調查員沒有任何反應。

「你們想繼續的話，我們隨時奉陪。」洛克伍德說。

「喔，不勞你們費心。」奈德．蕭點點頭，凶狠的目光投向洛克伍德，接著又看向我，手指微微抽動。

「別鬧了，奈德。」他的同伴說：「反正這個矮冬瓜什麼都不知道。」

奈德·蕭猶豫了幾秒，瞇眼打量這個守夜員男孩，最後才點了頭，向其他人打手勢，沒有多說半句話，逕自繞過一個個墓碑揚長而去。男孩盯著他們的背影，眼中淚光閃爍。

「別理他。」洛克伍德說：「他們碰不了你。」

就算男孩挺直背脊也沒有多高。他調整帽子角度的姿勢充滿憤怒。「我知道。他們沒這個本事。」

「他們只是仗著自己個頭大就作威作福。抱歉，有些調查員就是這樣。」

男孩往墓園草地上吐了口口水。「是啊。調查員。那些鼻子長在眼睛上的勢利鬼。誰鳥那些調查員？我才不幹。」

沉默。「呃，其實我們也是調查員。」我說：「但和奈德·蕭不一樣，不會用他那種手段。我們尊重守夜員。可以回答一些問題嗎？我們有自己的做法，不會對你動手動腳。」

我對男孩微笑。男孩凝視著我。

「我的意思是不會揍你。」

男孩吸吸鼻子。「笑死人了。我等著看你們出手。」

洛克伍德的鼻翼抽了抽。「很好。聽好了，昨晚有個危險的東西被人偷走了。要是那個東西落入惡人之手，倫敦會出大事的。」

男孩低頭盯著地面，一臉興趣缺缺。

「竊案發生時，你們的小隊正在監視這邊。你的朋友受了重傷，對吧？」

「泰瑞．摩根？」男孩翻翻白眼。「那個幼稚鬼？他才不是我朋友。」

我們直瞪著他。「也是。」喬治輕聲說：「我相信他這句證詞。」

「昨晚你守在西門。」洛克伍德冷冷地繼續問：「如果你看到什麼，或是知道什麼，請告訴我們，不會虧待你的。只要能給我們一些線索就好。」

男孩聳聳肩。「說完了？很好，我餓啦。」他往組合屋比了比大拇指。「裡面還留了一些三明治。回頭見。」他大搖大擺地轉身離開。

洛克伍德讓到一旁，視線掃了墓園一圈。沒有人往這裡走。他拎著男孩的後領，把他整個人舉起來，懸在半空中尖叫。「我說過了。我們和費茲那夥人不一樣。不會動手揍人。我們有其他方法，效果一樣好。有沒有看到禮拜堂？裡面有一副鐵棺材。裡面原本有東西，不過現在是空的。我都好聲好氣地問了，要是你不好好回答，那副棺材很快就會再次被塡滿。」

男孩對我們吐舌頭。「少說大話了。」

「你這麼想嗎？你認識普特尼守夜隊的小比爾．瓊斯嗎？」

「不認識！我沒見過他！」

「沒錯。他也惹過我們。露西、喬治，你們一人抓一條腿，我們帶他進去。」

男孩徒勞地又踢又叫，我們朝禮拜堂前進。

「你們覺得如何？」洛克伍德開口：「讓他在棺材裡躺五分鐘，看他會不會說話？」

我想了想。「十分鐘吧。」

「好啦！好啦！」男孩突然抓狂。「我會合作！放我下來！」

我們把他放回地上。「這才對嘛。」洛克伍德說：「所以呢？」

男孩安靜幾秒，擺正蓋住半邊臉的帽子。「我還是覺得你們在虛張聲勢。」他氣喘吁吁。「可是我想早點吃到三明治……」他像是在給舌頭上發條似地轉轉肩膀。「對，昨晚我一直守在西門那邊。什麼都沒看到。你們離開後，沒有半個人進來。」

「你一直待到天亮？」

「直到警報響起。」

「很好。」洛克伍德憑空變出一枚硬幣，丟給男孩。「如果你能幫忙的話，還有更多好處可以拿。你覺得呢？」

男孩死盯著那枚硬幣。「也許吧。」

「那就多說點。來吧！我們不能繼續浪費時間了！」洛克伍德突然猛衝到禮拜堂台階旁的陰影中，鑽進灌木叢。「快來啊！」他高聲呼喚：「往這裡！」

男孩遲疑一會，貪婪克服了一切。他有些不情願地跟了上去，喬治和我也邁開腳步。

洛克伍德走得很快，低頭躲過枝葉，閃開被荊棘淹沒的墓碑，腳下踏著只有他看得到的小徑。他把禮拜堂拋在腦後，衝出樹叢，橫越一條步道，又撞進另一片密林。「你證實了我的想法！」他轉頭大喊。「小偷從另一個地方入侵，他們沿著沒有人走動的區域進出禮拜堂——比如說這裡，繼續走下去就是圍牆。」

他跳了起來，踏上墓地的水泥基座，攀著墓碑尖端的天使雕像打量周遭地面。「那邊的樹叢太茂密。」他邊想邊說：「換成這邊呢……啊哈！沒錯……我看穿他們的路徑了。來試試看吧！」他跳下來，回頭對男孩咧嘴而笑。「昨晚沒有人經過你面前。那其他天呢？你一直盯著門口。有沒有看到陌生人？盜墓者？」

男孩手忙腳亂地跟上，按住頭頂的帽子，顯然被洛克伍德的速度和果決震懾到了。他的敵意完全消失，髒兮兮的手緊緊握著那枚硬幣。「有看過一些。」我們再次動身，他邊喘邊說：「總是有幾個人在墓園附近晃盪。」

「有特定人士嗎？」

「其中兩個人。大家都認得他們，老是一起行動。一、兩個禮拜前曾見過那夥人，在對外開放時段進墓園。工人把他們趕出基地。」

「好極了！」洛克伍德高聲喝采，快步走過墓碑間的步道。「兩人組？很好。說得出他們長什麼樣嗎？」

「其中一個滿普通的。」男孩說。「大胖子，金髮，鬍鬚超醜。滿年輕的，穿得一身黑。名字叫杜安．尼德斯。」

喬治狐疑地哼了聲，活像犀牛在放屁。「杜安．尼德斯？喔，聽起來眞可怕。眞的不是你編的嗎？」

「另一個呢？」洛克伍德拉高嗓音。

男孩猶豫一會。「他有點名氣。是個殺手。大家說他去年在任務中幹掉競爭對手。或許我不該——」

洛克伍德突然停下腳步。「昨晚襲擊你同事的也是兩名歹徒。假設其中一個是尼德斯吧，另一個是誰？」

男孩湊上前來，輕聲說：「他們叫他傑克．卡瓦。」

一群烏鴉嘎嘎叫著，從墓碑上飛起，翅膀拍拍作響，在天上盤旋幾圈，飛越樹頂。

洛克伍德點點頭，從大衣內側抽出一張紙鈔，遞給一臉難以置信的男孩。「每一筆有用的情報都能換到合理的酬勞。要是找到尼德斯與卡瓦，我會再加碼一倍。懂嗎？很好，來說說卡瓦的外表特徵吧。」

「卡瓦嗎？」男孩抓抓下巴。「二十幾歲的年輕人，和你差不多高，肩膀寬了點，肚子圓了點。他一頭亂亂的亮紅色長髮。膚色很白，鼻梁長長的。瞇瞇眼，想不起他眼睛的顏色。穿得一身黑，黑色牛仔褲、黑色皮外套，繫著和你們一樣的工作腰帶，還揹著橘色背包。啊對，他穿黑色短靴，有點龐克的感覺。」

「謝了。」洛克伍德說：「我想這是很好的線索。」他再次沿著小徑前進，我們前方是高聳的圍牆，被長長一排椴樹遮住。

男孩跟在我們後面小跑步，忙著把剛到手的酬勞塞進衣服某個沾滿汗水的角落。喬治猛搖頭。「杜安．尼德斯……傑克．卡瓦……洛克伍德，既然你這麼慷慨，這錢不如給我，我也編得出可笑的假名。」

然而洛克伍德突然煞住腳步，我們差點和他撞成一團。「你們看！」他大喊：「我就知道！就是這條路！」他指著前方。一個物體落在樹下的陰影間，正是我先前驚鴻一瞥的握在屍體手中的東西。一條縐巴巴的白布。

我們湊了上去，當然了，原本包在布裡的鏡子早已消失無蹤。

「我不懂。」我說。「爲什麼要丟在這裡？」

「這是臭氣沖天的裹屍布。」洛克伍德說：「我也不想把它留在身邊太久。當時天已經亮了，靈異物品失去了力量。竊賊知道直接摸到鏡子也沒關係，或許他們把鏡子塞進背包，準備從那裡……」

他指著我們頭頂上的樹冠。我們仰望枝葉繁盛的椴樹，最長的樹枝伸向明亮的天際。我們的視線沿著樹枝往外移動，發現它與圍牆相交，一路延伸到墓園外。還能看到牆外的樹枝上仍垂著一截繩索。

「外頭就是攝政運河。」洛克伍德說明道。「他們爬樹翻牆，落在河堤上，就此遠走高飛。」

喬治望向整片墓碑。「洛克伍德，你的推理還不錯，但有個小小的破綻。」

洛克伍德有些不悅。「喔，是嗎？怎麼說？」

「他們兩個沒有一起上樹。」

「你怎麼知道？」

「其中一個人還在這裡。」

我們看著他。喬治讓到一旁，在他身後，一具軀體仰躺卡在兩塊墓碑之間。是個年輕男子，穿得一身黑，黑色牛仔褲、靴子、連帽上衣。胖嘟嘟的年輕人，下巴一片參差的短鬍鬚，膚色蒼白，長了滿臉痘子。他已經死了一陣子，死後僵硬剛開始發生，雙手舉起按在喉嚨上，硬梆梆的手指彎曲如爪，擺出可怕的防禦姿勢。這還不是最慘的。他雙眼圓睜，驚懼扭曲的面容連洛克伍德都臉色刷白，我不由得別開臉。

守夜男孩發出像是噎住的咯咯聲。

「孩子，我欠你一個道歉。」喬治說：「根據你的描述，這位可能就是杜安．尼德斯。」

「是鬼魂觸碰嗎？」我說：「不可能！天都亮了！」

「不是鬼魂觸碰，他沒有腫脹變色。但肯定是被什麼東西殺害，在很短的時間內慘死。」

我想到那面鏡子，小小的黑暗圓形鏡面。我想到喬治曾經看到鏡子裡的影像，感覺自己的內臟被扯出來。「怎麼可能？」我低語。

喬治的語氣出乎意料地平穩務實。「小露，看他這副模樣，我想他是被嚇死的。」

11

這五十年來，靈擾爲我們的社會帶來諸多改變，其中多半超乎眾人意料。當年偉大的湯姆．羅特威和梅莉莎．費茲將他們的發現公諸於世，大眾陷入震驚與恐慌。他們在第一部著作《是什麼將死者留在我們身邊？》中，透露某些與命案或是重大創傷有關的物體會「充飽靈異力量」，成爲超自然事件的「源頭」或是「通道」。人類的遺體、珍貴的遺物……老實說位於凶案或事故現場的任何物品都有機會。這個論點引發軒然大波，接著是公眾的暴動。有好一陣子，任何可能殘留些許靈異力量的物品都遭到恐懼與排斥，人們焚燬舊家具，某些古董莫名被砸爛或是扔進泰晤士河。國家肖像館的一幅無價之寶被一名教區牧師拆下來踐踏，原因是「它看我的眼神裡透著古怪」，與往日有強烈連結的物品都背負嫌疑，對現代製品的痴迷越發強大，至今仍舊根深柢固。要是有誰提到自己對源頭感興趣，會遭到眾人恥笑。那些都是必要摧毀的危險物品，得交給偵探社處理。

不過呢，沒過多久，禁忌漸漸成了關注的焦點，出現了好幾種客群。而只要有人願意出錢，就有人供貨。靈異物品的黑市隨即開張，帶動嶄新的犯罪領域，也就是所謂的「盜墓者」。

在英格蘭北部跟著雅各實習的期間，他教導我邪惡盜墓者的道德素養與調查員完全相反。目的都是追蹤源頭，盜墓者一心只想圖利，而調查員則是爲了安定社會。雙方都擁有靈異方面的天賦，調查員運用天賦守護社會大眾，盜墓者完全不顧這麼多。調查員以謹慎的態度對待危險物品——先拿銀或是鐵製容器封起，接著帶去克拉肯維爾的費茲熔爐銷毀。盜墓者就不一樣了，他們把戰利品賣給出價最高的買主。據說有許多不懷好意的收藏家、喪心病狂的邪教徒，甚至是更惡劣的傢伙，他們追求致命源頭的理由令善良老百姓退避三舍。簡單說盜墓者就是小偷——社會的底層，遊走於墓園和藏骸所之間，尋找能換錢的病態垃圾。可想而知，他們通常沒有好下場。

有些人的下場就像不幸的杜安·尼德斯——看他的表情就能推測他遭逢何等厄運。把這件事通報上去後，肯薩綠地掀起一陣騷動。伯恩斯督察在一小時內抵達，靈異局的鑑識科學家隨即擁入現場，奇普斯和他的跟班在一旁兜轉。對於我們的斬獲，奇普斯自然是無比激動，不想錯過我們入手的任何線索，不斷阻撓鑑識團隊的工作，最後伯恩斯直接叫他滾遠點。老實說現場也沒留下多少東西。他們搜索過牆外的運河堤岸，沒找到尼德斯的同夥或是那面鏡子，盜墓者的確切死因依舊成謎。

鬧了這麼一陣，過了三點我們總算能各自執行任務。洛克伍德和我搭計程車往南進市區。喬治難掩興奮之情，朝布滿灰塵的檔案館進攻。守夜的男孩（他似乎把自己當成榮譽調查員，得意洋洋地到處鑽，帽子戴成時髦的角度）被趕回去值勤前，我們認眞指示他只要看到或聽到不尋常的動靜，就來波特蘭街找我們。不知道是看中洛克伍德的熱情與個人魅力，還是和我們一起冒險的刺激感，或者是爲了他口袋裡的鈔票硬幣（這個可能性最高），他欣然同意。我們還是不知道他叫什麼來著。

過了五分鐘，計程車穩穩開在艾奇威爾路上，我對洛克伍德開口：「你不打算告訴我要去哪裡？」

街上陰影淡薄，建築物沐浴在金色陽光中。商家進入最後一波的繁忙期，再過一會就要迎接漫長又刺激的黃昏。我們調查員把這稱爲「借來的時間」，只在仲夏放送的多餘日照時間。在這段時間裡，感覺許多人身上瀰漫著奇異狂熱的能量，那是面對陰森夜晚的反叛行爲。他們大吃大喝、大肆揮霍，店裡氣氛明朗歡愉，人行道上摩肩擦踵。驅鬼街燈即將亮起。

斜陽照亮洛克伍德的臉龐，他莫名沉默，陷入沉思。等到他轉頭面向我時，他眼中閃著貓捉老鼠般的興奮光彩，和平常一樣，他的眼神在我心中掀起同樣的震顫。

「我們要去見我的眼線。」他說：「或許能幫我們找到這個失蹤的盜墓者。」

「他是誰？警察？別的調查員？」

「不。也是盜墓者。嗯，她是女生，名字叫芙洛·邦斯。」

我瞪著他，心中那股興奮消失無蹤。「女盜墓者？」

「嗯。以前認識的女生。等到天黑就能在河邊找到她。」

他再次面無表情地望向窗外，像是說了要去哪裡逛逛之類的小事。暈眩感再次襲來，我腦袋裡的血液汩汩流動，和那顆骷髏頭對我低語時一樣。那是一股世界觀扭曲的感覺，過去深信不疑的事物偏離正軌。**神祕兮兮、滿口謊言**——骷髏頭是這麼說的。我當然一點都不信。可是呢，我和洛克伍德一起生活了整整一年，到現在才聽到芙洛·邦斯這個名字。

「這個盜墓者……你們是怎麼認識的？我沒聽你提過她。」

「芙洛？我認識她很久了。那是我才剛踏入這一行的時候。」

「可是盜墓者他們……他們是法外之徒，對吧？調查員依法不能和他們打交道。」

「小露，妳什麼時候對靈異局的規矩這麼講究了？總之呢，在非常時刻，我們得不擇手段。不能輸給奇普斯。更何況這件任務比我原本想的還要危險複雜。」

「當然了，那面鏡子是很危險。」墓園裡那具屍體的影像還留在我腦海中，突出的眼珠子、驚恐得無法合攏的嘴巴。

「沒錯，但不只是那面鏡子。伯恩斯有事瞞著我們。這個源頭不是普通的舊貨，所以喬治的調查結果是關鍵。」洛克伍德有氣無力地伸懶腰。「總之呢，芙洛沒問題，她不像其他盜墓者那樣反社會。雖然她人是有點怪，還是能好好溝通，只要知道從哪裡切入——對了……」洛克伍德突然轉身，撥開搖搖晃晃的薰衣草十字架向司機說話：「司機，請你繞去黑衣修士站……你知道站外有一個書報攤？……對。」他回頭對我咧嘴一笑。「我們要準備一點甘草糖。」

□

南華克橋連接著倫敦市中心與古老的南華克自治市。過了黑衣修士車站後，泰晤士河轉向東南方，水流平緩了些，在退潮時刻，南華克橋的南側能看到大片泥地，河水帶來的泥沙沉積在彎道周圍。在炫目的夕陽中，我們走在橋上，洛克伍德指著河灣。

「她基本上都會在那裡。」他說明。「除非她換了根據地，但這和她換內衣的可能性差不多高。天一黑，她就從南華克岸開始打撈被潮水沖上來的東西。之後隨著水位變化往下游移動。」

「她在找什麼？」雖然我已經猜到答案，還是開了口。

「什麼都找。骨頭、遺物、溺死的動物、從淺灘爛泥挖出來的東西。」

「聽起來是很好相處的人，等不及和她見面了。」我沉著臉調整腰間佩劍。

「別對芙洛動手。」洛克伍德警告。「讓我和她交談就好。我們可以從這裡下去。」

我們鑽過河堤上的缺口，踏下幾階圍繞著磚頭橋墩的石階。拱形結構在頭頂上伸展，四周瀰漫強烈的爛泥與腐敗味。我們踩著沿河岸鋪設的卵石小徑，走了一小段路。矮牆上立著一盞宛如枯樹的街燈，燈光投向河面，我們背後有幾間峭壁般的陰暗倉庫，淡淡的橘粉色光圈只照得亮通往牆下的狹窄階梯。

四周沒有任何阻礙，我們被河霧包圍，夜色迅速降臨。洛克伍德說：「現在小心腳步，我不想把她嚇跑。」

陡峭的階梯直通河面，從牆邊可以看到北岸——支離破碎的蜿蜒光帶，再過去就是倫敦灰暗的城市尖塔。水位降到最低，黑暗的波光在遠處起伏。

周圍非常安靜。

洛克伍德戳戳我，伸手一指。一盞提燈在泥濘的河床上移動，橘色燈光緊貼著地面。泥地上的倒影微弱如同虛影般掃過岸邊的稀泥沙土，照亮石塊雜草，還有河流帶來的垃圾——木頭、塑膠、金屬碎片、瓶子、溺斃腐爛的東西。一道彎著腰的人影隨燈光緩緩行走，將光護在懷裡，彷彿是不願錢財露白的守財奴。那人的動向絕非漫無目的，不時停下腳步從雜物間撿起什麼。拖在人影後方的沉重布袋在爛泥間挖出一道凹痕。無論是這道軌跡，還是駝背的形體，與其說是人，這個生物更像是住在泰晤士河底的巨大蝸牛。

「你要對那個說話？」我小聲問。

洛克伍德沒有回應，繼續往下走。我跟了上去。才走到一半，階梯已經黏滿柔軟潮濕的苔蘚。洛克伍德走到階梯底端，沒有繼續前進，只是揚手對著無邊黑暗高喊：「嘿，芙洛！」踏在泥濘中的人影僵住了。雖然看不清楚，我感受到一張蒼白的臉龐從遠處凝視我們。

洛克伍德再次扯開嗓子：「芙洛！」

「怎樣？我什麼都沒幹。」

對方高亢嘶啞的回應幾乎到不了岸邊，想靠近一些是人之常情，但洛克伍德極度謹慎。他依然站在最後一階上。

「嗨，芙洛！洛克伍德來了！」

沉默。那道人影突然挺直，瞬間我以為她要轉身逃跑，不過那道嗓音又飄了過來，充滿敵意與戒備。「是你？你到底有什麼目的？」

「喔，太好了。」洛克伍德低語：「她心情不錯。」他清清喉嚨，再次呼叫：「可以和妳說幾句話嗎？」

遠處的人影停頓幾秒，我們只聽見河水沙沙拍打河岸。「不行。我在忙！滾！」

「我帶了甘草糖！」

「怎樣？你現在要賄賂我？拿錢來啊！」又是一陣沉默。水聲。霧氣中，那人歪歪腦袋。

「哪牌的甘草糖？」

「妳來就知道了！」

我看著那人迅速穿過泥沼走來。那是步履蹣跚的女巫，是孩子高燒噩夢中的妖怪。我的心跳加速。「呃……要是她心情不好，會有什麼後果？」

「最好別問。」洛克伍德說：「我曾經眼睜睜看著她把一名調查員甩進河裡。」他臉色凝重。「輕輕鬆鬆抬起她的腿，就這樣把她丟出去。其實那天芙洛心情也不錯。不過我差不多可以確定她會喜歡妳。別多話，遠離她的攻擊範圍。我在這裡和她交涉。」

那個生物拖著布袋、提著燈，靠向我們。我瞥見一隻蒼白骯髒的手，破爛草帽的帽沿。泥巴吸住她腳下笨重的靴子，她使勁拔出。洛克伍德和我反射性地往上後退一階。突如其來的咕噥聲，咒罵；布袋一甩，落在我們前方石階上。那人總算挺直背脊，站在石階下的泥濘中，仰頭瞪著我們。就著提燈的光芒，我總算看清她的樣貌。

最初的衝擊是她放下沉重負擔後，我發現她其實長得很高，比我還高了半個頭。難以進一步判斷她的身形（這我沒差，沒有哪個正常人會想看她衣服下面是什麼模樣）。她穿著一件臭到難以言喻的藍色鋪棉外套，下襬幾乎蓋到她的膝蓋，越往下就被河水泡得越濕、沾上更多泥巴。拉鍊敞開，露出一小塊髒兮兮的蒼白頸子、發黑的上衣領子，縫補到看不出原形的運動衫掛在老舊褪色的牛仔褲上。如果說她不是我遇過腳最大的女性，那就是她穿了男性雨靴（或兩者皆是）。這雙及膝雨靴像鴨子的蹼一般站成外八，靴筒上沾滿點點泥斑。

一條繩子在她腰間繞了兩圈，充當腰帶，掛在上頭的東西從外套下探頭。我猜那是一支長劍，根據法令，調查員以外的人不准佩劍。

她不穩的步伐、缺乏曲線的輪廓透出老態，因此當她掀起寬邊草帽時，我遭受到第二次衝擊。帽子下的髮絲顏色和質地都像放太久的稻草，以沾滿污垢的寬額頭為中心四散。污漬積在額頭和眼周的皺褶裡，這些都與街上排隊尋找安全處過夜的遊民沒有兩樣。但她年紀很輕——十五歲上下。她小巧的鼻頭往上翹，帶著粉紅血色的寬臉沾上一抹抹塵土，亮藍色的雙眼被燈光照得一閃一閃。她的嘴撇成不屑的角度，腦袋往前伸的模樣蘊藏威脅性。她只瞥了我一眼，注意力全放在洛克伍德身上。「嗯，你完全沒變，還是一樣裝模作樣。」

洛克伍德咧嘴一笑。「哈囉，芙洛，妳也知道我這個人就是這樣。」

「也是。看來你還是買不起合身的衣服。你穿著那條褲子可別突然蹲下去。我記得我說過不想再見到你。」

「是嗎？我沒有印象耶。我是不是說會帶甘草糖給妳？」

「你以為我會改變心意嗎？交出來？」洛克伍德掏出紙袋，傳到爪子般的手掌上，她一把搶過，塞進外套的暗袋。女孩吸吸鼻子。「這個婊子又是誰？」

「她是我的助手，露西．卡萊爾。我先說她和靈異局或警方或羅特威偵探社毫無瓜葛。她是獨立調查員，在我手下做事，我們是過命的交情。露西，這位是芙洛。」

「哈囉，芙洛。」我向她打招呼。

「芙洛倫絲．邦納德向妳問好。」女孩的嗓音帶著輕視。「洛克伍德，看來你又找了個大小姐啦。」

我不爽地眨眨眼。「抱歉，我是北方來的鄉下人，請問『又找了個』是——」

「聽好，芙洛，我知道妳很忙……」這是洛克伍德在艱難處境時用上的安撫語氣——比如面對憤怒的客戶，或是找上門來的債主。接著是火力全開的燦爛笑容，和太陽一樣刺眼。「我無意打擾妳，只是我需要妳的協助。只要給我一點情報，我馬上就走。發生了一起案件，有個孩子受傷。我們推測是盜墓者幹的好事，但不知道要去哪裡找到這個人。希望妳能幫個忙。」

藍眼一瞇，眼角的皺紋被污垢吞噬。「別拿那種笑容對付我。這個盜墓者有名字嗎？」

「傑克．卡瓦。」

一股冷風吹過河面，芙洛．邦斯糾結的髮絲飄動。「抱歉，我們之間有保密協議。不能把其他人供出去。這是行規。」

「我還是第一次聽說這回事。」洛克伍德說：「你們不是出了名的勢利眼，能爲了六便士賣掉其他人的祖母？」

女孩聳聳肩。「如果要過得健康快樂，這兩件事並不衝突。」她抓住袋口。「我可不想被明天早上的潮水沖上岸，到此為止啦，再見。」

「芙洛，我給了妳甘草糖。」

「不夠。」

「洛克伍德，沒用的。」我說：「她太害怕了。我們走吧。」

我搭上他的手臂，作勢要轉身上樓梯。女孩蒼白的橢圓形臉龐瞬間轉向我。「妳說什麼？」

「露西，這樣不太——」

我已經憋不住了。芙洛．邦斯讓我滿肚子火，我不想繼續裝下去。有時候以禮相待的效果有限。「沒關係，她就繼續去玩泥巴吧，我們自己想辦法追捕打傷孩子、搶了棺材，現在手邊擁有危害倫敦的玩意兒的傢伙。大家各司其職。走吧。」

一陣輕快的腳步聲，讓我腳趾發麻的惡臭逼近。那件鋪棉外套貼上我的大衣，她的臉湊到我面前。我被按在階梯旁的石牆上。「我不喜歡妳這句話。」芙洛．邦斯說。

「沒關係的，我不怪妳。」我甜甜地回應：「人要知道自己的極限，趨吉避凶。本來就是如此。好啦，妳也不想弄髒妳的外套吧——」

「妳以為我在趨吉避凶？妳以為我這一行不危險？」各色情緒閃過她臉上——憤怒、激動，最後是靈光一閃的狡猾表情——不過在黑暗與污垢的遮掩下，加上她和我的距離近到令人反胃，實在是無法確認。「聽好了。」她突然離我而去，不顧笨重的靴子與外套，以輕盈敏捷的腳步踏下階梯。「給我聽好了，我們來談個交易。你們幫我做件事，我就幫你們一次。」她回到沙地上，拎起提燈。「跟我一起下來，還是說你們怕弄濕腳？下來，我就把他的事情告訴你們。」

「所以說妳認識傑克．卡瓦？」洛克伍德問：「妳會把知道的全部說出來？」

「對。」她的眼睛閃閃發亮，嘴角高高勾起。「先來玩玩泥巴吧。這我可做不來，要請你們出點力了。」

路克伍德和我互看一眼。我個人認為剛才她瘋狂的笑容沒有太大的說服力，但為了推動調查進度，我們別無選擇，跳上階梯底部的沙地。

□

過了二十分鐘，我的靴子已經濕透，緊身褲小腿處泡在水裡。途中我跌了三次，用來撐地的手臂糊滿泥巴與沙土。洛克伍德和我差不多慘，但他沒有半句怨言。我們跟著芙洛．邦斯手中那盞如同鬼火般彈跳搖晃的提燈往前走，她在泥沼中挑選路徑，帶我們左閃右避。我們走在潮濕黑暗的橋下，抵達南華克那側的河岸，防波堤在右側穩穩佇立。霧氣籠罩河面。對岸的碼頭從水中升起，像是腐朽的黑色峭壁，缺乏固定形體。起重機吊臂尖端的紅色橘色警示燈明滅閃爍。

「到了。」芙洛．邦斯說。

她舉起提燈。兩排粗大的黑色木樁從污泥間浮現，少說有十二呎高，勾勒出廢棄多時的碼頭或船塢的輪廓。木樁側邊長出濃密水草，漆黑表面有零星幾處亮點，藤壺和貝類吸在滿潮線上，比我們還要高。木樁間還插了幾根腐爛的桅杆。左邊最遠的木樁已經插進水裡，不過我們停步的地方是布滿小碎石的軟泥。

芙洛・邦斯精力充沛，布袋丟到一旁，蹦蹦跳跳地來到我們面前。「到了。」她又說了一次。「這裡有個我想要的東西，但我沒辦法拿到。」

洛克伍德取出手電筒，往四周照了一圈。「告訴我們東西在哪。如果很重的話，我袋子裡有繩子。」

芙洛咯咯輕笑。「喔，一點都不重，而且小得很。你們得先等一下。站好。我們不會待太久。」

說完這句話，她輕快地移向最近的木樁，繞了半圈，轉向斜前方的另一根木樁，喉中咯咯作響。

我靠向洛克伍德，小聲說：「你應該知道她完全瘋了吧。」

「她是有點怪。」

「而且超噁。你有沒有靠近過她？那股味道……」

「我知道。」洛克伍德溫和地回應。「有點強烈。」

「強烈？我都能感覺到鼻毛在發抖了。要是——」我閉上嘴，心中警鈴大作。

「露西，怎麼了？」

「你有沒有感覺到？有什麼事情要發生了。」我拉起袖子，手腕上滿是雞皮疙瘩。我的心跳提高兩倍，後頸陣陣刺痛。身爲調查員，我們得傾聽這些跡象，這是鬼魂顯現的警訊。「潛行恐懼，還有惡寒。另外——」我皺皺鼻子，「你有沒有聞到？瘴氣出現了。」

洛克伍德吸了吸空氣。「老實說我以爲是芙洛。」

「不對，是訪客……」

我們同時拔劍，提高警覺，留意四周狀況。在那些木樁之間，芙洛的提燈停滯不動。我們聽見她不成調的刺耳歌聲。霧氣翻捲，更深沉的夜色襲來。鬼魂來了。

12

洛克伍德率先看到幻影，他的靈視能力比我好。

「在那裡。」他悄聲說：「另一邊數過來第二根的木樁。」

我瞇眼望向黑暗河面，試著看透洶湧的河霧。若是直視他提示的方向就什麼都看不到，得稍稍移開目光，視線對著河中央，才能看出某個白色物體高懸在木樁旁的半空中。非常模糊，像是鏡頭上的指紋、一時眼花那樣讓人不快。

「看到了。感覺像是虛影。」

「同感。」他哼了聲，帶著微微的困惑。「可是很怪。我們就在泰晤士河旁……流動的水要多少有多少。」

靈擾這個重大的謎團中可以拆出無數個費解之處，其中最特異的就是無論類型或行爲模式，訪客都無比厭惡流動的清水。就算只是細細水流，它們也無法忍受，無法跨越。對人類來說這是貴重的資訊，每一名調查員都曾利用過這點。喬治宣稱他有一次打開院子裡的水龍頭抵擋惡靈，安然躲在狂噴水的水管後頭。所以倫敦市中心才有那麼多店家門口設置小渠，所以許多商業運輸都仰賴泰晤士河的船運。

河道就在二十碼外，那團鬼氣卻依舊堂而皇之地亮著白光。

「退潮時段。」我說：「水位退了，源頭一定在水淹不到的地方。」

「肯定是。」他吹了聲口哨。「好吧，我可沒料到會有這種事。」

「芙洛料到了。她耍了我們，這是陷阱。」

「才不是。」嗓音清楚傳進我耳中。我跳了起來，撞上洛克伍德，狠狠揮出長劍，發現芙洛．邦斯在我身旁邪笑。她蓋上提燈的遮罩，臉蛋像是飄浮在黑暗中，看不見其他部位。「陷阱？」她斷聲道：「這是你們要完成的條件。我們三個在這裡開開心心地玩泥巴。有什麼問題？妳是調查員。妳又不怕。」

「這傢伙？區區一個虛影？」

「喔，妳只看到上面那個嗎？」她緊緊抿唇，不滿地哼了一聲。「很好。做得好。別賴在這裡了，換一間好點的偵探社吧。有兩個，妳這個智障。她後面還有一個小的。」

我對著夜空皺眉。「沒有看到。妳在耍我。」

「不，她說得對……」洛克伍德一手擋在眉毛上，顯然正凝聚起全副專注力。「像雲一樣淡淡的不成形。高的是女性，戴著帽子或是披肩之類的……鯨骨裙……可能是維多利亞或是愛德華時代。」

「沒錯，很久、很久以前的鬼魂。」芙洛．邦斯說：「我猜是一對母子，一起跳進泰晤士河。自殺與他殺，古老的悲劇。它們的骨頭肯定還在那座碼頭下。妳真的沒看到？」她對我說：「還真沒料到。」

「靈視能力不是我的強項。」我繃著嗓子回應。

「不是嗎?眞可惜。」她的腦袋湊了過來。「聊夠啦。現在我要你們幫忙。是這樣的，我們三個慢慢地、悄悄地靠近那根木樁，不能驚動讓它們起疑心。然後就很簡單了。你們盯著，確認它們沒有亂動，而我拿這把可靠的小刀大撈一把。」她掀開骯髒不堪的外套，我第一次看到她腰間的刀刃——帶著猙獰弧度的摺疊刀，尖端帶著古怪的分叉，像是巨大的開罐器或是吃鱔魚凍的小木叉。「你們幫我注意周圍狀況就好。不會藏得太深，我馬上就了事。」

我作嘔地驚叫：「妳的意思是要我們站崗，等妳把小孩子的骨頭挖出來，之後妳再拿去黑市賣掉?」

芙洛點點頭。「嗯，差不多就這樣。」

「不可能。洛克伍德——」

他緊緊抓住我的手臂。「小露，上吧。芙洛很有頭腦。她掌握了情報，如果我們想知道的話就要幫她。簡單得很。」說完，他又加重手勁。

芙洛臉上泛起喜不自勝的瘋狂獰笑。「啊，洛克伍德，你還是這麼會說話。這是你最討人喜歡的長處。和這匹刻薄的母馬不一樣。走吧，目標就在眼前!爲榮耀而戰!」

洛克伍德和我沒有多說半句話，摸向腰帶，握緊長劍。虛影通常相當消極，不會回應外界刺激;它們深陷過往記憶，對活人沒什麼興趣。但不能光靠這點就無視它們的威脅性，芙洛如此謹愼確實很合理。我們小心翼翼地在泥沙間尋找踏腳處，緩緩接近高大的黑色木樁。

那團白色形體高懸夜空，簡直就像一抹鑲在群星之間的白煙。

「它為什麼跑到那麼高的地方？」我悄聲探詢。芙洛領在前頭，自顧自地哼歌。

「那是碼頭原本的高度，她從那裡跳河。有聽到什麼嗎？」

「很難說。可能是女人的嘆息聲，也可能是風聲。你呢？」

「沒有死亡光輝。要是它們死在河裡，那也不能抱太大的希望。可是我確實感覺到——」洛克伍德深吸一口氣穩定情緒，「強大的力量壓在我身上。妳會嗎？那股悲傷……」

「嗯，我也是。以虛影來說，無力感挺強的。」

他突然停下腳步。「等等。露西，妳有沒有看到它動了？它好像抖了一下。」

「沒有。我沒看到。嗯，芙洛在幹嘛？她有沒有羞恥心啊！」

盜墓者已經抵達木樁底部，放下提燈，很不文雅地駝背蹲下，拿那把彎曲的小刀挖出泥巴和碎石。

洛克伍德示意我後退一點，雙眼緊盯著高懸在我們頭頂上的白影，移動到芙洛背後。距離這麼近，無力感變得更強了。恐懼與憂愁在我心底蔓延。肩膀垂落，膝蓋發軟，淚水刺痛眼窩，無助令我的五臟六腑翻天覆地。我努力甩開這份感受——這是虛假的情緒。我從腰帶上的小袋子掏出幾顆口香糖，用力咀嚼，分散注意力。在很久以前，這份情感曾經無比眞實，悲傷轉化為瘋狂或絕望。現在只是空虛的迴響，漫無目標的力量，拓展到每一個接近的人身上。

然而芙洛．邦斯看起來沒受到任何影響。她挖掘的速度極快，把一大堆黏答答的泥巴擠到一旁，不時停下來打量挖出的碎片，然後又丟開。

一道聲響在我的耳膜震出漣漪，空氣輕輕顫動。方才聽見的嘆息聲越來越響亮，在木樁頂端，白影像是凝聚了更多物質似地更加清晰。

洛克伍德也察覺到了。「芙洛，上面有動靜。」

盜墓者屁股翹得高高的，腦袋完全埋在她挖出的洞裡。她沒有抬頭。「很好。也就是說我很接近了。」

空氣中的壓力逐漸增強，徐徐河風完全停歇。巨石般的沉重力道壓得我心臟刺痛。我狠狠咬斷口香糖，聽著刀尖在惡臭的泥地上搔抓，抬眼監視空中的白影。即使以眼角餘光斜視，它依舊沒有固定形體，雖然我似乎瞥見它身旁多了一小塊缺乏色彩的物體，看起來像個小小孩。大片的白影震動了下，我的視線被它吸過去。洛克伍德緩緩向前踏了一步。

「很近了。」芙洛重複道。「我感覺得到。」

「芙洛，它動了。看得出它受到刺激……」

「快了……」

尖銳的磨擦聲，空氣突然劈啪作響。我猛然後退，吞下整團口香糖。那道白影貼著木樁側邊垂直降落，直衝芙洛的腦門。洛克伍德向前衝刺，揮劍阻斷它的路徑。白影往上彈飛，避開鑲銀的犀利劍刃；我瞬間感應到在風中飛揚的裙襬、一縷煙霧般的髮絲，它無聲地在我們頭頂上翻了一圈，停頓在我面前幾呎處，懸在地面上。

憤怒給予幻影實際的形體。高䠷消瘦的女子，身穿上一個世代的衣裙——緊身上衣，被裙撐撐起的裙襬往四面八方開展。她頭上繫著淺色軟帽，長長的黑髮遮住半張臉，脖子上掛了一條花朵項鍊。絲絲縷縷異界光芒在她身周旋轉，宛如隨著水流漂盪的藻荇。她身旁有個小小身影緊貼她的裙襬，大手牽著小手。

我又退了一步，喉嚨乾涸，努力回想我在艾美拉妲身上練過的技巧。這不是虛影，是冰魔女——爲了過往悲慘遭遇不願離去的女性鬼魂。大部分的冰魔女沉浸在悲傷中，不太抗拒你尋找它們的源頭。但這個不一樣。

它拖著裙襬撲向我，頭髮往後飛揚，雙眼漆黑，死白臉龐上凍結著駭人的瘋狂。我拚命揮劍抵擋，感受到蒼白的雙手抓了過來，尖叫聲刺進我耳中。不過我劃出的符印牢牢擋住它，劍刃保住我的小命。空氣頓時恢復清新，兩道半透明人影飄向泥灘遠處——一個幼童加上拖著飄逸裙襬的哭泣女子。

「露西，回到崗位上。」洛克伍德高喊。「妳守著一邊，我守另一邊。芙洛！快回話！妳挖得如何了？」

「妳再給我說什麼『快了』，我就親手把妳埋進去。」我一邊逼近，狠狠怒吼。

「就快了。」芙洛馬上回答：「就差一點。我幾乎要摸到啦。這裡有幾個候選，不知道哪個是源頭。」

我望向南華克那側，訪客被微弱的異界光芒照亮，它們高速移動，兜了一圈，回頭衝向我們。

「不管是哪個，它們都不希望被妳帶走。芙洛，拜託快點。」我說。

芙洛蹲在坑洞旁，雙手捧著一小把東西。「是這些骨頭嗎？是這個還是那個？還是說其實不是骨頭？是這個可笑的金屬小馬？」

「好啦，妳要不要乾脆全部拿走？」洛克伍德提議。發光的人影越來越近，在岸邊岩石上飛舞。

「我又不是收破爛的。」芙洛．邦斯頂回來。「我的標準很高。我的客戶期待最好的貨色。」憎恨與怒火驅策白影向前撲騰。我再次看到女子的臉龐——抿成一線的漆黑嘴唇，死瞪著我們的雙眼。

「芙洛……」

「好啦！」

她拎起布袋，扯開袋口，充滿淨化力量的甜香湧出。芙洛把挖出來的碎片塞進袋裡，半空中的兩道白影頓時消失，一陣氣流朝我們衝來。洛克伍德的大衣下襬往後飄起，輕輕落下。河岸陷入無邊黑暗。我抬起頭，望向木樁頂端，除了群星之外什麼都沒看到。

芙洛緊緊綁好袋口，我跪坐在沙地上，長劍擱在膝頭。

「妳那個袋子……」洛克伍德靠著木樁。「裡面是……？」

「薰衣草。對。塞得滿滿的。只要香味持續，薰衣草比銀還要有用。可以讓它們安靜一下。」她對我咧嘴而笑。「怎麼啦？我太忙了，不知道你們在幹嘛。」

「妳早就知道它們會攻擊，對吧？」我說：「妳之前也試過。」

芙洛．邦斯摘下帽子，抓抓糾結的金髮。「看來妳沒有表面上那麼呆嘛……嗯，收工囉。」

「還沒。」洛克伍德沉著臉提醒：「我們已經達成條件了，現在輪到妳啦。」

□

倫敦沒有幾間餐館在天黑後還開著，日出前更是難找地方覓食。不過確實還是有些店家讓調查員或守夜員的孩子墊墊胃，盜墓者同樣有他們的管道。野兔與馬鞭——南華克最寒酸的小巷裡的旅店——是芙洛的首選，我們快步往那裡移動。

不過呢，我們很快就發現那不是今晚的去處。三輛印著以後足站立的獨角獸圖案的銀灰色廂型車就大搖大擺地停在旅店門外，一群費茲偵探社的成年人員伴隨著全副武裝的員警，加上靈異局的領犬員忙著把旅店一樓酒吧裡的人趕上車。氣氛火爆，幾個人試圖逃逸，但遭到警犬追趕捕捉，仆倒在地。我們躲在街尾偷看，認出奇普斯、奈德．蕭、凱特．古德溫站在門邊，一副事不關己的模樣。

洛克伍德把我們兩個拉回陰影中。「他們要把盜墓者全部抓起來。」他低喃：「奇普斯正在撒網。」

「你想他知道傑克．卡瓦的事情嗎？」我問。「那個小鬼肯定不會對他說的。」

「或許還有別人知道卡瓦和尼德斯有瓜葛……好啦，我們也沒辦法改變局勢。芙洛，還有什麼地方能去嗎？」

盜墓者出奇安靜，她輕聲說：「嗯，離這裡不遠。」

她的次要目標是萊姆豪斯站附近的咖啡廳，基本上只接待下班的守夜員。門窗都焊上鐵桿，一盞破舊的驅鬼街燈佇立在門外。櫃台上陳列一桶桶甜點和太妃糖，都是年少客人的最愛。門邊軟木板上釘了幾張廣告、徵才訊息、失物招領等等告示。老氣桌面上擺了幾本髒兮兮的雜誌和漫畫書，五個臉色不佳的孩子各坐一桌，吃吃喝喝時仍茫然看著半空。他們的守夜棍插在門旁的武器架上。

洛克伍德和我點了炒蛋、醃魚、熱茶。芙洛想來點咖啡與果醬吐司。我們在角落找了個位置，直接進入正題。

在咖啡廳的明亮燈光下，芙洛看起來更加邋遢了。她接下黑咖啡，以緩慢規律的速度加了八匙糖。

「好啦，芙洛。」洛克伍德在她攪拌那杯濃稠液體時開了口：「傑克．卡瓦。全部說出來吧。」

她點點頭，吸吸鼻子，骯髒的手指捧起馬克杯。「對，我認識卡瓦。」

「太好了。妳知道他住哪裡嗎？」

她搖頭。「不知道。」

「他在哪裡出沒?」

「不知道。」

「他都和誰來往?」

「不知道。除了杜安·尼德斯,但你說他死了。」

「他有什麼嗜好,平常做什麼來打發時間?」

「不知道。」

「妳知道我們能在哪裡找到他?」

她雙眼一亮,喝了一小口咖啡,皺起眉頭,又往黑色糖漿裡添了一大匙砂糖。我們看著她瘋狂攪拌,靜靜等待。她總算完成這套儀式,迎上我們的視線。「不知道。」

我的手摸向劍柄。洛克伍德把桌上的餐巾紙換了個位置。「所以妳宣稱認識卡瓦,意思是妳對他所知有限,幾乎派不上用場?」

芙洛·邦斯舉杯,一大口喝乾。「我知道他的名聲,我知道他如何處理贓物,也知道要如何傳訊給他,或許你們會對這些有興趣。」

洛克伍德往後一靠,雙手平貼桌面。「當然,前提是那些都是實話。可是妳既然和他這麼不熟,怎麼有辦法傳訊息給他?」

「別說是把紙條放在發霉的骷髏頭裡面,半夜放進哪個被挖開的墓地。」我說。

「才怪，我會在那裡貼告示。」她指著門邊的軟木板。「我這一行的人都用這種方式聯繫。我們各自爲政，很少和人來往，但城裡有幾個告示板可以利用。」她抹抹鼻子，又用外套擦手。「野兔與馬鞭有一個，可是我們不能用。」

我皺眉，但洛克伍德似乎很欣賞這個點子。「有意思。我可能會試試看。我要寫給誰呢？」

「就寫給『墓園同盟』。這是盜墓者之間的暗號。卡瓦可能不會親眼看到，但其他人會把消息傳出去。」

「這有什麼用處？」我語氣強硬。「我們要有具體的情報。卡瓦都怎麼處理偷來的東西？」

「他都拿去溫克曼那裡。我可以再喝一杯咖啡嗎？」

「當然不能。除非妳再透露更多細節，到時候妳想喝多少咖啡都行。」

「我們也可以給妳一整杯糖粉，讓妳在上面淋幾匙咖啡。」洛克伍德說：「說不定這樣比較快。」

「笑死人了。」芙洛面無笑容。「你還是一樣搞笑。很好，我就告訴你們卡瓦是怎樣的人。盜墓者有兩個流派。比如說像本大小姐這樣安安靜靜的邊緣人，悄悄尋找帶有靈異力量的小東西。我們撿的都是被人遺忘的物品，不惹麻煩，也不找麻煩。另一種人呢，他們太沒耐性，懶得慢吞吞地拾荒，想在短時間內獲得優渥收益，就算是別人的東西也要弄到手。那些臭男生跑去盜墓，挖出什麼就拿什麼；他們也不介意從活人手中搶奪，即使是……」

我直視她。「即使什麼？」

「宰了他們。」她得意洋洋地看著我們。「敲破對方腦袋、割斷那些人的喉嚨；要是有閒情逸致的話就慢慢勒死對方。然後他們就能爲所欲爲。這是他們的作風。嚇到了吧？你們這些軟綿綿的少爺小姐。」她對我們露齒一笑。「總之呢，這個叫卡瓦的，就是這種飢渴的傢伙。他是殺手。我見過他幾面，那傢伙簡直是把狠勁當懷錶戴在身上走。」

「狠勁？」洛克伍德問：「什麼意思？」

「很難說得清楚。或許是他的眼神、他抿得細細的嘴唇……甚至連他的站姿都透出殺意。我見識過他因爲對方看他的眼神不合他意，就差點把人活活打死。」

我們默默消化這則情報。「聽說他有著紅色頭髮，膚色蒼白，總是穿得一身黑。」

「沒錯。據說他身上有刺青。很不得了的刺青。」

我一愣。「怎麼說？怎樣的刺青？」

「不能告訴妳。妳年紀太小了。」

「我們每天夜裡對抗凶神惡煞的鬼魂，哪有什麼不能聽的道理？」

「既然猜不到，那妳眞的太嫩啦。」芙洛說：「好啦，你們的醃魚來了。再一杯咖啡，謝了，寶貝，順便幫我補個糖罐。」

等到服務生離開我才開口：「所以說幹你們這行的都在偷搶拐騙、燒殺擄掠？看來撿破爛還挺好混的嘛。」

芙洛・邦斯狠狠瞪著我。「是嗎？比你們卑微，是嗎？要我和那些小鬼一樣找個合法的工作嗎？」她朝著守夜員的孩子揚揚下巴，他們以各種姿態累癱在座位上。「多謝好意。要我被大公司占便宜？拿著棍子站在寒風中一整夜，等待惡靈現身，只換得到幾顆花生米？我寧可到河邊淘金。抓抓屁股看星星，想幹嘛就幹嘛。」

「我懂妳的意思。」洛克伍德說：「我是指看星星那部分。」

「是啊，因爲你是掘墓者希克斯的徒弟。他把你教得很好。獨立自主，不讓人牽著鼻子走，隨著自己的節奏起舞。」

「妳認識洛克伍德的師父？」我的訝異（和微微的氣憤）完全展現在語氣中。芙洛顯然比我更瞭解洛克伍德的過去和經歷。

「當然。我的消息可是很靈通的。我喜歡看報紙，然後拿它來擦屁股。」

我叉滿醃魚的叉子停在半空中。洛克伍德的吐司在他手中軟掉。

「可憐的希克斯走上了那條路。」芙洛不爲所動，繼續說下去：「就我所知，你的事業發展得不錯，讓靈異局超不爽。所以今晚我才願意幫你們一把。」

「所以妳本來就打算幫我們？」我問：「就算我們沒幫妳擋住鬼魂？」

「當然囉。」

「妳人還眞好。」

「來說說這個溫克曼吧。」洛克伍德開口：「我聽說過這個名字，但——」

芙洛接過第二杯咖啡和新的糖罐。「溫克曼——朱里斯．溫克曼。他是倫敦頂尖的贓物商人，是個危險人物。他在布魯斯伯理區開了間小店，在外人眼中看起來很體面，不過如果你從墳墓裡挖到什麼、從高級住宅區摸走什麼，或是從見不得人的管道弄到什麼東西，找他準沒錯。開價最高、成交最快、客層最廣。他的客戶遍及整個倫敦，都是些手邊有錢又不會多問的人。要是你們想找的東西在傑克．卡瓦手中，那他肯定會先去找溫克曼談。只要溫克曼買下它，他會籌劃祕密拍賣會，找來最闊的客人。我猜他目前應該還沒脫手。他總是想獲得最大的收益。」

洛克伍德清空盤子上的食物。「很好，總算有了頭緒啦。那間店在布魯斯伯理的哪裡？」

芙洛聳聳肩。「嘿，小洛洛，你不會想和溫克曼扯上關係的，卡瓦也是。有些人膽大包天，拿假貨唬弄他——沒有人找得到他們的屍體。他老婆也差不多難搞；他們的兒子簡直是個惡魔。我誠心建議你們離那家人遠一點。」

「沒差，我還是需要那間店的地址。」洛克伍德輕敲桌面。「那些祕密拍賣會都辦在哪裡？」

「不知道。就說是祕密了。每次地點都不一樣。要是你們在費茲的好兄弟沒把全市的盜墓者趕盡殺絕，或許我可以查出來。」

「那就太好了。芙洛，謝啦——妳幫了大忙。小露，妳有帶錢吧？介意幫我們買單嗎？對了——」他往軟木板瞄了一眼，「看能不能順便借個紙筆。」

13

人稱溫克曼小舖的布魯斯伯理古董百貨商行位於暗巷裡，就在倫敦中區的科普特街和博物館街之間的小路旁。這條地面凹凸不平、不怎麼時髦的巷子裡只有三間店，靠近科普特街的披薩店；中國心靈治療師的舖子，門口糊上白紙的竹架棚子替狹窄的玻璃門遮陽；接著是裝設兩組外凸櫥窗的寬敞店面——布魯斯伯理古董百貨商行。

櫥窗離地很近，清澈的菱形鉛玻璃一塊塊拼接起來。店內總是一片漆黑。不過還是能勉強看見幾樣物品，斷了一隻前蹄的希臘風格騎馬雕像、一只羅馬花瓶、桃花心木五斗櫃、咧嘴獰笑的日本鬼面具。門上的貼紙說明店家接受哪幾家信用卡及營業時間（一路開到宵禁後）。門上沒有防鬼的鐵桿，也沒有其他顯眼的防護措施。住在店舖樓上的溫克曼夫妻似乎用不著這種東西。

從芙洛·邦斯口中問出情報的隔天下午三點十五分，兩名十多歲的觀光客吸著大杯冰可樂，從博物館街鑽進小巷躲避熾熱陽光。女生穿著《靈異眞相》雜誌的紀念T恤、輕飄飄的及膝裙和涼鞋，男生身穿藍色棉質襯衫、大尺寸的百慕達短褲配運動鞋。兩人都戴著太陽眼鏡，漫步在巷子裡，高聲談笑。

走了一小段路，他們突然停在布魯斯伯理古董百貨商行櫥窗外，打量展示櫃裡髒兮兮的擺設。男生開玩笑似地戳戳女生側腰，對著店面比手畫腳。女生點點頭，兩人開門鑽進店裡。

□

敲定喬裝調查計畫時，洛克伍德和我很清楚此舉風險極大。芙洛說得非常清楚。昨晚她賣了我們最後一個人情，直接帶我們到店外，從巷口指出店舖位置，接著她就遁入夜色中，只留下淡淡的臭味。她不願意再多接近溫克曼的店半步。

我們稍微靠近一些，看見左邊的櫥窗中透出煤氣燈閃爍的火光，掛在上方的鬼面具看起來就像是飄浮新娘鮮血淋漓的腦袋。洛克伍德猜測這盞燈是某種信號；他超想繼續監視，可惜我們都累壞了。過了十二點，我們昨晚也沒睡多少，只能離開布魯斯伯理區徒步回家，大睡一場，等到我們下樓時，陽光已經微微偏西。

喬治早就不見蹤影，我們在廚房餐桌的白紙桌布上找到他的留言。這張桌布是我們集思廣益的道具，桌上總放著幾支筆，讓我們寫筆記、購物清單、留言、屁話，還隨手畫上我們見過的訪客面貌。喬治的留言塞在空蕩蕩的甜甜圈托盤、漢堡紙盒、兩個髒茶杯間，內容如下：

出門查資料！有進展！晚點回來。G

旁邊還有一串意義不明的筆記：

80度　15分鐘　沒有反應
100度　15分鐘　沒有
120度　15分鐘　沒有
150度　6分鐘　鬼氣擾動。臉浮現出來
12分鐘　嘴巴動。表情（無禮）

多買一點洋芋片

我們默默盯著這串神祕紀錄好幾分鐘，接著洛克伍德走到烤箱前，緩緩打開，發現拘魂罐就塞在裡面。玻璃表面有幾處微微熏黑，鬼氣幾乎變得透明，可以清楚看見底部的骷髏頭，還有骨頭表面的細細裂縫、牙齒上的棕色污漬。

兩天前的夜裡，爲了它的言論吵了一架後，我們第一次看見這顆骷髏頭。我緊張地瞄向洛克伍德，他漫不經心地試著把罐子從烤箱裡挖出來。但他沒有看我，而是退後一步，揚手掩面。「現在我沒有多餘力氣思考這件事。」他說：「喬治的實驗有點失控了。提醒我今天晚上和他談談這件事。」

不過現在我們還有其他事情要顧，洛克伍德已經下定決心。在追蹤傑克．卡瓦這方面，我們目前能做的其實不多。昨晚我們在咖啡廳貼了紙條，仔細地註明是留給「墓園同盟」，說如果有誰掌握與肯薩綠地墓園「近期事件」相關的情報，請與我們聯絡，並提供少許獎金。卡瓦本人自然是不會回應，但感覺全市有一半的盜墓者都看彼此不順眼，說不定會有其他人帶著情報找上門。芙洛也承諾這幾天若有黑市拍賣會的消息，她會通知我們；晚點還能聽到喬治的調查結果。也就是說一切都在軌道上。

除了溫克曼的店鋪。

既然卡瓦可能早就把鏡子交給溫克曼，洛克伍德主張我們至少要去那間古董店探一探。說不定有機會得知那面鏡子的下落；假如情勢不妙——嗯，根據這名黑市商人的名聲，還是別多想。我們要披上偽裝，不能太過冒險。不會有事的。我們打扮成夏季觀光客，搭地鐵到布魯斯伯理。

□

門上的D字形吊環掛著一只小鈴鐺，門一開就敲出叮噹聲響。我們踏進店裡，燈光昏暗，室溫清涼，空氣中飄著灰塵和草本消毒水的氣味。天花板不高，陽光被菱形玻璃折射，穿透帶著污漬的網紗，在布滿刮痕的老舊地板上拉出片片光束。桌椅上、展示櫃內堆滿雜物，宛如一片密林。櫃台正對著店門，一名婦人站在櫃台裡，體型龐大，像是遭到世人遺忘的邪神像。她拿碎布擦拭小巧的玻璃雕像，當她直起身注視我們時，梳得高高的頭髮直接擦過天花板。

「需要什麼嗎？」

「謝謝，我們就看看。」我說。

我迅速掃了她一眼，肌肉發達，骨架粗大，大約五十歲出頭。這種體型和紅潤膚色讓我想到我母親。她的長髮染成淡金色，眉毛修得細細的，嘴唇單薄，一雙藍灰色眼珠。她身上那件強調豐滿上圍的印花連身裙搭配成套的腰帶。乍看之下是個軟綿綿的中年婦女，但只要多看一眼就能清楚感受到她擁有過人的實力。

我們知道她是誰。芙洛爲我們描述過她的外表。她是雅德萊．溫克曼太太，和丈夫一起打理這間店長達二十年，前任店主被一座印度情色雕像意外壓死。

「哇，這店有夠酷。」洛克伍德說完，吹出粉紅色泡泡，啪地炸開，又吸回嘴裡，露齒一笑。

婦人說：「建議你們拿下太陽眼鏡。爲了保護這些脆弱的古董，我們特別把燈光調暗。」

「這是當然。謝啦。」洛克伍德沒有摘下眼鏡，我也沒有。「這些都是在賣的嗎？」

「有錢我們就賣。」婦人垂下視線，粗壯紅潤的手指頭緩緩擦拭雕像表面。

洛克伍德和我裝出漫無目的的模樣在店裡四處晃盪，暗地觀察各個細節。這裡東西很雜，有的看起來還有點價值，有的顯然是垃圾。一組花色像大麥町犬的小木馬，白底斑點馬身因爲久置而泛黃；裁縫用的人台，頭上與肩上的布料被蟲咬得破破爛爛，立在蛀得厲害的木桿上；早期的金屬雙槽式洗衣機，塑膠水管堆在蓋子上；塑膠外殼收音機和三個嵌著玻璃眼珠的維多利亞時代娃娃。這些娃娃讓我打了個哆嗦。就算是維多利亞時代的孩子也會敬而遠之。

左側有一大片黑色簾幕，半蓋住一扇門，再過去看起來還有一個隔間或是小房間。我瞄到房裡擺了張弧形高背扶手椅，椅背頂端露出某人的頭頂，在黑暗中閃閃發亮。

「嘿，這些東西上面有鬼嗎？」洛克伍德指著那些娃娃。

高大的婦人連頭都沒抬。「沒有……」

「天啊，應該要有才對。」

「科普特街上的店家有賣更划算的紀念品。那些東西更合你們的胃口，不像我們這間……」

她沒把話說完。

「謝了。我們沒打算買什麼東西，對吧，小蘇？」

「當然。」我咯咯輕笑，用力吸可樂。

我們又閒晃了一會，像是準備行竊的小偷般打量一件件雜物。我觀察到這間店有兩個出口，一個是櫃台後敞開的門，通往店主住處（可以看見狹窄的走廊鋪著褪色的波斯地毯，牆上掛著黃棕色調照片），以及黑色簾幕後的小房間。那間房裡還有人在——我聽見紙張翻動的沙沙聲，一名男子突然吸吸鼻子。

同時我也開啟了天賦，聆聽超自然的聲響。那裡確實有什麼，不是很強，不是具體的聲音。或許是極度微弱的低鳴，持續不斷，等待被人釋放。是那面鏡子嗎？我回想在墓地聽到的聲音——有如無數蒼蠅的嗡嗡鼓翅聲。聽起來不太像。不管是什麼，離我們都不遠。

洛克伍德和我望向簾幕後的房間。我們互看一眼，什麼都沒說，但洛克伍德用身體擋住婦人的視線，對我豎起手指。事前我們已經敲定暗號。一根手指：該走了。兩根手指：他發現了什麼。三根手指：他要我幫忙引開注意。

還用說嗎？三根手指。我得要演一齣好戲。他眨眨眼，晃到店面的另一端。

我瞄了婦人一眼。她手中的碎布繞著小圈擦拭，轉啊轉啊轉的。

我一手隨意插進裙子口袋。

各位絕對想不到一把硬幣撒在木頭地板上能有多吵。接觸地面的鏗鏘金屬聲、四散的餘音……連我都嚇了一跳。

硬幣滾到桌椅下、雕像底座後面。櫃台後的婦人猛然抬頭。「怎麼了？」

「我的零錢！我的口袋破了！」

我毫不遲疑地鑽到最近的桌子下，故意粗手粗腳地撞得桌上的珠寶架搖搖晃晃。我把兩枚硬幣推得更遠，擠進兩尊非洲鳥類木雕之間。看起來是紅鶴之類的，高大、尖嘴，有點頭重腳輕。它們的腦袋在我頭頂上岌岌可危地晃動。

「住手！給我滾出去！」婦人離開櫃台，我趴在桌下，看見她厚實的小腿肚和沉重的鞋子高速逼近。

「好，再一下。我撿個錢。」

我前方有個東方紙燈籠，看起來頗有年代，脆弱不堪，說不定很貴。既然我的硬幣可能掉進燈籠裡，只能不顧溫克曼太太倒抽一口氣，把它拿起來用力搖晃，她焦慮地繞過桌子，急著抓住我。我放下紙燈籠，突然轉身，屁股撞上陳列著某種羅馬花瓶的塑膠架。花瓶傾斜翻倒，即將落地，溫克曼太太展現出超乎我想像的敏捷，伸出火腿般的手臂及時接住花瓶。

「朱里斯！」她放聲尖叫。「雷歐帕！」

店面另一側的簾幕掀開，有人走了出來，大步踏過店裡走道。我看到一雙粗壯短腿，穿著合身的棉褲，腳下踏著破舊的皮涼鞋。沒有襪子。腳掌體毛發達，腳趾甲留得很長、泛黃破裂。

過了幾秒，另一雙腿──比前一雙小了許多，但形狀和站姿一模一樣──從櫃台後的房間冒出來，小跑步跟上。

我刻意往桌子下鑽得更深，抖著手撿拾硬幣，但我知道遊戲結束了。就在我一點一點退向走道時，一道低沉輕軟的嗓音響起：「雅德萊，這是怎麼一回事？小蠢蛋跑來店裡鬧場？」

「她不肯出來。」溫克曼太太說。

「喔，我相信可以好好說服她。」那道嗓音這麼說。

「我這就出來。」我高聲說：「只是在撿錢而已。」

我爬了出來，灰頭土臉，面紅耳赤，氣喘吁吁，站穩腳步轉身面對他們。婦人的粗壯手臂抱在胸前，那副表情如果在平時早就逼得我反胃狂吐，可是現在情勢不同。我更在意她身旁的男子──朱里斯．溫克曼。

我對他的第一印象是基因出了差錯，把好好一個壯漢硬是變成矮冬瓜，不然就是被電梯車廂砸扁，或兩者皆是。他的身軀圓圓壯壯，厚實的脖子上頂著大頭，強健的肩膀安放在酒桶般的胸膛上。他的手臂強健，毛髮茂密，雙腿又粗又短又彎。黑髮剪得很短，用髮油往後梳得平貼在頭皮上。他身穿灰色套裝，袖子捲到手肘上，白襯衫沒打領帶，濃密的胸毛從領口竄出。他的鼻子又扁又寬，一張大嘴表情豐富。金邊夾鼻眼鏡在他鼻梁上相當突兀。一眼就能看出他是多麼強壯，但他只比我高出一些。我可以平視他睫毛纖長捲翹的黑色大眼。他的臉骨架寬厚，膚色深暗，雙下巴布滿黑色鬍碴。

他身旁的男孩活像是他的縮小版複製品，體態同樣像倒放的不倒翁，頭髮往後梳，蟾蜍般的大嘴。他穿著類似的灰色長褲和緊繃的白襯衫。兩人之間確實有些差異，他沒戴夾鼻眼鏡，體毛稀疏許多（幸好）；湛藍雙眼與他母親神似，眼神同樣犀利。他與父親並肩而立，冷冷瞪著我。

「妳在我店裡爬來爬去做什麼？」朱里斯・溫克曼問。

在房間另一頭，在他們背後，通往隔壁房間的簾幕抽動一下，接著又垂落不動。

「我不是故意的。我的錢掉了滿地。」我用誇張的手勢亮出掌心的銅板。「沒關係，幾乎都撿回來了。剩下的就留給你們……」承受著三人的視線，我越來越撐不住微弱的笑容。「呃，這間店眞不錯啊。有這麼多超酷的東西。我猜一定很貴吧？比如說那個木馬——嗯，我猜要兩百吧？超可愛的……」重點在於讓他們開口，讓他們持續注意我。「那個花瓶呢？如果我想買的話你們出多少？呃……那是希臘？羅馬？還是假貨？」

「聽好了。」朱里斯・溫克曼突然湊上前，豎起毛茸茸的手指，像是要戳進我胸口似地。他的手指和腳趾一樣，都留著參差的長指甲。「妳給我聽好。我們是有格調的店家。我們接待有品味的客戶，不歡迎只會搞破壞的不良少年。」

「我完全可以理解。」我匆忙回應。可惡的洛克伍德，下回輪到他當煙霧彈。我往店門跨了一步。「再見。」

「等等。」溫克曼太太說：「他們有兩個人。另一個跑哪去了？」

「喔，應該是先走了吧。每次我笨手笨腳的時候他都覺得很丟臉。」

「我沒聽到開門聲。」

朱里斯．溫克曼的視線掃過整間店，他的脖子短到得要轉動身軀才能轉頭。他嘴邊勾起淡淡的笑意，眉眼嘴角帶著一絲女性特質，搭配上毛茸茸的體態，顯得相當突兀。「三十秒，最多四十秒，到時候就知道了。」

我遲疑了下。「抱歉，你說什麼？」

「爸，看她的手。」男孩急切地開口：「快看她的右手。」

我的腦袋轉不過來。「你要看我的銅板嗎？」

「不是銅板。」朱里斯．溫克曼說：「妳的手。雷歐帕，做得好。妳這個滿口謊言的小流浪漢，手給我伸出來，不然我就扭斷妳的手腕。」

我起了一身雞皮疙瘩，默默攤開掌心。他握起我的手，柔軟的觸感讓我膽寒。他沒有放手，調整夾鼻眼鏡的角度，微微彎下腰，另一手輕輕撫過我的掌心。

「我就知道。調查員。」

「爸，我就說了吧？」男孩大聲嚷嚷：「對吧？」

淚水刺痛我的眼珠，我用力眨眼憋住。沒錯，我是調查員，可不是被嚇大的。我收回右手。「我不知道你在說什麼。只是進來看看這間小破店，沒想到會受到這種對待。我要出去了。」

「演得眞爛。」溫克曼說：「不過就算妳演技過人，還是會被這隻手出賣。只有調查員掌心才會長出這兩顆繭。我說這叫劍繭。來自你們那些訓練，那些幼稚的招式。對吧？妳是不是早該想到了？現在就來等妳朋友現身吧。」他盯著毛茸茸手腕上的錶。「差不多了……就是現在。」

簾幕後方閃過一陣強光，接著是一聲痛呼。過了幾秒，簾幕被人扯開，洛克伍德走了出來，蒼白的臉皺成一團，左手握著右手手指。他深吸一口氣穩定情緒，緩緩走了過來，停在溫克曼一家面前。

「我得說這裡的服務還眞是出乎意料。」他說：「我只是想看看你們的展示間，沒想到就被電到——」

「孩子，別再演了。」朱里斯．溫克曼柔軟低沉的嗓音響起。「你碰了哪個？辦公桌，還是保險箱？」

洛克伍德撥撥頭髮。「保險箱。」

「上頭接了電線，要是沒在開門前阻斷電路，就會送上一點小電流作爲懲罰。辦公桌也有同樣的裝置。你這是在浪費時間，裡頭沒有任何你們會感興趣的玩意兒。你們是誰？爲誰辦事？」

我一言不發。洛克伍德露出最毫不在乎的表情，以一個穿著繽紛短褲、手還在冒煙的人來說挺了不起的。

溫克曼太太搖搖頭。聳立在櫥窗前擋住陽光，她看起來更高大了。「朱里斯？我可以鎖門。」

「把他們剁成碎片，爸。」男孩說。

「親愛的，不用多費力氣。」溫克曼盯著我們。他臉上笑容不變，但是在濃密的睫毛下，眼神冷硬如冰。「我不必知道你們的身分。這不重要。我猜得到你們想要什麼，不過你們拿不到的。聽好了，在勢力範圍內，我設下重重防護，對付我不歡迎的人。電擊只是其中一招，不太細緻，但在白天很有效。到了晚上，看誰蠢到膽敢闖進來，我還有其他手段，效果絕佳——有時候我還沒下樓，那些小賊已經斷氣了。聽懂了嗎？」

洛克伍德點頭。「你說得很清楚。小蘇，我們走吧。」

「喔不。」朱里斯·溫克曼說：「我不會讓你們就這樣走出去。」熊爪般的寬厚手掌揪住我的前臂和洛克伍德的後領。他輕輕鬆鬆地把我們拖向他，硬生生舉了起來。他握得很緊，我忍不住痛叫。洛克伍德不住掙扎，但毫無效果。「看看你們這模樣。少了蠢制服和娘娘腔長劍，不過是小娃兒。念在你們是初犯，我就網開一面。下回我可沒這麼好說話。雷歐帕——開門！」

男孩蹦蹦跳跳地開了店門，陽光照進店裡，門鈴敲出清脆聲響。朱里斯·溫克曼舉起我，往後一甩，接著向外投擲。我的手臂肌肉扭轉，整個人以跪姿重重著地。過了幾秒，洛克伍德摔在我身旁，他臉朝上，在地面彈了一下，滑了一小段才煞住。我們聽見布魯斯伯理古董百貨商行的店門在身後輕輕但牢牢地關上。

14

一小時後，兩個遍體鱗傷的小觀光客回到家，步履蹣跚地鑽過柵門，沿著小徑經過訪客用的門鈴、抵擋鬼魂的鐵板地磚——壞掉的地方我還沒空修。我靠著牆壁，等洛克伍德摸出鑰匙。

「你的手還好嗎？」我問。

「會痛。」

「屁股？」

「更痛。」

「這趟沒什麼收穫，對吧？」

洛克伍德打開門。「我一定要看看那間小房間裡面到底有什麼。說不定那面鏡子正巧就收在那裡。可是裡面都是賽馬新聞和帳冊——還有拼到一半的拼圖，肯定是他那個討厭鬼兒子的玩具。溫克曼自然把好貨都收到別處去了。」他嘆了口氣，拉高那件寬鬆的百慕達褲，我跟在他後頭往屋裡走。「可是呢，我不認為這趟完全是白費工夫。我們親眼見識到溫克曼的本性，下次絕對不會低估他。希望喬治的運氣比我們好。」

「這是當然！」廚房的門輕快地開啟，喬治坐在餐桌旁，容光煥發，精神抖擻，嘴裡叼著一支鉛筆和麵包棒。看到我們的打扮，他瞪大雙眼。「老天爺。洛克伍德，你竟然穿短褲！太陽要從西邊出來了嗎？」

洛克伍德沒有回應，他站在門邊，視線越過滿桌的洋芋片、茶杯、影印紙、攤開的筆記本。我把水壺放到爐子上，說：「我們去執行臥底任務，可是不太順利。看來你一直忙到現在。有什麼進展嗎？」

「嗯，終於出現一線曙光。」喬治說：「高溫。給它加溫或許就是答案。不是陽光的熱度，那只會讓鬼氣萎縮。我指的是人工加溫。昨晚我把那顆骷髏頭放進烤箱，告訴你們，鬼魂很快就有反應了。加熱到一百五十度時，鬼氣開始旋轉捲曲。看來這就是關鍵數字。那張臉隨即浮現，我真心相信它在說話！我當然聽不到——小露，我需要妳幫忙——不過要是我沒看錯，它懂的粗話詞彙還真不少。總之呢，這是大大的躍進，我真想好好誇自己一頓。」他得意洋洋地往後靠上椅背。

我頓時心頭火起。那顆骷髏頭對我和高溫都有反應。永無止盡的實驗突然令人無比厭煩。洛克伍德只是盯著他看。我感覺到廚房裡氣氛緊張，連忙開口：「對，今天早上我們在烤箱裡找到拘魂罐。是有點驚訝啦……我要說的是畢克史塔的案子。」

「喔，別擔心，這部分也有情報要和你們分享。」喬治志得意滿地咬了一口麵包棒。「我們的烤箱真的不夠大，罐子差點塞不進去——就這樣卡在裡面！這樣滿難看的，如果聖誕節的烤雞也卡住的話怎麼辦？」

「真的。」我冷冷回應：「真的是有夠丟臉。」我翻出馬克杯，把茶包放進去。

「哎，這眞的是天大的突破啊。」喬治繼續自說自話：「你們想想啊，要是能讓死人應我們的要求開口說話就好了。喬普林說這是古往今來每一位學者的夢想，如果只要弄幾個大烤箱就有辦法——」

洛克伍德突然大吼一聲，氣勢騰騰地走進廚房。「你不要再給我碰那個白痴骷髏頭了！喬治，那不是首要任務。研究它有錢拿嗎？沒有！它對倫敦市民有即刻危險嗎？沒有！解開這個謎，就能打敗奎爾．奇普斯那夥人、不讓我們出醜嗎？不能！就在你忙著玩罐子和烤箱的當頭，我們的收入與名聲正受到威脅！露西和我今天差點丟了小命，我是不知道你在不在乎啦。」他深吸一口氣；喬治像是被催眠似地愣愣看著他。「我只希望你可以努力完成手邊的案子……你覺得如何？」

喬治托了托眼鏡。「抱歉，可以請你再說一次嗎？都是你這條短褲，我根本沒辦法專心聽你說話。」

水壺笛聲大作，淹沒洛克伍德簡短的回覆。我匆忙泡了三杯茶，拿湯匙攪拌茶水，用力打開冰箱，試著塡滿隨之而來的沉默。沒什麼效果。氣氛還是一樣糟。我只好像個臭臉女服務生似地送上熱茶，上樓換衣服。

□

我不急著下樓。今天下午實在是不好過，與溫克曼的對峙帶給我的衝擊遠遠超出我在洛克伍德面前展現的情緒。那人柔軟的掌心、蘊藏在舉止間的暴戾之氣……這套幼稚的觀光客偽裝突然讓我無比反感。在閣樓的房間裡，我迅速換回平時常穿的深色上衣、裙子、緊身褲，還有耐穿的靴子。這是調查員該有的打扮。不會出錯的穿搭。只是件小事，但我還是稍微好過了些。我站在窗邊，眺望滿城暮色，以及寂靜的波特蘭街。

不是只有我一個人坐立不安。洛克伍德也是異常焦躁。搶在奇普斯前找回鏡子的急迫性顯然占據了他的心。

眞是如此嗎？或許他心上還有其他事。或許是那顆骷髏頭。骷髏頭和它意有所指的細語……

下樓途中，我在二樓樓梯口稍停一會。玻里尼西亞驅鬼道具與護符被牆面的陰影包圍。這裡只有我一個人。可以聽見洛克伍德和喬治的說話聲從廚房傳來。

是的，就是它，那扇不該開啓的房門。

除了我，這棟屋子裡還有其他應該要害怕的事物。

我被衝動控制，躡手躡腳地走上前，將掌心和耳朵貼上門板，啓動天賦感知，*仔細聽，仔細聽……*

沒有。什麼都沒有。我眞的該打開門，往裡頭看一眼。門沒鎖。還能出什麼事呢？

我也可以不去管別人的閒事，忘掉罐子裡那個胡言亂語的壞胚子！我逼自己離開那扇門，往樓下走去。沒錯，我確實是想稍微深入洛克伍德的過去，但就算不去偷看，還有很多方法。芙洛提到洛克伍德的師父，那人好像不得善終。說不定我可以學學喬治，找個時間去檔案館……

他們還在廚房裡，圍著餐桌，各自捧著一杯茶。在我離開的期間肯定發生過什麼事，因爲桌子中央現在多了一大堆火腿芥末三明治，旁邊還有盛在碗裡的小蕃茄、酸黃瓜、皺葉萵苣。還有洋芋片。看起來眞不賴。我坐下來。我們一起吃晚餐。

「好點了嗎？」過了一會，我打破沉默。

洛克伍德咕噥：「我道歉了。」

喬治說：「洛克伍德剛才在畫畢克史塔棺材裡失蹤的那個東西。妳知道的，就是他在照片上看到的那個。如何？」

我看了思考布一眼。洛克伍德的畫工不佳，這張圖其實不太好看，三四條平行線，加上銳利的尖端。「看起來像是一把鉛筆。」

「比鉛筆大。更像是短木棒。讓我想到《泰晤士報》的攝影師在拍攝貝瑞特太太墓地時用的折疊式腳架。」他咬了一口三明治。「無法解釋它們跑哪去了。先不管這個，來討論正事吧。我剛才稍微向喬治提過這二十四小時我們做了什麼。他不太開心。」

喬治點頭。「沒錯。我無法相信你們竟然就那樣闖進溫克曼的店。你們都說他本性凶殘了，這麼做實在是太魯莽。」

「我們沒太多時間慢慢思考。」洛克伍德滿口食物。「好吧，結果不太好，但總要試試看。喬治，有時候就該趁勢行動，你不能只靠拘魂罐和老舊資料過活。喔，別再對我發脾氣，只是說說罷了。」

「聽好了，我也在火線上。」喬治低吼。「前天半夜是誰直接面對那個鬼鏡子？我現在還感覺得到它的影響。就像是有什麼東西在拉扯我的腦袋，不斷呼喚我。我很清楚自己差點就和那個盜墓者一樣慘，這可不是什麼舒服的感受。」他雙頰泛紅，別開臉。「總之呢，我這兩天的『兜風』成果豐碩，你們不會失望的。我相信現在我們的進展已經超越奇普斯與鮑比．維農。」

夜幕低垂。洛克伍德起身拉上廚房的百葉窗，遮住黑暗的院子。他又開了一盞燈，坐回位子上。「喬治說得對。小露，剛才妳上樓的時候我打電話給伯恩斯，得知奇普斯不太順利。他還沒查到傑克．卡瓦或那面鏡子的線索。靈異局的拘留室被半個倫敦的盜墓者塞爆了，可是卡瓦不在裡面。沒有人知道他的下落。伯恩斯有點挫折。我對他說我們手邊有可靠的線索。」

「你有向他提到溫克曼嗎？」我問。

「沒有。我不想讓奇普斯聽到風聲。這是我們取勝的最佳機會，只要芙洛能及時帶來祕密拍賣會的情報。」

「你把這個芙洛．邦斯藏在哪裡？」喬治問。「感覺是個有用的線民。她人怎樣？」

「說話溫柔，待人和善。」我說：「你知道的，大家閨秀那型。我想你可以和她處得很好。」

喬治托了托眼鏡。「真的？很好。」

「好啦，喬治，輪到你了。」洛克伍德說。「畢克史塔與那面鏡子的事情查出多少了？」

喬治把他的紙張整齊地疊在三明治旁邊。方才的不悅煙消雲散，他換上機靈又認真的態度。

「好的，正如我所料，國家檔案館沒讓我失望。第一個切入點是艾伯特·喬普林給我們看的《漢普斯特公報》剪報——提到老鼠肆虐那篇。我找到那篇報導，印了一份回來，就在這裡。嗯，你們還記得故事的大概——這位艾德蒙·畢克史塔在漢普斯特綠地的一間療養院工作，那是讓罹患慢性病的人休養的地方。雖然詳情相當模糊，但他的名聲不太好。某天晚上他找朋友來開私人派對；尋獲他的屍體時，幾乎都被老鼠吃光了。眞噁，光是想像就讓我不太想吃小蕃茄。不過我還是會吃的。」

「所以報導中沒有提到他中槍身亡？」我想起鐵棺材裡的屍體，它額頭上的圓洞。「不是中槍然後被吃掉？」

「完全沒有。可是記者沒搞清楚來龍去脈也很正常。可能有意或無意間略過了某些事實。」

洛克伍德點頭。「老鼠的部分聽起來很蠢。有找到其他相關報導嗎？」

「出乎意料地少。你會以爲老鼠吃人的驚悚案情占據了所有的頭版，但其實沒有。感覺這件事被人刻意壓下來了。不過我另外找到一些消息，提供一點額外的細節。其中一個不斷浮上檯面的是畢克史塔天黑後在墓園閒晃的可怕習慣。」

「還好吧？」我咬碎酸黃瓜。「這種事我們也常做啊。」

「我們可不會半夜偷偷溜回家，扛著大布袋，手中的鏟子還沾著墓地的土。一份報紙說他偶爾會帶上男僕，要那個可憐的年輕人幫忙扛天知道裝了什麼的布袋。」

「他怎麼沒被逮捕？」我問。「既然這些行徑都被人看到了……」

「或許是因爲他有厲害的人脈。」喬治繼續說。「等下會提到這個。過了兩年，《漢普斯特公報》報導有人進入畢克史塔的屋子——那棟空屋一直維持原樣，我想應該沒有人想買——發現起居室有一片牆板是可以拆卸的。在那片牆板後面……」他輕笑一聲，故意停頓幾秒。「你們絕對猜不到有什麼。」

「屍體。」我說。

「骨頭。」洛克伍德拿了一些洋芋片。

喬治的臉垮了下來。「對啦。好吧，我給你們太多線索了。總而言之，是的，他們在那間密室裡找到大量的人類殘骸。有的似乎年代久遠。證實這位醫生跑去挖了他不該碰的東西，只是背後的動機不明。」

「這也沒有登上頭版？」洛克伍德說：「這就奇了。」

「畢克史塔的人脈是怎麼一回事？」我皺眉。「喬普林不是說他們有一夥人？」

喬治點點頭。「對，我也查到一些資料。某篇報導提及他的兩名同夥，案發當晚，他們應該也出席了他舉辦的聚會。這兩人是年輕的上流社會成員，名字分別是——」他看了看筆記，「瑪莉·杜拉夫人，以及西蒙·威柏弗法官。他們都是有錢人，據傳他們對怪異事物頗有興趣。聽好了……」喬治目光一閃。「從其他報導來看，一八七七年失蹤的人不只畢克史塔。杜拉和威柏弗也在同一時期消失了。」

「再也沒有人見到他們？」我問。

「嗯，威柏弗是這樣沒錯。」他對我們咧嘴而笑。「他的家族提供懸賞獎金，國會裡也問過一輪，可是沒有人公然把他和畢克史塔連結在一起。肯定有人知道這層內情，只是不敢說出口。接下來往後推十年，瑪莉・杜拉突然再次現身……」他在那堆紙張中翻了一陣。「跑哪去了？我確定有印回來。啊，在這。我唸給你們聽。是一八八六年夏季的《每日電訊報》——離畢克史塔的事件已經好一陣子了。」

「瘋婦落網：坊間盛傳的『切特西森林野人』終於遭到警方拘捕。該名邋遢的流浪女子已在這片林地瘋狂號叫數週，使得當地居民人心惶惶。她在市政廳接受偵訊，自稱瑪莉・杜拉，多年來過著野獸般的生活。她的瘋言瘋語、亂髮、駭人樣貌令在場數名男士不忍卒睹，當局立刻將她移往切特西精神病院。」

喬治唸完報導內容後，我們一時無語。

「是我的錯覺嗎？和畢克史塔扯上關係的人似乎都沒有好下場。」洛克伍德說。

「希望不包括我們。」我說。

「杜拉的消息還沒查清楚。」喬治補充。「我想去切特西調閱那裡的官方紀錄。那間精神病院在一九〇四年關閉，當時院內的書籍文件轉移到該市的檔案室，其中有一份資料名爲〈瑪莉・杜拉的自白〉。我個人認爲值得一讀。」

「這是當然。」洛克伍德贊同他的提議。「不過瘋子的自白很可能只有在森林裡吃蟲之類的紀錄。誰知道呢。喬治，做得好。太棒了。」

「可惜沒有任何與鏡子有關的紀錄。它在墓園害死那個尼德斯，對我做了怪事。或許它和畢克史塔的命案也有關係。無論如何，我會繼續查下去。對了，另一件有意思的情報，是與畢克史塔當年服務的醫院有關，就是漢普斯特綠地的綠門療養院。」

「喬普林說它燒燬了，對吧？」我問。

「沒錯。火災發生在一九〇八年，死傷慘重。殘骸被晾在那裡超過五十年，最後有人打算在那裡蓋住宅建案。」

洛克伍德吹了聲口哨。「他們在想什麼？誰會在慘遭火災的維多利亞時期廢棄醫院原址蓋房子？」

喬治點頭。「我懂。這完全違反建商該有的邏輯。正如你所料，建案面臨一堆超自然干擾，到最後只能擱置。不過查了建築企劃書後，我發現一件事——那塊地現在幾乎只剩草坪，沒幾面牆，是被植物覆蓋的廢墟。可是有一棟建築物屹立不搖。」

我們看著他。「你指的是……」

「畢克史塔的個人住處與醫院主建築有點距離，沒有遭到火災波及。那棟屋子還在。」

「有人拿來利用嗎？」我問。

「沒有。應該一直閒置至今。」

「根據那些歷史報導，哪個正常人會想踏進去？」洛克伍德靠上椅背。「喬治，做得好。明天你去切特西。露西和我繼續追蹤傑克・卡瓦的下落——雖然我還不知道要怎麼做。他真的不留一點痕跡。好，我要上樓啦。今天有夠悽慘，而且我也該把這條褲子換掉了。」

就在他起身的同時，前門傳來敲門聲。連續兩聲，輕快的叩叩。

我們面面相覷，一個接著一個緩緩推開椅子，往走道移動。

敲門聲再次響起。

「喬治，現在幾點了？」其實洛克伍德根本不用問。爐架上有個旅行鐘，屋角擺了一座老爺鐘，還有他雙親的收藏品，一組來自非洲的補夢網造型時鐘，用鴕鳥羽毛、獵豹骨頭、旋轉的鸚鵡螺報時。總而言之，我們都很清楚目前的時間。

「十一點四十分。」喬治說：「很晚了。」

這不是活人造訪的時段——這句話沒有人說出口，但我們全都想到同一件事。

「露西，妳已經換掉鬆脫的鐵地磚了吧。」洛克伍德開口。我們一同望向玄關旁的衣帽架和擺著水晶檯燈的小桌子。走道上唯一的照明是從廚房射出的微弱黃光。幾根部落圖騰柱在昏黃光線中若隱若現，根本看不到前門。

「差不多。」

「差不多完成了？」

「差不多要開始弄了。」

走廊盡頭又傳來兩聲敲擊。

「幹嘛不拉鈴？」喬治說：「我們明明就請客人要拉鈴。」

「不會是投石怪。」我緩緩說著：「也不會是門口老湯姆。它們太弱了，就算鐵線有缺口也闖不過來……」

「沒錯。」洛克伍德說：「不會是鬼魂。可能是伯恩斯或芙洛。」

「沒錯！當然了！是芙洛。一定是芙洛。她都在晚上活動。」

「確實是如此。我們應該要讓她進來。」

「真的。」

沒有人跨出腳步。

「最近那個絞殺案發生在哪？」喬治問。「就是有一個鬼魂敲民宅窗戶，殺了屋裡的老太太那件案子。」

「喬治，現在被敲的是門，不是窗戶！」

「又怎樣？都是長方形的洞啊！我也可能被勒死！」

又是敲打聲——這次只響了一次，撞擊力晃動整片門板。

「喔，管他去死。」洛克伍德低吼，大步向前，打開水晶檯燈，從門邊的傘架拎起一支長劍。他傾身湊向前門，高聲詢問：「哈囉？請問是哪位？」

沒有回應。

洛克伍德抓抓頭髮，解開門鍊，打開門鎖。開門之前，他回頭望向喬治和我。「沒事啦。可能是來找我們幫——」

門猛然開啓，撞上洛克伍德，他重重倒向旁邊的展示架，面具與葫蘆掉了滿地。一道駝著背的黑色人影撞進玄關。我瞥見蒼白扭曲的臉龐，兩顆瘋狂圓睜的眼睛。洛克伍德想舉劍格檔，對方卻將他壓住，往他身上猛抓。喬治和我衝上前搭救。一聲像是要嘔出什麼似的駭人慘叫。人影和洛克伍德分開，往後倒向檯燈的光圈中。那是個活生生的男子，他張著嘴，像離水的魚兒般大口喘氣，黃褐色長髮被汗水沾濕。他穿著黑色牛仔褲和夾克、沾染污漬的黑色T恤。厚重的短靴在地板上踢踏。

喬治倒抽一口氣。我也猜到了。

「卡瓦。是傑克．卡瓦。就是他偷了……」

男子雙手猛抓自己的頸子，彷彿是要從喉嚨裡抽出聲音似地。他上前一步，又一步——接著，像是突然失去骨頭般雙腿一軟，整個人癱倒在地板上，臉部重重著地。洛克伍德直起身，喬治和我煞住腳步，愣愣看著那人。我們三個一同凝視倒在前廳的男子，看他手指抽搐，身下漫開一灘黑色液體。我們的視線集中在那把深深插入他背心的彎匕首。

Lockwood & Co.

第四部
死人在說話

15

一如往常，洛克伍德最先反應過來。「露西，接著。」他把長劍丟過來。「去門邊巡一下，然後把門關好。」

我從男子與玄關小桌之間鑽過，跨出門外，往街上張望，清涼的夜風將我包圍。鋪著地磚的小徑空蕩蕩的，靠近大馬路的柵門開著。三十五號屋前的街燈朝人行道投射圓錐狀的橘粉色光芒。對街一棟房子的門廊燈沒關，另一戶二樓的浴室亮著燈，除此之外一片黑暗。可以聽到街尾的驅鬼街燈嗡嗡運轉，目前沒有亮，還要等兩分鐘。我沒看到半個人。沒有半點動靜。

我把劍橫在胸前，一邊戒備一邊往外走，跨過那條鐵磚，瞄了凹陷的小院子一眼。沒人。我豎起耳朵。整座城市寂靜無聲。倫敦陷入沉眠，鬼魂與殺人凶手趁它入睡時肆虐。我回到屋裡，關上門，扣上每一道鎖，掛好門鍊。

洛克伍德和喬治蹲在男子身旁，喬治往旁挪動，避開不斷擴散的血窪。洛克伍德伸手探探男子頸部。

「還活著。露西——打電話叫夜間救護車，順便聯絡靈異局。喬治，幫我把他翻過來。」

喬治皺眉。「不能就這樣放著嗎？要是動了他——」

「看他這個樣子也活不了多久了。把他翻過來。」

在他們手忙腳亂之際，我進書房打電話。

回到玄關時，他們已經把男子翻成面對架子的角度；他一手壓在腦袋下伸直，雙眼微睜，身下那灘血沒有減少半點。洛克伍德彎下腰，臉貼到男子面前，喬治手拿紙筆，跪在男子背後。我湊向喬治。

「他想說話。可是聲音有夠微弱。什麼惡靈之類的。」

「噓！」洛克伍德叱道。「你聽錯了，我就說是『骨頭鏡子』（bone glass），清楚得很。他指的是他偷走的那個東西。傑克，傑克，你聽得見嗎？」

「骨頭鏡子？」我腦中瞬間閃過那具屍體抱在胸前的鏡子。鏡緣參差不平，棕色的光滑材質——我以爲是木框。所以是骨頭嗎？若眞是如此——會是哪種骨頭？誰的骨頭？

喬治湊了過去。「聽起來很像『惡靈』（bogeys）啊。」

「喬治，閉嘴！」洛克伍德低吼。「傑克——是誰幹的？可以告訴我嗎？」

瀕死的男子躺著不動。經過一番調查，現在總算見到他了，這感覺有夠奇怪。冷血無情的盜墓者傑克．卡瓦。芙洛曾說他把狠勁當懷錶戴在身上走。她說他是殺手。或許是吧，但現在承受暴力的人輪到他，他一點都不像我想像中的模樣。他比我想的還要年輕，也更憔悴。顴骨突出，周圍皮膚緊繃。他身上帶著難以形容、像是長久以來都受到絕望侵蝕似的飢餓感。他的夾克領口露出蒼白消瘦的頸子，下巴修過鬍子的地方有一片紅疹。他的T恤很髒，皮夾克飄散異味，感覺沒有好好保養過。

「誰對你做出這種事？」洛克伍德又問了一次。

男子突然發作似地渾身一抽，腦袋往後仰，嘴巴開開合合，混濁的雙眼茫然直視。喬治和我連忙閃開；他手上的鉛筆掉了。男子嘴裡擠出一串聲響。

「什麼？」我驚叫。「他說了什麼？」

「我聽懂了。」洛克伍德急忙打手勢。「寫下來。」

喬治在地上摸索。「鉛筆……老天，滾到他身體下面了。」

「他說的是：『裡面有七個。七個，不是一個。』寫好了嗎？等等，還有。」

「我才不要把手伸到那裡。」

「接下來是：『看到那樣的景象。那麼可怕的景象……』」

「小露，可以幫我拿支筆嗎？」

「有誰可以寫一下？」洛克伍德大吼。

喬治一陣驚慌，總算撿回鉛筆，抄下這幾句話。我們擠成一團，男子一動也不動，呼吸像鳥兒般孱弱而急促。

「傑克，那面骨頭鏡子在哪裡？」洛克伍德繼續問：「被誰拿走了嗎？」

乾裂的嘴唇再次蠕動。

喬治往後坐倒，大聲嚷嚷：「果汁（juice）！他要果汁！可以給他喝果汁嗎？在這種狀況下他能喝嗎？」他猶豫了下，皺起眉頭。「我們家還有果汁嗎？」

「朱里斯（Julius）！」洛克伍德大吼：「喬治，他說的是朱里斯。就是朱里斯．溫克曼。你的耳朵還好嗎？」他再次湊近。「傑克，骨頭鏡子在溫克曼手上嗎？」

男子微微點頭。

「溫克曼拿刀捅你？」

我們不知道等了多久。男子總算再次開口。

「喬治，寫下來啊。」我說。

喬治看著我，洛克伍德也抬起頭，皺著眉。「小露，妳要我寫什麼？」

「他剛才說的話。」

「我什麼都沒聽見。」

「他說：『拜託跟我來。』清楚得很。」

洛克伍德遲疑半秒。「我可沒聽見。喬治，總之你就寫吧。你讓開一點。我要看他的嘴唇，燈光都被你擋住了。」

我們往旁邊挪動，靜靜等待。我們等了好久。

「洛克伍德。」我開口。

「怎樣？」

「我想應該就這樣了吧。」

我們都沒再說話，也沒有移動。

死亡一閃而逝，即便你眼睜睜盯著，總是無法捕捉生命消逝的一瞬間。不像電影中死者腦袋突然垂落。我們只是坐在一旁，等待必然的結果，突然間意識到我們錯過了那一刻。時間不斷流逝，繼續守在這裡也等不到更多變化，再也等不到了。

我們跪坐在盜墓者身旁，和他一樣一動也不動，屏息共享這個轉化的時刻。在這短短的幾秒內，無論他在哪裡，無論他要去哪裡，我們就像是要陪在他身旁。

我們只做得到這件事。

等到確定他眞的死透了，我們才回過神來，一個接著一個往後坐倒，深深吸氣、咳嗽、抹臉、抓抓手腳，做一些無關緊要的小動作來證明我們還活著。

在我們之間的是毫無生機的物體，一個空皮囊。

「看看這塊地毯。」喬治說：「我才剛清掉前天晚上潑在上面的熱巧克力。」

「露西，救護車那邊怎麼說？」

「一樣。他們要等隨行的調查員抵達。伯恩斯正在安排。」

「很好。我們還有十到十五分鐘，夠喬治完成他的任務了。」

喬治一愣。「什麼任務？」

「翻他的口袋。」

「我？爲什麼是我？」

「你的手最靈巧。」

「露西的手更小。」

「她最會畫圖。露西，去拿筆記本。我要妳畫下凶器的外觀，越詳細越好。」

喬治臉色死白，往死者的夾克口袋裡翻了一陣，洛克伍德和我忙著對付插在他背上的匕首。畫下粗糙刀柄時，我的手有點抖，得特別使勁握緊鉛筆。真實的死亡總能帶來龐大的衝擊，說來也真是好笑，訪客明明就比較可怕，但它們不具備那股衝擊心靈的力量。洛克伍德看起來和平時一樣冷靜自制。或許死亡對他的影響沒那麼大。

「這是蒙兀兒匕首。」他嘴裡說個不停。「來自印度，大約在十六世紀出現的武器。彎曲的刀柄鑲著象牙與黃金。金屬握把上緊緊纏著黑色皮繩，尖端和護手有許多裝飾。乳白色的石頭——不太確定是什麼。露西，妳想會不會是蛋白石？」

「不知道。你怎麼知道這是蒙兀兒匕首？」

「我的雙親專門研究東方傳統文化，有一堆藏書都在講這個玩意兒。我想應該是用在儀式上的道具。刀刃是不是單薄彎曲？」

「看不到。大部分插在他體內。」

「選用這個當凶器還真怪。」洛克伍德一臉若有所思。「除了博物館，還有哪裡找得到這種東西？」

「古董商就有門路，比如說溫克曼。」

他點點頭。「確實。妳先畫完。喬治，有什麼發現？」

「一大筆錢。你看這個。」

他遞出一個棕色信封，被鈔票塞得幾乎要炸開。洛克伍德迅速檢查。

「都是二十鎊舊鈔，總金額肯定接近一千鎊。還有找到什麼嗎？」

「硬幣、捲菸紙、菸草、打火機，還有一張皺巴巴的筆記紙，上面有你的筆跡，說是要給墓園同盟的。他的刺青很有意思，我可以好好研究一下。」

「貼在咖啡廳的留言比我預期的還要有效。」洛克伍德說：「這我先收起來。其他的就放回去吧。對，錢也是。然後讓他趴回原本的姿勢。伯恩斯很快就到。對了，不能透露我們目前發現的任何情報。我不想讓奇普斯知道。」

喬治突然罵了句髒話。「伯恩斯！那個拘魂罐！我之前還對他說我會處理掉！」

「隨便啦。你去關上烤箱門就好——動作快。時間有限。」

洛克伍德說得對。才剛把卡瓦翻回原處，急救人員就找上門來了。

□

讓伯恩斯督察和靈異局鑑識團隊在你家到處亂竄絕對不是什麼愉快的體驗，特別是在他們對付的是死在你家門口的屍體時。他們穿著釘靴在屋裡踐踏，從每一個角度拍攝屍體、凶刀、血跡；清空死者全身上下口袋，拍下內容物的照片，拿小袋子分裝帶走；與此同時，我們被軟禁在客廳，以免干擾調查。

最讓人不爽的是奇普斯也來了，還帶上了他那幾個跟班。伯恩斯似乎不在意他們的干擾。頂著鬃毛般亂髮的奈德．蕭踏遍一樓，質問醫療人員，和清理現場的人員爭執，遭到眾人白眼以對。矮小的鮑比．維農抱著寫字板窩在屍體旁，畫下那把匕首，和我們剛才一樣。他仔細盯著靈異局人員給屍體搜身，搖搖頭，隔著客廳的門冷冷看著我們。不懂幽默的凱特．古德溫用耳朵尋找死者可能留下的靈異痕跡。她在玄關角落站了許久，緊閉雙眼，皺眉專注，我超想拿喬治的外套偷偷掛在她身上，把她當成衣帽架。

最後他們把屍體收進屍袋，運到屋外的廂型車上。地毯也捲了起來一起帶走。鑑識人員拿鹽槍淨化整個玄關。其中一人嘴裡猛嚼口香糖，探頭對我們說：「處理好了。要順便撒鐵粉嗎？」

「不，謝了。」洛克伍德說：「我們自己來。」

那人扮了個鬼臉。「謀殺案死者。根據統計，這類死者有百分之六十五的機率會在死後一年內回來。之後機率降到百分之三十五。」

「嗯，我們知道。沒事的，我們可以封印他喪命的地方。我們是調查員。」

「我第一次看到有調查員穿這款短褲。」男子說完掉頭就走。

「我也是。」伯恩斯說：「我在這一行待了三十年了。」他的指尖輕輕敲打沙發扶手，第一百次狠狠瞪著我們。他在這裡坐了半小時，無情地審訊我們。他要我們反覆說明今晚發生的每一件事，從有人敲門開始到急救人員抵達爲止。我們相當坦白，只是完全沒提到聽見卡瓦說了什麼，只說他踉蹌跌進屋裡，倒下來嚥了氣，沒有留下任何遺言。我們也沒提到洛克伍德的紙條。

奎爾·奇普斯倚著櫃子，雙手抱胸，瞇眼打量我們。古德溫和維農坐在椅子上，奈德·蕭像是學會以後足站立的土狼似地潛伏在陰影中，對洛克伍德投來咄咄逼人的眼神。這不是什麼快樂的聚會。我們沒有送上茶水。

「我還是不懂。」伯恩斯說：「爲什麼卡瓦會來這裡找你。」他的鬍鬚隨著話聲震動，表情帶著濃濃的猜疑。

洛克伍德隨意拉扯他的袖子。他現在這套衣服實在難以展現優雅氣質，但他已經盡力了。「或許他聽說我們正在調查這起竊案。或許他想與聰明又有能力，人脈豐富的對象談談，顯然我們是唯一選擇。」

奇普斯翻翻白眼。伯恩斯不耐地大吼：「可是他幹嘛來這裡？爲什麼要現身？他可是通緝要犯！」

「我只想得到這事和畢克史塔那面鏡子有關。」洛克伍德說：「我猜鏡子的力量把他嚇到了。別忘了，他們還沒逃出墓園，鏡子就已經殺了他的同夥尼德斯。天知道它還幹了什麼好事。說不定他想把眞相抖出來，告訴我們鏡子的能耐。」

伯恩斯的咆哮響遍整間客廳。「那面鏡子才消失不到四十八小時，偷走它的兩個人都死了！仔細想想——要是沒拿網子蓋住，它也可能殺了庫賓斯！」

「先假設那面鏡子沒被他的臉嚇到裂開。」奇普斯說。

「一定要找回鏡子！」伯恩斯的拳頭擊向另一手掌心。「不然還會繼續下去。它擁有致命的力量！無論拿到哪裡都會害死人！」

「殺了卡瓦的不是鏡子。」洛克伍德低聲說。

「啊，結果還是一樣。人們會爲了得到它而起殺機。」

洛克伍德搖搖頭。「或許吧，不過鏡子不在拿刀捅卡瓦的人手上。」

「你怎麼知道？」

「從他身上帶的那筆錢判斷的。他已經把鏡子賣掉了。」

「你這話沒有道理。他們也可能殺他滅口。」

「要是我付一千鎊給卡瓦買下鏡子，然後又宰了他，我會很想順手把錢拿回來。」洛克伍德說：「動手的是其他人。那個人手邊有這麼一把罕見的匕首。督察，如果是我的話，我會先追蹤這條線。」

伯恩斯咕噥幾聲。「無論凶手是誰，我的論點還是一樣。這面鏡子是重大的威脅。在把它找回來之前，人人都有危險。你們雙方的調查進度都不樂觀。奇普斯亂抓一通，把全倫敦的拘留室塞爆，然後沒有半點斬獲。就在這個節骨眼，我們最可靠的線索就死在洛克伍德家的地毯上！」他的音調高了好幾度，鬍鬚像狂風中的風向袋般豎立。「還不夠！我需要行動！我需要結果！」

像個急著回答問題的小學生般坐在椅子上的鮑比．維農首度開了口：「先生，我在檔案館查到非常有用的資料。」他語氣興奮。「相信很快就能帶來突破。」

喬治把自己種在沙發深處。「嗯，我們也在努力。」

凱特．古德溫緊盯著我們看，神情越來越不悅。「督察，洛克伍德顯然沒清楚交待今晚的來龍去脈。你看庫賓斯一副坐立不安的模樣；那個女孩眼中充滿罪惡感！」

「我想他們平常就是這副德性。」一名尖臉的靈異局調查員踏進客廳，伯恩斯抬起頭。「怎麼了？」

「長官，波特蘭街街角剛才傳來消息。七號的居民大約在十一點半聽到街上有好幾名男性在激烈爭吵。屋外的卵石上確實有血跡。那是案發現場。」

「多柏斯，謝了。很好，我們過去看看。」伯恩斯僵硬地起身。「我警告你們，不與其他調查人員共享情報就是妨礙公務。我期待你們雙方能好好合作，也期待你們的成果。洛克伍德、庫賓斯——別忘了在玄關撒鐵粉。」

眾人魚貫離去，伯恩斯和他的人馬先走，接著是奇普斯的隊伍，我送他們到門口。奎爾．奇普斯走在最後一個。

他在門邊停下腳步。「卡萊爾小姐，借一步說話……」

「你明明就知道我的名字。」

奇普斯微微一笑，露出整齊的白牙。「就不開玩笑了。」他輕聲說：「我稍微認眞一下。別擔心，我並不想知道洛克伍德瞞著我們的那些小祕密。我們要公平競爭，一較高下。不過呢，順道一提——」他稍稍靠了過來，濃濃的花香撲鼻而來，「前天洛克伍德撂倒可憐的奈德．蕭，妳認爲這樣夠光明正大嗎？不覺得這麼做有違我們的協議？」

「是奈德先出手的。洛克伍德也沒有撂倒他，他是——」

奇普斯擺擺手。「這件事就算了。卡萊爾小姐，顯然妳是你們團隊中最有智慧的成員。據我所知，妳也擁有一些天賦。妳肯定不會想繼續和這些不入流的傢伙沉淪下去。妳要想想自己的未來。我知道妳曾經來費茲應徵，也知道他們沒有錄用妳，但我個人認爲——」他又笑了笑，「他們錯得離譜。我在費茲社內稍微有點影響力，可以打通一些關節，幫妳爭取到職位。妳自己想想——不必在這裡混飯吃，妳有辦法成爲費茲偵探社的一員，盡情享受我們擁有的權力。」

「謝了。」我努力壓抑情緒。我不記得自己有這麼憤怒過。「我在這裡過得很好。」

「沒關係，妳慢慢思考。這個位子永遠爲妳保留。」

「之後就知道你到底有多少斤兩了。」我一邊關門一邊說：「潘妮洛・費茲邀請我們參加貴社幾天後的慶祝宴會，或許到時候能見到你——如果你也有受邀的話。晚安。」

我當著他的面狠狠關上門，轉身緊貼門板，深深吸氣，試著冷靜下來。我往屋裡走，靴子踩過滿地鹽巴，沙沙作響。洛克伍德和喬治正在打量我們丟在桌上的食物。晚餐感覺已經過了好久好久。

「小露，還好嗎？」喬治問。

「嗯，只是剛好想到費茲偵探社的宴會。我們還要出席嗎？」

洛克伍德點點頭。「當然了。希望到時候已經解決了這個案子。我們剛才在討論伯恩斯的事情。他眞的超想拿到這面鏡子。他知道鏡子的力量，或是它的重要性，絕對假不了。」

「對此我們也是略懂略懂。」喬治應道：「卡瓦是怎麼說的？『看到那樣的景象。那麼可怕的景象。』他指的是在鏡子裡看到的東西。我可以打包票。」

洛克伍德拎起一份乾掉的三明治，思考幾秒又放回盤子上。「如果它眞的是鏡子。卡瓦稱呼它爲『骨頭鏡子』。如果它的原料是畢克史塔從墓地挖出來的人骨，那可以假設有訪客附在上面，帶給它靈異的力量。說不定你凝視著鏡子，就會看到那個鬼魂。」

「說不定不只一個鬼魂。」我說：「『七個，不是一個。』」

「嗯，我在鏡子裡看到了某樣事物。」喬治輕聲說：「很可怕，但我卻想繼續看下去……」

他望向窗戶。

「無論是什麼都很可怕，要是你正眼看著它就會被嚇死。就像那個盜墓者尼德斯。我猜畢克史塔也看過鏡子，或許他就是因此發瘋，舉槍自盡。」

洛克伍德聳聳肩。「有可能。」

「不，事情不是這樣的。」

洛克伍德伸伸懶腰。「我們該在玄關設下封印了，天等下就要亮啦。」他的視線投向我。我突然彈起來，心臟狂跳，渾身發冷。我慌亂地東張西望。「露西？」

「我好像聽到什麼。有人說……」

「肯定不是卡瓦。他們清得很乾淨。」

我望向走廊。「不知道。說不定……」

「所以現在有個鬼魂在我們家亂晃？」喬治說：「太讚了。今晚眞是高潮迭起。」

「沒關係，這就來解決他。」洛克伍德從門後的架子摸出一包鐵粉，撕開封口。喬治也照做。

可是我一動也不動，難以置信。一道細語在我耳邊響起。

「畢克史塔？才怪。實情和妳想的差太多了。」

我舔舔乾燥的嘴唇。「你怎麼會知道？」

我像個夢遊症患者推開洛克伍德和喬治，繞過餐桌，來到烤箱前，握住把手。

洛克伍德叫住我，尖聲質疑。我沒有回應，逕自拉開烤箱門。一道綠光射入廚房。拘魂罐在陰影中發亮，那張臉有些朦朧，充滿惡意的面容深藏在混濁物質中。它沒有動靜，只是直盯著我。那雙眼睛瞇成細縫。

「爲什麼要說這種話？」我又問了一次。「你怎麼可能知道？」

我聽見它不具形體的笑聲在腦海中浮現。

「很簡單。我就在現場。」

16

我們來定格一下——我站在烤箱旁，瞪著那個罐子。鬼魂對我咧嘴而笑。洛克伍德盯著我看，喬治盯著我看。四雙圓滾滾的眼珠子，四張合不攏的嘴巴。很好，罐子裡那張臉還是令人作嘔，但我的思路一轉，歷經幾個月的挫折，這正是我心心念念的契機，這是我平反的機會。

「它在說話！」我驚叫：「我聽見了！它現在就在說話！」

「現在？」是喬治還是洛克伍德，是其中一個，還是兩人同時開口，我完全聽不出來。他們擠到我身旁。

「不只是這樣！它宣稱知道畢克史塔的事情。它說它曾在現場！知道他是怎麼死的！」

「它說什麼？」洛克伍德臉色蒼白，神情專注，雙眼閃閃發亮。他繞過我，對著烤箱彎下腰，從罐裡透出的綠光籠罩他整張臉。鬼魂的醜臉回瞪他。「不。這不可能啊。」

「不是只有你有祕密。」鬼魂說。

洛克伍德望向我。「它說話了嗎？我聽不見，可是有種……感覺。像是和它有所連結。我都起雞皮疙瘩了。它對妳說什麼？」

我清清喉嚨。「它說……它說：『不是只有你有祕密。』抱歉。」

他盯著我看了好一會，我以為他要發火，沒想到他突然精神一振，挺直背脊。「把它拿到桌上。」他說：「快，喬治，來幫一下。」

兩人合力挖出罐子，喬治雙手抱著罐子時，鬼臉扯出一連串讓人作嘔的怪樣，惡意不斷提昇。

「**虐待狂……**」它碎碎唸著：「**我要把你的骨髓吸乾。**」

「它又說了什麼嗎？」洛克伍德又感應到超自然的擾動，但他無法捕捉細節。

「它……嗯，基本上不喜歡喬治。」

「這不是它的錯。小露，清個空間──對，把盤子堆到旁邊。很好，喬治，就放在那裡。可以啦。」

我們稍稍後退，打量桌上的拘魂罐。鬼氣膨脹，在玻璃內側掀起劇烈的綠色風暴。那張臉乘風迴旋，上下滑動，有時顛倒過來，可是它的歹毒目光從沒離開過我們，眼珠像是煙霧中的孔洞，鼻孔噴出泡泡。嘴唇緊抿或扭曲，開開合合，動個不停。我又聽見不存在於這個界域的悶悶笑聲，彷彿來自深水中，我只能沉下去才有辦法聽清楚。我一陣反胃。

「妳想我們有沒有辦法和它說話？」洛克伍德問：「問它幾個問題？」

我深深吸氣。「不知道。以前沒有人做過這種事。」

「總要試試看。」喬治興奮得渾身緊繃，彎腰湊向瓶子，對著那張臉眨眼，它則是翻了大大的白眼，或許是輕蔑的表現。「露西，妳知道妳有多了不起嗎？在梅莉莎·費茲之後，妳是第一個找到第三型鬼魂的人。太有話題性了。我們一定要和它好好溝通一下。天知道它會透露什麼情報──例如死亡的祕密、另一個世界……」

「還有畢克史塔的事。」我說：「前提是它沒有撒謊。」

洛克伍德點點頭。「幾乎可以確定它不會說多少眞話。」

罐子裡的臉擠出誇張的憤怒表情，沙沙耳語在我腦中響起：「喔，就你沒資格說。」

「露西？」洛克伍德再次察覺到鬼魂的意識向外伸展。喬治毫無感覺。

「它說：『就你沒資格說。』」我向兩人打手勢。「先等等，我對你們說幾句話。」

我們退到廚房另一側，遠離罐裡鬼魂的聽力範圍。

「如果眞的想和它說話，我們得做好心理準備。」我悄聲說：「不要互相攻擊。它會用各種方法惹麻煩。我很清楚。它會對你們兩個說難聽話，就和以前一樣。你們會透過我聽到那些話，但是要記好，那不是我的意思。」

洛克伍德點頭。「很好。我們會小心。」

「比如說要是它又叫喬治『胖子』。」

「好。」

「或是四眼田雞之類的。」

「好啦好啦。」喬治緊緊皺眉。「眞是多謝了喔。不用再解釋了。」

「總之你們別生我的氣。準備好了嗎？上吧。」

□

廚房裡很暗——我們調暗流理台上的燈光亮度，緊緊拉上百葉窗抵擋即將降臨的黎明。房裡的各種擺設像是柱子般聳立在陰影中，空氣中飄來鐵粉、鹽巴、血的氣味提醒我們這一夜有多驚悚。綠色幽光擴散到整個房間，光源就是餐桌上的拘魂罐，它就像祭壇上的噁心神像般綻放超自然力量。靈液在罐子裡脈動流淌，那張生著無用雙眼的醜惡臉龐一動也不動。

喬治找到幾包鹽醋口味洋芋片，各丟了一包給我們。我們圍著餐桌坐下。

洛克伍德板著臉，雙手交疊在膝頭。他以冷淡狐疑的眼神打量拘魂罐。喬治抱著筆記本，焦急得上身往前伸，整個人幾乎折成兩半。我呢？和平常一樣，努力照著洛克伍德的指示行動，可是好難。我的心臟跳得太快。

梅莉莎・費茲建議在這種狀況下要如何行動？要有禮貌，要冷靜，要謹慎。鬼魂愛騙人，危險又狡猾，最重要的是它們完全不在乎人類的利益。這點我可以擔保。我瞥了洛克伍德一眼。上回這個鬼魂說話的時候，它在我心中植入了各種可笑的猜疑，然後現在我們準備要一起和它談談？我突然意識到這有多危險。

梅莉莎・費茲也警告說與訪客溝通太久可能會讓人發瘋。

「哈囉，鬼魂。」我先打招呼。

鬼魂睜開雙眼，直直瞪著我。

「你願意和我們說話嗎？」

「你們還眞有禮貌啊?」它細細的嗓音響起。「怎樣?今天沒有要用一百度高溫烤我?」

我照實複述。「其實是一百五十度啦。」喬治愉快地回應,手中忙著記下鬼魂的發言。鬼魂的視線往他閃去;我耳中冒出咬牙切齒的聲音。

「我代表洛克伍德偵探社向閣下致歉,也誠摯歡迎來自另一個世界的訪客與我們對談。小露,說給它聽。」

我很清楚鬼魂和我一樣能清楚聽見洛克伍德的話。應該是因爲拘魂罐蓋子上栓塞開著,雖然不知道是什麼原理,但總之聲音傳得進去。不過我終究是現場的公認傳聲筒。我才張開嘴,鬼魂的回應就來了。簡短惡毒,而且正中紅心。

我轉述了這句話。

洛克伍德一臉訝異。「好極了!等等——這是妳,還是鬼魂的回應?」

「當然是鬼魂。」

喬治吹了聲口哨。「我該記下來嗎?」

「沒有必要禮尙往來。」我說:「相信我,這傢伙不是什麼好東西,也沒有必要再裝下去了。所以你認識畢克史塔,對吧?」我對罐子提問。「我們爲什麼要相信你?」

「對,」鬼魂低語。「我認識他。」

「它說它認識他。怎麼說?你是他的朋友?」

「他是我的主人。」

「他是它的主人。」

「就像洛克伍德是妳的主人一樣。」

「就像……」我停頓了下。「嗯，這句話也沒有轉達的必要。」

「說吧，小露。不要隱瞞。」

喬治的筆尖在紙上盤旋。「對啊，一定要記下來。」

「就像洛克伍德是我的主人一樣。就說了，這個骷髏頭是智障。」我對兩人皺眉。洛克伍德抓抓鼻子，裝作什麼都沒聽到的模樣，但喬治邊寫邊賊笑。「喬治。」我用語氣警告。「對了，畢克史塔的同夥叫什麼來著？西蒙．威柏弗和……」

「杜拉。瑪莉．杜拉。」

「鬼魂！你是瑪莉．杜拉？還是西蒙．威柏弗？你叫什麼名字？」

突然爆發的靈異力量讓我往後一彈。鬼氣啵啵冒泡，綠光在廚房裡打轉。鬼魂的嘴唇扭曲。

「妳以爲我是女孩子？」鬼魂狠聲回應：「眞沒禮貌。不！我才不是那兩個蠢貨。」

「看來它不是那兩個蠢貨。那你是誰？」

我等了又等。鬼魂陷入沉默。罐裡的幻影變得模糊，輪廓朦朧，幽幽地浮在迴旋的鬼氣中。

喬治抓了一大把洋芋片。「要是它突然怕生的話，就問它骨頭鏡子的事情，還有畢克史塔做了什麼。這才是重點。」

「對。比如他是否眞的跑去盜墓？」洛克伍德說：「如果是的話，爲什麼？還有他眞正的死因。」

我雙手抹臉。「等等，我沒辦法一口氣全部問出來。我們一步一步——」

「不對！」鬼魂急促的嗓音貼得好近，簡直就像直接對著我的耳朵說話似的。「畢克史塔才沒有盜墓！他是一位偉大的學者！預言家！可惜他的下場不太好。」

「什麼下場？那些老鼠？」

「露西，等等……」洛克伍德拍拍我的手臂。「我們沒聽見它說什麼。」

「喔，抱歉。他是個偉人，下場不好。」

「我還說他是預言家。妳漏掉這句了。」

「好啦。他也是預言家。抱歉。」我不悅地眨眨眼，狠狠瞪著骷髏頭。「我幹嘛向你道歉？你把那個在自家地下室藏了幾袋死人骨頭的傢伙誇得天花亂墜。」

「不是地下室。是藏在暗牆後的工作室。」

「不是在他家地下室。是暗牆後的工作室……」我望向兩人。「我們知道這件事嗎？」

「對。」洛克伍德說：「我們知道。它偷聽到稍早喬治告訴我們的情報。換句話說，它只是拿我們說過的話重新組合。」

「告訴妳，洛克伍德那扇門裝設了鐵線。」鬼魂突然開口：「裝在內側。露西，妳想這是爲什麼呢？妳想他在裡面藏了什麼？」

廚房裡陷入沉默，我感覺血液在耳中奔流，地板牆面彷彿歪斜好幾度。我意識到洛克伍德和喬治滿懷期待地看著我。

「沒事。」我連忙回應。「它什麼都沒說。」

「喔，妳這個小騙子。說啊，告訴他們我說了什麼。」

我保持沉默。鬼魂的笑聲在我耳中迴盪。

「看來我們脾氣都很硬，對吧？」細語飄起。「信不信隨妳，但我確實看過那面骨頭鏡子，雖然沒看到它啓用的模樣。主人不讓我看。他說我的眼睛無法承受。我哭了，因爲那東西眞的很厲害。」

我盡力向兩人轉達。實在是不太容易，鬼魂的聲音越來越輕細，難以捕捉。

「很好。請問骨頭鏡子到底有什麼能耐？」洛克伍德問。

「它帶來知識，啓發智慧。啊，我明明就可以窺視他的祕密。我知道他把那些寶貝筆記都放在哪裡，全都在他書房的地板下。看吧？我掌握了他的祕密。我有辦法得知一切。可是他很了不起。他信任我。我飽受誘惑，但我從沒看過一眼。」那雙眼在罐子深處一閃。「妳也很清楚這種感覺——對吧，露西？」

我沒有重複最後一句話；唯有如此，我才能記住其他內容，不被無意義的細節分散注意。

「他是如此偉大。」鬼魂輕聲說：「他的遺產一直在你們身邊，只是你們太過盲目，視若無睹。你們每一個都一樣……」

「再問一次它的名字。」聽完我的轉述，洛克伍德說：「要是拿不到具體的情報，這一切都沒有半點用處。」

我提問了。沒有回應，壓在我心頭的力量突然減輕許多。罐裡的臉龐幾乎不見蹤影，鬼氣的活動越發遲緩，超自然的光芒漸漸消失。

「它要離開了。」我說。

「問它的名字。」洛克伍德重複道。

「不對。」喬治搶話：「問它另一個世界的事情！小露，快——」

「太過盲目……」

低語散入空氣。拘魂罐內恢復清澈，鬼魂消失了。

老舊的棕色骷髏頭靜靜地固定在罐底。

喬治輕聲咒罵，摘下眼鏡，揉揉眼睛。洛克伍德雙手在膝頭交握，像是在舒緩僵硬似地旋轉脖子。我這才發現自己整片背部也繃得痠痛，肌肉糾結。我們盯著罐子看了好一會。

「一個凶案死者，一次警方盤問，和鬼魂聊了一場。」喬治說：「今晚還真夠充實。」

洛克伍德點點頭。「有些人除了看電視什麼都沒做呢。」

□

與骷髏頭的對談害我們徹夜未眠。在那之後，我們沒有直接回房休息。儘管它不肯合作，讓我們無比挫折，我們還是興奮到睡不著覺——這件事太稀奇了。根據喬治的說法，在梅莉莎・費茲過世後，第三型鬼魂首度現身。多年來，許多報告提及它們的存在，但和它們扯上關係的調查員不是當場慘死，就是陷入瘋狂，有人發瘋後死亡。沒有人像他與洛克伍德一樣親眼目睹人鬼之間的交流。我很特別，我的天賦值得讚賞，只要好好運用，我們就能大賺一筆。洛克伍德也很激動，他替我們做了培根三明治（此舉和第三型鬼魂交流差不多罕見）。在我們吃東西的時候，他說明接下來的行動。問題在於要不要馬上公開，或是從骷髏頭口中問出更多情報，或許還要找其他人來作證。他認定對手不會輕易相信我們的說詞。

我沒有參與太多討論。這成就讓我飄飄然的——這是當然——然而在接受一句又一句讚美的同時，我也感到疲憊萬分。聽骷髏頭說話耗盡了我的氣力。我只想大睡一場。所以我靜靜聽他們說話，洛克伍德接著提到我們可能得到了什麼不得了的情報，我還是沒有加入對話。洛克伍德和喬治把潦草的筆記重看了幾次，越看越有精神，越看話越多。

是的，骷髏頭提到了沒有人知道的事情。畢克史塔把文件藏在書房地板下。祕密文件。

或許那些文件還擱在原處，就在漢普斯特綠地邊緣的廢棄小屋裡。

說不定破解骨頭鏡子之謎的關鍵就在那些文件中。

這下可好了。

正如洛克伍德所說，鬼魂說的話十句有九句謊言。它與畢克史塔和骨頭鏡子真有關聯的可能性不高。就算它說了實話，那些祕密文件說不定早就爛光或是被老鼠吃光（我們差點笑死）。但確實有那麼一點點的機會，文件可能還在。他不確定是否值得去一趟現場。喬治認爲有這個必要性，而我累到無力反駁。上床前（天已經亮了），我們擬定了計畫。今天應該不會有太多進展，我們可以出門探險。

等到我總算能離開廚房時，窗外的鳥兒高聲合唱，又是一個美好的早晨。

關上門前，我瞄了廚房一眼。拘魂罐還在餐桌上，毫無動靜，鬼氣接近透明……骷髏頭對我獰笑，就和一般的骷髏頭沒有兩樣。

17

造訪像是畢克史塔故居這樣經歷大風大浪的場所時，為了安全著想，各位必定會選擇日正當中的時段吧。可惜如此合理的選項不適合我們，理由很多，首先是經過一晚折騰，我們一路睡到中午，又花了大半個下午整裝，打電話聯絡相關部門，取得進入那間空屋的許可。第二個原因是喬治堅持先去切特西的檔案室一趟，尋找〈瑪莉．杜拉的自白〉這份出自畢克史塔舊識之口的舊文件。喬治想盡快達成這個目標，希望能藉此一窺多年前畢克史塔住處發生的慘案面貌。他知道鮑比．維農早晚會找到同一份舊報紙，看出事件間的關聯。

沒能在日落前抵達的最後一個，同時也是最重要的原因在我身上——或者該說是我的獨特天賦。和骷髏頭談過後，洛克伍德對我的天賦懷抱的信心直上雲霄。在辦公室裡收拾調查道具時，他對我說個沒完。

「小露，毋庸置疑，妳的覺察能力可說是天下無敵。」他一邊說著，一邊把鹽彈排在地上。「天黑後妳能在畢克史塔家感應到的事物還是未知數。不只是聽——妳也可以運用觸覺。」

「或許吧。」各位或許可以從我沉重的語氣中察覺我對此事沒有多少熱忱。確實我偶爾能藉由觸碰物體感應殘留在上面的靈異力量，但並不代表這是讓人心情愉快的工作。我很清楚無論洛克伍德現在有多雀躍，畢克史塔的殘渣不可能帶來心曠神怡的感受。

總之那天下午他的好心情感染不到我。陽光削減了骷髏頭那番話語帶來的興奮感，我們照著它鋪好的路前進這件事使得我越來越不安。一下樓，我馬上關好栓塞，拿一塊布蓋住罐子。我不希望鬼魂在未經我們允許的狀況下聽見或看見我們。即便如此，大禍臨頭的預感依然在我心頭揮之不去。

我把我們的工作腰帶放到辦公桌上，拆掉上頭原本的裝備道具，整理出溫度計、手電筒、蠟燭、火柴盒、小瓶裝薰衣草水等等，確認一切都收納在最方便取用的地方。洛克伍德自顧自地哼歌，手邊忙著補充鐵粉。還有一件事，就在提起畢克史塔的祕密文件前，骷髏頭隨口透露了另一個情報，針對二樓那個房間的暗示。

我轉頭望向窗外的庭院。門內裝設鐵線？這麼做的理由只有一個……不，太荒謬了。但我實在是無法選擇性地懷疑或相信鬼魂的全套說詞。

「露西。」像是讀出我的心思，洛克伍德開口叫我：「我一直在思考我們的骷髏頭好朋友。和它對話的人是妳，妳比較清楚它的個性。妳想它為什麼會突然說起話來？」

我思考幾秒才回答：「我真的不知道。老實說我不相信它說的半句鬼話，不過我認為畢克史塔這件案子肯定有什麼吸引它的地方。還記得它前幾天開口的時候──就是我們從墓園回來那天半夜？我們一直在討論畢克史塔的事，就和昨晚一樣。這幾個月來，它聽我們提了數十起案件，從來沒有吭過聲。這三天內就發生兩次。我不認為這是巧合。」

洛克伍德往燃燒彈殼內填充鐵粉。他慢條斯理地點頭。「妳說得對。搞清楚它的目的之前，我們要非常謹愼。它還說了一件事，宣稱畢克史塔的鏡子——骨頭鏡子——能帶來知識與智慧。妳想這又是什麼意思？」

「不知道。」

「只有喬治看過鏡面。雖然只有一瞬間，但……」他抬眼望向我。「露西，妳覺得他狀況如何？還可以嗎？」

「他有點恍神，不過這也不是新鮮事了。」

「嗯，我們要盯緊他。」他咧嘴一笑，露出能讓一切難題輕鬆解決的溫暖笑容。「要是運氣夠好，他今天就能帶著畢克史塔的情報回來。希望早點收到芙洛的消息。只要有辦法打聽到溫克曼的拍賣會，那眞的是就一帆風順啦。」

可惜洛克伍德押錯了寶。芙洛．邦斯沒有現身，我們一路等到快五點喬治才回到家，疲憊而挫折。

「切特西怪透了。」他癱坐在椅子上。「我到市公所，他們說檔案室裡確實有〈瑪莉．杜拉的自白〉這份文件，可是他們去幫我拿的時候，文件竟然不見了。失竊了。眞是天大的驚喜。他們說不出是什麼時候，也不知道被偷了多久。不知道還有沒有其他影本。唉！眞的要氣死人！」

「是鮑比．維農那個矮冬瓜嗎？」我問。「說不定他搶先你一步。」

喬治擺出臭臉。「錯了。這次我搶在他前頭——他預約明天拜訪切特西。不對，還有人認爲這東西値得一偷……到時候就知道了。回家路上我打電話聯絡艾伯特．喬普林，問他是否知道哪裡還有影本。他的調查功夫一流，應該能幫上忙。」

洛克伍德皺眉。「喬普林？你不該讓任何人知道我們的計畫。要是他向奇普斯透露呢？」

「喔，艾伯特沒關係啦，他這麼喜歡我。順便告訴你們一聲，他和桑德斯先生鬧翻了。桑德斯被肯薩綠地的騷動惹毛了，暫停所有挖掘工作，把大部分的守夜員趕回家，還沒有付錢。喬普林對此相當火大……」他托托眼鏡，視線掃過我們。「好啦，我的進度報告完了。你們這裡有什麼進展嗎？」

「我與漢普斯特的相關部門談過了。」洛克伍德說：「綠門療養院那塊地還是擺著沒人用，封鎖起來和周遭區域隔離，不過可以從白石巷進去。小露，妳去查公車班次，我們要搭宵禁前的末班車。畢克史塔的屋子位於療養院原址的角落，門沒鎖。不必準備鑰匙，反正沒有哪個神智正常的人會闖進去。」

「聽起來很適合我們。」我說。

洛克伍德起身伸懶腰。「好啦，到了我固定的練劍時段了，我要去戳戳稻草人，休息一下。要是和那棟屋子有關的傳說有一半屬實，那今晚可就有好戲看啦。」

□

漢普斯特丘位於倫敦北方，這塊市郊區域林木蓊鬱、氣氛怡人，至少在白天是如此。根據我們晚間散步的體驗，漢普斯特西緣的街道是最舒適的一段。路面寬敞，行道樹和驅鬼街燈列在兩旁，順著山丘的坡度蜿蜒。豪華別墅座落在大片院子中，與左鄰右舍拉開距離。即便在暮色中，這片土地依舊帶著豐饒富裕的印象。

白石巷大致維持這份印象，這條又短又寬的死巷貼在綠地邊緣，兩旁盡是維多利亞中期的堅固別墅。草坪整整齊齊，樹籬青翠茂盛，一團團杜鵑花叢修剪成水滴狀。頭幾棟大宅符合漢普斯特的平均水準，越往盡頭走去，景色就越蕭條，最後兩戶早已人去樓空。巷尾是一道鏽得厲害的雙開高聳鐵柵門，頂端架著扭曲的鐵絲網。靈異局的螢光橘邊框三角形警告標誌，顯示此處不宜人居。這是一個世紀前遭到焚燬、廢棄至今的綠門療養院入口。

生鏽的鐵鍊纏繞在鐵柵門上，增強防護力。上頭沒有掛著大鎖。沒有這個必要。

洛克伍德伸出戴著手套的雙手解開門上的鐵鍊，一個個鐵環太過僵硬，難以動彈。他問：「喬治，你說他們曾經要在這裡規劃建案，但因爲『干擾』而中斷計畫。背後有什麼故事？」

喬治緊盯著柵門後黑暗的綠地。雖然今晚很暖和，他還是戴著毛帽和露指手套，搭配深色保暖夾克、牛仔褲、工作靴。另一條掛滿燃燒彈與鹽彈的皮帶斜掛在他身上。我沒想到他還挑了特大號背包，沒有帶上我幫他準備的那個。這個背包顯然重得很，汗水流了他滿臉。「沒什麼了不起的。」他說：「你知道的，就差不多那樣。」

洛克伍德拆下鐵鍊，往柵門用力一推。鉸鍊發出像是打斷骨頭般的磨擦聲，帶著柵門彈開。我們排成一列鑽過去。喬治和我打開手電筒，光束在凹凸不平的地面上飛舞。柏油路面裂開，被蔓生雜草吞噬，隨處可見高大的山毛櫸樹，年輕的橡樹和銀樺三五成群。路面往左轉進樹叢間。

「走下去就是療養院原址。」喬治說：「大概半哩，地勢比較高。」

洛克伍德點頭。「好，我們跟你走。」

我們排成一列默默前進，野草擦過小腿。白晝的餘熱從地面散出。月亮升起，清涼的銀光照拂綠地，草葉隨風起伏。一團團雲朵像城堡高塔般堆疊。

「喬治，你說『沒什麼了不起的』，意思是虛影嗎？」我終於開口。

「對，主要是虛影和微光鬼。若隱若現的人影，微光飄在半空中。別忘了，療養院在山丘上，沒有人想待在上面。」

「沒有太危險的鬼魂嗎？」

「療養院主屋沒有。畢克史塔家就難說了。」

我們沿著小徑爬了一小段坡。倫敦的燈火在腳下蔓延，宛如閃爍的霓虹光海。這裡很靜。宵禁的鐘聲已經響過，城市封閉起來，把夜晚關在外頭。

「介意稍停一下嗎？」喬治問。「我要喘口氣。」

他把背包甩到一旁，一屁股坐倒在地。這個背包真的體積龐大，裡面塞的東西形狀也很怪——堅硬又帶著弧度，不像鐵鍊那樣會積成一團。「喬治，你到底帶了什麼？」我問。

「喔，就多帶了一些裝備。別在意。多動一下比較健康。」

我瞪著背包，眉頭越鎖越緊。「你什麼時候在乎過……？」我突然懂了。我認得這個形狀。

我大步上前，翻開背包頂蓋，鬆開束口抽繩，手電筒照亮塑膠蓋子，以及熟悉的銀玻璃罐子的光滑表面。

「那顆骷髏頭？」我大叫。「你把骷髏頭帶在身上！讓它一路跟著我們！」

喬治露出受傷的表情。「『帶在身上』說得倒容易。妳不知道我花了多少工夫。我知道鬼氣理論上沒有重量，可是揹起來完全不是這麼一回事。我可憐的老腰啊——」

「你原本打算什麼時候告訴我？」

「運氣好的話根本不用說。只是我們也不知道畢克史塔的書房在哪，對吧？這顆骷髏頭知道。如果找不到的話，洛克伍德認為——」

「什麼？！」我猛然轉向我們的老大，他正擺出對路旁一叢蕁麻興致勃勃的乖巧模樣。「洛克伍德！你知道這件事？」

他清清喉嚨。「這個嘛……」

「是他提議的。」喬治連忙辯解。「是他的主意。這麼一說，他也該分擔一下。我從馬里波恩開始一路扛著這玩意兒，我可憐的老腰喔——」

「你可不可以別再提你的肥腰了？你們瘋了嗎？要我在鬧鬼的區域和危險的第三型鬼魂說話？天知道旁邊還有沒有其他訪客！你們腦袋有問題嗎？以為我會同意嗎？」

「沒有。我們知道妳不會點頭，所以才沒告訴妳。」喬治說。

我發出作嘔的喉音。「別說了！洛克伍德，這就是你說的謹慎？我現在只想回家。」

「露西，拜託。」洛克伍德開口了。「不要過度反應。一點都不危險。我們把罐子收在背包裡，栓塞緊閉——這個鬼魂沒辦法影響妳，或是以任何形式與外界溝通。但我們要保留這個備案——要是到時候一籌莫展，找不到那些文件。」

「那些幾乎可以確定不存在的文件。」我咆哮。「別忘了我們唯一的線索來自關在罐子裡的混帳鬼腦袋！一點都不可靠！」

「我沒說它有多可靠。可是它自稱在畢克史塔身邊待過，帶它回那棟屋子或許能鼓勵它多說點話。」

我不想直視他。要是對上他的臉，他肯定會露出招牌笑容，我現在沒心情欣賞。「你們以爲我會無條件配合。」我說。「我和這棟屋子。」

「雖然那裡發生過可怕的事情，」洛克伍德說：「不代表現在屋裡鬧鬼。忘了嗎？畢克史塔的鬼魂在墓園。他不在這裡。骨頭鏡子不在這裡。好啦！還有什麼難得了我們呢？」

他明明很清楚。我們都知道，事情絕對不會這麼單純。我沒有回應，重新揹好裝備，踏上小徑，放他們兩個自己跟上。

這條路穿過樹林，離倫敦的燈火越來越遠。藏在雜草下的土石堆越來越大，漸漸能看出一段段傾倒牆面的輪廓，大多被雜草與青苔蓋住，其中幾處高達三層樓。這是燒燬的療養院遺跡。我的直覺陣陣刺痛，察覺到這裡存在著不受歡迎的事物。巨大的灰白色飛蛾懶洋洋地繞著廢墟打轉。我狐疑地仰頭看它們。不過它們看起來還滿正常的。我們小心翼翼地前進。

「我看到了死亡光輝。」洛克伍德說：「在廢墟間，很微弱。」

我豎起耳朵，一瞬間似乎聽見若有似無的火焰劈啪聲，遙遠的叫嚷與慘叫……這些聲音迅速消失，我只聽到微風在林間嘆息。

我們又走了一段，接近最完整的殘留牆面時，一道只能用眼角餘光捕捉的灰色人影站在殘破門框的陰影中凝視著我們。它的關注冷冷地掃過來。

「第一型。虛影或潛行者。小事一樁。上面那個是什麼？」洛克伍德停下腳步，指著丘頂。

「就是它了。畢克史塔的故居。」

在泛著銀光的天幕下，那棟黑漆漆的屋子孤單佇立，與山丘腳下的廢墟拉開距離。它四周自有一道矮牆，高大醜陋、沒有裝飾的建築物，不起眼的磚牆看起來缺乏協調感。我猜白天看起來會是深灰色的。屋頂伸出好幾根煙囪，架在傾斜表面上的瓦片缺了好幾塊，可以看到肋骨般的屋梁凸出。四周裝設許多大面窗戶，全都漆黑空洞，像是這棟廢屋的眼睛似地盯著四面八方。鋪著碎石的筆直小徑往山丘上延伸，直達前門。庭院裡蔓生的雜草都快長到我們腰間。

我們站在圍牆柵門邊，手按劍柄，冷眼觀察環境。喬治從口袋裡挖出一大包薄荷糖，傳了一圈。

「好吧，我承認這棟屋子看起來很糟。」洛克伍德邊說邊吸糖球。「不過屋子長得醜又怎樣？記得德特福的屠宰場嗎？氣氛超級陰森，可是那裡沒出半點狀況。」

「是你沒遇上。」我開口糾正。「因爲你在樓上與老闆套交情。是喬治和我在地下室被無肢怪纏上。」

「對喔。我可能和別的案子搞混了。我的意思是我們在這裡不一定會出事。雖然這裡發生過凶案。喬治，再來一顆薄荷糖吧。」

即便他說得再怎麼好聽，我還是不買帳。不過呢，在鬼屋外徘徊並不是遠近馳名的洛克伍德偵探社的作風。要是我們只有這點能耐，伯恩斯不會派我們辦這個案子，也無法打倒奇普斯。潘妮洛．費茲可不會邀請一群窩囊廢參加她的宴會。我們打起精神，沿著小徑向前走。

「記好了，今晚在這裡只有兩個目標。」洛克伍德輕快的嗓音打破寂靜夜晚，攪亂我們陰鬱的思緒。「尋找骷髏頭提到的文件。試著捕捉畢克史塔和他的朋友留下的靈異蹤跡。簡單俐落又有效率。進去，出來。輕鬆得很，不會有半點問題。」

我們在小徑盡頭停下腳步。我細細打量隨時都可能崩解的台階、搖搖晃晃的門板、斜掛在破窗內側的百葉窗、刻在門廊兩側螺旋花紋柱子上被風雨磨得有些模糊的惡魔圖樣。真的要說一句，我沒辦法和他一樣有信心。

布滿整片牆面的爬藤植物散發濃濃甜香，空氣溫暖黏膩。喬治快步踏上台階，瞇眼從門邊髒兮兮的窗戶往內看。「什麼都看不到。誰要先進去？」

「當然是露西。」洛克伍德說。

我皺眉。「又是我？每次都是我。」

「才沒有。貝瑞特太太那次是我，對吧？喬治開了鐵棺材。」

「是啦，可是之前我——」

「小露，別爭了。妳是今晚的主角。別擔心，我們就在妳後面。而且啊，我也說了，要是運氣夠好，裡面不會有任何危險。只有殘留的記憶與靈異痕跡。」

「洛克伍德，訪客就是這樣的玩意兒。狂暴的超自然記憶……很好。爲什麼不能在更合理的時段來呢？比如說正中午？」

我當然知道答案是什麼。只有在天黑後才能偵測到那些隱藏起來的微弱事物。只有天黑後，屋裡的記憶才會開始蠢動。

我推了前門一把，以爲它會卡死，或是上了鎖，或兩者皆是。答案是以上皆非。門輕巧地盪開，陳舊空氣和腐朽氣味迎面而來。

我得說光是站在這裡，我就起了雞皮疙瘩，後頸寒毛豎立。或許洛克伍德說得對。或許這個地方沒有半個訪客。但是這棟屋子的前任屋主在此鑽研邪教多年，或許也曾在此透過一連串讓人倒胃口的實驗試圖召喚亡魂，最後在此神祕而孤單地死去。面對現實吧，這裡的記憶痕跡不是光靠空氣清淨劑就能一掃而空。

可是呢，我終究是個調查員。該做的事情還是要做。

我沒有猶豫（太久），便踏進屋內。

18

好消息是沒有什麼死去多年的邪惡傢伙從黑暗的玄關直撲而來。這已經是這一行的職業風險了。我照著習慣，一進屋就豎起耳朵，沒有聽到任何不屬於這個世界的慘叫或是說話聲。這裡很靜。唯一的聲響是洛克伍德和喬治擠進屋內，丟下背包的碰撞聲。

這棟空屋坪數不小，天花板很高，充斥著強烈的潮氣與霉味。我沒有開手電筒，這也是標準的做法，不過屋裡沒有我想像的那麼暗，我漸漸能看清周遭環境。一道道月光從屋頂的破洞射入，照亮屋子深處的樓梯。這是道弧形樓梯，梯階被數十年的雨水泡爛，遭濕氣染成深棕色。其中幾處被瓦礫堵住，木板崩落。一團一團黴斑從扶手欄杆冒出，雜草刺穿踢腳板和牆面間的縫隙。黴菌在天花板上綻放白花。被一次又一次的秋風吹進來的落葉堆在走廊各處，又薄又脆，隨著我們的腳步沙沙作響。

這裡沒有一般廢棄房屋會有的塗鴉，證明此處的確聲名狼藉。沒有家具，沒有裝潢。用來掛畫的桃花心木線板沿著天花板鋪設。斑駁的壁紙被我們帶進來的溫暖夜風吹得輕輕飄動。到處都找不到燈光設備，四處可見被挖空的窟窿。

在這個腐朽建築的某處，畢克史塔醫師曾抱著他從附近墓園偷來的東西鑽研奧祕。

不對。不該執著於這個故事。我感覺心跳加速。焦慮和壓力是吸引訪客的兩種情緒。我甩甩腦袋，專注在標準程序上，只想著手邊的任務。

「洛克伍德？」我開口呼喚。他正默默凝視黑暗。

「這裡沒有死亡光輝。妳呢？」

「很安靜。」

他點點頭。「很好。喬治，你呢？」

「室溫十六度，很正常。目前爲止都還不錯。」

洛克伍德往屋子深處走去，鞋子擦過滿地落葉。「我們安靜點，動作快。找到畢克史塔的書房，找到他的實驗室或工作室。報紙上說要從起居室進去——大概在一樓吧。不知道書房在哪。要是遇到靈異現象的熱點，露西可以選擇要不要感應一下——由她來決定。沒有她的許可，我們不會把骷髏頭拿出來。」

「就是這樣。」我說。

「主要的熱點應該在樓上。」喬治的語氣出奇平淡。或許此處的氣氛帶給他某種影響。「有老鼠的房間。」

「前提是眞的有老鼠。」洛克伍德說：「總之呢，我們要努力避開那裡。」

我們沿著正對前門的走廊往裡走，鑽進第一個房間。這裡也是空蕩蕩的，只剩光裸的木頭與石膏牆板，被銀色月光照得蒼白瑩亮。天花板沒有破洞，房裡還算乾燥。我繞了一圈，一手撫過牆面，感受靈異波動。沒有，什麼都沒找到；只是個死寂的乾淨空間。

我們試了下一個房間，同樣風平浪靜。溫度沒變，沒有瘴氣或是潛行恐懼。接著是走廊對面的第三個房間。看它的位置和天花板上的線板可以判斷這裡曾是豪華客廳，畢克史塔與他的客人在這裡喝茶閒聊。這個房間連壁紙都不見了，一部分踢腳板也不知去向。除了月光、木板、石膏牆面之外什麼都沒有。讓人渾身不舒服的想法竄入腦海，無論是畢克史塔還是這棟屋子，整個地方讓我聯想到一具皮肉全被剝除的枯骨。

回到走廊上，我捕捉到一絲波動，悶悶的，有些熟悉。「洛克伍德、喬治，你們有沒有感覺到？」我悄聲問。

他們跟著聽了一會。洛克伍德搖搖頭，喬治聳聳肩。「別奢望我感覺得到。」他語氣沉重。「我沒有你們那麼敏銳——」他突然驚叫一聲：「那是什麼？」

我也看到了。黑影竄過我們面前，瘦長、小巧又敏捷，在房間最遠一端的陰影中移動，沿著窗邊的牆跑了一陣，和朦朧的月光保持距離，然後順著踢腳板轉圈衝向我們。

金屬磨擦的輕響——洛克伍德的長劍已握在手中。他另一手從腰間抽出筆燈，按下尾端的開關，刺眼的光束讓縮成一團的深棕色物體一時之間動彈不得。

「只是隻小老鼠。」我小聲說：「小小的。我還以為……」

喬治吁了一大口氣。「我也是。以為是更大的老鼠，像報導裡面說的那樣。」

洛克伍德關掉手電筒。那隻小老鼠像是定身咒語解開似地逃走。牠消失得很快，幾乎無法用視覺捕捉。

「別光想著老鼠。」洛克伍德平淡地說道。「大家都沒事吧？該上樓了吧？」

但我對著房間另一端皺起眉。「等等。你剛才打開手電筒的時候，我好像看到……」我抽出自己的手電筒，朝著那面牆調整光束。是的，在蒼白明亮的光圈中，石膏牆板上浮現一條細細的黑線。隱約是一扇門的輪廓。

我們湊上前去，看清牆上嵌著鉸鍊，還有一個粗糙的小洞，原本肯定有個鑰匙孔或門把。「小露，做得好。」洛克伍德輕聲說：「以前一定被壁紙，或是假書櫃遮住。外人很難看穿。」

「你認為後面就是畢克史塔的工作室？」

「絕對是。可以看出多年前他們硬闖進去的痕跡，鉸鍊已經鬆了。我想我們可以進去。」

輕輕一拉，門板就斜斜地往外盪開，上半部與鉸鍊連接的木板已經爛成碎片。門內的狹窄通道往屋子深處延伸，沒有半點光線。洛克伍德打開筆燈，迅速照了一圈。走道很窄，空蕩蕩的，盡頭是另一道門。潮氣和霉味相當重。

現在我們全力戒備，進入走道前，我們按部就班地測溫，全數記下。接著，微微彎著腰（門框頂部比洛克伍德的身高還要低），沿著走道謹慎而緩慢地前進。每隔幾碼就停下來運用天賦探測，重新記錄溫度。沒有任何值得一提的變化。室溫只降了一點點。洛克伍德沒看到死亡光輝。微弱的聲音餘波在我的聽力範圍邊緣震盪，但我聽不出什麼具體的結果。天花板和滿地的灰塵間有幾隻蜘蛛，不過數量太少，不足為奇。觸碰牆面也沒有半點反應。

喬治看起來有些遲鈍。他行動緩慢，話說得少，錯過了幾個諷刺回嘴的大好機會——老實講這不是他的作風。等到他落後我們一小段，我向洛克伍德提起這件事。他也注意到了。

「你怎麼想？無力？」

「有可能。這是他直視那面鏡子後第一次進入充滿靈異力量的地方。最好盯緊他。」

無力是鬼魂顯現前的四個常見跡象中最棘手的狀況（另外三個是惡寒、瘴氣、潛行恐懼）。你會感覺到靈魂被抽乾的無力感與悲傷，一點一點地消耗你的精力，而你完全不會察覺——直到鬼魂朝你逼近，你卻擠不出逃跑或是舉劍反抗的意志力。最極端的現象是鬼魂禁錮——生命力、幸福快樂、歡笑的反義詞——往往會引發致命危機。因此優秀的調查員總會留意同伴情況，也因此我們要組隊行動。洛克伍德和我慢慢調整步伐，盡量不引起任何注意，把喬治夾在我們中間，從左右兩側護著他。

來到通道盡頭的門前，我伸手摸上門把，一股酷寒竄上我的手臂，我捕捉到斷斷續續的聲音——幾名男性正熱烈地討論某事。我聞到雪茄菸味，還有更刺激的氣味，嗆鼻的化學物質。這陣迴響幾乎在瞬間消失。

「感覺到一些痕跡了。」我說。

洛克伍德的嗓音從後頭傳來。「每一個人站著不動，繼續看與聽。不要開門。」

我們靜靜等了一分鐘，或許更久。

洛克伍德總算滿意了。「好。小露，妳準備好就開門。」

接收到他的信號後，我深吸一口氣，再次握住門把，踏進房裡。

□

我被純粹的黑暗包覆，馬上意識到這個空間相當寬敞。打開手電筒的誘惑和平時一樣強烈，但我抗拒這股衝動，沒有動彈，敞開心胸。我聽見門在背後輕輕關上。另兩人沒有開口，不過細微的腳步聲還是傳進我耳中，我感覺到他們在黑暗中接近。他們站得很近，比平時還要近——但我不怪他們。這樣挺好的。房裡真的非常、非常暗。

我瞪大雙眼，什麼都沒看到。豎起耳朵只聽見最微弱的餘音，一閃而逝。我等待洛克伍德下令開手電筒。

等了又等。他還眞是一點都不急。

「你們兩個好了嗎？」我終於開口。「我感覺不到東西。你們呢？」

我發現自己突然感應不到身旁兩人的動態。

「洛克伍德，好了沒？」我稍稍提高嗓音。

沒有回應。

房間另外一側傳來男性低沉的咳嗽聲。

刀刃般犀利的強烈恐懼竄過我全身。我往腰帶摸索，打開手電筒，迅速來回掃動。

很普通的房間，和外面一樣荒涼，光裸的牆面、積滿灰塵的地板。唯一的對外窗被磚塊堵住。房間中央是有著金屬檯面的大桌子。

這些我都沒看在眼裡，因爲房裡只有我一個人。洛克伍德和喬治都不見蹤影。

我猛然迴身，轉動門把，顫抖的手電筒光束照亮就在幾步之外的兩人。他們背對著我，抽出長劍，望向走道外側。

「你們在這裡幹嘛？」

「小露，妳沒聽到嗎？」洛克伍德斷聲說。「窸窸窣窣的聲音？」

「像是老鼠。」喬治壓低嗓音。「我以爲是朝我們這邊過來，可是……」他這才發覺我人在門內。「喔，妳一直在裡面。」

「當然。」冰冷撫著我的背脊滑落。「你們也進來了，對吧？你們和我都進了房間。」

「並沒有。妳手電筒拿好，我的眼睛被照到了。」

「小露，我們以爲妳和我們在一起。」洛克伍德說。

「沒有，我進了門，就——你們眞的沒有跟上來？」我想起方才細微的摩挲聲，貼向我的隱形存在。我硬擠出緊繃的聲音：「我感覺你們就在我旁邊……」

「小露，我們沒有注意到妳先進去了。那個聲音分散了我們的注意力。」

「沒想到妳沒聽見。」喬治說。

「我當然沒聽見！」我爆發了。「要是有的話，你們以爲我會丟下你們，自己進去嗎?!」

洛克伍德拍拍我的手。「沒事的，冷靜。妳要冷靜下來，告訴我們發生了什麼事。」

我深吸一口氣，止住顫抖。「先進來，我再告訴你們。從現在起，我們要跟緊。拜託，別再分心了。」

□

我們猜測這間密室就是畢克史塔的工作室，裡頭沒有具體的靈異跡象。洛克伍德在窗台上放了一盞提燈，喬治就著燈光繞行房間一圈，檢查各處牆面。沒有其他出入口。石膏牆板上還留著以前放煤氣燈的支架，已經生鏽歪斜。中央的大桌子是唯一的家具，金屬桌腳被螺絲釘拴在地上，鐵製檯面覆上灰塵與石膏碎片。邊緣的凹槽角落開了個洞，接了條垂向地面的排水管。

洛克伍德撫過一道凹槽。「巧妙的設計，可以把血液導向這邊。這是特製的解剖台。十九世紀中期。我在皇家外科學院看過樣本。看來這位善良的畢克史塔醫師在這裡拿屍體做實驗。可惜是鐵做的，小露，不然妳說不定能感應到有意思的靈異迴響。」

我從背包裡拿水喝，瘋狂咀嚼一條巧克力棒。剛才在門邊的體驗仍舊讓我心驚膽跳，但我的恐懼轉化為更強烈的情緒。要是逗留在這裡的傢伙想把我嚇跑，它們還得更努力一點。我丟開巧克力棒的包裝紙。「他們當年在這裡聚會。一群男人，抽菸、討論實驗內容。我已經知道這些了，說不定還能知道更多。你們安靜點，我要試一下。」

我移動到離鐵桌面最遠的牆邊。這裡曾經有座壁爐，爐身被鳥窩、碎石子、木頭與石膏碎片塞滿。感覺此處是房間的核心，畢克史塔和同伴站在這裡抽菸，談論台上的不明物體。這裡的痕跡應該要比其他地方強烈。

我的指尖貼上石膏牆面。冰冷，潮濕，甚至有些油膩。我閉上眼睛，放開意識，豎起耳朵……

聲音從過去湧現。我抓向它，卻被它溜走。

靈異迴響的機制很怪。它們來來去去，時強時弱，膨脹又收縮——類似心跳之類的規律脈動，植入這棟屋子深處。因此觸碰是很不可靠、難以掌握的天賦，有可能在同一個地點試了五次都沒用，到了第六次就被靈異力量衝擊得站不穩腳步。我撫過牆面，試了牆壁、壁爐、堵住的窗戶，只沾了滿手灰塵。

時間一分一秒過去。我聽到洛克伍德調整重心，喬治抓了抓不可明說的部位；除此之外他們安靜得很。我把他們訓練得很好。

我正打算從背包裡挖出調查員專用濕紙巾——「適合擦去煤灰、墓園泥巴、鬼氣污漬的優良產品」——恰好摸上門邊的牆面。一股尖銳的衝擊炸開，我的手背像是觸電似地縮起。我認得這股感覺，小心翼翼地重新按住冰冷粗糙的石膏牆板。

一瞬間，就像打開收音機，我聽見好幾道人聲在四面八方響起。我閉上雙眼，轉身面向金屬桌，讓腦海填滿這些聲音建構出的影像。

一群男性，好幾個人，圍繞著解剖台。我捕捉到低沉的談話聲、笑聲、濃濃的菸草味。房間中央有東西；桌上有東西。一道更加響亮果決的嗓音壓過其他人。雜音安靜下來，被玻璃杯敲擊的鏗鏘輕響取代。迴響漸漸消退。

接著再次湧起。這回我聽見一個人的聲音——心不在焉的口哨聲，感覺那人正全心投入某件讓他興高采烈的事情。他正在鋸東西。我聽到刀刃磨擦聲，寂靜降臨……房裡多了什麼東西。它帶來超自然的寒意，突如其來的恐慌令我牙齒打顫。同時還有我先前聽過的可怕聲響——無數蒼蠅鼓翅的嗡嗡聲。

黑暗中有人開口。

「拿威柏弗試試。他這麼躍躍欲試，會聽話的。」

口哨聲和鋸東西的聲音瞬間消失。嗡嗡聲越來越響亮，恐怖的寒意將我吞噬，就像三天前的夜裡，站在畢克史塔墓旁的感覺。我痛得張開嘴，與此同時，好幾個人異口同聲地嘶吼，填滿我的耳朵。

「把我們的骨頭還回來！」

我猛然縮手。刺骨酷寒像水從排水孔流走似地咻地遠離，我再次感受到房裡黏膩溫暖的空氣。

喬治和洛克伍德站在桌子旁盯著我看。

我從背包裡掏出保溫瓶喝了點熱茶，才向他們轉述我聽到的東西。

「蒼蠅的聲音。冷得要命……和墓地裡那時候一樣。我想兩個都與骨頭鏡子有關。畢克史塔肯定是在這裡打造出那個玩意兒。」

洛克伍德輕輕敲打檯面。「可是他是為了什麼？問題就在這裡。會在骨頭鏡子裡看到什麼？」

「不知道。可是那個智障做出了很糟糕的東西。」

「妳聽到的聲音……妳想是畢克史塔嗎？」喬治問。

「有可能。但我覺得更像——」

像這樣沒把話說完基本上都沒有好事。總是壞消息。也就是發生了什麼事，或是即將發生什麼事，如果不閉嘴的話就完蛋了。

「你們有沒有聽到？」我問。

從半掩的門外傳來微弱的搔抓聲。某個東西窸窸窣窣、偷偷摸摸地從走道往這裡逼近，越來越近。

「把提燈調暗。」洛克伍德低語。

喬治按下開關，房裡幾乎陷入黑暗，留下足夠看清週遭事物的光線，又不至於影響我們的天賦。我們默默站到D計畫的位置：我在門的右邊，緊緊貼牆；喬治移到左邊，拉出一點距離，就算超自然力量撞開門，他也不會遭到波及。洛克伍德正對著門，準備迎擊對手的主力。我們各自拔劍。我在緊身褲上抹抹左手掌心突然冒出的冷汗。這是最可怕的部分：訪客隱身在某處。你知道它來了，但眞正的恐懼尚未降臨。在這個空檔，你會被自己的腦袋愚弄，令人無法動彈的恐懼控制住你。為了分散注意，我一手摸過腰帶上的小包包，一一計數，回想裡面放了什麼，確認一切就緒。

輕巧的聲音靠得更近。蒼白的光芒從門縫透入。光線中央的人影越來越大。

洛克伍德的手臂一晃，刃光一閃。我舉起佩劍。

19

隱形的力道撞開房門，門板狠狠往內甩，砸上喬治的臉。有什麼東西滋滋作響，然後劈啪裂開——一道黑影竄進房裡。洛克伍德快步上前，揮舞長劍。有人悶聲驚叫。

時間彷彿停止流逝，洛克伍德僵著不動。我的長劍停在半空中，聽見鹽彈裂開的聲音，聞到鹽巴和鐵粉散在身旁，我的肌肉立刻上了鎖。

我抽出手電筒，開到最亮，照亮擺出攻擊姿勢的洛克伍德，他的劍尖離奎爾．奇普斯的喉嚨只有幾吋遠。奇普斯瞠目結舌，微微揚起一腳往後閃躲，胸口劇烈起伏。他的劍尖在半空中搖擺，離洛克伍德的腹部也不遠。

門外熱鬧極了，凱特．古德溫舉著提燈，奈德．蕭手中握著另一顆鹽彈。鮑比．維農驚愕的雙眼從奈德左手腋下的黑暗空間探出。每一張讓人不爽的臉都展現出困惑與恐懼。

除了喬治在門後悶聲咒罵，房裡房外一片寂靜。

洛克伍德和奇普斯同時往後跳開，發出作嘔的驚叫。

「你們在這裡搞什麼鬼？」奇普斯啞聲問。

「我才要問呢。」

「與你們無關。」

「關係可大了。」洛克伍德焦躁地抓抓頭髮。「你們跑來扯我們後腿。奇普斯，你在玩命嗎？你的脖子差點就被我的劍戳穿了。」

「我？我們以爲你是訪客。要不是我反應過人，早就挖開你的肚子了。」

洛克伍德挑眉。「難說。是因爲我早就看出你認出我的身分，所以才沒有用貝答弗林反手劍把你的劍柄往回捅進你的肚子。多虧我眼明手快。」

「是喔。」經過幾秒沉默，奇普斯說：「如果我聽得懂你在說什麼鬼話，我一定會狠狠嗆回去。」他收起長劍。洛克伍德也把佩劍插回腰間。奈德．蕭、鮑比．維農、凱特．古德溫三個人臭著臉緩緩走進房間。喬治從門後鑽出來，揉著感覺比剛才還要小還要扁的鼻子。眾人一時之間說不出話，只聽見長劍刷刷收起，其他武器放回原處。

「好啦，你們的計策就是跟蹤我們，直接搶走功勞嗎？太低級了。」洛克伍德說。

「跟蹤你們？」奇普斯輕笑一聲。「親愛的朋友，我們追著年輕有爲的鮑比．維農在檔案館找到的線索，一路來到這邊。如果你們跟在我們屁股後面跑，我倒是不怎麼意外。」

「沒這個必要。喬治的調查沒有問題。」

鮑比．維農擠出緊張的笑容。「眞的？在溫布頓公地出了那麼大的醜，我沒想到庫賓斯還沒丟了工作。」

洛克伍德皺眉。「奎爾，我已經打算享受贏家的樂趣啦。對了，你登在《泰晤士報》上的認輸廣告篇幅不用太大，半版的手寫聲明就夠了。」

「前提是奇普斯不是文盲。」喬治說。

奈德．蕭怒斥：「庫賓斯，注意你的嘴巴。」

「抱歉，我修改一下用詞。我敢說婆羅洲雨林的人猿文采都比他優秀。」

奈德的眼珠差點滾出來，他往腰間摸索。「很好，就讓我來——」

洛克伍德掀開大衣，一手按住劍柄。奇普斯、喬治、古德溫也立刻擺出同樣姿勢。

「住手！」我大喊。「你們別鬧了！」

六張臉一同轉向我。

我拉高音量，雙手握拳，說不定還跺了腳。我盡了一切努力，打斷這團混亂。他們的怒氣逐漸失控，蟄伏在我們四周的危機也更加黑暗而具體。在鬧鬼場所展現負面情緒絕非上策——憤怒或許是最糟的一種。

「你們感覺不到嗎？」我斷聲告誡：「氣氛變了。你們擾動了這棟屋子裡的能量。現在就給我閉嘴。」

又是一陣沉默。每個人反應不同，焦慮、不滿、尷尬——但他們都乖乖聽從我的命令。

洛克伍德深吸一口氣。「小露，謝了。妳說得對。」

其他人跟著點頭。「我知道不能生氣。」喬治說。「那嘲諷呢？也不行嗎？」

「噓。」

我們等了好一會。空氣無比緊繃。

「停止了嗎?」奎爾・奇普斯開口。「還來得及嗎?」

就在他說話的同時,凱特・古德溫手中提燈的火光一閃,減弱又恢復原樣。喬治拿起溫度計,打開面板。「溫度正在降,現在剩十度。我們進來的時候是十四度。」

「空氣變得濃稠。」鮑比・維農低喃:「出現瘴氣。」

我點頭。「有聽到雜音。像是有什麼東西在沙沙移動。」

凱特・古德溫也聽見了,她整張臉垮了下來,血色盡失。「感覺像……像……」

像是一群動作飛快的小東西,長著硬硬的尾巴和硬硬的小爪子,擁向這個房間。貼著牆角、擠過門縫、鑽進排煙管道、穿出地板,從四面八方朝這個悶窒可憎的房間集結。聽起來就像這樣。凱特・古德溫沒把這些描述說出口,也沒有說出那個字眼。沒有這個必要。大家都猜到了。

「拿出鐵鍊。」洛克伍德說:「大家來想想開心的事情。」

「快做。」奇普斯說。

或許他們像是披著優雅人皮的凶惡豺狼,但還是要肯定一下費茲調查員的紮實訓練。他們打開裝備袋的速度比我們快,在二十秒內就圍出完美的雙層鐵鍊圈。奈德・蕭依舊對我們沒有好臉色,不過其他三人已經恢復冷靜,公事公辦。現在的第一要務是活下去。我們一同擠進圈裡。

「眞舒服。」喬治說:「奇普斯,你的古龍水眞不錯啊。我是說眞的。」

「謝了。」

「現在先閉嘴。」我說:「好好聽一下。」

眾人靜靜站著，七名調查員擠在同一個圈子裡。燈光持續大幅晃動。我什麼都看不到，可是腳步聲、搔抓聲、磨擦聲聽起來越來越近、越來越近……現在包圍了我們，彷彿在視野外的黑暗中兜圈子賽跑。凱特．古德溫呼吸急促，看來她也聽到了。但難以判斷其他人是否聽見同樣聲響。圈外的騷動越演越烈，感覺就像它們在牆上瘋狂追逐。越升越高，一路抵達天花板。爪子在我們頭頂上飛馳、打滑。到了天花板也沒有停止，繼續往上，可怕的沙沙聲就這樣消失在屋牆之間。

「離開了。」凱特．古德溫說：「它們退開了。露西，妳覺得呢？」

「嗯，空氣比較清爽了……等等，妳也明明就知道我的名字。」

「溫度回到十二度了。」喬治說。

感覺得到大家都鬆了一口氣。接著突然意識到我們擠得多近，連忙踏出圈外，收起鐵鍊。

雙方再次對峙。

「奎爾，聽好了，我有個提議。」洛克伍德說：「顯然這裡不是爭論的好地點，我們晚點換個地方再繼續。既然我們都無法忍受對方出現在視線範圍內，不如就分頭搜索吧？想怎麼查就怎麼查，別去打擾另一方。這樣公平吧？」

奇普斯忙著拉扯袖口、拍拂外套，彷彿是擔心剛才被迫和我們近距離接觸會害他沾上跳蚤之類的。「我同意，別給我突然冒出來，再有下一次，我怕我會砍了你的腦袋。」

我們沒有多說什麼，繞過他們，回到房外的通道，穿過外面那扇門，循著原路回到正廳。洛克伍德停下腳步。

「奇普斯讓情勢變得有夠複雜。」他輕聲說：「他們可能要在工作室待上一陣子，測量溫度什麼的，但很快又會偷偷摸摸跟上來。要是文件真的在這裡，我希望能順利找到。露西，我知道妳不想利用它，但現在或許是和我們的骷髏頭好朋友談談的時機。」

我不悅地瞪著喬治的巨大背包。「我還是覺得這樣不太好。不過既然現在時間有限……」我打開袋口，伸手掀開蓋子上的栓塞。「鬼魂。」我彎腰湊近。「你認得這個地方嗎？你主人的書房在哪裡？可以告訴我們嗎？」

玻璃罐依舊冰冷漆黑。

「妳可能要靠近一點。」洛克伍德提議。

「我再靠近就要貼到喬治的脖子了。鬼魂，你聽得到嗎？聽得到我的聲音嗎？喔，我覺得自己蠢透了。根本就是在浪費——」

「**樓上……**」

我猛然一退。罐子深處瞬間閃過一抹綠光。現在光芒和氣若游絲的說話聲都消失了。

「它說樓上。絕對沒錯。但我們真的——」

洛克伍德已經走到走廊中間。「那還等什麼？快啊！沒時間磨磨蹭蹭了！」

然而爬這段樓梯實在是急不得。好幾階踏板已經腐爛，撐不住我們的重量，還得跨過崩落的磁磚和零碎木料。從屋頂參差的破洞可以看到一片片星空。也要分神記錄溫度（比平時匆忙許多；我們不斷提防競爭對手追上來），耗去了更多時間。溫度稍微降了一些，也聽到微弱雜音

（劈啪聲和口哨聲）。洛克伍德看到幾道鬼氣在黑暗中劃出的軌跡。接近樓梯口時，我們又有了新發現。

「看看這裡的踢腳板。」我說：「濺在上面的深色污漬是什麼？」

喬治彎下腰，用筆燈照亮我說的區塊。「看起來是油污。由上千道細細的污垢組成。就像是……」他沒有說下去。

「就像老鼠弄出來的痕跡。」洛克伍德不耐地趕到前頭，一個大步跨過最後兩格樓梯。「放著別管。來吧。」

樓梯口是一大片方形平台，天花板垮了一半。枯黃的枝葉落在塵土瓦礫間，冰冷的月光直直穿透屋頂的幾個窟窿。背後是一條通往屋子深處的走廊，但這條路被成堆磚瓦堵住一半。樓梯中段轉了個彎，因此我們等於是轉半圈面向屋子前方。眼前有三個房間。

「對……」鬼魂在我耳邊低語。「在那裡……」

「很近了。」我說：「畢克史塔的書房就是其中一間。」

一說出這名字，周遭的靈異雜音突然失控；原本遙遠的劈啪雜訊音量爆增，我忍不住縮了一下。微風吹進屋，滿地落葉和廢紙沙沙飄動，其中有些從樓梯扶手間飄向看似黑暗深淵的一樓。

「這裡對這個名字的反應挺大的。」洛克伍德說。「喬治，現在幾度？」

「八度。沒有變化。」

「你守在這裡，要是奇普斯上來就說一聲。露西，妳跟我來。」

我們悄悄橫越樓梯口。我回頭看了喬治一眼，他站在扶手旁，可以清楚看見彎曲的樓梯及部分一樓走道。他的情緒似乎挺穩定的，肢體語言沒有異狀。看起來無力感沒有惡化。

他的背包袋口開著，露出拘魂罐的頂端，綠光幽幽散出。

「是的……好孩子……很近了……」

鬼魂的低語變得無比急切。

「中間的房間……地板下面……」

洛克伍德接近中間那扇門，正要進房，卻又馬上往後一躍。

「低溫點。寒氣直接衝過來。」

我拿起溫度計伸向門內，手掌瞬間感覺到刺骨酷寒。「裡面五度，外面八度。很明顯的惡寒。」

「不只如此。」洛克伍德從大衣口袋掏出墨鏡，匆忙戴上。「這裡有蜘蛛，有死亡光輝——是眞貨。在那裡，窗戶下面。」

我看不見，但也不抱希望。在我眼中，這是一個大小適中、格局方正的房間，開了一扇大窗，窗前空無一物。如同屋裡其他房間，此處也沒有半點家具或裝飾品。我試著想像畢克史塔還在世時房裡會是什麼樣貌，書桌和椅子，牆上的肖像畫，可能擺了一、兩座書櫃，爐架上擱著旅行鐘……不，我做不到。離現在太久了，充滿惡意的空虛感太過強烈。

月光流入房裡，讓一切覆上睡意朦朧的銀光。我腦中的雜訊炸開一、兩次，接著戛然而止，彷彿是被整間房散發出的沉重沉默硬是擠出。

沾滿灰塵的蜘蛛網一層層掛在天花板角落。

就是這裡，整棟屋子靈異現象的核心。我的心臟狠狠撞擊肋骨，我感覺到自己的牙齒格格作響。我逼自己吞下恐慌。喬普林對我們說過什麼？那些人從屋外看到窗邊有動靜。「洛克伍德。」我輕聲呼喚。「老鼠肆虐的房間就是這裡。畢克史塔就死在這裡。我們不能進去。」

「喔，別怕。」鬼魂的低語在我心中響起。「**想要祕密文件嗎？就在房間中央的地板下。走進去就行了。**」

「我們看一眼就走。」洛克伍德說。隔著墨鏡看不到他的雙眼，但我感覺到他的戒備。他站在門邊，沒有邁開腳步。

「這是骷髏頭希望我們做的事。」我語帶懇求。「可是我們不能信任它。你知道不能這樣。洛克伍德，別管這件事了，我們趕快走。」

「都到這一步了？這可行不通。而且啊，奇普斯隨時都會上來。」他把手套稍微拉高一些，踏進房裡。我只能咬牙跟上。

溫度驟降，就算穿著大衣，我也忍不住打哆嗦。雜訊也在瞬間變得豐富響亮，像是有人在我進房的那一刻調整了頻道。空氣裡瀰漫著獨特的甜香，和窗外的爬藤植物不太一樣。濃郁、刺鼻，隱約帶著腐臭。找不到香氣來源。

這個房間不宜久留。

我們緩緩穿梭在一束束月光間，雙手按著腰帶，視線緊盯地板。大部分的木板看起來都釘得死緊，無比結實。

「在中間的某個地方。骷髏頭是這麼說的。」

「還眞是具體啊……啊，這片有點鬆動。露西，妳幫我留意環境。」

他馬上跪在那片地板旁，修長的手指摸索它的邊緣。我抽出長劍，在房裡緩緩踱步。我不想待在同一處；莫名的衝動驅策我四處走動。

我經過門邊，經過樓梯口。喬治從扶手旁望向我，揮揮手。他的背包發出幽幽綠光。我經過那扇窗戶，從這裡看得到一樓門廊頂蓋的瓦片、通往山丘下的小徑、參差的樹頂。我經過一處空蕩蕩的壁爐，沒有多想就摸上熏黑的磁磚——

聲音從過去躍向此處，房裡好溫暖，爐裡燒著火。

「各位親愛的夥伴。這個孩子已經替你們準備好一切。我們選中各位加入這個偉大的計畫，你們將成爲先行者！」

另一道嗓音響起：「站在前面，掀開這塊布。告訴我們看到了什麼。」

「畢克史塔，你還沒看嗎？」說話者語氣中不滿、恐懼、憤怒交織。「應該要交給你……」

「親愛的威柏弗，這將是你的福分。這是你衷心的願望，對吧？來吧！喝點酒壯壯膽……就是這樣！我準備好記錄你的發言了。好啦……我們掀開這塊布……往裡面看，威柏弗！然後告訴我們——」

可怕的寒氣，驚駭的叫嚷——隨之而來的是蒼蠅的鼓翅聲。「不！我做不到！」

「你一定得做！抓緊他！抓住他的手臂！快看，混帳——快看！然後告訴我們。對我們說你看到了什麼奧祕！」

唯一的回應是一聲慘叫——越來越響亮，突然停歇——

我的手從牆面滑落，僵立原地，眼前一片茫然，剛才聽到的一切讓我震驚得無法動彈。房裡平靜無波，彷彿整棟屋子正屏息以待。我動不了，死者的恐懼餘音將我吞噬。驚惶漸漸消散，我眨眨眼，用力吸氣，想起自己人在何處。洛克伍德還跪坐在房間中央，旁邊放著他剛才掀開的地板，對我咧嘴笑得燦爛，手中拿著幾張皺巴巴的泛黃紙張。

「如何？」他笑容可掬。「那顆骷髏頭還眞沒騙人！」

「不對——」我撲向他，抓住他的手臂。「它還是有所隱瞞。聽我說！死在這裡的不是畢克史塔。是威柏弗。畢克史塔逼他直視那面骨頭鏡子，就在這個房間裡！鏡子殺了他，洛克伍德——死在這棟屋子裡的人是威柏弗，我認爲他的鬼魂至今還在此處。我們要趕快離開。別說了，快走。」

洛克伍德臉色刷白，迅速起身。就在這個節骨眼，喬治從我們旁邊冒出來，他雙眼閃閃發亮。「找到了嗎？文件到手了？上面寫了什麼？」

「晚點再說。我不是叫你守著樓梯口？」

「喔，沒事啦，下面很安靜。喔，是手寫文件，還有好幾幅畫。太棒了——」

「快出去！」我大叫。擠向我耳膜的壓力越來越大。從窗外照進來的月光看來比方才濃稠。

「對，我們先走。」洛克伍德說完，我們一同轉身，看到奈德．蕭壯碩的身軀堵在門口，不留一點空隙。要是在他背上和手肘各裝一個鉸鍊，就可以當成難看但還過得去的彈簧門來用。

「喬治，你實際上盯著樓梯看了多久？」我問。

「呃，就剛剛才跑來看你們在幹嘛。」

奈德的小眼睛裡閃著得意與狐疑的光芒。「洛克伍德，你拿到了什麼？你手上是什麼？」

「還不知道。」洛克伍德照實回答。他彎下腰，將文件放進背包。

「交出來。」奈德說。

「不。請你讓一讓。」

奈德．蕭輕笑一聲，從容地靠上門框。「先給我看看那是什麼再說。」

「真的不適合在這裡討價還價。」我說。氣溫不斷下滑，月光像是擁有生命似地搖曳波動。

洛克伍德開口：「你可能沒注意到這個房間——」

奈德又笑了一聲。「喔，我看得很清楚。死亡光輝，瘴氣越來越重。甚至起了一點鬼魂霧氣……沒錯，這裡不適合久留。」

洛克伍德雙眼一瞇。「既然如此——」他抽出佩劍，「你應該認同我們現在就該離開。」他步步進逼，奈德稍一遲疑，接著就像我剛才提到的鉸鍊起了作用似地往後轉開，讓我們走出房。

「謝了。」洛克伍德說。

不知道是他的語氣——輕浮又帶了點藐視；還是我得意洋洋的神情；或是喬治高高勾起的嘴角；又或者是房裡的壓力超越了臨界點，總之奈德．蕭突然爆發了。他拔出長劍，同時戳往洛克伍德的後背。我認得這一招，如此陰險迅速的招式適合用在惡靈、死靈、學人鬼身上，不該拿來對付活人。

奈德的劍抽到一半時，洛克伍德聽到我的驚叫。他身體轉了一半，劍尖斜斜劃過他的大衣，勾破布料，穿了進去，擊中洛克伍德左臂下方。他大叫一聲，往旁邊躍開。

奈德滿臉通紅，嘴裡喘著大氣，像頭發瘋的公牛般朝他衝來。快退到樓梯口時，洛克伍德迅速轉身，擋開對手往前伸出的長劍，在奈德持劍那手的衣袖上劃出兩道平行裂痕，害對方的外套袖子鬆鬆垂落。奈德高聲怒吼。

腳步聲從樓梯的方向傳來。奇普斯一步跨兩格，凱特．古德溫和矮冬瓜鮑比．維農緊跟在後。三人的佩劍都握在手中。

「洛克伍德！」奇普斯大喊：「怎麼了？」

「是他先出手的！」奈德口中叫嚷，瘋狂抵擋一連串無情的攻勢，連連後退。「他攻擊我！救命！」

「騙人！」我大叫。但奇普斯已經投入戰局，從側邊攻向洛克伍德。這是洛克伍德視線的死角，陰險又有效的招數——費茲偵探社的典型作風。接著，從奈德偷襲時就開始醞釀的怒氣——或許從溫布頓公地那一夜便在我心底成形——燒盡了我的理智。我舉劍衝向前。

我還沒碰到奇普斯，就被凱特．古德溫擋住，劍刃敲出尖銳的鏗鏘聲。她第一擊的力道差點害我長劍脫手，但我調整手腕角度，吸收衝擊，握緊劍柄。我們以同樣的姿勢對峙了好一會，我能聞到她身上香水的檸檬香調，看清她那件俐落灰外套的精細縫線。我們同時後退，兜著圈子尋找攻擊機會。鞋子磨擦地面，揚起的灰塵在半空中閃著銀光。屋裡很冷。我耳中嗡嗡作響。

喬治也直接衝向洛克伍德，從另一側擋住奇普斯和維農。洛克伍德又用劍刃拆下奈德的另一隻袖子，碎布散落在被月光照亮的地板上。

古德溫撥開一縷遮住眼睛的劉海，表情生硬得像是用大理石雕刻成。說不定我也擺出了同一張臉。心底有道聲音對我咆哮，叫我停下來，冷靜。可是在鬧鬼的房子裡很難做到——情緒遭受拉扯扭曲，偏離真實的樣貌。是的，我氣壞了；大家都是。但我挺好奇屋裡的氣氛究竟有多大影響力，把我們推向極限——喬治連續戳刺，逼退維農，大腿又中了奇普斯巧妙的突刺，連忙退開；洛克伍德精準的招式幾乎把奈德的外套割成碎片。古德溫……

凱特．古德溫的下一輪攻勢比先前快了兩倍。她臉色蒼白，雙眼圓睜，劍刃掃向我的右手，尖端剛好劃過手腕上沒被衣物遮住的皮膚，擦破了皮。我忍不住痛呼，按住手腕，指間沾上鮮血。

我震驚地抬頭看她——接著視線飄向她背後。我張著嘴，連退幾步。

「認輸了？」古德溫說。

我搖搖頭，指著她背後空蕩蕩的書房。

在那片月光的中央，在窗下被照亮的區塊，一道黑影從地面浮起。它挾帶著洶湧的寂靜而來。月光扭曲凝結，一縷縷鬼魂霧氣橫掃地面，往外流竄。冰冷的空氣從房裡湧出，撲向我們，沿著樓梯往下流動。惡臭瘴氣和濃郁甜香灌進我們的肺裡。凱特．古德溫發出無法分辨的怪聲，轉過身，瞠目結舌地站在我身旁。另外幾人放下武器，同樣看傻了眼。

黑影化爲人形。

「喔天。是畢克史塔。」有人開口。

不是畢克史塔。現在我知道了。不是畢克史塔，是威柏弗——那個直視鏡子的人。然而就連這點也不是眼前這道幻影最駭人的地方。

勉強能看出它的男性形體——這不會有錯——可是怎麼看都不對勁。在它轉身時，從某些角度看起來像是身材修長的紳士，似乎穿著長版大衣。腦袋的輪廓很普通，像是承受龐大壓力般垂下，只是其餘的部分完全不合理。它的雙臂腫脹，胸膛與腹部起伏不定。一切都蒙在陰影下，看不清細節。

人影彷彿正配合著它體內的失控節奏，搖搖晃晃地飄進月光。它的動態令人作嘔，恐懼透過結凍的空氣往外輻射。鬼魂禁錮將我的肌肉鎖死，我覺得五臟六腑猛然下墜，手中長劍微微顫抖。

它像個醉漢般腦袋左搖右晃，身體慢慢變形，帶著讓人膽寒的優雅氣質挺直背脊，月光從它背後照進來，描繪出它的輪廓。它背後的窗台結出小片冰層。它還是垂著頭，軀幹毫無規律的鼓動起伏更加劇烈，一副要把自己扭成碎片的模樣。這時它猛然抬頭轉向我們，那是一片吸入所有光線的黑洞。

絕望的嗓音在我腦海中響起。「畢克史塔！不！別讓我看那面鏡子！」

有人——我想是古德溫——放聲尖叫。

不能怪她。我們眼前的人影正以激烈的顫動讓自己散成碎片。就像濕淋淋的狗兒一般，它左右甩動，原本吸附在它身上的物質一片片脫落，宛如從雨傘抖落的水滴掉了滿地。每團黑色物質一落地就舒展拉長，在房裡彈跳滑動，兜著圈子接近房門。

「老鼠！」洛克伍德大喊。「快下樓！出去！」

他的聲音打破我們的鬼魂禁錮。我們一一想起過去受過的訓練，但還是遲了一步，第一組訪客已經追到我們腳邊。三團黑得發亮、長著瘋狂黃眼的物體跳出門外。一隻撲向喬治，他用力揮劍迎擊。老鼠炸開，亮藍色鬼氣飛沫濺在維農的外套上，讓他尖聲怪叫。洛克伍德丟出一顆鹽彈，炸掉另一隻老鼠，它燒成一團烈焰。第三隻老鼠匆忙避開，爬上牆壁。

那道可怕的人影留在窗邊，身上燃著耀眼的藍色火焰，蹦蹦跳跳，一副樂得手舞足蹈的模樣。肋骨反射月光，手臂骨頭從崩解的皮肉間露出。又有好幾團小東西脫離它的身軀，鬼氣化爲老鼠，靈巧地爬牆，竄上天花板。更多老鼠從房裡擁出。

「退後！」洛克伍德再次大喊。他緩緩倒退，按部就班地揮劍抵擋揮舞爪子衝上來的小東西。喬治和我學著他的做法。至於費茲調查員呢，奈德與古德溫可說是訓練有素。奈德把鐵粉大範圍撒開，進逼的老鼠被燒得滋滋作響，蹦蹦跳跳，原地打轉。古德溫則往左右投擲鹽彈。奇普斯呢？他早已溜之大吉。我聽見他的靴底在樓梯上敲出怯懦的節奏。不過鮑比．維農似乎慌了手腳，沒有攻擊也沒有撤退，長劍軟軟垂落，雙眼盯著幾乎只剩枯骨的訪客。

它感應到他的脆弱。訪客總是如此。

鼠群從牆壁和天花板朝他聚集。一隻即將落到他的頭頂，洛克伍德一個箭步，大衣下襬翻飛，揮出劍刃，將半空中的老鼠斬成兩半。鬼氣如雨般灑落。

維農口中不住呻吟，洛克伍德揪住他的領子，硬是把他拖往樓梯。敏捷的黑色形體從左右竄來，我丟出鹽彈，它們吱吱尖叫，退離我們腳邊。樓梯口滿地鹽巴和鐵粉，四面八方都是燃燒萎縮的老鼠。

我們抵達樓梯口，洛克伍德把維農甩到自己面前，跳過一隻痛苦扭動的老鼠，它砰地撞上踢腳板，崩解落下。我走在最後面，回頭望向那個空房。房裡耀眼的藍色火焰，窗邊的人影身上不剩半點皮肉。它當著我的面往前倒下，分裂成十多塊，它們四處亂竄、高速轉圈。

「**求求你。**」遙遠而絕望的嗓音大吼：「**別讓我看那面鏡子！**」

我繞過樓梯轉角，踏上一樓走道，奔向敞開的前門。

「**別讓我看……**」

我跌出門外，飛過門廊，落在被月光照亮的濕漉漉雜草叢中。夏夜的氣息將我包圍，我這才意識到自己有多冷。奈德和古德溫已經倒在地上，維農癱軟地靠著門廊的柱子。喬治與奇普斯丟下長劍，雙手撐著膝蓋彎下腰喘氣。

洛克伍德的呼吸幾乎沒變。我仰望上方那扇窗戶，藍色的異界光芒照亮那道枯瘦的人影，老鼠依舊聚集在窗邊，舞動雀躍。那些老鼠蹦蹦跳跳，沿著牆面上下亂竄，掃過天花板。它們在骨頭隙縫間鑽進鑽出，讓它一會變成穿著燕尾服的維多利亞時代紳士，一會又化為骨架。

異界光芒漸漸黯淡，房子在月光下更顯黑暗。

我別過臉，就在此時，腦海中響起邪惡輕笑。在喬治的背包裡，綠色光芒閃了一下就收斂起來。

只剩下七名筋疲力盡的調查員，在寧靜的山丘上喘得上氣不接下氣。

Lockwood & Co.

第五部

精彩的一夜

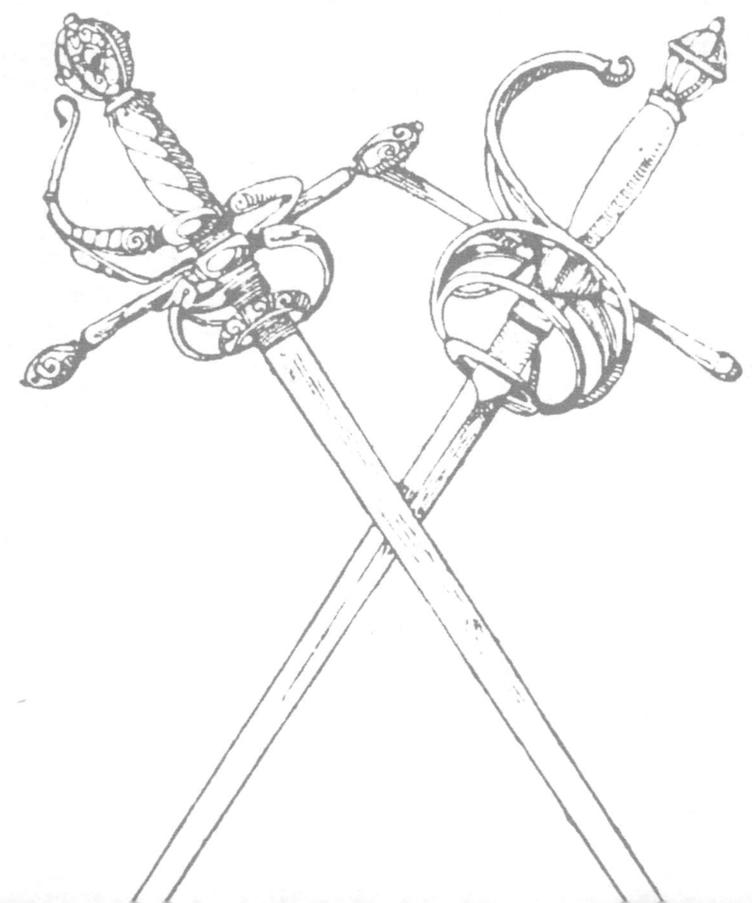

20

「摧毀它！」我大聲嚷嚷。「沒有別的選擇。現在就拿去熔爐燒掉！」

「是啊。」洛克伍德低喃：「但真有這個必要嗎？」

「當然沒有。」喬治反駁：「不能這麼做。它對我們來說太重要了——對靈異科學而言也舉足輕重。小露，把橘子果醬噴到我頭上無法說服我。妳得冷靜下來。」

「只要這顆受詛咒的骷髏頭離開這棟屋子，我就能冷靜。」我把挖果醬的湯匙丟向拘魂罐。湯匙叮地一聲從玻璃罐身彈開，落在奶油盒裡。

「喔，親愛的……」我腦中響起譏諷似的低語。「乖一點……別鬧得這麼難看。」

「你給我閉嘴！不用你來添亂！」

天亮了。又是晴朗的一天，又一次遲來的早餐，又發洩了一輪累積已久的怒氣——至少我是這樣。在回家的漫長車程上，在我斷斷續續的睡眠中，它都沒有吭聲；等我下樓進廚房，看到流理台上的拘魂罐，它沒有半點反應。直到我們開始討論前一夜的調查行動，鬼魂沙啞破碎的嗓音穿透我的腦海，我終於失控。我撲向那個罐子，洛克伍德只能勉力阻止我把它砸爛。

「我說過好幾遍了，它引誘我們踏進那棟屋子！它知道那個房間有多危險！它知道威柏弗的鬼魂就在那裡！所以才故意透露祕密文件的情報；所以才引導我們上樓。這個毫無良心的壞胚子！繼續聽它的指示只會被愚弄。應該要讓你們聽聽它昨晚笑得多開心！現在它又來了！」

「無論如何，文件都在我們手上了。」洛克伍德語氣溫和。「關於這點它可沒有說謊。」

「你們還不懂嗎？這只是陷害我們的招數。它瞄準了我們的弱點。在我腦裡說話！對你們來說根本沒差——你們又聽不到它可怕的聲音。」

「喔，真是惡毒。」骷髏頭的嗓音響起。「妳可不要雙重標準啊。先前不是還在求我說話？我真的搞不清楚妳怎麼會如此恩將仇報。我幫你們弄到文件了——還讓你們有機會活動筋骨。像威柏弗那樣可悲的脆弱鬼魂絕對不會給你們惹上什麼麻煩。」它的笑聲像是喉嚨裡卡了濃痰。「好啦，什麼時候要向我道謝呢？」

我瞪著拘魂罐。陽光在罐身上默默舞動，鬼魂的臉龐不見蹤影。但我心中彷彿突然開了一扇門，記憶頓時凝聚成形。昨晚，在那棟屋子裡——其中一道來自過去的餘音：

「拿威柏弗試試。他這麼躍躍欲試，他會聽話的……」

這語氣熟悉極了。我很清楚是出自誰的嘴。

「是他！」我指著骷髏頭。「在工作室對畢克史塔說話的人就是他！他怎麼可能不知道鏡子是什麼玩意兒？他親眼目睹了鏡子的製造過程！不只如此，他還主動提議逼威柏弗看鏡子！」

浸在鬼氣裡的骷髏頭對我獰笑。「了不起。妳確實天賦異稟。沒錯，可惜威柏弗那傢伙無力駕馭他看到的事物。但現在我主人的鏡子再次面世，或許有人會從它獲得啓發。」

我把這番話轉述給另外兩人。洛克伍德湊上前。「很好——它願意開口了。小露，問它鏡子到底有什麼功效。」

「我不想問這個邪惡的傢伙任何事情。更何況它也不知道吧。」

「等等。」鬼魂說：「稍微有禮貌一點，對你們不會有壞處的。」

我盯著罐子。「請告訴我們那面鏡子有什麼作用。」

「放屁！你們今天太沒有禮貌了，都給我滾。」

我感覺到它的存在消失了。鬼氣變得混濁，遮住罐裡的骷髏頭。

我咬牙重複每一句話。洛克伍德笑出聲來。「看來它把最近常聽到的詞彙都學起來了。」

「我一點都不想聽！」我低吼。

「好啦好啦。我們別受到它的影響。特別是妳，露西。我們不能被它惹得起內鬨。」洛克伍德走到罐子旁，轉上栓塞，切斷鬼魂與外界的聯繫，再拿一塊布蓋起來。「它正在慢慢透露我們想要的情報，不過我想我們都需要一點隱私。讓他安靜一下吧。」

電話響了，洛克伍德前去接起。我也離開廚房，覺得思緒鈍鈍的，鬼魂的低語還在耳中迴盪。幸好現在能有片刻寧靜，但這並沒有讓我好過太多。這只是一時的，他們等一下就會要我和它重啓對話。

我在客廳小歇片刻，來到窗邊眺望街道。

有個傢伙就站在那裡窺探。

是我們的老朋友奈德・蕭。他蓬頭垢面，擺出疲憊的臭臉，像是醜陋的郵筒般站在對街，死盯著我們的前門。顯然他沒先回家，身上還穿著昨晚那件幾乎被洛克伍德削成碎布的外套。他一手拿著外帶咖啡，看起來悲慘極了。

我回到廚房，洛克伍德也剛回來。喬治忙著收拾碗盤。「他們還在監視這裡。」我說。

洛克伍德點點頭。「很好，這顯示他們已經無計可施。這是奇普斯的表態。他知道我們取得重要的東西，生怕會錯過我們的下一步。」

「奈德．蕭已經待了整個早上。我都要爲他覺得心酸了。」

「我可不會。被他戳出來的傷口還在痛呢。露西，妳的傷口還好嗎？」

我在凱特．古德溫劃出的傷口上包了一小段繃帶。「沒事。」

「說到這個，伯恩斯剛才來電。靈異局調查過殺了傑克．卡瓦的匕首。還記得我說它是印度蒙兀兒匕首嗎？我說得沒錯，只是年分有點誤差。那是十八世紀初的產物。眞是出乎意料。」

「那是哪來的贓物？」喬治問：「哪間博物館？」

「奇怪的是沒有博物館通報遺失這樣的文物。我們不知道它打哪來的。另一把幾乎一模一樣的匕首收藏在倫敦博物館，來源是一名英國士兵位於梅達谷的墓地。他曾在印度服役，帶了一堆小玩意兒進棺材。兩年前靈異局開棺確認後，把那些文物拿出來展示。可是那把匕首還好好的收在庫房裡，這把就眞的是憑空冒出來的了。」

「我還是認爲它來自布魯斯伯理古董百貨商行。」我說：「來自我們的好朋友溫克曼先生。」

「他是頭號嫌犯。」洛克伍德同意道。「可是他爲什麼沒把錢拿回去？喬治，你趕快洗好碗。我要來看看昨天找到的文件。」

「你急的話就幫一下啊，這樣我可以早點洗完。」

「反正你都快洗好了。」洛克伍德輕鬆地靠上流理台，望向窗外院子裡的老蘋果樹。「我們掌握了什麼情報？經過昨晚的冒險，有什麼具體發現？這個案子究竟有沒有進展？」

「我們八成拿不到伯恩斯的酬勞。」我說：「骨頭鏡子在溫克曼手上，我們到現在還是搞不清楚那是什麼玩意兒。」

「我們知道的不只是如此。」洛克伍德說：「我是這麼想的，艾德蒙．畢克史塔——還有罐子裡的仁兄——製造出一面鏡子，無論是誰看了鏡面都會遭逢厄運。但理論上它原來的功能完全不同——骷髏頭說它會帶來啓發——但他們寧願讓其他人冒險。威柏弗看了鏡子，付出代價。不知道爲什麼——或許畢克史塔驚慌逃逸——威柏弗的屍體被留在屋子裡。等到旁人發現時，老鼠已經把屍體吃得差不多了。可是畢克史塔的下場究竟爲何？再也沒有人見到他，不過有人把他和鏡子一起埋進肯薩綠地，相當倉促，埋得很隨便。」

「我認爲那個人就是瑪莉．杜拉。」喬治補充他的看法。「所以我才那麼急著找到她的『自白』。」

洛克伍德點頭。「無論動手的是誰，總之畢克史塔被埋了起來，我們把他挖出，他的鬼魂跑出來，喬治差點中招。」

「喬治也差點受到鏡子影響。」我說。「要不是我們手腳夠快，把它蓋起來。」

「隨便你們說。」喬治盯著院子。「誰知道呢？說不定我就算看了也不會有事。說不定我夠厲害，耐得住危險，看到鏡子裡的奧祕……」他嘆了口氣。「好啦，我洗好了，擦碗巾拿來。」

洛克伍德把擦碗巾傳給他。「目前問題在於——某人把鏡子的消息洩露給卡瓦和尼德斯。雖然尼德斯死了，卡瓦還是繼續執行計畫，把鏡子賣給別人——假設是朱里斯．溫克曼——換到大把鈔票，但他隨後慘遭不明人士殺害。我們認爲骨頭鏡子在溫克曼手中，這是我們贏過奇普斯那夥人的關鍵。」他雙手一拍。「好啦，我有沒有說錯？這段統整還不錯吧？」

「非常好。」喬治和我繞著餐桌坐下，滿心期待。「該來看看畢克史塔的文件了。」

「沒錯。」洛克伍德跟著坐定，從外套口袋裡抽出昨晚從鬼屋帶出來的文件。皺巴巴的紙頁總共有三張，感覺像是羊皮紙，在地板下放了太久，沾染不少歲月痕跡——潮氣、塵土、蛀蟲。每張的正反兩面都布滿細細的手寫字跡，擠得緊緊的，中間穿插零星圖畫。

洛克伍德對著陽光傾斜紙張，皺起眉頭。「可惡，是拉丁文。還是古希臘文？」

喬治瞇起眼，視線越過眼鏡上緣。「顯然不是希臘文。有可能是中世紀的拉丁文……不過看起來有點怪。」

「爲什麼那些神祕文件與刻印都要用死透的語言來寫？」我低聲怒罵。「還記得嗎？費爾法的墜子也是這個毛病，還有聖潘卡斯墓園的墓碑。」

「喬治，你應該看不懂這個吧？」洛克伍德問。

喬治搖搖頭。「嗯，不過我知道有人看得懂。艾伯特．喬普林擅長對付各種歷史紀錄。他說他在某次挖掘墓穴時找到一本十六世紀聖經，我想那也是用拉丁文寫的。我可以拿去找他，看他能不能翻譯。當然會叫他發誓保密。」

洛克伍德抿起嘴，猶豫不決地輕輕敲打桌面。「靈異局裡有語言專家，可是他們會把內容全部轉告伯恩斯，奇普斯也能透過他得到情報。好吧，雖然我不太喜歡這麼做，但沒有太多選擇。你可以去拜訪喬普林。等等——看他能不能來這裡一趟。我們可不希望你一踏出門外，就被奈德．蕭搶走文件。」

「這些圖畫呢？」我問。「就算不是專家也看得懂吧。」

我們把羊皮紙攤在桌上，彎腰打量那些小小的圖片。這幾幅圖都是鋼筆淡彩畫，描繪出長篇敘事中的幾個景象。畫風粗糙，但筆觸很精細。根據畫中人物風格、衣著、背景，一眼就能看出這些圖頗有年代。

「不是維多利亞時代。」喬治說：「我敢說原件是中世紀手稿。或許文字內容也是。畢克史塔在某個地方找到，自己抄了一份。我猜這是他的研究靈感來源。」

第一張圖中的男子身穿長袍，對著一個洞穴彎腰。時間是晚上，天上畫著月亮，背景有幾棵樹。洞裡躺了一副骷髏。男子作勢要伸手從洞裡取出一根長長的白骨，他的另一手則是高舉細長的十字架，驅散從他身旁冒出、只有半身在地面上的蒼白人影。

「盜墓。」洛克伍德說：「還用鐵或是銀抵擋鬼魂。」

「他和我們一樣蠢。」我說。「在白天幹這種勾當不是輕鬆多了嗎？」

「說不定他就是得在夜裡下手。」喬治邊想邊說：「對……說不定真有這個必要。下一幅圖是什麼？」

下一張畫了另一個穿長袍的男子，看起來是同一個人物，他站在山丘上的絞架旁。月亮同樣掛在天際，伴隨著大片雲朵。一具腐屍掛在絞架上，只剩下骨頭和裹身的破布。男子拿著一把帶著弧度的長刀，砍下屍體的一條手臂。他同樣高舉十字架，這回擋住了兩個幽靈，一個幽幽浮在屍體後方，另一個站在絞架後面散發不祥氣息。男子身旁擺了個開著口的布袋，可以看到前一幅圖的骨頭從袋裡探出。

「這傢伙感覺沒什麼朋友。」洛克伍德說：「他已經惹到兩個鬼魂了。」

「這就是重點。」喬治輕聲道：「他故意找出附有訪客的骨頭——他在找源頭。接下來他做了什麼？」

他做了差不多的事，這回來到一間磚房。壁龕或是架子上擺滿了一堆堆白骨和骷髏頭。他的布袋放在腳邊，從最近的架子上選出一顆骷髏頭，對背後的三道蒼白人影——來自前兩張圖滿臉怨恨的鬼魂，以及第三個新成員——若無其事地高舉十字架。

「這是地下墓室，或是停屍處。」洛克伍德說：「教堂墓園太滿時用來存放骨頭的地方。這三張圖顯示尋找源頭的最佳地點。第四張呢——」他把羊皮紙翻面，突然說不出話。

「喔。」我低聲驚呼。

第四張圖與另外三張完全不同。男子獨自待在石室裡，敞開的門外可以看到陽光照耀田野。他站在木桌旁，拿幾塊碎骨製造什麼東西，看起來像是把那些骨頭縫在一起，把它們固定在某個圓形的小東西上。

一片鏡子。

「這是說明書。」我說：「教人如何製作骨頭鏡子。畢克史塔那個智障就乖乖照做。有第五張圖嗎？」

洛克伍德掀起最後一張羊皮紙，翻到背面。

還眞的有。

圖案中間是那面骨頭鏡子，豎立在一根矮柱或是底座上。藤蔓纏繞著那根底座，上頭開出碩大的淺色花朵。男子站在左側，微微躬身面對底座。他一手擱在額頭遮光，雙眼凝視鏡子，表情無比專注。眞虧他能如此冷靜，因爲柱子另一側擠了一大群衣衫襤褸的人。他們都瘦得只剩一把骨頭。有的還保留人臉，後腦勺黏著幾綹頭髮，其他的已經是枯骨。他們的破爛袍子下露出白骨和乾瘦的腿腳。簡單來說看起來很不健康。他們全都面向骨頭鏡子，表情津津有味，一副與那名男子對望的模樣。

我們凝視這張羊皮紙，看著上頭密密麻麻的細小人影。陽光普照的廚房裡陷入寂靜。

「我還是不懂。」我終於開了口。「這面鏡子到底能幹嘛？」

喬治清清喉嚨，擠出沙啞的聲音：「讓人看進去。」

洛克伍德點頭。「這不是鏡子。它是一扇窗戶。通往另一個世界的窗戶。」

叩、叩。

很少有事物能同時嚇到我們三個。好吧，挖開貝瑞特太太的墓地那次，我們締造了個人最佳跳高紀錄，不過那是在晚上。白天呢？沒有這種機會。然而這回光是指甲搔抓玻璃，以及佇立在廚房窗外的影子就有足夠的效果。我們轉過身，對上抓著窗框的枯瘦手掌。我瞥見瘦巴巴的頸子和肩膊，白金色髮絲纏繞著怪模怪樣的腦袋。我跳了起來；洛克伍德的椅子撞上冰箱；喬治往後彈飛，被門邊的拖把卡住，慌張地將它們撥開。

一瞬間，沒有人說得出話。接著，常識回到我們的腦中。

不可能是死掉的東西。現在可是大白天呢。我又看了一眼。

人影背著光，幾乎是一團黑。過了一會，我慢慢認出那頂破爛草帽的醜惡輪廓，還有那張帶著譏笑的骯髒面容。

「喔。是芙洛。」洛克伍德說。

喬治一愣。「芙洛．邦斯？她不是女生嗎？」

「應該是。不過這事還沒有確切的證據。」

窗外那張臉左右晃動，看起來正在說話；至少那人的嘴巴扭成各種怵目驚心的怪樣。一隻手瘋狂揮舞，接著又抓向玻璃。

喬治跳了起來。「你們說她是大家閨秀。」

「有嗎？我沒有印象耶。」洛克伍德對屋後比了個手勢；窗外的臉消失後，他跑去開了廚房後門。「一定是溫克曼的情報！太完美了！時機正好。我帶她進來。小露——把文件藏好。喬治，找出糖罐，燒個熱水。」

喬治盯著窗上的油膩掌印。「她會想喝茶嗎？感覺她比較喜歡哈草。」

「是咖啡。」我說。「給你一句忠告：不管她怎麼喝都不要隨便批評。她的地雷不少，一言不合可能就把你開腸破肚。」

「眞是熟悉的威脅。」喬治說。

原本熱鬧的鳥兒突然安靜，或許是被踏上院子台階的人影震懾住了。洛克伍德讓到一旁，下一秒，芙洛．邦斯拖著厚重的雨靴撞進廚房，帶著她的麻布袋，狠狠皺起眉頭，送上潮水的氣味。她站在門邊，默默瞪著我們。

在陽光下，她的藍色鋪棉外套顯得沒那麼膨脹，幾乎褪成灰白色，難以判斷她的頭髮和草帽的邊界。一抹灰色泥漬橫過她的牛仔褲前側，她臉上的污垢色澤層次豐富。換句話說，讓我想起那一夜的可怕暗示全都化爲現實。她的藍色雙眼蘊含接近焦慮的猜疑，也沒有先前那樣氣勢洶洶，彷彿白晝——或許再加上陌生環境——讓她有些膽怯。

「歡迎光臨。」洛克伍德關上門。「妳來得正好。」

盜墓者沒有回應；她默默掃視整間廚房，觀察所有的器材、存放的食物、成堆的工作補給品。突然間，我好想知道她不在河邊工作的時候都在哪裡吃飯、在哪裡睡覺……我清清喉嚨。

「嗨，芙洛。咖啡馬上就好。」

「嗯，我要來點咖啡……不習慣在這個時段醒著。」她的嗓音更低沉，比我記憶中的還要理智。「小洛，你這地方還眞不錯啊。有夠豪華。外面還有私人保全呢。」

「喔，奈德·蕭？妳和他碰面了？」

「我看到他，可是他沒有看到我。他抱著報紙打瞌睡。我還是繞到後面，翻過院子的圍牆，不想惹什麼麻煩。我可不想被人知道我和你這種人來往。」她咧嘴一笑，露出滿口漂亮的白牙。

「確實是如此。做得好。」

喬治忙著泡咖啡。他刻意清清喉嚨。

洛克伍德皺眉。「喔，抱歉。忘記幫你們介紹一下。芙洛，這位是喬治。喬治，這位是芙洛。好啦，芙洛，妳想告訴我們什麼事？聽到朱里斯·溫克曼的消息了嗎？」

「有。聽說他明晚要開拍賣會。」她停頓一下，讓這個情報深入我們腦海。「這對溫克曼來說有點太快；那個東西才入手兩天，他已經準備好要轉手。當然啦，可能是因爲它太有價値了，但也可能是因爲他急著脫手。爲什麼？因爲那個東西很糟糕。喔，謠言滿天飛呢。」

「有人在傳是溫克曼殺了傑克·卡瓦嗎？」我問。

「我聽說了那件小事。我知道他死在你們家。小洛，你覺得如何？你要紅啦。不，他們沒說是溫克曼幹的，雖然我相信他出手的可能性很大。可是呢，大家都說和那面鏡子扯上關係的話準沒好下場。溫克曼的一個手下——他看了那面鏡子。沒有人阻止他。然後他就死了。對，我要來點糖，謝啦。」喬治用托盤送上咖啡杯與碟子。

「給她支大湯匙。」我說。「比較省事。」

那雙藍眼閃向我，但她忙著調配飲料，沒有多說什麼。「好啦，拍賣會的地點接近黑衣修士站——泰晤士河北岸，那裡大多是船運公司以前的舊倉庫，現在大多是空屋，晚上也不會有人往那裡跑，除了像我這樣四處遊蕩的人。嗯，溫克曼明天就要動用其中一間——羅史塔水產的倉庫，就在岸邊。他進入倉庫，設置人力，大賣一場，消失得無影無蹤。大概就一兩個小時吧。一下就結束了。」

洛克伍德凝視她。「拍賣會幾點開始？」

「半夜十二點。只有他選定的客人能進場。」

「他會派人看守？」

「當然了，他會守到滴水不入。」

「芙洛，妳對那個地方熟嗎？」

「挺熟的。在那裡挖過寶。」

「明天半夜的水位會有多高？」

「很深。剛過滿潮。」我倒抽一口氣，她狠狠瞪著我。「妳是哪根筋不對勁？」

「我剛想到明天晚上！是十九號——六月十九號星期六！費茲偵探社的盛大宴會！我完全忘記了。」

「我也是。」洛克伍德：「嗯，兩邊都參加也不是不行。是啊……有何不可？那會是個難忘的夜晚。」他大步走向餐桌，拉來一張椅子。「喬治，燒水；露西，拿餅乾。芙洛，妳要不要坐一下？」

沒有人挪動腳步，我們三個一齊瞪著他。「兩邊都參加？」喬治問。

「簡單得很。」洛克伍德笑開了臉，整個房間被他的笑容照亮。「明天晚上我們要好好享受宴會，然後把那面鏡子偷回來。」

21

如果要舉出比遭到凶狠老鼠鬼魂襲擊還要讓人頭痛的事件，那肯定就是即將參加豪華宴會卻沒有半件好衣服穿。訂購了《倫敦社交》雜誌的洛克伍德表示這類場合的服儀規定是男士穿無尾晚禮服，女士穿連身裙禮服。調查員也能穿自家偵探社的制服，佩戴細刃長劍，可是洛克伍德偵探社沒有制服，這個情報完全幫不上忙。我衣櫃裡確實有幾件單品和「連身裙」擦得上邊，但絕對與「禮服」無緣。在盛大的費茲紀念晚會當天早上，我被這個事實惹得心煩意亂。接著我到攝政街的百貨公司亂逛一通，在中午前氣喘吁吁地回到家，身上掛滿購物袋與鞋盒。我在前廳和洛克伍德碰頭。

「我不確定哪件適合，但應該勉強過得去。你和喬治要穿什麼？」

「我手邊多少有幾件體面的衣服。喬治的話就算把正裝放在他眼前，他也絕對分不出有什麼差別。不過他還沒有想到這件事；他與他的朋友喬普林已經開了兩個小時會，研究那份手稿。」

聽他這麼一說，我才注意到從客廳傳來的低語聲，雙方機關槍似地接連打斷對方發言。「他能翻譯文件內容嗎？」

「不知道。他說那些文字很含糊。但是他興奮得要命，和喬治兩個人像是繞著火堆跳舞的土著般興高采烈。妳看就會知道了。我是想先請走他。我們還要準備今晚的計畫，我得出門見芙洛一面。」

與艾伯特．喬普林三天沒見，老實說我幾乎忘記他的存在。這名瘦小的墓園研究者就是這種人。上回在肯薩綠地竊案後見到他時，他既沮喪又憤怒，高聲批評現場不夠安全。顯然他現在的心情好多了。我們進房時，他和喬治坐在咖啡桌兩側，盯著桌上的畢克史塔手稿大聲談笑。喬普林和先前一樣駝著背，穿著斜紋毛料外套，肩上還是蓋了一層頭皮屑。但今天他容光煥發，雙眼閃亮。若是他下巴夠尖，肯定會興奮得往前伸長。他正抱著筆記本振筆疾書。

「喔，哈囉，洛克伍德先生！」他高聲問候。「我剛把文字內容抄下來。感謝你們讓我看這份文件。這是了不起的發現。」

「有辦法翻譯嗎？」洛克伍德問。

喬普林摸摸他那頭亂髮，幾片灰色皮屑飄出。「還沒，不過我會盡力。看起來類似某種中世紀的義大利方言……這部分還不太清楚。我馬上就來研究，再向你們報告結果。已經和庫賓斯先生好好討論一番了。這個小伙子真的與我意氣相投，聰明，對知識充滿好奇心。」

喬治簡直成了飽餐一頓又被好好摸了一圈的肥貓。「喬普林先生認爲這面鏡子的重要性非同小可。」

「是的，艾德蒙．畢克史塔可說是生不逢時。」喬普林一邊起身，嘴裡說個不停。「他確實瘋瘋癲癲的，但算得上是先驅者。」他收好散亂的紙張，塞進側背公事包。「那面鏡子遭竊實在是天大的悲劇。就算找回來，也會馬上落入靈異局科學家的手中，太可惜了。他們不會和我們這些外部研究者分享任何情報……關於這方面的問題，我對庫賓斯先生說我找不到你們想要的另一份文件——瑪莉．杜拉的〈自白〉。想不出還有哪間圖書館會把它納入館藏——或許除了梅莉莎．費茲的黑圖書館，但那也是一般人難以接觸的地方。」

「沒關係，你別在意。」洛克伍德說。

「祝你們調查順利。」喬普林對我們笑了笑，摘下厚重的圓框眼鏡，若有所思地用外套角落擦擦鏡片。「若是各位有所斬獲，或許能讓我看一眼……不，我要求得太多了。抱歉如此厚臉皮。」

洛克伍德冷淡回應：「我沒有資格評斷你的作爲，相信喬治也不會這麼做。喬普林先生，很期待你能帶來這份文件的解讀結果。感謝你撥冗來訪。」

瘦小的研究員連連點頭欠身，笑著離開屋子。洛克伍德等喬治送客回來。

「奇普斯今天派凱特．古德溫守在外頭。」喬治說：「我告訴喬普林就算她問了什麼，也別回應。」

「看來你們兩個處得不錯。」洛克伍德說。

「是啊，艾伯特說的很有道理，特別是他對靈異局的看法。一旦他們掌握什麼東西，就再也不會拿出來給人看了。這面鏡子有它的特殊之處。我的意思是——把它當成窗戶看待的想法很特別。我們知道一般的源頭算得上是讓鬼魂通行的孔洞或是通道。這東西融合了好幾個源頭——用了大量附有鬼魂的骨頭——或許就是這樣，那個孔洞才會大到讓人能看見另一側的光景……」他斜眼瞄向我們。「告訴你們，如果今晚真的能把鏡子拿回來，在交出去之前我們自己看個幾眼也沒差吧？我可以把它帶回這裡，試試看——」

「喬治！別說蠢話！」洛克伍德的咆哮把我們兩個嚇得跳了起來。「沒差？這面鏡子已經害死好幾個人了！」

「我沒死啊。」喬治抗議。「對啦，我只看了一秒。不過說不定有辦法就算看了也不會有事。」

「喬普林告訴你的？廢話連篇！他人這麼怪，如果你打算和那種人糾纏不清，你比他好不到哪裡去！不行，我們拿到鏡子就直接交給伯恩斯。沒有第二條路。夠清楚嗎？」

喬治翻翻白眼。「好啦。」

「還有一件事。你對他說我們今天晚上要幹嘛？」

「沒有。」喬治和平常一樣面無表情，臉上浮現淡淡紅暈。「我什麼都沒對他說。」

洛克伍德凝視著他。「希望沒有……好了，先別管這件事。要準備的事情可多著呢。」

他說得對。接下來的幾個小時簡直是一團混亂，我們得準備兩件截然不同、時間交錯的任務。裝備包裡塞了超量的鎂光彈，和我們平常調查時穿的衣服、靴子放在一起。洛克伍德與喬治小心翼翼地避開守在波特蘭街上的凱特．古德溫，從後門將這些裝備運出去，就這樣消失了好久。於此同時，我忙著把我們最高級的長劍磨亮，又花了大把時間在玄關的鏡子前試穿鞋子和禮服。不管哪一套都不太順眼，最後只能妥協，選中深藍色及膝低領連身裙。它讓我顯得手臂超壯、腳掌寬大，腹部緊繃的布料也令我不安。除此之外它毫無缺點，而且還附上同材質的腰帶讓我插劍。

不只我對這套服裝有所疑慮。有人不小心掀開蓋在拘魂罐上的布，那張臉再次浮現，每次我走過它面前就會擺出誇張的驚恐作嘔表情。

那兩人在外頭待了不少時間。天色暗了下來，在簡單的晚餐後，他們也去換了衣服。沒想到喬治竟然從他那宛如魔域的房裡變出體面的禮服。腋下和胯下版型寬鬆，看起來曾經屬於一頭紅毛猩猩，但至少還上得了檯面。洛克伍德悠閒地踏出他的房間，我還沒看過如此合身俐落的禮服和黑領結。他的頭髮往後梳齊，長劍閃閃發亮，用一條銀鍊繫在腰間。

「露西，妳看起來眞是賞心悅目。喬治你這套還算過得去。對了，小露，這個給妳，與這套絕佳的服裝應該很搭。」他握起我的手，往我掌心放了條漂亮的銀項鍊，中間垂了一顆鑽石。眞的美極了。

「什麼？」我愣愣看著項鍊。「你從哪弄來的？」

「剛好手邊有。我建議妳戴上的時候別亂開口，看起來比較優雅。好啦，計程車在按喇叭了。出發吧。」

□

遠近馳名的費茲偵探社總部位於河岸街，緊鄰特拉法加廣場。我們在八點過一點抵達目的地。爲了這場宴會，街道進行管制，只讓相關人員的車輛通行。路人聚集在查令十字站附近湊熱鬧，看有哪些人會來。

大理石堆砌成的正門兩側各設了一個燒得正旺的火爐。兩層樓高的發光旗幟掛在牆上，每面都印上以後腳站立的獨角獸，各自拎著眞理之燈。下面則是充滿氣勢的簡約銀色字樣：五十週年。

薰衣草撒在大門與馬路間的人行道上鋪成紫色地毯，左右設下圍欄，阻擋大批攝影師、要簽名的民眾、電視記者與滿地混亂的器材電線。豪華轎車在河岸街中央排成一列，等著開放赴宴賓客入場。

我們的計程車排氣管噗噗噴出一小片黑煙。洛克伍德低聲咒罵。「早知道就搭地鐵來。好啦，現在也沒辦法了。喬治，你襯衫紮好了沒？」

「別擔心，我連牙齒都刷了呢。」

「老天，你眞的付出不少心力。很好，上吧。大家規矩點。」

才踏出計程車就被炫目的相機閃光和快門聲包圍（很快就停了，因爲沒有人認得我們是誰）；幾隻手伸得長長的，把簽名簿遞到我們面前；柔軟的薰衣草被我踩碎，在鞋底下散發甜香；明亮的架高聚光燈；火爐的高溫；踏上台階便是涼爽的大樓玄關，一名身穿灰色套裝的門僮接過我們的入場證，默默領著我們進門。

一年多前，我曾進過這扇門一次。一年多前，我沒有通過費茲的面試。我清楚記得正廳牆面的飾板、柔和的黃光、低矮的深色沙發和擺滿介紹文宣的桌子。薰衣草獨特的氣味在我腦海中格外清晰。那次我連接待廳都到不了，遭到眾人忽視，淚眼汪汪、垂頭喪氣地走過大廳另一側的梅莉莎．費茲鐵製雕像前。那尊胸像還放在同一個壁龕裡，神情冷峻如同女校長，注視笑容可掬的費茲偵探社年幼調查員帶我們繞過櫃台，腳步聲敲響大理石地板，從一幅幅年代久遠的黯淡油畫前走過。

接下來又是一扇雙開門扉，兩片門板都印著費茲的獨角獸標誌。身穿銀灰外套的少年僕役連酒窩都一模一樣，誇張地對我們敬禮。我們的到來令他們深感光榮。他們以毫無誤差的手勢拉開門，釋放喧鬧與典雅奢華混合而成的龐大張力。

這間接待廳占地極廣，吊燈照亮整個空間。挑高的天花板以石膏糊出螺旋花紋，雕花牆板畫著費茲偵探社的歷史事件。梅莉莎．費茲在龐德街三溫暖澡堂與冒著白煙的死靈搏鬥；費茲和湯姆．羅特威在牆上大鐘走到半夜十二點的同時，挖出埋在牆裡的骷髏頭，破解了海格墓園恐怖事件；葛瑞絲．皮爾的慘案，她是偵探社的第一名殉職者……傳說中的精彩時刻，我們從小學開始就如雷貫耳。此處是一切的起點，偵測靈異跡象在此提升為專業技藝；《費茲教戰手冊》——調查員教育的根基——也是在此由最偉大的調查員撰寫而成。

我深吸一口氣，挺起肩膀，向前邁步，努力不被高到匪夷所思的鞋跟絆倒。有人端著銀托盤送上飲料，我不太優雅地拿了一杯柳橙汁，看看四周。

雖然時間還早，接待廳裡已人聲鼎沸，不必靈視能力也能一眼看出場內都是倫敦的頂尖人物。頭髮臉面打理得光鮮亮麗的男性，身穿像黑豹皮毛般黑得發亮的絲質晚禮服，與眼神瑩亮、充滿自信的女性寒暄，她們全都艷光四射，身上掛滿珠寶。我曾經讀到一篇報導，說在靈擾爆發後，女性的時尚配件就變得更加鮮艷搶眼，看來眞是如此。幾件禮服的布料要是貼近細看，可能會閃瞎你的眼睛，幾乎開到肚臍的大V領設計也是如此；我發現喬治擦眼鏡的頻率增加不少。

除了品味與財力的展示，這群人在我眼中有些不太眞實，起先我想不通究竟是爲什麼，花了點時間才意識到我從未在晚間見過這麼多成年人。少年侍者在人群間靈巧穿梭，送上看不出成分的小點心。幾名調查員也在場，大多是費茲的人，也有少數羅特威的成員，他們的酒紅色外套和倨傲態度很好認。其他都是大人。這眞是個特殊的場合。

廳內四處豎立精緻的銀玻璃柱子，頂端直抵天花板，內嵌的燈光讓柱子呈現各種詭異色彩。這是知名的遺品柱，觀光客可以付錢參觀。目前柱內的物體被人群擋住。接待廳另一頭的舞台上，一組弦樂四重奏送上振奮人心的熱鬧樂曲。法律禁止在宵禁後演奏哀愁的曲調，生怕會引發負面思維。群眾的閒聊歡快而熱烈，笑聲四起。我們穿過一大片面具似的笑臉。

洛克伍德舉杯啜飲，他看起來相當從容放鬆。喬治（雖然已經努力過了）看起來有些皺巴巴的，彷彿才剛遭到眾人踐踏。我確定自己的臉頰通紅，頭髮亂翹，完全比不上四周那些完美無瑕的女士。「好啦，這就是一切的中心。」洛克伍德說。

「我覺得超級格格不入。」

「小露，妳看起來美極了。妳天生就屬於這種場合。不要退開，妳的劍尖戳到那位女士的臀部了。」

「喔不。真的嗎？」

「不要轉得這麼快，妳差點把那名服務生砍成兩半。」

喬治點點頭。「重點就是不要動——這是我的忠告。」他從一旁的少年侍者手中接過一份點心，狐疑地打量它。「都來到這裡了，我們要做什麼？有人知道這是什麼鬼東西嗎？我猜他們放了蘑菇和靈氣。上面都是泡泡。」

「我們可以趁這個機會放鬆一下，暫時別想接下來的任務。」洛克伍德說：「與芙洛約十一點四十五分會合，還有足夠時間和大家打好關係。這裡有政府官員、工業鉅子，還有各個知名團體和公司的高層。他們都是我們未來的客戶——只要我們今晚表現得夠好。我們就四處晃晃，找人聊天。」

「好吧……要從哪裡開始？」

洛克伍德鼓起臉頰。「我也不知道……」

我們貼在牆邊，看著來賓的背影，閃亮的衣裙和珠寶與纖細的頸項隨著樂聲舞動。他們的笑聲形成我們無法攀越的高牆。我們只能乖乖喝飲料。

「洛克伍德，你認得哪些人？」我問。「你看過那麼多雜誌。」

「這個嘛……那個鬍鬚和牙齒都很好看的金髮高大男性是史提夫．羅特威，羅特威偵探社的老大。我想那位是喬西亞．德朗威，薰衣草農場大亨。臉色通紅、留著鬢角的那位，我不太想和他說話。大家都知道他因為對方在他的某間別墅驅鬼時打破了傳家之寶，便拿馬鞭毆打兩名葛林堡的調查員。和他聊天的女士應該就是費爾法鋼鐵公司的新任老闆安潔琳·克勞福。她是費爾法的外甥女。她的舅舅等於是被我們害死的，感覺不太適合找她搭話。」

「她不知道內情吧？」

「是這樣沒錯，但還是要做做樣子。」

「看到伯恩斯了。」喬治說。沒錯，督察就在不遠處，臭著臉控制香檳杯翻越他的鬍鬚。他和我們一樣，站在人群邊緣，沒與誰來往。「還有奇普斯！他怎麼進來的？這場宴會的入場資格還真是寬鬆，枉費他們說得那麼好聽。」

一群費茲偵探社的調查員昂首闊步從我們面前走過，奇普斯就在裡面，指著我們說了幾句話，其他人哈哈大笑，慢條斯理地離開。我心頭悶悶的，仰望吊燈。「喬治，真不敢相信你在這裡待過。」

他點點頭。「真的。看得出來我和這個地方很合吧？」

「比起偵探社，這裡更像是別墅。」

「他們的會議廳有夠豪華，還有那間黑圖書館。辦公室的其他區域沒這麼招搖，可惜就是有奇普斯這種人。」

洛克伍德突然驚呼，我望向他，發現他雙眼異常閃耀。「仔細想想，還是先別管我剛才的第二個指示吧。別去找人廝混了，誰喜歡幹這種無聊事？喬治——那間圖書館，位置在哪？」

「隔壁的隔壁吧。它沒有對外開放，只有高層調查員進得去。」

「你想我們進得去嗎？」

「要幹嘛？」

「我想到喬普林說的話，關於你在找的那份〈自白〉。他說或許能在黑圖書館找到影本……既然都到這裡了，說不定可以——」

就在此時，人群從中分開，洛克伍德閉上嘴。一名高䠷美女走向我們。銀灰色禮服勾勒出她苗條的身材，隨著步伐閃耀微光，纖纖細腕上掛了幾個銀手環，一條銀質短項鍊環繞她的頸子。她豐盈的黑髮垂在肩頭，鬈曲的髮尾充滿彈性。她的顴骨偏高，輪廓精緻，臉蛋充滿吸引力，嘴唇飽滿，透出高傲的脾氣。乍看之下她只大我幾歲，但那雙深沉黑眼閃著飽經歷練的力量。灰髮理成平頭、膚色蒼白的壯漢跟在一旁，向我們宣布：「這位是潘妮洛・費茲女士。」

我知道她是誰。我們都知道。即便如此還是大吃一驚。費茲偵探社的總帥與競爭對手史提夫・羅特威不同，極少露面。我總想像她是個結實的中年婦女，精明幹練，和她名滿天下的祖母一樣神情嚴峻。我錯得太離譜。她一瞬間就讓我相形見絀，意識到自己這套衣服和鞋子有多配不上這個場合。看得出其他人下意識地挺直背脊，把自己變得更高、更有信心。就連洛克伍德也臉紅了。我沒有看喬治，不過大概可以篤定他整個人紅得像龍蝦。

「女士，我是安東尼・洛克伍德。」洛克伍德低頭致意。「這兩位是我的夥伴——」

「露西・卡萊爾和喬治・庫賓斯。」她開口說道。「是的。幸會。」她的嗓音比我想的還要低沉。「三位在康比柯瑞大宅的表現讓我印象深刻，也感謝你們尋獲我朋友的遺體。未來若有我能效勞之處，請務必與我聯繫。」她的黑眼一一掃過我們。我滿臉堆笑；喬治從喉嚨裡擠出細細的怪聲。

「今晚受邀來此是我們的榮幸。這間接待廳眞是了不起。」

「沒錯，此處陳列了費茲社內收藏的諸多寶物。最強大的源頭——當然了，它們已經沒有害處，我們的柱子可是使用了日出的銀玻璃，底座以鋼鐵層層鞏固。請移步，我帶各位看看……」

她風情萬種地穿過人群，眾人紛紛爲我們讓路，離我們最近的銀玻璃柱子被綠色燈光照亮，裡頭以金屬架固定了一具殘破骨骸。「或許這是最知名的收藏品。」潘妮洛·費茲說：「修·韓瑞提的遺體。這名大盜的鬼魂成爲遠近馳名的泥巷幻影。我祖母和湯姆·羅特威在一九六二年仲夏節的半夜找到埋屍處。羅特威把它挖出來，梅莉莎則是瘋狂揮舞鐵鏈阻擋鬼魂。」宴會主人啞聲輕笑。「我總說幸好她是網球高手，不然哪有這樣的力氣或準頭？當年，靈異事件調查這門技術才剛萌芽——他們根本不知道自己在做什麼。」

那具骨骸染成髒髒的棕色，頭骨上只剩幾塊骨頭，下顎不知去向。除了垂在骨盆下的半截大腿骨，雙腿和腳掌都不見了。「看來修·韓瑞提的屍體狀況不太好。」

潘妮洛·費茲點點頭。「據說野狗把屍體挖出來，吃掉雙腿。或許他的鬼魂因此才會這麼火大。」

「有人要來點沙嗲雞肉串嗎？」一名年輕侍者從我們身旁冒出來，金色托盤上盛著幾碟小點心。喬治拿了一份，洛克伍德和我婉拒了。

「不好意思，沒辦法繼續陪伴三位。」潘妮洛・費茲說：「身爲宴會主人的壞處就是得要不斷轉檯，絕對不能和任何一個人聊太久——無論對方有多令你著迷……」她對洛克伍德閃了個耀眼的微笑，朝喬治和我輕飄飄地點點頭，踏著輕盈的腳步轉往別處。人群再次分開，讓路給她與那名壯漢，然後迅速聚起，把我們擋在圈外。

「嗯，她比我預想的還要好相處。」洛克伍德說。

「她人挺好的。」我說。

喬治嚼嚼雞肉串，聳聳肩。「我還在這裡的時候，她沒有這麼友善。普通調查員永遠見不到她；她絕對不會離開樓上的住處。旁邊那個灰髮壯漢是她的私人助理，他倒是常來插手偵探社的業務。」他的鏡片閃過怨毒的光芒。「就是他把我趕出這裡。」

我望向人群，潘妮洛・費茲和她的同伴已經消失無蹤。「感覺他對你沒印象。」

「沒錯。說不定他早把我忘得一乾二淨。」喬治把竹籤塞進旁邊一盆羊齒草的土裡，拉高鬆垮垮的長褲，眼中瞬間燃起憤慨的火焰。「洛克伍德，你剛才提到黑圖書館，告訴你，我不認爲我們不該過去晃晃，說不定可以溜進去看一眼。」

他領路慢慢繞到接待廳邊緣。窗外的夜色越來越濃，五顏六色的聚光燈打向賓客，營造出奇異的光影效果。柱子裡閃著詭譎燈光——幽幻的紫藕色、藍色、綠色。其中幾根柱子裡的鬼魂現出面貌，茫然往外看，永無止盡地兜圈飄浮。

「眞的要這樣嗎?」我問。我們遁入一扇門邊的陰影，觀察人群，等待機會溜出門外。不遠處，潘妮洛·費茲和一名留著整齊金色小鬍子的俊美青年聊得眉飛色舞。一名女子頂著蜂窩似的誇張髮型，被某人的笑話逗得尖聲大笑。舞台上換了一組爵士樂團，演奏起刺耳的傷感曲調，應該是美國早期的鄉村藍草音樂。侍者從側邊的幾扇門擁出，端上比先前還要豐盛的餐點。

「沒有人注意這邊，來吧……」

我們跟著他出了那扇門，來到一條大理石走廊，鞋底在地板敲出清脆聲響。這裡有六台電梯，其中五台電梯門漆成黃銅色，另一台的則是銀白色。牆上掛滿身穿銀灰色外套的年輕調查員油畫肖像——女孩、男孩，有的笑臉迎人，有的悲傷嚴肅——筆觸精細美妙。每一幅畫下的底座都掛著長劍和花環。

「殞落英雄的長廊。」喬治悄聲說。「我可不想加入他們。有沒有看到那台銀色電梯?它直接通往潘妮洛·費茲的房間。」

喬治帶我們穿過一連串相互交叉的走道，越來越窄，越來越樸素。他不時停下來聽聽四周動靜，宴會的喧鬧漸漸模糊。洛克伍德還端著杯子，身穿晚禮服，但他的行動仍和平時一樣流暢完美。我踏著愚蠢的鞋子、拖著煩人的裙襬，每一步都辛苦極了。

喬治總算停在一扇厚重的木門前。「我們繞了一點路，因爲我不想和其他人撞個正著。這是黑圖書館的側門。或許開著。在這個時段，正門基本上都鎖著。裡面有梅莉莎·費茲的個人藏書、許多珍貴文物。你知道這是不允許外人進入的範圍嗎?要是被人逮到，我們就要去坐牢，向偵探社道別了。」

洛克伍德喝了一小口飲料。「其他人進來的機率有多少？」

「即使是還在這裡工作的那陣子，我頂多只能隔著門縫往裡面瞄一眼。只有資深人員能進去，他們都在宴會那邊。時機不差，但我們沒辦法待太久。」

「這樣就夠了。」洛克伍德說：「我們瞄一眼就好。我總說當強盜比社交好玩太多啦。不過這扇門說不定上了鎖。」

門沒鎖，下一秒，我們鑽入房內。

22

費茲偵探社總部的黑圖書館是個八角形大房間，挑高足足有兩層樓，直達天花板的玻璃圓頂。現在是晚上，圓頂外一片漆黑，不過掛在下方的幾盞燈往圖書館中央投射溫暖的光芒。一層又一層的書櫃擺滿每一面牆，在一層樓高的地方設了一圈金屬步道，架設兩道螺旋階梯連接我們所處的地面層。地面鋪了木地板，大多是深色桃花心木，不過正中央以淺色木料拼出以後腳站立的銀色獨角獸圖案。房間裡擺設簡約；閱讀桌零星放置，還有幾個展示書籍和其他物件的玻璃櫃。我們正前方是一道上鎖緊閉的雙開門板，裡面傳出像是發電機的嗡嗡聲，除此之外圖書館內一片寂靜，室溫涼爽，光線昏暗。

每個書櫃前的天花板都嵌了一盞小燈，在幽暗環境裡猶如飄散四處的螢火蟲。架上淨是昂貴的皮革精裝書，紫色、深棕色、黑色互相穿插。光是地面層肯定就有數百本書。

「太壯觀了……」洛克伍德悄聲讚歎。

各位或許預期喬治會現出本性——他對圖書館的喜好不下於洋芋片和怪異的實驗——但他一副焦躁不安的模樣，咬著嘴唇望向步道，搜尋旁人動靜。「首先要找到藏書的索引，應該就在某張閱讀桌上。動作快，來幫我一下。我們不能待太久。」

我們跟著他快步移動到明亮的中央區域。四面八方全是虎視眈眈的靜默。在那道雙開門內，我聽見喃喃低語，那是來自附近的宴會喧鬧聲的回音。

離門最近的桌子上擺了一本大型的皮面精裝書，喬治急切地叫了聲，用力翻開。「這就是索引！現在只要確認〈瑪莉．杜拉的自白〉有沒有在上面就行。」

趁他翻頁的空檔，我望向最近的展示櫃，洛克伍德看向另一邊。「更多與靈異案件相關的遺品。他們的收藏品數量大到無法想像。老天，那可是查塔姆刺殺案的棒針。」

我盯著身旁展示櫃側邊的墨水字標籤。「看來這是某人的肺，醃起來了。」

喬治憤怒地嘶聲警告：「你們不要亂來好不好？這可不是——」他這句話沒有說完。「找到了！我真不敢相信！他們還真的收了〈自白〉！這裡的編號是C/452。在這房間的某個地方。」

洛克伍德一口喝掉杯中飲料。「很好。要往哪裡找？」

「看看附近的書。書脊上應該有編號。」

我快步走到書櫃前，檢視架上書本。沒錯，每一本都印著燙金編號。「這裡都是A開頭。」

洛克伍德跑上最近的階梯，一步跨兩格。他的鞋子輕輕敲響金屬步道。「B/53、B/54……全都是B開頭……我看一下旁邊。」

「數字是多少？」我問。

「噓！」喬治突然僵住。「你們聽！」

雙開門扉另一側傳來喀啦喀啦聲響，有人拿鑰匙開門。

我連忙移動。看不到其他人的反應。我撲向最近的展示櫃，就在書櫃與房間中央明亮區域之間。這時門開了，我矮身躲到櫃子後方，踩著高跟鞋蹲下來，從裙襬露出的膝蓋緊貼下巴。

宴會場上的聲音突然放大，接著門牢牢關上，阻斷外頭雜音。

接著是女性的嗓音。很熟悉；比我們想像的還要低沉。

「這裡比較安靜。」

潘妮洛・費茲。

我緊閉雙眼，下頷貼住膝蓋。洛克伍德那傢伙！他的一時衝動再次害我們陷入致命危機。我們來這裡原本是爲了放鬆，刺激的冒險留給溫克曼的拍賣會。

鞋子踩過木頭地板。他們走到房間中央，前一刻喬治還在那裡。我等著他們驚聲叫嚷，揭露事實。

「蓋布利爾，你想說什麼？」潘妮洛・費茲問。

我睜開眼睛，往旁邊一瞄，心臟差點從嘴巴裡跳出來。我的長劍從展示櫃側邊凸出，銀色劍尖在燈光中閃著柔和的光芒。

一名男子的聲音響起，禮貌而恭敬。「費茲女士，我們的會員有些不安，他們覺得您並沒有提供全面的協助。」

同樣的沙啞笑聲。「我能幫的都幫了。若他們禁不起挑戰，那也不是我的問題。」

我一點一點收回劍刃。

「您希望我如實轉告嗎？」

「這是當然了。我可不是他們的保母！」

「喔，不，女士，您是他們的繆思——那是什麼？」

我不敢動彈，咬住嘴唇，一絲冷汗沿著臉頰流下，凝聚在我的下巴。

「囚徒布雷奇的肺臟標本。我祖母對犯罪事件極有興趣。你絕對猜不到她還收藏了什麼。多年來，某些收藏品起了極大的效用。這組肺臟沒什麼用處，上頭不剩半點靈異力量。」

「以圖書館的裝飾來說還眞不尋常。有這玩意兒在身旁，我可沒辦法專心閱讀。」

又是那道笑聲。「啊，進得來這間圖書館的人不會在意這種東西。我們的思維層次更高。」

他們的音調突然變得有些悶，我猜那兩人轉身背對著我。我迅速收起剩餘的劍刃，小心翼翼地靠向櫃子，往外頭看去。

不到十五呎外，我看到兩道背影，潘妮洛．費茲正與一名矮胖的中年男子談話。他身穿宴會賓客的正式禮服，從我的角度只能看到粗壯的後頸和一小塊紅潤肥碩的臉頰。

「說到不尋常的遺品，我確實打算給你一樣東西。」潘妮洛．費茲緩緩移步，我躲回原處。聽得到她的鞋尖在深色木地板上敲出清脆的聲響。「就當作是我的一點心意吧。」

聽不出她走向何處，也不知道她是不是離我更近了。我往展示櫃後側貼得更緊。

有什麼東西引得我抬起頭。洛克伍德幾乎就在我正上方，平趴在步道地上。他盡力從金屬地板和黑暗中伸長脖子。黑色禮服是最好的掩飾。但他蒼白的臉色太過顯眼。我打手勢要他縮頭。

「露西！」他用嘴形對我說話。

「幹嘛？」

一開始我沒有看懂。他無聲地說了好幾次，視線飄向房間中央。我這才知道他要說的是「我的杯子」。

我探頭往外看，沒錯……我的心臟又用力一震。他的雞尾酒杯就乖乖擱在房間中央的小展示櫃上，幾乎成了聚光燈焦點。簡直要閃瞎我的眼睛，甚至還看得見殘留在杯底的少許紅色液體。潘妮洛．費茲的目的地就是那個展示櫃，她就站在櫃旁，杯子與她的肩頭同高。她拉開櫃子下方的抽屜，從裡面拿出某樣東西。

只要她視線往上移動一些，就能看到那個玻璃杯。

但她沒有。她的注意力全在手邊的東西上。她關上抽屜，回頭面對她的同伴。

「我們已經修好，也測試過了。」潘妮洛．費茲說：「功能完全正常。希望奧菲斯結社能比之前還要小心謹慎。」

「女士，妳眞是太善良了，他們一定會萬分感激。相信未來能向您轉達他們的謝意，讓您瞭解他們的實驗進展如何。」

「很好。我不建議你回到宴會場上。這個箱子挺顯眼的，你可以從這裡走。」

她喀啦喀啦的腳步聲又敲了過來——我驚駭地發現方才我們走的那扇門離我不遠。他們會從我面前走過去。猶豫半秒後，我迅速行動，先脫掉鞋子——一次一隻——手掌平貼地面，微微撐起身體，縮起雙腳，從坐姿換成蹲姿，背部依舊緊貼櫃子。我一手拎起鞋子，另一手握住佩劍，生怕敲到東西引起注意。看我描述了這麼長一串，實際執行起來可是迅速得很。

我屏息等待。在我頭頂上的洛克伍德扭頭面向牆壁，與陰影融爲一體。腳步聲越來越近，他們從展示櫃旁幾呎處走過，隱約能聞到潘妮洛．費茲的花香調香水。男子一手挾著一個木箱。箱子不算大，大概十二吋長，五、六吋高。兩人在門邊稍停一會，我趁機看清箱子的模樣。蓋子中央烙著奇妙的小小印記。有點像豎琴，中間有三根弦，兩側彎曲，加上平坦的寬底。就算在如此極限的時刻我還是忍不住皺眉；我以前看過這個符號。

潘妮洛．費茲替他開門，我趁機行動，兩次迅速的平移，繞到展示櫃另一側，再次蹲下，當宴會主人轉身時，我剛好避開她的視線。

門關上了，看來那名男子已經默默離開。潘妮洛．費茲走過展示櫃，橫越房間。等她經過，我再次移回原本的位置。

我聽著她踏著輕快的步伐穿過圖書館。她來到房間中央，突然停下腳步。我可以想像她往四處看了一圈。我想到喬治，想到洛克伍德的杯子……我只能緊緊閉上雙眼。腳步聲繼續遠離，宴會的喧鬧聲在幾秒間湧現又消退，最後是鑰匙轉動的輕響。

我總算吁出一大口氣。

「小露，妳眞了不起。」洛克伍德撐起上身。「簡直像隻活跳跳的螃蟹。喬治跑哪去了？」

對啊，他跑哪去了？我環顧空蕩蕩的圖書館。

「誰來幫幫忙？」寫字桌下冒出輕細的呼喚。「我困在這裡，屁股好像卡住了。」

□

回到接待廳，宴會來到高潮。樂團演奏出熱鬧歡騰的舞曲，侍者送上飲料的速度更快了；賓客們趁興跳舞，舞技已經不重要，大家嗓門比剛才還大，臉也更紅了。我們在獨角獸造型的巧克力噴泉旁找了個安靜的角落，灌下幾杯飲料潤喉。

「喬治，你真的該加入馬戲團才對。」洛克伍德說：「肯定有很多人願意花錢看如此精彩的縮骨功。」

「我下次轉行會考慮一下。」喬治喝了一大口綜合果汁。「到現在還是覺得手腳有哪個地方沒有伸直。你弄到那本書了嗎？」

洛克伍德拍拍外套口袋。經過不到一分鐘的倉促搜尋，我們找到〈瑪莉·杜拉的自白〉，那是一本包著黑皮的薄冊子，擱在上層書櫃的最高一格。「就在這裡。」

喬治咧嘴一笑。「很好。重頭戲還沒上演，我們已經大獲全勝啦。現在有辦法找個地方躲起來看看內容嗎？」

「不行。」洛克伍德說：「趕快喝完，已經十點四十分了，我們該走啦。」

「洛克伍德先生，你這麼急著離開……？」臭著臉的伯恩斯督察突然從我們身旁冒出來。他手中的粉紅色雞尾酒、他旁邊冒著泡泡的巧克力噴泉——難以判斷究竟是哪個要素比較荒謬。

「我有話要對你說。」

奎爾．奇普斯在他背後徘徊，像是一道挾帶惡意的細長影子似地惹人厭。

「這是我的榮幸。」洛克伍德說：「今晚玩得開心嗎？」

「奇普斯剛才對我說你們可能在漢普斯特找到一些有意思的文件。內容是什麼？爲什麼沒交出來？」

「督察，我很樂意這麼做，但今天我們都累了，明天早上方便去局裡拜訪，好好說明這件事嗎？」

「不能現在就說？有什麼事情不能現在講？」

「此處不適合討論正事，太吵了。明天早上在蘇格蘭警場會更恰當。我們會帶上那份文件。」洛克伍德露出討喜的溫暖笑容；喬治偷瞄手錶一眼。

「你們看起來很急嘛。」伯恩斯浮腫的藍眼直盯著我們。「該不會是想睡了吧？」

「沒錯，要是喬治熬到太晚就會變成南瓜——看，他快要變身了。」

「所以你們明天會拿那些文件給我看？」

「會的。」

「好吧，希望你們一早就來。別給我藉口也不准爽約，不然我會親自去逮人。」

「謝謝，伯恩斯先生，希望到時候能帶給您好消息。」

「時機太差了。」我們走過前廳，準備踏出費茲偵探社總部的大門。洛克伍德說：「這樣奇普斯就知道我們今晚有別的打算。」

我往後頭一瞄，碰巧看到一道瘦長的身影閃到柱子後面。「眞的。他已經跟在後頭了。」

「和平常一樣低調。」喬治咕噥。

「好吧，我們沒辦法照先前的計畫直接去拿裝備。得先甩掉他，只能搭夜間計程車了。」

走出大樓，我們快步踏過紫色花毯，經過冒著薰衣草煙霧的火爐，來到在路旁候客的車陣旁。這些都是政府核可的夜間計程車，每輛都裝設銀網和花稍的鐵製飾品。奇普斯隔著一段距離跟蹤我們。看到我們接近那排計程車，他瞬間放棄維持低調的打算，上前向我們打招呼。

「別在意我。」他迎上我們的瞪視。「我也想早點回家。」

下一輛計程車開過來。「司機，請送我們到波特蘭街。」洛克伍德高聲指示。我們上了車，車子駛離路旁。我們回頭看到奇普斯搭上後面那輛車。洛克伍德立刻湊上前對司機說：「我給你五十鎊，請你照我剛才說的開到波特蘭街。不過等你開過特拉法加廣場，繞過下一個街角，麻煩你馬上停車，一下就好。我們要提早下車，但又不想讓後面那輛車看到。可以嗎？」

司機愣愣看著我們。「什麼——你們是逃犯嗎？」

「我們是調查員。」

「誰在跟蹤你們？警察？」

「不，他們也是調查員。這事不好解釋。你要照我說的做，還是希望我們現在就下車，放棄這五十鎊？」

司機揉揉鼻子。「如果你們想的話，我可以等後面那輛車靠得很近的時候突然煞車，讓他撞到人行道上。或者是順便倒個車撞上去。有五十鎊我可以做到這些。」

「不，不用了。只要偷偷放我們下車就好。」

一切順利。計程車繞過渺無人煙的特拉法加廣場。奇普斯搭的車在起步前碰巧被一輛準備駛離的轎車擋住，比我們晚了十五到二十秒。我們轉上庫克史帕街，往乾草市場街和皮卡迪利圓環的方向前進，經過閃爍的驅鬼街燈和冒著煙的薰衣草火爐。來到圓環與帕摩爾街的交叉口，計程車放慢速度，我們三個跳出車外，衝進附近建築物的門廊。計程車揚長而去，過了幾秒，下一輛計程車飛馳而過，奇普斯從後座湊上前，顯然是在指示司機往哪裡開。我們目送計程車遠去，倫敦市中心恢復寂靜。

我們重新掛好佩劍，循著原路往回走。

□

天黑後的查令十字站一片荒涼，不過車站大廳沒有關閉。我們取回洛克伍德和喬治下午扛來置物櫃暫放的裝備，在公廁換衣服。能擺脫那套礙手礙腳的連身裙與高跟鞋真是讓人渾身舒暢。不過我無法捨棄洛克伍德給我的項鍊，繼續戴著，藏在T恤和黑色薄外套下。我們穿得一身黑，也盡量挑選輕便的服裝；今晚我們需要高度機動性，好避過旁人耳目。

我們沿著泰晤士河堤岸快步往東走。月光灑在起伏的河面上，像是一片銀白色鱗片；河水在身旁蜿蜒，穿過整座城市。芙洛說現在水位很高。浪頭打上防波堤，流入岩石間。

情緒隨著服裝改變，我們一路上幾乎沒有開口。此刻的夜色正濃，危機四伏。我依舊記得在朱里斯．溫克曼的古董店和他對峙那天，包覆我的手的噁心撫觸；他若無其事的殘忍表情深深印在我的腦海。他不是好惹的人，現在我們要做的事情危險程度不亞於調查鬼屋。說不定還更危險，就算我們沒出差錯，還是得仰賴另一方的合作。

「我們還滿信任芙洛．邦斯的嘛。」我說。

洛克伍德點頭。「別擔心，她會露面的。」

經過白天能看到許多律師穿梭的內殿律師學院，接著橫越黑衣修士橋下。河岸小徑在此突然中斷，迎面而來的是龐大的磚砌建築，最高樓層突出水面。這是舊商圈的起點。占地廣闊的廢棄倉庫如同山崖般沿著河道林立，漆黑空洞，留在原地的吊臂和起重機彷彿是殘破的樹木枝幹。

我們爬上一段階梯，來到倉庫旁鋪著卵石的小巷，繼續摸黑前進。這裡沒有驅鬼街燈，氣溫很低。我感應到巷子裡有訪客的蹤跡，但是在凝滯的夜色中什麼都沒看到。

「或許我也該進去。」喬治突然開口。「或許我該陪著你們。」

「這件事已經討論過了。我們都有自己的職責。你得和芙洛一起待在外面。喬治，裝備都在你身上，我們要靠你接應。」

喬治咕噥幾聲。他的背包很大，比先前塞了拘魂罐那次還要可觀。洛克伍德和我沒有帶任何行李，腰間的裝備也與平時不同。「我只是覺得這個任務如此重大，你們兩個進去太冒險。」他很堅持。「要是你們要人幫忙拿鏡子呢？要是溫克曼不只帶了幾個打手呢？說不定他——」

「喬治，閉嘴。」洛克伍德說：「現在要改變計畫也來不及了。」

我們默默往前走。這條巷子是兩棟建築間的黑暗裂縫，細細的月光劃過路面中央。洛克伍德總算放慢腳步，指著前方另一條橫巷。右邊飄來河水的味道，繼續往前是另一棟倉庫毫無特色的牆面。離我們最近的幾扇窗戶用木板釘死，銳角屋脊和煙囪刺向暈染月光的夜空。

這棟倉庫的磚牆漆著斑駁褪色的字體：羅史塔水產。我們三個停在原處，細看聆聽。想不到如此低調的場所會是溫克曼的拍賣會會場。屋內沒有燈光，沒有動靜，就和入夜後城裡的諸多區域一般死寂。

我們邁開腳步，泥巴與河水的氣味突然增強。一條蒼白手臂從巷弄陰影中伸出，抓住洛克伍德的大衣，把他扯進黑暗。

「別再前進了。」有人嘶聲警告：「他們在這裡。」

23

昨天和芙洛・邦斯討論計畫的時候，我發現自己暗地裡不斷質疑她是否真的會現身。她不是普通的瘋子，癲狂的本性令人敬而遠之。洛克伍德承諾在事成後奉上優渥酬勞——包括金錢、甘草糖、地下室的靈異戰利品任她挑選——但我仍然覺得她加入這個危險任務的機率微乎其微。沒想到她真的來了，還是穿著那身髒衣服，帶我們從小巷躲進幾個垃圾桶間的黑暗角落，老實說這裡的環境挺適合她的。

「擠進來一點，很好……」她悄聲說：「可別讓他們逮到了。」

「芙洛，一切都照著預定進行嗎？」洛克伍德問。他看看手錶。「現在才十一點半。」

她的白牙在黑影中一閃。「嗯，溫克曼在十五分鐘前抵達。搭廂型車過來，卸下商品，派兩個人守住正門——如果剛才你多走幾步就會和他們碰面啦。現在他帶了另外三個人進去，還有一個小孩。他們正在一樓設置場地。」

「小孩？」我小聲說：「他兒子嗎？」

芙洛點頭。「沒錯，就是那隻蟾蜍。今晚每個人都會帶著有靈異能力的孩子同行。他們都是大人對吧？所以要有年輕的耳目來幫他們一探究竟。」她打直背脊。「小洛，你真的要進去的話，現在就得開始爬囉。」

「帶我們到定點吧，芙洛。」

我們跟著她沿倉庫外牆快步移動，不久便聽見河水沖刷堤岸的沙沙聲，卵石路面往下傾斜，接上滿地碎石泥沙。倉庫靠近河邊的這個角落有一根拴在磚牆上的粗壯排水管。芙洛往上一指。

「就是這根管子，有沒有看到它經過那扇窗戶？你們可以從那邊進去。」

「窗戶看起來不夠大。」我說。

「妳看錯了。我是說上面那扇，從這裡看不太到。」

「喔……瞭解。」

「如果不想被他們看到，只能走這條路啦。他們絕對不會顧到樓上。」

我看著那根不太牢靠的黑色排水管，像是鬧脾氣的小小孩隨手畫出的線條，彎彎曲曲地沿著長滿青苔的牆面往上攀爬。老實說我也不太想把樓上列入考慮。

「很好。」洛克伍德說：「我們自有辦法。芙洛，妳呢？船準備好了嗎？」

她默默指著河面，一塊長形的黑色物體在水裡載浮載沉，浪花輕輕掃過尾端。

喬治湊近一些。「那是她的小船？」他悄聲說：「我還以爲是腐爛的浮木。」

「你的形容很貼切。」

我也壓低嗓音，不過芙洛耳朵很尖。「怎樣？那是我可愛的瑪蒂達號，從賓福特污水廠一路划到達根罕皮革廠，沒有出過半點差錯。不准任何人說她的壞話。」

洛克伍德拍拍她的肩膀，又不留痕跡地用大衣一角擦擦手。「妳說得對，能搭乘她是我們的榮幸。喬治，你還記得流程吧？你引發騷動，引開場內其他人的注意力，然後和芙洛在瑪蒂達號上等我們。如果一切順利，我們能出來會合，或者至少把鏡子交給你。如果遇到一些小問題，那就採用H計畫：各自想辦法回家。」

喬治點頭。「祝你好運。小露，妳也是。洛克伍德，裝備給你。你們會需要面罩和袋子的。」

他把背包放到沙地上，掏出一個麻布袋，與芙洛的布袋形狀類似，只是小了些。裡面冒出濃濃的薰衣草味。接著是兩頂套頭面罩，被我們塞在腰帶下。

「好啦。看好時間。」洛克伍德說：「拍賣會十二點整開始，只剩十五分鐘。你要在十二點二十分引開他們的注意，在他們賣出東西前。」他朝排水管比畫。「露西，妳想先上去嗎？」

「這次我一定要走後面。」

□

我很想說攀爬排水管讓我想起在鄉間度過的童年，和其他動作敏捷的孩子一起頂著夏日艷陽爬樹。可惜我並不擅長爬高，最佳紀錄是村裡孩童遊樂場的鐵格子，還曾經摔下來擦破小腿。接下來的幾分鐘，我艱辛地跟著洛克伍德一點一點往上爬——這並不是就職以來最美好的時光。鐵管夠寬，我能將雙臂整個伸到後面抱住，固定用的鐵環很適合支撐手腳。從某些角度來看，與爬梯子沒太大差別。但水管同時也鏽得厲害，斑駁的油漆不是戳向我掌心，就是突然大片剝落。從泰晤士河的方向吹起強風，把我的頭髮吹起來蓋住臉，鐵管也陣陣晃動。而且眞的很高。我一度不愼往下看了一眼，看到芙洛涉水走向她的小破船，喬治還站在背包旁仰頭盯著我們。他們和螞蟻一樣小，這景象讓我雙手冒汗，胃彷彿正在下墜。於是我緊緊咬牙閉眼，繼續往上爬，直到頭頂撞上洛克伍德的鞋底。

在這個可怕的高度，他探出上身，用折疊刀猛撬身旁的窗框。老舊的鉛條本來就瀕臨崩解危機，一會就往內掉落。洛克伍德往屋內摸索窗戶的月牙鎖，連聲咒罵這東西有夠緊。他用力扭了一下，水管中間有什麼東西發出令人不安的窸窣聲，窗戶總算開了。一個跳躍，身體一扭，洛克伍德進了倉庫，隨即伸手拉我進去。

我們在陰影中站了好一會，喝了點水，我苦苦等待手腳停止顫抖。屋內瀰漫一股灰塵的氣味，不是畢克史塔故居那樣的廢墟味，比較像擱置太久的衣櫃般的樟腦球味道。

「小露，幾點了？」

「十一點五十五分。」

「夠完美了吧？想必喬治正往他的崗位移動，前提是他沒有沉進河裡。」

我打開筆燈，掃過空蕩蕩的房間。或許這裡曾是倉庫經理辦公室。有點年代的公告欄釘在牆上，貼滿圖表和數字。「等這件事結束，我想你該和喬治談一談。」

洛克伍德已經來到門邊，探了探外頭走道的動靜。「爲什麼？他挺好的啊。」

「他會不會覺得自己被排擠了？每次都是我們負責這種任務，而他只能在外面待命。」

「每個人都有自己的長處。喬治只是在這方面比不上妳。妳能想像他爬到這裡嗎？這並不代表他今天扮演的角色一點都不重要。要是他與芙洛沒有抓好時機，要是他們的船翻了，或是選錯窗戶之類的，妳和我很有可能會在這裡丟了小命。」他略作停頓。「說到這裡，我還眞有點緊張了。來吧，我們要找路下去。」

倉庫的這層樓由迷宮般的辦公室與走道組成，我們花了點時間才找到位於角落的磚砌樓梯間。現在時間對我們不利，但還是得步步爲營，每轉一個彎就停下來細聽動靜。我默數總共走了幾層樓，否則等一下可沒辦法循著原路回到我們打開的那扇窗。下了整整六樓，我們看見微弱的燈光沿著磚牆擴散過來，也聽到許多人喃喃低語，看來離溫克曼的拍賣會不遠了。

「首先要戴上面罩。」洛克伍德悄聲下令。

套頭面罩能隱藏我們的身分，以免溫克曼未來上門尋仇。又熱又癢，視野很糟，毛料遮住嘴巴，讓我們難以出聲。除此之外，戴起來還算舒服。

我們推開一扇玻璃門，來到圍著扶手的走道，再往外就是巨大的空間。這是倉庫的核心位置，雖然雖然無法判定它的面積，但大概占滿了整個底面。只有我們正下方的一小塊區域燈火通明。我們壓低身形，蹲著移向走道邊緣一探究竟。從我們的角度可以看到一道陡峭的金屬階梯通往倉庫一樓。目前在這裡很安全，畢竟在明亮區的人很難看見身處黑暗的我們。

溫克曼似乎相當守時。我們抵達時是十二點零三分，拍賣會已經開場了。

□

三盞立在金屬台座上的照明燈高高掛在會場一端，構成一個三角形，照亮的區域宛如舞台。三角形邊緣擺了六張椅子，面對燈光焦點。三名大人和三個小孩各坐一張椅子。在他們背後的陰影中，兩名板著臉的彪形大漢彷彿兩尊醜惡雕像般直立不動地直視前方。

三角形區域中央也有兩張椅子，其中一張被古董店裡遇到的那個男孩占據。他穿著俐落的灰色外套，用髮油梳得整整齊齊的頭髮在燈光下微微反光。他肥短的雙腿懸空搖晃，似乎對他父親說的話完全提不起勁。

朱里斯・溫克曼站在舞台中央。

今晚，這名黑市商人穿著雙排釦灰色外套配白襯衫，領口開了一顆釦子。他身旁是張鋪了乾淨黑布的折疊長桌。他毛茸茸的手將夾鼻眼鏡調了幾公釐，向其他人介紹桌上的銀玻璃展示匣。

「各位朋友，第一件競標商品是這個精緻華麗的男士菸盒，白金，二十世紀初。荷瑞斯・史涅准將遭到死對頭比爾・卡盧瑟上士槍殺當晚，這個菸盒就放在他胸前的口袋。凶案發生在一九一三年十月。上頭還看得到血跡，相信仍然帶著那起事件的靈異衝擊。雷歐帕可以給我們更多資訊。」

男孩立刻答腔：「強烈的靈異能量殘留，觸碰時感應到槍擊的迴響及慘叫聲。不含訪客。危險等級：低。」說完，他往後垮向椅背，雙腿繼續搖晃。

「正是如此。」溫克曼說：「重頭戲前的小小調劑。有人對這個物件有興趣嗎？底價三百鎊，請出價。」

從我們的位置看不見匣子的內容物，不過桌上還有另兩個匣子。第一個有點高度，四四方方，裡面裝了一支生鏽的寬刃劍——還附贈一個鬼魂，就算在明亮的燈光下，我還是看得到詭譎的藍色光暈，鬼氣在匣裡翻捲。第二個匣子小得多了，裡面的東西像是某種四腳野獸的陶偶或神像，上頭也泛著淡淡的異界光芒，在銀玻璃下若隱若現。

這些東西我都看不上眼，因爲溫克曼的另一側還有張小桌子，位於三盞燈的交集處，是整個會場的焦點。厚實的黑布蓋住桌上的玻璃匣。桌腳四周被粗重的鐵鍊團團纏繞，鹽巴與鐵粉撒了一圈又一圈，營造誇張的舞台效果。

我耳中響起熟悉的噁心聲響——成群蒼蠅飛舞的嗡嗡聲。

我戳戳洛克伍德，偷偷指向那邊。他微微點了頭。

拍賣會有了進展。其中一名打扮整潔高雅、身穿細條紋套裝的男士顧客，和他身旁的小女孩討論幾句後出了價。另一名留著大鬍子、身穿寬鬆防水風衣的男子馬上出了更高價，兩人展開拉鋸戰。溫克曼的第三名顧客絲毫不爲所動。他微微別開臉，漫不經心地把玩手中磨得發亮的黑色手杖。這名年輕男子身材修長，留著金色小鬍子，頂著黃色鬈髮。他不時瞄向那些散發幽光的匣子，彎腰向身旁的男孩問幾個問題，不過他大半時間還是盯著會場中央桌上的黑布。

年輕男子看起來有點眼熟。洛克伍德也直盯著他。他靠過來含糊地說了些話。

我彎腰湊近。「什麼?我聽不清楚你在說什麼。」

他翻起面罩下緣。「喬治從哪弄來這玩意兒的?相信他買得起嘴巴有開洞的款式……我剛才說:離我們最近的年輕人,也出席了費茲偵探社的宴會。還記得嗎?我們看到他和潘妮洛·費茲交談。」

對,我記得他,稍早曾經隔著擁擠的接待廳瞥見他的身影。可以從他那件剪裁高雅的棕色風衣領口看到出席宴會的黑領結。

「溫克曼的客戶肯定都是上流人士。」洛克伍德低語:「我想想他是誰……」

第一件拍賣品已經成交,菸盒由細條紋男買下。溫克曼笑開了臉,點點頭,來到放著那把生鏽長劍的玻璃匣旁,不過在他開口前,金髮男子舉起手。他戴了淺棕色手套,材質顯然是小羊皮,或是別的可愛小動物的皮。「溫克曼先生,請直接進入正題吧。你知道我們來此的原因。」

「這麼急?」溫克曼一臉不悅。「這是貨真價實的十字軍長劍,法式穿甲劍,我們相信上頭附著真正的古老惡靈或是死靈,或許是死在這支劍下的薩拉森人。如此稀有的物件——」

「並不是我今晚關注的焦點。」年輕男子說。「這種東西我手邊多得是。請讓我們看看那面大名鼎鼎的鏡子,下一個就拿它來競標吧——除非兩位男士不同意。」

他斜眼瞥向兩人。大鬍子點了頭;細條紋男擺擺手表示同意。

「好啦,溫克曼先生。來吧!揭露今晚的壓軸!」

朱里斯・溫克曼臉上的笑容沒變，但我似乎看到他夾鼻眼鏡後的眼睛微微一瞇。「這是當然！爵爺大人，您總是如此率性直爽，我們自然很重視諸位貴客的想法。這就來了！」他的身軀晃向另一張桌子，伸手捏住黑布。「在此向各位奉上獨一無二的至寶，靈異局這幾天也爲了它大費周章——這就是艾德蒙・畢克史塔的骨頭鏡子！」

他抽下那塊布。

我們苦苦追逐這面鏡子好幾天，它已經在我心底具備了神祕的重量與恐懼。它殘殺了可憐的威柏弗，一名盜墓賊還沒離開墓園就被它活活嚇死，還害死了溫克曼的手下。這面鏡子是眾人追求的目標——伯恩斯、奇普斯、喬普林、洛克伍德、喬治，還有我。無論是直接還是間接，許多人因它而死。它蘊藏著奇異又恐怖的力量。我只在畢克史塔的棺材裡看過它一秒，但那片蠢蠢欲動、閃耀光彩的黑暗已烙印在腦海。現在總算再次見到它，這麼一個小東西。

溫克曼把它當成博物館裡的文物來陳設，斜斜靠在天鵝絨展示板上，放在方形銀玻璃匣子正中央。從我們蹲踞埋伏的高處難以判斷它的確實尺寸，我猜它的寬度不超過六吋——和布丁碗或麵包碟差不多大。鑲在中央的鏡子比我預期的還要粗糙，布滿刮痕。棕色外框勉強算是圓形，輪廓凹凸不平。許多細小碎片緊密貼合，構成鏡框。許許多多的骨頭。

嗡嗡聲擦過我的耳膜。觀眾席上的兩個小孩輕聲嗚咽。眾人無比專注，僵坐在椅子上，凝視匣裡的物品。

「得向各位說明一下，這是鏡子的背面。」朱里斯・溫克曼柔聲解釋：「另一面的鏡面磨得很光滑，這面比較粗糙，更像是水晶原石。」

「讓我們看另一面。」穿著老舊風衣的大鬍子說：「沒看清楚怎麼有辦法出價？溫克曼，你這是在耍我們。」

溫克曼笑得更開了。「請別這麼說。我一向注重客戶的安危。各位都聽過這件物品的傳言，不然怎麼會來到這裡呢？先說一聲，底價是一萬五千鎊，相信各位會樂意支付。名聲與危險性成正比。各位很清楚看到鏡面會帶來多少風險。這樣或許有些可疑——我自己沒資格說什麼——但這面鏡子得等到售出後才能讓買主一探究竟。」

「我們不能買這種東西。」大鬍子咕噥：「我們要看過鏡面再說。」

「只要付錢標下，想看多久就看多久。」溫克曼笑了笑。

「你還能告訴我們什麼？」身穿細條紋套裝的矮小男子詢問。「我的金主要求更多情報。」

溫克曼望向他兒子。「雷歐帕，如果你不介意的話……？」

男孩直起上身。「這項物品得極度謹慎地對待。與鏡子本身的危險性不同，骨頭拼合成的外框是複數鬼魂的源頭。我至少看到六道，或許是七道淡淡的人影在鏡子上盤旋。它們帶來強烈的靈異擾動：憤怒與激動。鏡面散發惡寒，以及接近致命鬼魂禁錮的吸引力。直視鏡面的人會受到催眠，難以——或者該說無法——移開目光。可能造成永久性的神智混亂。危險等級：極高。」

「好啦，各位紳士，這是我們的簡單說明。」等到雷歐帕再次癱回原本的姿勢，溫克曼開口：「歡迎帶上各位的助手，到前面來仔細觀察。」

拍賣會的客人一個接著一個起身，走向匣子。成年人興致勃勃，孩子滿臉恐懼懷疑。他們圍著桌子竊竊私語。

洛克伍德拉起面罩，湊到我耳邊。「二十分了，準備好，盯緊窗戶。」

對面有一排高高的長方形窗戶，窗外只看得到夜色。喬治和芙洛現在應該就站在那排窗下某處，前者準備取出袋裡的道具。他們應該看得到燈光的位置，知道拍賣會的地點。我把重心在兩腳間換來換去，握住冰冷堅硬的劍柄。

隨時都可能……

下方的人們離匣子越來越近，大鬍子急躁地提問：「靠近底座的骨頭被鑽了兩個洞，有什麼用處嗎？」

溫克曼聳聳肩。「不知道。我們認為可能是用來固定在支架上。相信沒有人會想拿著它。」

洛克伍德突然輕聲驚叫。「就是這個！還記得我在畢克史塔棺材照片上看到的木棒嗎？我說得對——它們確實是某種支架，用來放置這個骨頭鏡子。」

「所以不在溫克曼手上。」我說。

「當然沒有。傑克卡瓦沒把木棒帶走，對吧？另一個人在照片拍攝後撿走了這些木棒。」他斜眼看我。「那個人的身分顯而易見。」

洛克伍德有時候就是這樣，在最不適合的時機拋出語焉不詳的情報。我本來想直接叫他說清楚（必要時不惜動用武力），但現在溫克曼領著他的客戶回到位子上。看來競標即將開始。

洛克伍德看看手錶。「喬治在哪？他們現在應該要動手了。」

「各位紳士，你們和自己的靈感者討論好了嗎？時間緊迫，如果沒有疑問的話，我們就來迎接重頭戲吧。剛才提過了，這件寶物的起標價是——」

不過留著金色小鬍子的年輕男子舉起手。「等等。我有個問題。」

溫克曼把嘴角咧得更高。「沒問題，請問。」

「你提到了超自然層面的危險性。那麼它在法律方面有沒有疑慮？比如傑克．卡瓦遭到殺害一事。據說卡瓦幫你取得這面鏡子，而你從背後捅他一刀作爲報酬。我們不太在意你的貨源，但這起案件太引人注目了些。靈異局正在調查此事，還有幾間偵探社也牽涉其中。」

溫克曼的嘴角像是觸發了什麼機關似地往下一撇。「請各位回想上次我們完成的買賣。我不重視我們的協議嗎？各位對我賣出的物件不滿意嗎？讓我告訴你們兩件事。首先——我從未委託過卡瓦，是他突然跑來見我。再來——我用公道的價錢買下這項物件，他離開時活蹦亂跳的。我沒有殺他。」朱里斯．溫克曼一手按住胸口。「我以愛子雷歐帕——就是這個和小貂鼠一樣滑溜的孩子——的腦袋發誓。至於靈異局或是那些偵探社呢……」他往倉庫地上吐了口口水。「這是我對他們的評價。當然了，會怕的人可以在競標開始前離開。」他站在舞台中央，展開雙臂。「如何？」

就在此刻，一道白光在窗外炸開。倉庫一樓沒有人察覺到，但是潛伏在陰影裡的我們看著它漸漸放大，又消失在黑暗中。

「這是給我們的信號。」洛克伍德悄聲說完，把面罩重新拉好。

拍賣會場上沒有人回應溫克曼。年輕人只是聳聳肩。其他人都坐著。

溫克曼點點頭。「很好。閒聊到此爲止。請各位出價吧。」

大鬍子馬上舉手。

離他們最近的一扇窗戶被一團白熱火球炸開。

24

我們知道第一顆鎂光彈會在擊中玻璃的瞬間爆炸，也預期它會炸碎著彈點的窗框。只是我們沒料到爆炸威力大到能完全震破那一大片窗戶，左右兩邊的窗戶也遭受波及。因此效果超出預期，玻璃碎片以冰棚崩落的勢頭撒下，落進滿天鹽巴、鐵粉、白色的鎂粉火焰。

各種碎片還沒著地，另兩顆燃燒彈便旋轉著穿過那片煙霧，從第一顆鎂光彈炸出的大洞飛了進來。

它們炸開時，洛克伍德和我已經跑下半截樓梯，手握長劍與燃燒彈，衝向倉庫一樓。即使隔著頭套，而且已經做好心理準備了，第一次爆炸的巨響加上玻璃飛散的劈啪聲還是讓我們一時之間耳朵失靈。下方眾人遭受直接衝擊，對他們來說是出乎意料的異變，在翻捲的銀白煙霧中可以看到幾道人影四處亂跑。

那些有靈感的孩童跳下椅子，尖叫著奔進黑暗。守衛往左右踉蹌逃竄，抱頭抵擋如雨落下的鹽巴和玻璃碎片。兩名溫克曼的客戶往前仆倒，一副世界末日來臨的模樣；金髮男子一動也不動地坐在原處，彷彿是嚇癱了。溫克曼的兒子跳下椅子，一陣手忙腳亂；溫克曼本人東張西望，像是神智瘋狂的公牛，手指握起又鬆開，頸子的肌腱在皮膚下繃緊。

他瞥見我們跑下樓梯，那雙黑眼瞪得老大。

接著，喬治的第二、第三顆燃燒彈落地。又炸了兩次，掀起白熱火焰。溫克曼被炸飛，倒向放了骨頭鏡子的桌子，重重著地。他後面的一盞照明燈翻倒砸碎，失去光明。熾熱的金屬零件噴飛，撒下一片閃閃發亮的紅色火星。

現場氣氛肅殺困惑。身穿細條紋套裝的男子翻身躺下，大聲嚷嚷，縷縷白煙從他的外套飄起。溫克曼的兒子重重撞上椅子，把椅子壓碎。大鬍子驚惶哀叫，踉蹌起身，往出口逃竄。

金髮男子依舊坐著不動，直視正前方。

洛克伍德和我即將抵達地面。估測這三顆燃燒彈替我們賺到幾秒空檔，即便喬治的成果遠遠超出我們的想像，我們很清楚這絕對不夠。我負責延長空檔，讓洛克伍德搶下鏡子。我準備好第四顆燃燒彈，投向那兩名胡亂揮舞手腳的守衛。洛克伍德丟出另一顆，然而他這顆直直飛向那個銀玻璃匣子。

兩陣爆炸聲。一顆炸飛了守衛，另一顆把匣子震破。原本在桌子後面掙扎起身的溫克曼被銀色火光包圍。

洛克伍德跳過保護用的鐵鍊，帶著一股薰衣草香味衝入煙霧之中；他已經一手打開麻布袋。銀玻璃匣子一破，我腦中的嗡嗡聲頓時加倍響亮。我望向煙霧，看到洛克伍德的身影彎腰靠向那張桌子，接著——在他頭頂上——一道道黑影浮出。好幾道空洞的聲音同時響起：「**把我們的骨頭還回來。**」

洛克伍德拉開袋口，以戴著手套的手把骨頭鏡子掃了進去。嗡嗡聲安靜下來，那些陰影一閃而逝。聲音不見了。

洛克伍德轉身，從煙霧間竄出，跑回我身旁。幾碼外，那名留著金色小鬍子的年輕人站了起來。他伸手摸向倒在椅子旁的光滑手杖，將把手一扭後一抽，拔出纖細修長的劍刃。他丟下手杖，朝我們衝來。我又取下一顆燃燒彈，手臂往後縮……

「不准動！我要開槍了！」

溫克曼已經爬起來，臉被熏得一片黑，頭髮炸得往後豎起，夾鼻眼鏡歪了。燒過的鹽巴沾在他臉頰邊緣，他張開嘴巴，外套上布滿冒煙的小洞。他手中握著一把黑色短管左輪手槍。我的手僵在半空中，洛克伍德在我身旁煞住腳步，轉頭看我。

「你們以爲逃得了？以爲可以搶我的貨？我會宰了你們。」

洛克伍德緩緩舉起雙手，在我身旁悄聲說了些話，卻被面罩悶住，完全聽不出內容是什麼。

「我們先來查查你們的身分。」溫克曼說：「接著是誰派你們來。之後再來慢慢玩。女孩，放下燃燒彈。你們已經被包圍了。」

沒錯，守衛從陰影中冒出來，人手一把槍。金髮男子站在一旁，那件質料柔軟的棕色大衣乾淨如新，從手杖裡抽出的劍身在燈光中閃閃發亮。

洛克伍德又說了一次，語氣急促；這次我還是沒聽清楚。

「放下燃燒彈！」溫克曼大吼。

「你說什麼？我聽不懂。」我低喃。

「去他的！」洛克伍德拉起面罩下緣。「另一個匣子！有鬼魂的那個！上啊！」

幸好我的手還沒放下來；即便如此，要瞄準還是不太容易。裝著生鏽長劍的匣子在幾碼外，被溫克曼的腦袋擋住一半。現在回想起來，我丟歪的可能性還滿高的，六次裡面丟中一次吧。但我沒有餘裕多想，上身微微扭轉，高高拋出燃燒彈，隨即蹲下。洛克伍德也已經壓低身形，溫克曼的子彈從我們兩個頭頂上某處飛過。我們沒看到燃燒彈的落點，不過玻璃碎裂的聲響，再加上比起彼落的驚恐尖叫聲，顯示我這一丟成功了。

我猛然仰頭，看見敵人們的行爲突然改變。現在他們的焦點離開我們。在殘破的銀玻璃匣子裡，那支長劍傾倒，一道微弱的藍影聚集成形，在飄落的鹽巴和鐵粉中冒著白煙，滋滋作響。它比一般男性高大一些，有點模糊，彷彿原本明晰的輪廓有部分分解了。它身上有幾處完全透明，軀幹中央沒有顏色也沒有實體。仍能從它的輪廓看出些許細節，小小的起伏應該是衣服的縐褶，比較平滑的區塊是死者的皮膚。接近頂端的地方——兩個像寒霜般閃爍的光點呢？那是它的眼睛。

冰冷的空氣從幽影身上洩出。它沒有雙腳，宛如乘雲駕霧般飄向那些大人。守衛驚慌失措，其中一人開了槍，子彈穿透它的身體；另一人轉身逃跑。

溫克曼撿起一片銀玻璃碎片，用力投向鬼魂。碎玻璃穿過它伸出的手臂。我聽見不滿的虛幻嘆息。

年輕男子舉起杖劍，擺好準備姿勢，朝那道人影緩緩逼近。

洛克伍德和我沒有繼續看下去，轉身朝樓梯狂奔。我先抵達，用力踩著梯階往上跑。一聲怒吼。溫克曼的兒子從洛克伍德背後的煙霧中竄出，手持斷掉的椅子扶手，像飛彈般衝過來。洛克伍德的長劍往後一掃，男孩抱著手腕哀號，武器落地。

我們一次跨上三階階梯。後面叫嚷聲、咒罵聲、鬼魂嘆息接連不斷。沿著走道奔跑時，我往下看了一眼。倉庫一樓地板幾乎隱沒在濃濃的銀色煙霧裡。稀薄的藍色影子屈伸衝刺，奮力朝亮著銀光的寬刃長劍移動。

離我們更近的地方，軀幹厚實的人影雖然腳步有點跛，爬上樓梯的動作倒是很敏捷。衝過那扇玻璃門，洛克伍德將門牢牢關好，扣上兩個插銷，繼續和我衝進樓梯間。

爬上幾層樓後才聽到有人猛搥樓下那扇門。

「希望這個鎖能撐久一點。」洛克伍德邊喘邊說。「得要在他們看到我們之前爬上排水管，不然就等著束手就擒了。」

樓下傳來一聲槍響，接著是尖銳清脆的碎裂聲。

「他開槍射破門板了。」我說：「往好處想，少了一顆對付我們的子彈。」

「小露，我真愛妳的樂觀精神。現在到幾樓了？」

「喔，不……我忘記數了。我們要到六樓。」

「好吧，我們已經爬了幾層樓？」

「我想還要再往上一、兩層……對，就是這層，應該啦——就在這裡。」

離開樓梯間時，洛克伍德觀察這裡的門，發現沒有插銷。我們沿著走廊衝刺。

「是哪間辦公室？」

「這間……等等，不對。每間看起來都一個樣。」

「一定是在建築物轉角的辦公室。這裡——看，就是這扇窗戶。」

「可是房間不對啊。洛克伍德——公告欄跑哪去了？」

洛克伍德一把推開窗戶，往窗外的夜色探頭，伸長脖子，頭髮往下垂落。「我們跑過頭了——比剛才的樓層還要高。水管也通過這裡，可是下面有個急轉彎，我們應該是爬不過去。」

「可以回頭往下跑嗎？」

「只能這樣了。」

然而一回到樓梯間就聽見沉重的腳步聲，離這裡只有一、兩層樓，也看到手電筒的光束掃過牆壁。

「趕快回去。」洛克伍德說。

我們回到那間小辦公室。洛克伍德要我守在門邊。我平貼牆面，從腰間抽出最後一顆燃燒彈，靜靜等待。

洛克伍德來到窗邊，探出上身。「喬治！」他大喊：「喬治！」

他豎起耳朵捕捉河面的動靜，我的注意力全放在走廊上。這裡很安靜，但我感覺其中潛伏著危機。

「喬治！」洛克伍德再次高喊。

我們殷殷期盼的嗓音從遙遠的黑暗河面傳來。「在這裡！」

洛克伍德高高舉起麻布袋。「東西下去了！你準備好了嗎？」

「可以！」

「接到就離開！」

「你們呢？」

「沒時間了。我們晚點去會合。H計畫！改成H計畫，別忘了！」

洛克伍德丟出袋子，沒有等到喬治回報就跳下窗台，把我叫過去。

「小露，我們要爬上去。只剩這條路了，爬上屋頂再看看要怎麼辦。」

輕巧謹慎的腳步聲從走廊傳來。我往門外看了一眼。溫克曼帶著兩個人——一個是守衛，另一個我沒看過——正往此處逼近。我縮回腦袋的同時，有什麼東西咻地飛來，嵌入對側牆壁。我往走廊轉角丟出燃燒彈，衝向洛克伍德。背後的地板一陣搖晃，銀光炸裂，三人慘叫。

「踩上窗台。」洛克伍德說：「伸手盪過去。快點。」

又到了如果想太多就完蛋的時刻。所以我沒有看下面歪七扭八的水管，或是閃著粼粼波光的河面，也沒有仰望被月光照亮的天空，生怕它在我昏花的眼中傾斜坍塌。我只顧著站上窗台，逼自己往外撲向水管，緊緊抓住，在找到落腳處前稍微滑落一些。我一抓牢就開始往上爬。

第二次的攀爬比前一次輕鬆，原因有兩個：第一，這回我是在逃命，一點都不在乎夜風、剝落的油漆，甚至是腳下讓人頭皮發麻的高度；第二，這段水管比較短，只爬了大約一層樓的高度就摸到黑色排水溝的凹槽，抓著它翻上平坦的鉛板屋頂。整個過程大概只花了一分鐘。中途我停頓了幾秒，因為聽見下方某處傳來憤怒（或是痛苦）的尖叫。但我不敢往下看，只能祈禱洛克伍德沒有落後太多。確實是如此，我隨即聽見排水溝下一陣搔抓聲，看到他撐起自己的下半身，倒在我身旁。

「你還好嗎？我好像聽見……」

洛克伍德拉下套頭面罩，頭髮往後撥順。他臉頰上有一道小小的割傷，呼吸沉重。「嗯。不知道是誰，總之他活該。可惜在他摔出窗外的時候，我嶄新的義大利式長劍也弄掉了。」

我們並肩跪坐在屋頂上，直到呼吸恢復平順。

「在上頭唯一的好處就是看不到溫克曼追著我們爬上來。」洛克伍德總算開口，聳聳肩。「除此之外……好啦，來看看我們還有什麼選擇。」

簡單說我們的選擇有限。這是一片長長的平面屋頂，下方是水位節節高升的泰晤士河。其中一側有道磚牆——可能是原本屋頂上的裝置，這棟倉庫的電力設備之類的。它橫跨屋頂的短邊，無法輕易攀越。另一側就是河面，看得到遠處被月光照亮的水波起伏不定。感覺真的很遠。

我定睛查看，還是看不見芙洛或喬治，或是他們的小船。

「很好。」洛克伍德說：「總之他們已經脫身了。或者是沉到河底。無論如何，骨頭鏡子都離溫克曼遠遠的。」

我點頭。「這裡視野眞好。要是看不見鬼魂，這座城市的夜景挺美的。」我望向他。「那麼……」

他對我咧嘴一笑。「那麼……」

屋頂另一端傳來窸窣聲響。洛克伍德連忙重新戴好面罩。一雙手出現在屋頂邊緣的矮牆上，一道人影輕巧地翻上來，進入我們的視線範圍。是那名金髮男子。他的棕色大衣不知去向，黑色晚禮服沾上些許靈氣污漬。除此之外，他看起來好極了。他和我們一樣沿排水管從下面爬上來。

他輕鬆站穩腳步，拍拍身上的塵土，接著解下腰間的杖劍。「做得好。」他說：「你們的表現極爲優異，這是一場精彩的追逐戰——我已經好幾年沒這麼開心過了。你們可能沒看到，最後那顆燃燒彈差點把溫克曼連著牆壁一起炸掉——相信我，這不是什麼壞事。不過呢，看來遊戲到此爲止了。現在可以歸還我的鏡子了嗎？」

「那不是你的。」洛克伍德語氣強硬。

男子皺眉。「抱歉，我聽不太清楚。」

我戳了洛克伍德一把。「你的面罩。」

「喔，對。」洛克伍德掀起毛料面罩的下緣。「抱歉。我是說，嚴格來講這並不是你的東西。你還沒付錢，甚至還沒出價競標。」

年輕人輕笑一聲。他擁有一雙湛藍眼眸，還有討喜的坦率面容。「你說的有道理，不過朱里斯．溫克曼正在樓下大發雷霆。相信要是可以的話，他會徒手把你們撕成碎片。我也沒那麼無情，有個做法對你我都有益。現在把鏡子交給我，我就答應放你們走。我會說你們帶著鏡子遠走高飛了。這樣我們雙方都是贏家。你們活下去，我拿到鏡子，不必付錢給溫克曼那個噁心的山怪。」

「你的提案眞不錯。我很感興趣，很想點頭答應。可惜鏡子不在我手上。」

「爲什麼？在哪？」

「我丟進泰晤士河了。」

「喔。那我眞的要殺了你們。」

「你也可以放我們離開，就當作是展現良好的運動員風範。」洛克伍德提議。

年輕人哈哈大笑。「運動員風範已經不管用了。那面靈魂之鏡非常特別，我決意要弄到手。總之呢，我不相信你眞的把它丟出去。或許我可以宰了你，然後逼那個女孩告訴我它的下落。」

「喂，我的長劍還在手上耶。」

「無論如何，趕快解決這件事吧。」年輕人說。

他快步走向我們。我們面面相覷。

「我們其中一個可以和他打，但就算打贏了處境還是一樣。」洛克伍德望向泰晤士河。「不過呢……」

「嗯，可是洛克伍德，我眞的做不到。」

「不會有事的。芙洛人是不太可靠，但在某些方面還是信得過。比如說水深。」

「怎麼每次都要走到這一步呢。」

「我知道。下不爲例啦。」

「你保證？」

不過我們已經拔腿狂奔，擠出身體裡的每一分力量。接著手牽著手，從屋頂邊緣跳出去。

在接下來的六秒間，我放開了洛克伍德的手。在尖叫、氣流衝擊之間，我的長劍也轉著圈飛走。跳躍的一瞬間，我緊緊閉起雙眼，沒有看見飛馳而過的星星，或是腳下越來越近的城市燈火——這是洛克伍德事後說他看到的景象。後來，後來的後來，大概在第四或第五秒左右，我無法相信自己還沒死，睜開眼睛想證明這件事，卻恰好看到泰晤士河的粼粼波光，在我腳下靜靜地迎接我。我還在回想落水時的應變措施——要像一支箭矢般刺入水中，才不會撞斷全身骨頭——就聽見劈啪巨響，人已經帶著一串氣泡沉入十呎深處，還不斷下沉。

過了一會，衝力與浮力達到平衡，勢頭漸漸緩下……我就這樣懸在黑暗中，沒有思緒，沒有情緒，沒有和生命或是任何活物有多少牽繫。這時水流把我扯向斜上方，在驚惶之中，我想起自己的人生和名字。我不斷掙扎，揮舞手腳，幾乎吞下了半條河——這時它終於把我吐出來。

我在泰晤士河中央的某處，在一層油污間打轉。我往後一仰，又咳又喘。洛克伍德來到我身旁，緊緊握住我的手。我仰望月亮，最後一次瞥見遠處屋頂上那道修長的人影，下一秒，黑暗的河水將我們一同捲走。

Lockwood & Co.

第六部

透過那面鏡子

25

「很好，如果從招惹多少敵人的角度來看，今晚可說是成果豐碩。」洛克伍德說。

凌晨兩點四十五分，波特蘭街三十五號的小廚房火力全開。我們把雞蛋丟去水煮、吐司放進烤箱，水壺也在一旁輕輕冒著煙。房裡燈火通明、氣氛舒適，唯一的污點是流理台上的拘魂罐。骷髏頭生氣勃勃，鬼氣中央的那張醜臉對我們傻笑眨眼，然而我們心情大好，可以輕易忽視它。

洛克伍德和我總算有了回到人間的感覺。還滿神奇的，畢竟兩個小時前我們才從河裡爬上塔橋南側的骯髒淺灘。拖著濕答答的衣服鞋子，彷彿花了一輩子才走回查令十字站。不過等我們換回乾衣服，局勢開始看漲。我們運氣太好了，竟然攔得到夜間計程車。沖好澡，全身上下乾淨溫暖——我們的手腳很快，早喬治一步回到家。他到現在還沒回來。

「無論從哪個角度看都是大獲全勝。」我把熱呼呼的吐司在雙手間拋來拋去，放到盤子上。「我們讓溫克曼吃鱉！我們拿到畢克史塔的鏡子！早上就能送去伯恩斯那邊，結束這起案子。最棒的是奇普斯將會輸了賭局。」

洛克伍德忙著翻閱從費茲偵探社圖書館偷來的薄冊子——幾個小時前的宴會宛若隔世。我們把它留在查令十字站的置物櫃裡，讓它逃過被泰晤士河水泡爛的危機。「我發現奇普斯和他的手下已經不再監視這裡。」他說。「發現我們買通計程車司機擺了他一道後，他肯定是放棄了。只希望喬治能早點回來。他還眞是一點都不急啊。」

「在芙洛那艘臭船上待過後，他可能招不到計程車吧。」我說：「只能一路走回來了。他在車站的置物櫃是空的，所以他安全回到了岸上。」

「沒錯。」洛克伍德放下那本冊子，起身撈白煮蛋。「對了，我對〈瑪莉・杜拉的自白〉的預想完全正確。裡頭大多是胡言亂語，扯了一堆禁忌知識，追尋造物的祕密之類的。總之呢，那些知識對可憐的老瑪莉沒多大好處，想想她可是在樹洞裡住了十年。妳的蛋要用杯子裝，還是放盤子上？」

「杯子就好。洛克伍德，你想屋頂上那個人是誰？」

「不知道。不過溫克曼稱呼他『爵爺大人』，有機會查出來。」他把水煮蛋遞給我。「看來是有錢的收藏家，或是現代版的畢克史塔，成天只想著與他無關的事。根據瑪莉・杜拉的說詞，畢克史塔簡直是個怪物。妳自己看看——在第三還是第四頁。」

他埋頭享用晚餐。我拎起那本〈瑪莉・杜拉的自白〉。即便費茲圖書館替它加上皮製封套，這本書還是很薄很薄，就只有幾張紙而已。感覺更像是將支離破碎的段落集結成篇。或許有人抄下了原件的其中幾個部分，跳過了冗長無趣或是支離破碎的段落。正如洛克伍德所說，內容大多描寫這名憂鬱女子在野地的生活，還有諸多關於死亡與死後世界的哲學性論述，都是我搞不懂的玩意兒。不過牽涉到畢克史塔的段落具體多了。我一邊拿叉子戳蛋一邊看。

畢克史塔究竟是何方神聖？他那充滿詛咒的陰影在這十年間總是縈繞在我身邊。啊！他是天才！也是我認識的人之中最邪惡的一個！是的，我殺了他。是的，我們把他深深埋在地底，拿鋼鐵將他封印起來，然而我只要閉上眼睛，依然能黑暗中看見他的身影。我依然看到他在我面前，穿著那件天鵝絨披風，施展那些黑暗儀式。我依然看到他從工作室走出來，手握染血的屠刀。我依然聽到他恐怖的嗓音，安撫人心、充滿說服力的音色，讓我們化為他意志的傀儡。啊！我們這些追隨他的人都是愚者！他承諾要把世界送給我們，承諾要帶給我們啓發！然而他卻帶著我們迎向毀滅與瘋狂的邊界。為了他，我失去了一切！

接下來岔題介紹瑪莉・杜拉在切特西森林裡多年來被迫吃下的各種樹皮與香菇。接著又回到原本的主題。

他的黑暗一直都掩藏在心中──藏在那雙野狼似的眼睛裡，藏在他對旁人的小小失誤而釋放的野蠻怒氣中。我永遠忘不了──他因為路坎弄掉了蠟燭，就折斷了路坎的手臂；他是如何把莫提瑪丟下樓梯！我永遠忘不了。是的，我們恨他又怕他。但他的嗓音如糖似蜜，用那些宏大的展望催眠了我們，說只要我們忍得了他的作為，就能打造出偉大的裝置。在他的僕人──那個最狡詐、最惡劣的男孩，他的雙眼能看清鬼魂幻影──

的協助下，我們到教堂墓地冒險，收集製作裝置的素材。那個男孩保護我們、抵擋凶惡的死者靈魂，直到我們把它們困在那面鏡子裡。畢克史塔說唯有聚集那些靈魂，才能給予裝置力量。那股力量！那面鏡子讓世界的界線變得脆弱，替少數的幸運兒服務——喔，太可怕了！喔，褻瀆啊！——匆匆一瞥的天堂。

我抬頭望向洛克伍德，低聲說：「無論從畢克史塔的鏡子裡看到什麼，我都不認爲那是天堂的景象。」

他搖搖頭。「我也不認同。露西，我們猜對了，關於骨頭鏡子的功效。畢克史塔那夥人想看到禁忌的事物。他們想看透死亡，見識在死亡之後的景象。畢克史塔瘋了——那夥人都瘋了。包括我們的這位朋友。」他對著罐裡的鬼魂歪歪腦袋。它凝視我們，眼窩中閃爍著小光點，露出瞭然於心的笑容。

「看來它今晚心情很好。打從我們一進門就笑個不停。嘿，我突然想到……杜拉提到的少年僕人……你想會不會是……？」

「天知道。」洛克伍德對骷髏頭皺眉。「就算眞的是我也不意外。」他坐回位置上。「好啦，謝天謝地，鏡子落入我們手中，不會有人拿它來冒險了。我敢說畢克史塔沒有親自嘗試——他只是利用了其他人。難怪他的鬼魂會如此凶狠。幸好妳拿長劍射穿他的腦袋。」

「杜拉說的沒錯，那時候我在墓園裡有聽到他的聲音，眞的充滿吸引力。蘊藏著催眠的力量。會讓你想去做你明知不該做的事情。我想喬治和喬普林都受到它的影響，雖然他們可能沒直接聽到畢克史塔的聲音。還記得他們愣愣站在棺材旁的模樣嗎？」

「嗯。那兩個智障。」洛克伍德看看錶。「小露，要是喬治再不趕快回來，我要開始擔心了。可能得去找芙洛問問她在哪裡放喬治上岸。」

「他會回來的。你也知道他走路有多慢。喔——你看這裡。」我翻到小冊子的最後一頁。

「我們要的就是這個。杜拉的最終自白。」

（我唸出聲）是的，我殺了一個人。是預謀嗎？才不是！要是有一天我面對審判，我會聲明那是出於自衛——是的，為了拯救自己的靈魂才出此下策。艾德蒙．畢克史塔瘋了！他表明要奪走我的性命，簡直就像拿刀抵著我的喉嚨。我雙手沾滿他的鮮血，但我沒有罪。

威柏弗死了。就當著我們的面。他直視裝置，就此殞命。接著是一陣慌亂，我們搭上自己的馬車逃離那個詛咒之地，發誓要永遠拒絕畢克史塔。然而他不允許我們這麼做。不到一小時，他和那個沉默的男孩來到我家，他帶著那個裝置。我雖然害怕，還是讓他們進門。他相當激動。我能閉口不提可憐的威柏弗嗎？我能守口如瓶嗎？即便我再三保證，他依舊莫名震怒。最後他狠狠斥責我：為了證明我的忠誠，我得直視這面鏡子！下一秒，那個男孩竄到我背後，扣住我的手臂。畢克史塔從口袋裡取出裝置，湊到我面前。我只瞄了一眼，就那麼一眼，我感覺神智遭到摧毀，四肢冰冷僵硬。

或許事情就這麼結束了，但我父親的佩槍在我桌上。我掙脫束縛，握起那把槍。畢克史塔大聲叫嚷，向我撲過來。我一手掩面，另一手扣下扳機——子彈直直射入他的額頭。我也對那個男孩開槍，但他就像條鰻魚似地逃離我身旁，跳出窗外，溜得不見人影。願神饒恕我，有時我認為這是最後悔的事。但願我連他一起殺了。

我不會透露我們是如何丟棄畢克史塔的屍體與他的鏡子。就這麼說吧，我們生怕其他人會重蹈覆轍，尋求不屬於人類的知識。我只能說我們盡全力封住那面鏡子，讓它永世安眠。

我合上小冊子，丟到一旁。「就這樣。畢克史塔是這樣死的。瑪莉·杜拉開槍殺了他，然後她和同伴一起偷偷把他埋進肯薩綠地。我們破案啦。」我端起盤子，準備拿去水槽——突然停下來，盯著桌面。

對面的洛克伍德點點頭。「杜拉或許眞的瘋了，但她說的有道理。每個人都想要那面鏡子。即使目前每一個看過鏡子的人都死於非命，但每個人都對鏡中可能出現的影像執著不已。昨晚那些收藏家願意掏出幾萬英鎊。伯恩斯也一心只想取回鏡子。喬普林黏在我們身旁就想偷看一眼，喬治也不比他好到哪裡去。」他的微笑中帶著一絲後悔。「喬治和喬普林還眞是相像，對吧？他們擦眼鏡的手勢一模一樣。我有沒有對妳提過我認爲就是喬普林撿走了畢克史塔棺材裡的木頭支架嗎？停棺的禮拜堂只有他和桑德斯能進去。感覺他就是會做出……」他停頓一下。「露西？怎麼了？我說錯什麼了嗎？」

我還是盯著桌面，盯著思考布上的筆記與塗鴉。這些東西就擱在我們面前。基本上我不會留意上頭寫了什麼。不過呢，剛才我碰巧多看一眼——如果有人把我臉上的血液全部抽乾，應該就是這種感覺。「洛克伍德……」

「什麼？」

「這個之前就有嗎？」

「嗯。這些塗鴉已經留在上面好幾個月了，沒想到妳現在才發現。我一直叫喬治別做這種事，會害我吃不下早餐。怎麼了？妳覺得該換一張了嗎？」

「不是塗鴉。我是說這行字：『去見朋友，討論鏡子的事情。速回。G。』」

我們直視彼此。「一定是幾天前寫的……」洛克伍德說。

「什麼時候？」

洛克伍德有些猶豫。「不知道。」

「你看，他就是用這支筆寫的。就放在旁邊。」

「所以說……」洛克伍德愣愣看著我。「不可能。他不會這麼做。」

「你知道『朋友』是誰，對吧？」

「他不會這麼做。」

「他帶著骨頭鏡子回到這裡，沒有等我們回來就直接出門。去見喬普林。」

「他才不會這麼做！」洛克伍德微微起身，彷彿不太確定該如何反應。「我不能相信。我明明就說得很清楚，叫他不准這麼做。」

房裡突然一陣脈動，微弱而模糊。我望向拘魂罐。歹毒的綠光在罐裡閃耀，那張臉張嘴大笑。

「這個鬼魂知道！」我大叫。「當然了——就在它面前嘛！」我推開椅子，跳向那個罐子。我轉開栓塞——骷髏頭讓人不爽的嗓音隨即在我耳中炸開。

「想念我了嗎？」它揶揄道。「終於想到我了嗎？」

「快說！」我大吼：「你看到什麼！」

「我還在納悶你們要到什麼時候才想通。本來想說二十分鐘差不多，沒想到花了兩倍的時間。兩隻瞎老鼠的腦筋轉得都比你們快。」

「發生了什麼事？喬治去哪裡了？」

「老實說我認爲你們家的喬治寶寶麻煩大啦。」骷髏頭喜孜孜地說。「我想他是跑出去幹蠢事了。好啦，我也不會爲了這事輾轉難眠，看看他之前對我做了什麼。」

恐慌從胸中湧起，我全身的肌肉都凍住了。我結結巴巴地向洛克伍德轉述鬼魂的話語。他馬上越過我身旁，抓起流理台上的拘魂罐，往旁邊一甩，砰地放到餐桌上，盤子被震得彈起。

那張臉貼著罐子內壁打轉，鼻子緊貼玻璃。「嘿，小心點。不要亂動我的鬼氣。」

洛克伍德揚手耙梳頭髮。「叫它說話。對它說要是不告訴我們喬治幹了什麼好事，我們就——」

「就怎樣？你能對我怎樣？我都已經死了。」

我重複這幾句話，用指尖敲敲玻璃，狠狠放話：「我們知道你不喜歡高溫。可以讓你在裡面待得很痛苦。」

「沒錯。」洛克伍德補上一句：「而且我們說的不是烤箱。我們要送你去克拉肯維爾的熔爐。」

「又怎樣？」鬼魂冷笑。「摧毀我嗎？這對你們有什麼幫助？你們怎麼知道這不是我夢寐以求的結果？」

聽到我轉達的內容，洛克伍德的嘴巴開了又合。鬼魂的欲望和夢想是難解的概念，他不知道該說什麼。但我知道。一瞬間，我完全理解這個鬼魂的夙願——它生存的動機，在它死後依舊存在。我感覺到了。清晰得彷彿這份想望是我自己的心願。與鬼魂分享思緒還是有一些好處的。不太多，但還是有。

我低頭貼近罐身。「你就喜歡瞞著我們一些小事，對吧？比如說你的名字，還有你生前的身分。很好，我們其實也不在乎。聽好了，我想我們已知的情報足以推敲出你的動機。你曾經是畢克史塔的朋友——可能是他的僕人，也可能不是——這代表你和他擁有一樣的夢想。你協助他打造那面破爛骨頭鏡子。你想看到它發揮功用。為什麼呢？為什麼你們擁有想看透死亡、瞥見死後世界的瘋狂欲望？因爲你們很害怕。你們想確定死後會發生什麼，知道你們不會孤單。」

罐裡的臉打了個呵欠，露出森森牙齒。「眞的？說得眞好聽。幫我泡個熱可可，泡好的時候叫我起來。」

「問題在於你現在還是抱著同樣的恐懼。」我無情地繼續說下去：「你仍舊無法忍受孤單。所以你老是來煩我，老是在那裡擺出怪樣。你無比渴求與旁人產生聯繫。」

鬼魂的眼珠子快速打轉，宛如花式旋轉的煙火。「和妳？少來了。我標準很高的。要是想和人好好說話，我會去找——」

「你會去找什麼？」我冷笑。「要怎麼找？你不過是罐子裡的一顆頭。你哪裡都去不了，只看得到我們。所以呢——我們不會把你丟進熔爐。我們不會折磨你。要是你不乖乖合作，我們只會關上你的栓塞，把你放進袋子裡，找個地方埋起來。埋得很深很仔細，不會有人找到你。只有你自己一個，直到永遠。這個提議聽起來不錯吧？」

「你們不會這麼做的。」鬼魂說，但我第一次在它的語氣中聽出一絲猶豫。「別忘了，你們需要我。我是第三型。我能讓你們發大財，讓你們出人頭地。」

「那種小事算什麼。我們的朋友更重要。骷髏頭，最後一次機會了。說吧。」

「我還以爲庫賓斯心眼最壞。」那張臉退入鬼氣的陰影中，狠狠瞪著我，面露讓人膽寒的惡意。「好吧。」它慢條斯理地說：「沒問題，我這就說。別以爲我怕了妳的威脅，我只是想好好欣賞你們的下場。」

「給我說下去。」洛克伍德說。我盡可能向他轉告鬼魂的字句。他握住我的手臂按了一把。

「露西，做得好。」

「你們的推測沒錯。」我腦中響起鬼魂的低語。「庫賓斯回來過。他早你們將近一小時回到家，用一個髒兮兮的袋子裝著主人的鏡子。他回來後沒多久，另一個人出現了。一個戴眼鏡、頭髮亂七八糟的小個子。」

我重複這番話。洛克伍德和我互看一眼。喬普林。

「他們沒有待上太久——只有稍微討論一下，然後就一起出門了。他們帶走那個布袋。庫賓斯看起來坐立不安。他不太確定是否要這麼做。在最後一刻，他跑回來留言給你們。我敢說他還在抗拒我的主人，但另一個老鼠般的小個子就不是了。他早就淪陷了。」

「還在抗拒什麼？」我感覺有人拿冰冷的長矛戳進我側腰。

骷髏頭的牙齒在鬼魂的笑容下一閃而逝。「我的主人對他們兩個說過話。從他們的眼神可以看出來。特別是另一個人——他把啓發看得比什麼都重。但庫賓斯也擁有那樣瘋狂的性情。你們沒有注意到嗎？」一聲輕笑。「或許你們從來沒有正眼看過他。」

我無言以對。我腦海中再次浮現從墓地裡浮起的鬼影，聳立在喬治面前。我再次聽見那輕柔又急促的嗓音：「快看……快看……我將實現你內心深處的欲望……」我想到喬治和喬普林中邪似地站在鐵棺材旁。我想到在那一晚之後喬治的各種發言，他在畢克史塔故居出現的無力感，他心不在焉的模樣，他提起那面鏡子時的眷戀神態。這些記憶令我無法動彈。洛克伍德叫了幾次我才有辦法轉述這幾句話。

「我們知道他受到那鏡子和那個鬼魂的影響。」我啞聲說：「我們注意到了，但沒有放在心上。可憐的喬治……洛克伍德，我們太盲目了！他那麼想調查那面鏡子。他對它總是無比執著。你卻不斷批評他，給他潑冷水。」

「對，我當然要潑他冷水！」或許我提高了嗓門，洛克伍德也拉高音量。「因爲喬治總是那樣子！他總是對遺品之類的舊貨無比執著！他就是這種人！我們怎麼可能會知道。」洛克伍德面如死灰，黑眼空洞，肩膀垂落。「妳眞的認爲他受到那個鬼魂影響？」

「那個鬼魂與那面鏡子。不然他絕對不會這麼做，對吧？他不會像這樣拍拍屁股就走，丟下我們吧？」

「當然不會。就算是這樣……小露，老實說我想宰了他。」

「要是那兩個蠢貨看了鏡子，說不定也用不著你出手。」

洛克伍德深吸一口氣。「好吧。我想想，他們會去哪裡？喬普林住哪？」

「不知道，不過他好像幾乎都待在肯薩綠地墓園。」

他手指一彈。「沒錯！而且不只是地面上。他頭髮上沾的灰色屑屑？那不是頭皮屑。」他跳向地下室的門，奔下樓梯，鞋底敲得鐵板鏗鏘作響。「快來啊！」他大叫：「能拿什麼裝備就趕快拿。長劍、燃燒彈，有多少拿多少！然後打電話叫夜間計程車。我們要出門了！」

□

十分鐘後，我們回到廚房等計程車抵達。我們帶上長劍（直接從練劍室架上拿的舊劍）、兩條備用工作腰帶（被鬼氣燒灼得變形，幾乎扣不起來），還有幾包鐵粉、兩顆鹽彈、零顆鎂光彈。其他的全在闖入拍賣會時弄丟、用掉，或是泡水了。

我們兩個坐立難安，站在桌邊一遍又一遍檢查裝備。拘魂罐裡的臉興致勃勃地直盯著我們。

「**我一點都不在意。我要去睡了。你們絕對來不及救他。**」

「閉嘴。」我低吼。「洛克伍德——你剛才說喬普林怎樣？他頭髮上的灰色屑屑？該不會——」

他的手指不耐地輪流敲打流理台。「小露，那是墓地的落塵。禮拜堂地下墓穴的落塵。即使那是禁止進入的封閉區域，喬普林仍忙著在地底下探險。他在地底下偷偷摸摸地跑來跑去，四處窺探，尋找有意思的東西，滿足他身為古物收藏者的執念。無論找到什麼怪東西，他都想收為己有。比如說畢克史塔棺材裡的木頭支架。」他咒罵一聲。「計程車是死到哪裡去了？」

他繼續來回踱步。但我沒有。我停下腳步。剛才他那段話在我心中觸發可怕的連結。

無論找到什麼怪東西，他都想收為己有。

「洛克伍德。」我的心臟在胸腔裡狂跳。

「嗯？」

「伯恩斯前天打電話給你的時候，他提到某間博物館收藏了一把蒙兀兒七首，和插在傑克．卡瓦背上那把很像。像到幾乎可以說是成對的兩把七首。你記得那把七首是在哪裡尋獲的嗎？」

他點頭。「梅達谷墓園，在倫敦北部。」

「對。桑德斯和喬普林來委託我們那次，提到他們在別的地方合作過。你記得是哪裡嗎？」

他愣愣看著我：「那是……是梅達谷墓園……喔不。」

「我猜喬普林找到了兩把七首，他交出一把，留下另一把。到了最近——」我望向廚房門外少了地毯的走廊，還看得到滿地鹽巴，「在畢克史塔與鏡子的影響下，他可能替第二把七首找到了絕佳的用途。」

罐裡傳來喀喀笑聲。「這是我這輩子最美好的一夜！看看你們！你們的表情眞是經典。」

「我不認爲沒有這種可能性。」洛克伍德悄聲說：「喬治惹上的麻煩比我們想像的還要嚴重。」

計程車的喇叭聲在屋外響起。我揹起袋子。

「祝你們玩得開心。」鬼魂高呼：「幫我向庫賓斯問好，不知道到時候他還剩下多少。他將會——等等，你在幹嘛？」

洛克伍德從廚房角落拎起一個帆布背包，把它罩在罐子上。

「不要這麼悶悶不樂的。」他說。「你也一起來。」

26

肯薩綠地墓園的西門開著，守衛小屋空蕩蕩，當我們穿過樹林走向禮拜堂途中，沒有看到半點照明。夜晚即將結束，星光已經漸漸黯淡，再過不久，東側碼頭外的地平線就會大放光明，驅逐籠罩倫敦的陰影。不過鳥兒還沒開始唱歌。

在聖公會禮拜堂外，美夢挖掘與淨化公司的工寮一片漆黑，沒有半個人影，火盆早已涼透。挖掘機具靜靜擱置，怪手吊臂如同沉睡鷺鳥的頸子般垂落。那麼桑德斯先生暫停一切作業，撤離墓園的消息是真的了。洛克伍德和我快步穿過遭到遺棄的基地，踏上禮拜堂前的階梯。

警方的封鎖膠帶被人扯開，門下透出細細的一絲光芒。

洛克伍德豎起食指比了安靜的手勢。一路上他板著臉，幾乎沒開過口。

另一個同伴可就沒這麼謹慎了。

「已經來不及了。」我耳中傳來斷斷說話聲。「庫賓斯絕對無法抗拒看一眼的衝動。看了，然後被嚇死。這是我的預測。」

「你可別抱太大期望。」我悄聲說：「不然你知道我們會如何對付你。」

從我扛著的背包裡，我感覺到鬼氣翻騰，發出不滿的嗡嗡低鳴。

我們一出門，罐裡的鬼魂就不斷小聲發表感想，在威脅、哀求、假惺惺的哀悼間搖擺不定。

換句話說它很激動；我威脅要拋棄它的發言令它深感不安。這並沒有讓它比較討人喜歡。我很想把它甩進樹叢裡，但這不是可行的選項。這個鬼魂很瞭解畢克史塔。這個鬼魂知道那面鏡子的祕密。或許現在我們需要它的協助。

洛克伍德狠狠瞪著我，要我閉嘴；他握住金屬門把。我做好準備，瞇細雙眼，等著適應從暗處走進燈光下的變化。他以敏捷流暢的動作轉動門把，推開門。鉸鍊咿呀作響，明亮的光線湧向我們。我們一同踏入屋內。

禮拜堂裡的光景與我們在竊案隔天早上看到的沒有太大差異，桑德斯先生和喬普林先生的辦公桌堆滿文件，煤氣暖爐、金屬底盤上的靈柩台、講壇、祭壇，還有長長一排的閃亮扶手。風平浪靜。沒看到半個人。

我豎起耳朵捕捉骨頭鏡子的嗡嗡聲，可惜什麼都沒聽到。

洛克伍德摸摸離我們最近的暖爐。「還是暖的。不太燙。他今晚在這裡待過，但已經離開一陣子了。」

我望向牆角熟悉的扭曲鐵箱，撒在周圍的鹽巴和鐵粉被人撥到一旁。「鐵棺材還在——你看。可是畢克史塔的屍體不見了。」

「我的主人就在近處。」鬼魂突然低語。「我感覺得到他的存在。」

「在哪？」我問：「要如何找到他？」

「我怎麼知道？隔著罐子太難了。如果你們放我出來，我可以感應到更多。」

「不可能。」

洛克伍德快步走向祭壇欄杆後的木門，又推又拉，但門板毫不動搖。「大鎖拆掉了，插銷都開著，有人從內側鎖上門。」

「眞能確定他在地下墓穴嗎？我可不想進那種地方。」

「就只剩這個地方了！」洛克伍德往後跳了一步，往房裡東張西望。「記得畢克史塔祕密文件上的插圖嗎？地下墓穴就是喬普林那種蠢貨會逗留的地方。能在裡面找到好東西——氣氛也夠詭異。更重要的是與外界隔絕，在下面不會被人打擾。」他罵了一聲。「哎，眞是棘手！我們要怎麼進去？」

「你們是瞎了狗眼嗎？」鬼魂說：「看來看去什麼都沒放心上。就算放在你們面前也視而不見。」

我忍不住咆哮，狠狠搥了背包一拳。「你給我安靜，不然我保證會——」我突然閉上嘴，望向禮拜堂中央的黑色大理石塊。那個靈柩台。維多利亞時代將棺材放入下方墓穴的裝置。我驚叫：「靈柩台！桑德斯不是說它還能運作嗎？」

洛克伍德用力拍了自己的額頭一掌。「對！沒錯！就是這樣！小露，快！四處找找！櫃子、角落、祭壇後面……一定找得到操作的機關！」

「你眞的這樣想？」骷髏頭嗤笑。「眞是可悲。感覺就像在教貓認字。」

我們在禮拜堂裡跑來跑去，檢查每一個可能暗藏機關的角落和陰影，可是牆上什麼都沒有，我們看不到像是拉桿或是按鈕的東西。

「我們漏了什麼。」洛克伍德低喃。他轉來轉去，皺起眉頭。「一定就在近處。」

「再找一次！快！」我打開法衣室的門，丟開一疊疊發霉的讚美歌歌本和空白表格。沒有什麼機關。

「太慘了。」骷髏頭悄聲說：「我敢說連五歲小孩都想得出來。」

「閉嘴。」

「一定要找出來，露西。天知道喬普林正在幹什麼好事。」洛克伍德貼著另一面牆摸索，視線上下掃動。「啊！我們太遲鈍了！他就在我們眼皮子下晃來晃去，我們卻沒多想什麼。在開棺前，他已經把鼻子伸進這個案子了。伯恩斯甚至透露一定是挖掘基地的人把鏡子的消息放給那些盜墓者——不然他們不可能來得這麼快。喬普林就是少數幾個做得到這件事的人，可是我們從來沒有懷疑過他。」

「沒有理由懷疑啊。」我抗議。「還記得竊案發生後他有多沮喪？我不認為那是演出來的。」

「對，我也不這麼想。只是我們沒想過喬普林有可能在沮喪之餘，也同時是幕後黑手。妳知道我是怎麼想的嗎？他指使傑克．卡瓦偷走鏡子——過去卡瓦也好幾次幫過類似的忙。桑德斯說這幾年來，他的挖掘現場發生過多起竊案。都是喬普林在搞鬼，從中摸走他看上的東西。然而這次卡瓦背叛了。他意識到這面鏡子的價值，直接拿去找溫克曼賣了個好價錢。喬普林氣炸了。」

「沒錯。」我沿著牆面快步移動，光禿禿的白牆連裂縫或是蜘蛛網都藏不住，更別說是任何型態的開關了。「氣到拿他鍾愛的匕首捅了那個盜墓者一刀。」

「正是如此。在一般狀況下，喬普林肯定連蒼蠅都不敢打。不過要是骷髏頭說得沒錯——要是喬普林受到艾德蒙．畢克史塔的鬼魂影響，走上瘋狂的道路……」

「是的。」骷髏頭低語：「主人就有這麼大的能耐。他挑上意志薄弱的人，照著自己的意思扭曲。比如說這樣。露西——我命令妳！砸了囚禁我的罐子，放我自由！放我自由！」

「去你的。」我說。「洛克伍德——所以你認爲是喬普林跟蹤卡瓦？」

他已經移到禮拜堂的另一角，說話的速度和腳步一樣快：「沒錯，然後在卡瓦來找我們的時候逮到他。兩人起了爭執。卡瓦坦言他賣了鏡子，喬普林喪失理智，捅了卡瓦一刀，而卡瓦隨後逃到我們這裡。喬普林自然以爲他再也拿不到那面鏡子了。怎麼可能呢？有我們投入這個案子，還這麼好心，有什麼情報都會分享給他。現在喬治眞的把鏡子送到他面前，喬普林總算要實現他內心深處的願望了，而我們呢——連下去的路都找不到！」

洛克伍德挫敗地大吼，踢了牆壁一腳。我們在禮拜堂裡轉了這麼多圈都一無所獲。他說得對。我們到處碰壁，根本沒有辦法下去。

「從外面呢？」我提議。「可能有另一個通往地面的出入口。」

「或許吧，只是不知道要如何及時找到。好吧，我們去看看。走吧。」

我們跑向門口，打開門——然後愣住。三道穿著銀灰色外套的熟悉人影站在門外台階上，背對著泛白的天空。小不點鮑比．維農、金髮的凱特．古德溫、打手奈德．蕭——奎爾．奇普斯隊上的成員。不過沒看到奇普斯本人。他們維持著伸手要開門的姿勢。我們盯著他們看。

「奎爾在哪？」凱特・古德溫率先開口。「出了什麼事？」

「你們對他做了什麼？」奈德・蕭逼近。「洛克伍德，別給我說那些屁話。快說！」

洛克伍德搖搖頭。「抱歉，沒空慢慢說。事態緊急，我們認爲喬治有麻煩了。」

凱特・古德溫咬咬牙，她眼中有疑慮，也有敵意。她突然冒出一句：「我們也認爲奇普斯出事了。」

「他在一小時前打電話給我們。」鮑比・維農尖聲說明。「說他跟蹤你們的朋友庫賓斯，看到他和某個人一起進了這間墓園，要我們來這裡會合。我們到處都找過了，就是沒看到他。」

「他還在跟監我們？」我冷笑。「太低級了。」

「總比你們這些與罪犯爲伍的人好。」古德溫狠狠回應。

「現在的重點是——如果奇普斯和喬治在一起，他們都有危險了。」洛克伍德說：「凱特、鮑比、奈德，我們需要你們的協助，你們也需要我們幫忙，所以暫時聯手吧。」他的語氣平靜中蘊藏魄力，儘管我看到奈德・蕭的手指抽了幾下，沒有人敢反駁他。「我們認爲他們人在禮拜堂的地下墓穴。」洛克伍德繼續說：「通往地下的門上了鎖，我們得趕快下去。鮑比，你懂這種玩意兒。維多利亞時代的靈柩台，用來把屍體放到教堂的地下室。要如何操作？從上面還是下面？」

「從上面。」維農說：「主教會在儀式中把棺材放下去。」

「很好，所以一定有個機關在。小露，我們沒有想錯。所以說到底在哪——」他突然閉上嘴，眺望籠罩在淡淡晨光中的墓園。「凱特、奈德——你們有帶其他人來嗎？」

「沒有。」奈德．蕭皺眉。「怎麼了？」

洛克伍德深呼吸，緩緩說道：「看來我們好像又多了幾個同伴。」

他的視力比我好，我沒注意到墓碑間的細微動靜，那些沿著雜草叢生的走道快速走動的黑暗身影。他們在挖掘基地集結，現在來到了工寮和機具間的灰暗空地。是一小群男人，有確定的目標，沒發出半點聲音；是習慣在夜裡行動的人。他們手中拿著木棒和長棍。

「哈，太刺激了。」骷髏頭在我耳邊低語。「今晚真是好戲連連。看來你們等會就小命不保啦。真的該多出門幾趟。」

「洛克伍德，所以那不是你們的朋友？」凱特．古德溫說。

「算是有一面之緣吧……」他瞥了我一眼。「露西，我想這幾位是溫克曼的手下。走在最後那個應該也在拍賣會露過面。天知道他們怎麼有辦法跟到這裡，總之我要妳替我做幾件事，什麼都別多說。」

「好。」

「回禮拜堂，找到機關，下去找喬治。我盡快跟上。」

「好，可是洛克伍德——」

「就叫妳別多說。」

一旦洛克伍德用了這種語氣就代表他不容許任何異議。我退回禮拜堂。帶頭的幾名男子已經來到階梯下。他們那副凶神惡煞的暴躁模樣——剃光的腦袋、彎曲的鼻梁、咧嘴露出滿口爛牙——各位絕對不會想在晚間和他們狹路相逢……他們手中的木棍看起來也不太友善。

「我們該怎麼辦？」鮑比．維農有些結巴。

「現在呢，鮑比，我想你該拔劍了。」洛克伍德回頭看了我一眼。「露西——快走！」

那群男子衝上階梯，我狠狠甩上門。外側傳來金屬敲擊的叮噹聲，音色不同的撞擊聲。有人慘叫。

我衝到教堂中央，站在大理石靈柩台旁。維農說了什麼？主教會把棺材放下去。好，主教會站在哪裡？他到底會在哪裡？

「喔，不容易吧。」鬼魂的低語響起：「顯示妳有多常上教堂。」

我突然想通了。講壇。那個樸素的木頭講壇，頂板中央凹陷，形成翻開書本的形狀，就這樣靜靜立在靈柩台幾呎外，絲毫不引人注目。我大步上前，努力忽視屋外的雜音。我踩上它的踏腳板，往下一看，看見嵌在頂板下的暗格。

簡單的金屬開關，就在那個暗格上。

我按了下去，起初以為它沒有任何功用；接著，靈柩台流暢而安靜地下沉，只聽得到些微嗡嗡聲。金屬底座沉到地板下。我跳下講壇，衝了過去，跳上黑色石板。

禮拜堂外有什麼沉重的東西狠狠撞上門板。我沒有抬頭，抽出佩劍，站穩腳步，維持呼吸穩定。經過地板，遠離燈光，進入黑暗，我被底座帶著沉入地底。

「別怕。」邪惡的低語從背包裡掃過我耳際。「妳不孤單。還有我在啊。」

□

磚塊堆成的豎井宛如銅牆鐵壁，我還在繼續往下降。感覺得到台座與周遭牆面有一點縫隙，冰冷乾燥的空氣湧起，包圍著我。我什麼都看不到。我知道自己被光柱照亮，感官因此失效，脆弱無助。身旁會出現什麼都有可能，我得等到靈柩台著地才能知道會面對什麼樣的威脅。我的寒毛豎起，直覺叫我快逃。危機感將我淹沒。我緊繃神經，準備跳起——

機械在此時停了下來。

我匆忙跳下靈柩台，離開從禮拜堂投下的光柱，接著逼自己煞住腳步。我一動也不動，在黑暗中傾聽自己奔騰的心跳，以及這個空間的寂靜。

不過此處並非毫無聲響，至少對我的天賦而言並非如此。從未知的遠處傳來輕細的沙沙聲和嘆息，微弱的清澈笑聲，最後化爲一聲啜泣。我也聽見斷斷續續的低語，最可怕的是在某個地方有人反覆咂舌。

這些都不至於危及我的性命。

這裡是死者的國度。

律。

最明顯的干擾是來自拘魂罐的愉悅口哨聲。它偶爾暫停幾秒，接著又吹起不成調的難聽旋律。

「你可以克制一下嗎？我還要聽聲音。」

「為什麼？我超開心的。我喜歡這裡。」

「要是你不和我配合，我就讓你永遠留下來，拿磚頭封在牆裡。」我咬牙切齒地威脅。

口哨聲驟然停止。

一如往常，在孤單脆弱的時刻，情緒便會消磨你的意志。我的思緒亂飄。我想到洛克伍德，在樓上拚命。我想到喬治——還有五天前的夜裡，他看過那面鏡子後不時露出的虛幻渴求表情。我想到自己在乎的一切都可能輕易摧毀。我想到空蕩蕩的工作腰帶。我想到艾德蒙．畢克史塔的惡靈聳立在月光下……

我硬是壓下這些情緒，裝進小小的箱子，封進心底的祭壇下。此時此刻我得維持警戒——還得活下去。

腳下的地面粗糙，我感覺到磨損嚴重的磚塊、鬆動的石塊和卵石，以及不知道積了多少年的灰塵。柔和乾燥的冷空氣往四面八方擴散。我還是看不到半點東西。在那道光柱之外的一切都顯得無比黑暗，無論此處是狹窄的走道還是寬廣的洞穴，我都無法分辨。究竟有誰會刻意跑來這裡呢？實在是無法想像。

接著我捕捉到極度微弱的擾動，嗡嗡鼓翅的大群蒼蠅。

是的。骨頭鏡子。它離這裡不遠。

即使百般不願——因為電力會妨礙天賦，也會引來旁人注意——我還是打開筆燈，將光線調到最弱最朦朧。光束緩緩掃過我四周和上方，幫我觀察環境。靈柩台降落在裸露的巨大金屬槓桿裝置上，黑漆漆的彎曲拉桿如同昆蟲的細腳。這裡是一條寬敞通道的中央——拱形天花板挺高的，細碎瓦礫散了滿地。一排排架子將石頭和磚塊堆成的牆面分割成一格一格，幾乎每格都放了一副鉛棺材，擠在自己的位置上等待永恆的時光盡頭。有的架子被磚牆掩蓋，有的空無一物，有的堆滿大小碎石。每隔二十步就會遇到一條橫向小走道。

一切都裹上薄薄的灰色塵土。我想到喬普林的頭髮。

關掉手電筒，我藉著記憶在黑暗中前進，把視力與聽力發揮到極致，試著鎖定嗡嗡作響的鏡子究竟在何處。這並不容易，罐裡的鬼魂再次出聲干擾，讓情勢雪上加霜。

「感覺得到它們嗎？其他鬼魂。它們都在妳身旁。」

「你可以安靜一下嗎？」

「它們聽見妳的腳步聲。它們聽見妳瘋狂的心跳。」

「沒錯。只要我找到喬治，你就準備找個架子待吧。」

沉默。我狠狠調整背帶長度，躡手躡腳地繼續前進。

來到第一個十字交叉口時，我聽見叫嚷聲在黑暗中敲出回音。聲音扭曲難辨，在牆面間彈跳。是喬治？奇普斯？喬普林？是活人的聲音嗎？我分不出來。但我猜它來自右側某處。我一手扶著磚牆找路，往那個方向前進。

過了一會，我的手摸到冰冷光滑的物體，我往後一跳，同時打開筆燈。那是一個半圓形的玻璃罩子，和棺材一起放在架上。我的手指把上頭的灰塵抹開了，罩子裡是一束乾燥的白色百合花。我納悶這束獻給死者的花究竟在黑暗中待了多久，怎麼能維持盛開的模樣。接著我關上燈，繼續向前。

走道漫長狹窄，又與另一條幾乎一模一樣的走道交叉，每面牆都排上棺材。我在每一個交叉路口停下腳步再前進。我盡量在黑暗中行動，希望能清楚看到訪客，就像它們能看清我一樣。

因爲訪客就在這裡。

途中，左手邊的通道遠處浮現一道微微發光的人影。看起來是年輕男子，身穿套裝，立領襯衫漿得硬梆梆。它一動也不動地背對著我，其中一邊肩膀比另一邊高。我莫名慶幸它沒有轉身。

另一條走道傳來急促的敲打聲。我轉頭一看，發現其中一個最低的架子散發著異界光芒，敲打聲清清楚楚地從小小的鉛棺材裡傳出。

「眞是熱鬧。不過都算不上什麼東西。我的主人也在這裡。」

「在前面？」

「喔，是的，我想妳越來越近了。」它輕笑一聲。「記得剛才的叫聲嗎？會不會是庫賓斯看到那面鏡子後的慘叫？」

我艱辛地嚥下怒氣。它話這麼多，或許能透露一些情報。「說說鏡子的事情。畢克史塔用了多少骨頭製造出那面鏡子？上頭有多少鬼魂？」

「如果我記得沒錯，七塊骨頭和七個靈魂。」

「如果你看了鏡子，會看到什麼？」

「喔，我會很謹慎，絕對不做這種事。」

「那畢克史塔呢？他自己看過嗎？」

「或許他是個瘋子，但他一點都不蠢。他當然沒看過。風險太大了。妳會不會覺得庫賓斯正忙著掛掉？妳是不是在浪費時間？」

我加快腳步，終於來到最外層的走道，每一條橫向走道都通往這裡。現在前方傳來另一串聲響，憤怒的叫聲、痛苦的慘叫。我急忙前進，腳尖被鬆脫的磚塊卡住，一個踉蹌，連忙伸手保持平衡，指尖從旁邊的架子敲下一塊石頭或是糊牆的水泥碎片。它掉了下來，在黑暗中敲出短暫的喀啦聲。我僵在原地，豎起耳朵。

「沒關係啦。沒有人聽見。」鬼魂戲劇性地停頓一秒，又說：「還是說有……？」

除了我劇烈得發疼的心跳，一切都停滯了。我繼續前進，放慢速度。不久，這條走道開始往右彎，我看見閃爍的提燈光芒沿著牆面蔓延過來，照亮一格格漆黑的空架子。鏡子散發的雜音更加響亮了，而且這裡非常冷——每走一步氣溫就下降一些。

「小心點……」骷髏頭低語：「小心點……畢克史塔離妳不遠了。」

我蹲下來，緊緊貼著牆面，一點一點朝燈光邊緣移動，躲在轉角後往另一側偷看。在黑暗中待了這麼久，微弱的燈光差點把我照瞎，花了好一會工夫才調適過來。我慢慢恢復視覺，看清房裡情景。

我雙腿一軟，扶著牆面站穩腳步。

「喔，喬治。」我悄聲說：「喔，不。」

27

我對光源的推測有些誤差。擱在桌上的並不是使用燈泡的提燈，而是翻捲著火舌的煤氣燈，微弱的光芒幾乎連結滿蜘蛛網的天花板都照不亮，更無法塡滿整個房間。但房裡還有別的東西。散發出不同光彩的東西。

很不妙的東西。

細細的鐵鍊在房間中央圍成一圈，圈裡是一座修長的三角支架，以黑色木棒組合而成的架子。頂端挖了一條細溝，卡著一個輪廓粗糙的小圓盤，上頭覆蓋絲質男用手帕。手帕下冒出熟悉的黑暗嗡嗡聲，邪惡的寒氣像波浪般襲來，就連蹲在另一端的我也忍不住打哆嗦。那條手帕彷彿是被隱形氣流吹動，不時微微飄起。

那面骨頭鏡子回到原本的支架上。蓄勢待發。

圈裡不只有那面鏡子。還有幾個模糊形體懸在半空中，被陣陣脈動的異界光芒包圍。很難看清那些形體，得用眼角餘光才能看出那些都是人形，披著寬大衣物，彼此靠得很近，相互交疊。它們的臉龐矇朧不清——眼睛和嘴巴的位置只剩一個個灰暗斑塊。不用數也知道總共有七個，它們就是製造鏡子時囚禁其中的鬼魂。它們的憤怒與悲傷狠狠打中我，聽見永無止盡的哀求：

「**我們的骨頭……把我們的骨頭還回來……**」

換在其他場合，鏡子與這些鬼魂足以嚇得我無法動彈。我肯定無法移開視線。

但今天不一樣。因爲喬治就在鐵鍊圈前面。

他坐在木椅上，正對著蓋在手帕下的鏡子。他的雙手被緊緊綁在椅背上，腦袋垂到胸口，眼鏡歪斜，雙眼緊閉。太好了，他還活著；他的胸膛還在起伏。

房間另一端擺了另一張椅子，面對喬治。椅子上的人是奎爾・奇普斯，我微微一驚——差點忘記剛才遇到了費茲那夥人。他和喬治一樣，雙手綁在背後。不過他還醒著，黏了滿頭蜘蛛網，尖臉沾上大片墓地落塵。外套斜斜掛在他身上，襯衫領口裂了一縫，看起來經過一番折騰，遭受些許不人道的對待。即便如此，他臉上只有深深的不悅，閃亮的雙眼往四周掃視。

沒看到艾伯特・喬普林的身影。

但這個小空間裡確實還有別的東西，儘管前面那些已經夠不妙了，這才是最糟的。因爲它在奇普斯後方，比鏡子旁的鬼魂還要黯淡，起初我完全沒注意到。我的雙眼總算落到地上那團黑色物體，以及從物體中浮起的影子。我雙手發抖，口乾舌燥。

「是主人！」骷髏頭在我背後低語，我感覺得到它顫抖嗓音中的興奮與恐懼。「主人在這裡！」

艾德蒙・畢克史塔的鬼魂站在房間的另一頭。

它的屍體倒臥在滿地塵灰間，那個原本裝在鐵棺材裡、半木乃伊化的醜惡屍體，披著破爛的黑色套裝，頭髮無力散落。它像扭曲的樹枝一般僵硬，彷彿在土裡埋了許久的木材般黑得發亮。

那張萎縮的臉茫然仰望虛空，裸露的牙床活像是猿猴。

從它的胸膛浮現五天前我在這座墓園看到的駭人幻影。它足足有八呎高，說不定更高。身上披著薄薄長袍，兜帽垂下來，讓臉龐隱沒在陰影中。它站得那麼高，感覺即將突破磚砌拱頂，升到地面上。它懸在同一處，幾乎沒有動靜，左右輕輕搖晃，讓人聯想到豎起身軀的蛇。它的眼睛藏起來了，但我看見毫無血色的下巴與凶狠的厚唇。

我無法理解爲什麼這個訪客沒有撲向它面前的奇普斯。過了一會我才看見地上擺了另一條鐵鍊，包圍畢克史塔的屍體。鬼魂被困住了。

即便如此，它的邪氣還是灌滿整個房間。我感應得到它的黑暗欲望是多麼沉重。此時此刻，它的注意全放在那面鏡子上——還有喬治。它沒察覺到我，但只要我踏進一步，情勢就會徹底扭轉。這個想法讓我反胃。

不過我還是要行動，而且要快。喬普林不在視線範圍內。現在就是拯救喬治的大好時機，我的腳步得夠敏捷。我蹲在黑暗中，盡量不發出任何聲音，緩緩放下背包。

「看得出他想重現當年的實驗。」骷髏頭滔滔不絕。「把鏡子穩穩放在支架上。那七個鬼魂還是一樣脆弱，老是在哀號，從沒眞正做過任何事。他甚至讓主人在一旁看。過去的美好時光回來了。等等——妳幹嘛放下我？」

我把背包塞進旁邊的空架子。「你太重了。」我小聲說：「待在這裡。」

「不！」骷髏頭語氣急促。「我一定要加入。我要見主人！帶我去見他！」

「抱歉，你待在這裡。」我鬆開背包開口，稍微拉下一些，露出幾吋罐身。綠色鬼氣大放光芒。我看了那張不斷兜圈的扭曲臉龐一眼。「需要你的時候我會來找你——你最好給我乖乖合作，不然就等著在這裡待到世界末日。」

「露西！我要詛咒妳！」骷髏頭嘶聲威脅。「為什麼不聽我的話？」它突然大喊：「主人！是我！歡迎回來！」

另一端戴著兜帽的人影默默佇立，沒有回應。

「主人……」憂傷的低語中滿是恐懼與渴求。「在這裡！是我！」

人影沒有動靜。它全心全意注視著骨頭鏡子，還有喬治。

「好吧。」骷髏頭忿忿不平。「他和以前不同了。」

這是當然了。艾德蒙．畢克史塔的鬼魂與大部分的第一型和第二型訪客一樣，遵循固定的行爲模式，執拗地重複過去做過的事。它的意識相當薄弱，只保留了生前的片段。我躡手躡腳地鑽進房間，先往四周看了一圈。陰影幢幢的磚牆水泥走道往每個方向延伸。一切無聲無息。我沒看到喬普林。

一離開藏身處，奎爾．奇普斯就察覺到我的存在。他嚇了一跳，隨即腦袋不斷輕輕抽動，向我瘋狂示意。他擠眉弄眼的模樣逗趣極了，如果是在其他場合，我可以看他表演好幾個小時。不過我沒理會他，悄悄來到喬治身旁。

靠近一看，他整張臉有些浮腫，一側臉頰瘀青。我搭上他的肩膀時，他毫無反應。

「喬治！」我輕聲呼喚：「喬治！」

「他昏過去了！不用白費工夫！」奇普斯拚命求助，不斷甩頭。「快過來幫我鬆綁！」

我跨出兩大步，努力避開困在鐵鍊圈裡的高大鬼魂。一絲絲紮實的鬼氣往圈子邊緣刺探。鬼魂的腦袋一扭。沉重感突然襲來，冰冷的重量壓上我的心智。它看到我了。它知道我在這裡。

我甩開這份恐懼。「奇普斯，你還好嗎？」

他翻翻白眼。「我嗎？被瘋子綁起來，和庫賓斯一起被丟在鬧鬼的地下墓穴嗎？喔，舒服極了。妳看不出來嗎？」

「喔，很好啊。」我對他燦笑。

「我是在說反話。」

我收起假笑，換上臭臉。「嗯，我也是。」我一手持劍，矮身繞到他背後。可惜他的手被鐵鍊捆綁，還掛上一顆鎖頭。我沒辦法切斷束縛。

「你被鍊起來了。」我小聲說：「我需要鑰匙。」

奇普斯呻吟。「肯定在那個死魚眼蠢貨手上。」

「喬普林？他在哪？」

「跑掉了。他聽到聲音，跑去查看。隨時都會回來。妳要怎麼帶我出去？」

「不知道。閉嘴。」我難以思考。超自然噪音擾亂我的思緒——鏡子的嗡嗡聲、那七個鬼魂的悲悽呼喊，甚至還要加上骷髏頭從遠處送來的辱罵。最難以忽視的是戴著兜帽、低頭凝視我的身影。如果洛克伍德人在這裡，他會怎麼做？我腦中一片空白。我不知道。奇普斯低吼：「聽好了，等我離開這裡，我要把妳這個智障朋友當球踢，一路踢到馬里波恩。」

「面對現實吧。你本來就不該跟蹤我們。不過呢，我確實也想踹他幾腳。等等——喬普林會不會把鑰匙放在那張桌上？」我快步上前，繞著放了鏡子的鐵鍊圈打轉，那些蒼白的身影轉身隨我移動。擱著煤氣燈的桌上堆了雜七雜八的東西——髒兮兮的陶壺、飾品、珠寶，以及許許多多書本和文件。就算鑰匙真的在這裡，我也看不到。我絕望地雙手一攤。還能怎麼辦？快想想。

「露西，小心……」

是骷髏頭的微弱低語，在房間入口幽幽迴盪。我僵住了——接著摸向腰帶。就在此時，某人從黑暗中逼向我背後。尖銳的物體抵住我的後頸。骷髏頭輕笑一聲。**「哎呀，我好像說得太慢了。」**

「卡萊爾小姐，請別亂來。」是艾伯特．喬普林輕飄飄的嗓音。「有沒有感覺到這把刀？很好。解開腰帶和佩劍。」

我驚惶失措，無法動彈。刀尖輕輕一戳。

「快。我生氣的時候很容易受到刺激，就怕我一個手滑。照我說的做。」

別無選擇……我解開腰帶，讓它與長劍一起落地。

「現在走到奇普斯那邊。不要輕舉妄動。我就在妳背後。」

我不得不聽話，緩緩邁出僵硬的腳步。戴著兜帽的鬼魂往圈子邊緣靠得更近。我看到它咧嘴獰笑，露出歪七扭八的牙齒；它的飢渴像是雜訊般在房裡劈啪作響。

奇普斯茫然望著我。「我早料到洛克伍德偵探社就是這麼有效率。」他說：「接下來呢？洛克伍德跑進來，被自己的劍絆倒捅穿？」

艾伯特．喬普林說：「站在奇普斯旁邊，雙手擱在椅背上，手腕貼在一起。好啦，我還有一根繩子，就拿來——等等——給我照做！」我試圖轉身，卻被刀尖刺中，忍不住慘叫。「這樣好多了。」喬普林動作很快，一會就把我的雙手綁在椅子上。我站在奇普斯身旁，後頸刺痛，看著喬普林退開。

他看起來和先前一樣皺巴巴的，外套沾上薄薄一層墓地落塵，頭髮亂得像是被風吹爛的鳥巢。他還是一樣駝著背，肩膀往前內縮，細長的雙腿微微內八。他繞回喬治身旁，手中握著一把厚實小刀；另一手拿著筆記本。他一隻耳朵上插著原子筆，自顧自地哼著歌，當他回頭望向這裡時，我發現他鼻梁紅腫、下巴瘀青。

但最讓我驚愕的是他的雙眼。眼神陰沉，眼窩凹陷，瞳孔放得很大。他似乎正凝視著遠處的某個物體，歪著腦袋，一副側耳傾聽的模樣。

畢克史塔的鬼魂在圈裡左搖右晃。

「是的、是的……再一下就好。」喬普林心不在焉地開口，彷彿是在自言自語。他來到喬治身旁，彎腰瞇眼望向蓋著手帕的鏡子，或許是在確認高度。等他心滿意足了，他直起腰，狠狠甩了喬治兩巴掌。喬治嘶啞地叫了聲，狂亂地東張西望。

「是的，孩子，該醒來了。」喬普林拍拍他的肩膀，取下夾在耳朵上的原子筆，往筆記本做了個記號。「依照協議，我們的實驗得要加快腳步了。」

奎爾．奇普斯喃喃罵了一聲。「去他的協議。我不知道庫賓斯原本來這裡有什麼打算，總之他們在樓上的禮拜堂起了爭執。前一秒還在說話，下一秒就拳腳相向。」他搖搖頭。「太可悲了。最難看的動作戲。他們把彼此的眼鏡打掉，一半的時間都在地上爬來爬去找眼鏡。還滿意外他們沒有互扯頭髮。」

「你沒有進去幫喬治？」我冷冷質問，扯了扯繩子。不行，太緊了。我的手幾乎沒有活動空間。

「我有。」奇普斯回答。「實在是後悔莫及。喬普林拿刀抵著庫賓斯的喉嚨，逼我丟下長劍。我們進入地下墓穴時，庫賓斯試圖逃脫，喬普林乾脆打昏他省麻煩。這半個小時以來，那傢伙忙著設置這個荒謬的機關。他瘋了。」

「確實是如此。比你想像的還要瘋。」

只瞄了那面鏡子一眼，喬治就深受影響；暴露在畢克史塔的鬼魂面前一瞬，餘波持續至今。在那之後，喬普林究竟與鬼魂共處了多久——他伴著屍體，在禮拜堂裡度過多少個夜晚，直接承受鬼魂沉默的致命能量？或許他根本看不清鬼魂的身影。或許他根本不知道鬼魂對他做了什麼。

「喬普林先生。」我高喊。矮小的學者手握短刀，在喬治身旁等候，看著喬治昏昏沉沉地坐直。「你沒有想清楚。這個實驗絕對無法——」

喬普林托托眼鏡。「喔，不，別擔心。不會有人來干擾。入口的樓梯上了鎖，我也從下面切斷靈柩台的動力。除非願意跳進二十呎深的黑洞，沒有人下得來。誰有做這種事的心理準備？」

我知道有一個人做得出這種事。但他正在上面辦事，沒辦法靠他。「我不是這個意思。這面鏡子有致命的危險，畢克史塔的鬼魂正在影響你。我們現在就要停止這一切！」

喬普林腦袋歪向一側，凝視畢克史塔鬼魂所在的鐵鍊圈子，彷彿沒聽見我的聲音。「這是千載難逢的機會。」他的嗓音有些含糊。「我內心深處的欲望。這面鏡子是通往另一個世界的窗戶。那裡充滿驚奇！喬治將獲得目睹那些奇景的殊榮！只要拿根竿子……」

他拖著腳步，垂著肩膀，慢慢踱到桌邊。我腦中一陣天旋地轉，他這番話和多年前畢克史塔逼威柏弗看鏡子時說的話幾乎一致。

戴著兜帽的鬼魂在鐵鍊圈裡緊盯喬普林的動向。

「露西……」喬治叫了聲。「是妳？」

「喬治！你還好嗎？」

好吧，他看起來實在不太好，臉腫了起來，眼睛周圍一片通紅，眼鏡搖搖欲墜，而且他沒有對上我的視線。「小露，沒想到還挺舒服的。椅子有點硬。來個座墊會好一些。」

「我對你超火大，氣到要爆炸了。」

「我知道。真的很抱歉。」

「你以為你在幹嘛？」

他嘆了口氣，上身往前傾。「只是覺得……小露，我沒辦法解釋。和芙洛分開之後，我拿著這面鏡子，心裡只剩這份欲望……我一定要再看它一眼。心裡有個聲音說這樣不對，我知道我得等你們回來——可是這件事莫名變得一點都不重要。我差點就要直接把它從袋子裡拿出來了，只是我想先給喬普林看看。他一來就說我們該做得徹底……」他搖搖頭。「我聽了他的話，來到禮拜堂，看到空蕩蕩的棺材……我好像突然清醒過來，發現自己在幹蠢事。我想逃走，可是喬普林不放我走。」

「正是如此。」喬普林回來了。他手持一根長竿，末端套著鉤子。「我讓你見識到自己犯了多大的錯。庫賓斯，我得說你讓我失望透頂。你擁有那麼優秀的潛力。至少我們以男子漢的方式釐清了這點認知差異。」他摸摸腫脹的鼻子。

「男子漢！笑死人了。」奇普斯哼了聲。「就像在看兩個小學女生為了香香鉛筆吵吵鬧鬧。真該讓妳聽聽他們是怎麼吵的。」

「好啦，安靜。」喬普林說：「我們還有不少事要做呢。」他瑟縮了下，臉上浮現擔憂的表情，一副受到斥責的模樣。「是的，是的，我知道。我盡力而為。」

「可是，喬普林先生！直視鏡子等於是宣告死刑！」我大叫：「不會看到什麼奇景。要是你看過〈瑪莉・杜拉的自白〉，就知道我在說什麼。那個叫威柏弗的人，他一看到鏡子就——」

「喔，妳也讀過了那份文獻？」他茫然的表情消失幾秒，似乎對此深感興趣。「你們真的找到了另一份影本？做得好！請務必告訴我你們是怎麼做到的。我當然看過那本〈自白〉！妳想從切特西的檔案室偷走它的人是誰？就在我桌上。內容非常有意思，不過庫賓斯好心和我分享的畢克史塔手記才是真正的好料。」他朝圈裡的鏡子比畫。「否則我根本無法重現當年的配置。」

我拉扯環繞手腕的繩子，被繩結磨去一層皮。感覺得到右手邊的奇普斯也在做同樣的事。

「手記內容是中世紀義大利文對吧。」我說。

喬普林自滿地微笑。「沒錯。我完全讀得懂。一邊抄下整份文本，一邊欣賞喬治摸不著腦袋的模樣，眞是太逗趣了。」

喬治往喬普林的方向踢腿。「你背叛我！我那麼信任你！」

喬普林輕笑幾聲，假惺惺地拍了拍喬治的肩膀。「聽我一句話：絕對別把底牌隨便亮給別人看。保密是最大的關鍵！是的，卡萊爾小姐，我很清楚直視鏡子的風險，所以才請我的好朋友喬治代勞——來吧。」

嘴上說著，喬普林轉向房間中央的鐵鍊圈。他伸出那根長竿——對圈裡盤旋的七道模糊身影毫無知覺——掀開罩著鏡子的手帕。

「喬治！」我大喊。「別看！」

從我的角度看不到鏡子正面，只有粗糙的鏡片背面，以及緊密交織的人骨外框。嗡嗡聲更加響亮，就連圈裡的七個鬼魂也害怕似地縮了起來。畢克史塔的鬼魂在圈裡站得更高了。我感應到它的急切，心中聽見帶著催眠力量的冰冷嗓音：「**快看……快看……**」這是它的畢生夙願，即便早已喪命，它仍舊透過喬普林展現同樣的欲望。

喬治的眼睛閉得死緊。

喬普林相當謹愼，背對著那組三腳架，駝著的肩膀因恐懼而僵硬，蒼白的臉龐緊繃。「庫賓斯先生，睜開眼睛。你知道你想這麼做。」

喬治乖乖照辦。有一部分的他——幾天前陷入鏡子掌握的他——不惜拚上性命也要看一眼。我看到他抖個不停，努力克制自己，努力抵抗誘惑。他別開臉，咬住嘴唇。

我拚命掙扎。「喬治！別理他！」

「快看……快看……」

「庫賓斯先生……」喬普林掏出紙筆，準備記錄即將發生的種種。他不耐地用原子筆敲牙齒，焦躁得靜不下來。在瘋狂的外皮之下，他還是那個神經兮兮的學者，急著執行傳說中的偉大實驗。就像在觀察果蠅的行爲，或是蟲子的交配方式一般。「庫賓斯先生，照我說的做！否則……」一股惡意從圈內人影射出。喬普林又瑟縮了下，點點頭，無情地說：「否則我就拿這把刀割斷你朋友的喉嚨。」

地下墓穴陷入沉默。

「喔。」骷髏頭的聲音從走廊幽幽傳來：「好方法！對我來說是雙贏的局面。」

喬治猛然挺直背脊。「好啦。好，我這就看。」

「不，喬治，你眞的不能這樣做。」我說。

「就讓他稍微瞄一眼吧。」奇普斯說。

「不要屈服！」我大叫：「他在虛張聲勢！」

「虛張聲勢？」喬普林打量他的刀尖。「我想可憐的傑克・卡瓦原本也是這麼想的……」

「小露，沒用的。」喬治語氣呆滯，彷彿再度受到無力感籠罩，聲音中透出濃濃的疲憊。

「我要看了。我再也控制不住自己了。我一定要看。鏡子在呼喚我——我無法抗拒。」

他睜開雙眼，垂著腦袋，低頭盯著自己的胸口。

「不！」我扯動手腕，奇普斯的椅腳在髒兮兮的磚塊地面上晃動。淚水湧入我的眼眶。「喬治・庫賓斯，你要是看了，我眞的會氣死。」

「沒關係，小露。」他露出傷感的微笑。「這個爛攤子都是我搞出來的。這是我長久以來的願望，不是嗎？揭開世界的奧祕——做沒有人做過的事情。」

「說得好！」喬普林說：「年輕人，我欣賞你。接下來你說的話我都會一一記錄下來，不要停下來思考——說快一點，清楚一點！告訴我你看到什麼。」

又是一陣來自過去的迴響。畢克史塔一百三十年前對威柏弗說過的話。幾乎就像出自同一個人的嘴巴。或許眞是如此——喬普林的意識有多少屬於畢克史塔，又有多少是屬於他自己？

「喬治，拜託……」

奇普斯咕噥幾聲。「庫賓斯，她說得對！不要讓那個瘋子稱心如意！」

喬普林連連跺腳。「大家可不可以安靜點！」

「露西……」喬治突然開口：「這一切……我知道自己意志薄弱，也知道我錯了。很抱歉。幫我對洛克伍德說一聲，好嗎？」

說完，他抬起頭，直視那面鏡子。

「喬治……！」

「快看……」戴著兜帽的人影在我頭頂上低喃：「我將實現你內心深處的欲望。」

喬治看了。他隔著那副圓框小眼鏡直視那面鏡子。我根本無法阻止他。

喬普林興奮地吞吞口水，原子筆尖在紙頁上顫動。「庫賓斯，說吧，你看到了什麼？」

「喬治？」

「說吧，孩子！」

「你內心深處的欲望……」

喬治面容緊繃，瞪大雙眼，身上散發出讓人毛骨悚然的幸福光輝。「我看到好多東西……好漂亮……」

「什麼？什麼？繼續說——」

喬治的肌肉突然癱軟，皮膚鬆弛，嘴巴微微張開，宛如吊在鍊子上的吊橋。瀰漫整張臉的狂喜依舊存在，然而蘊藏在他身上的神智、蓬勃生機、執拗性子漸漸消逝。

我整個人往前衝，雙手瘋狂掙扎。「喬治！」我尖叫：「看著我！」

「說啊！」喬普林大吼：「快！」

沒有用。我驚惶地看著喬治下頜鬆開，吐出帶著顫抖的沙啞長嘆，眼皮垂落，身體抖了一下、兩下，然後靜止不動。他腦袋一抽，緩緩倒向一側。一切停滯下來。他張著嘴，雙眼茫然無神，幾絡金髮掛在沒有血色的額頭上。

「唉。」艾伯特·喬普林語帶惋惜。「眞是天大的鬧劇。他明明可以在死前透露一些有用的情報。」

28

我愣愣看著喬治的身軀。感覺我也停止呼吸了。

「比如說啊，『好漂亮』是什麼意思？」喬普林兀自抱怨。「太不科學了吧？天都要亮了，就算再做一次實驗也未必值得！」他惱怒地跺腳。「我說眞的——簡直是鬧劇一場。」

他不斷喃喃自語，但我幾乎沒在聽。他的聲音離我好遠。所有聲響都變得好小聲。我獨自困在麻木的心靈中。

「喬治。」我柔聲呼喚。「起來啊！」

「沒用的，卡萊爾……」是奇普斯。「他已經走了。」

「才怪，他總是那副死樣子……該讓你看看他早上的德性。他只是有點睏，對吧，喬治？喬治，別鬧了……」

喬治沒有回答。他就像一件舊外套般掛在椅子上。他張著嘴，雙手癱在兩旁。我想到倒在我們家門口地毯上的傑克．卡瓦，想到愚昧空虛的死亡。我輕輕呻吟。

喬普林的視線射向我。剛才他一直在看錶，現在瞇細雙眼看著我。他眼中的友善去了哪裡？那個傻氣羞怯的學者去了哪裡？他打量我的眼神冰冷生硬。

還有別的東西正盯著每一個人。喬治一看鏡子，艾德蒙．畢克史塔的鬼魂就膨脹到幾乎塞滿整個圈子。我感覺到它冷酷的得意情緒，它看到喬治屈服時的喜悅。現在它把注意力轉向新的犧牲者。我瞥了藏在兜帽下的臉一眼——露出森森利齒的獰笑、死白的皮膚、像是兩枚黑色硬幣的眼珠。

我回頭看著喬普林，他的眼神和畢克史塔毫無兩樣。

奇普斯已經成年，無法看見鬼魂，但他還是能感應它的存在。我發現他把自己縮向椅背。我呢？我挺直背脊，緊握拳頭，在心裡狠狠甩上一扇門，把悲傷收到石牆後面。我漸漸平靜下來，恨意宛如冬天的湖泊——冰冷、澄澈、漫無邊際……我挺直背脊，瞪著喬普林。

「或許、或許我們可以再試一次。」他自言自語。「對。只要把她放到這張椅子上。有什麼損失呢？很難嗎？雖然這個男孩失敗了，說不定她能撐過去。」

他踏出鳥兒似的雀躍步伐走來，刀子握在手中。

「不要碰她。」奇普斯說。

「很快就輪到你了。」喬普林說：「現在先安靜一下，不然我把你丟給我的主人。」

他沒有迎面走過來，而是繞到我背後，伸長手臂切斷繩索，再次以刀尖抵住我的脖子。我靜靜站著，揉揉破皮的手腕。

「去另一張椅子那邊。」喬普林說。

我沒有抗議，逼自己緩緩呼吸，努力克制情緒。「要我看那面鏡子的話，你損失可大了。」我說。「我能和鬼魂交談，他們對我說話。我可以告訴你許多祕密。把我害死就沒有用了。」

「往前走。抱歉，我不相信妳。誰有這種天賦？」

「我就有。我帶了一個第三型鬼魂。源頭就在我的袋子裡，我放在旁邊。畢克史塔根本比不上它。我這就拿給你看。」

在黑暗中，我感覺到罐裡的鬼魂嚇了一跳。「喂，幹嘛把我扯進來？他和庫賓斯一樣壞心眼。詭異的實驗，古怪的習慣……等一下他會帶我一起泡澡。」

喬普林一頓，刀尖的力道增強幾分。「我還是不信。」

「很好！」

「不過既然妳帶了遺品，我晚點會來仔細檢查。」

「喔，太好了。謝謝妳的多嘴。」

與喬治的椅子只有幾步路的距離。畢克史塔投來灼灼目光。中間圈子裡附在鏡子上的七個鬼魂聚集在黑檀木架子上空。他們和剛才一樣沒太大動靜，哀傷的嗓音在空氣中敲出輕輕的迴響。骷髏頭說得對——它們做不了什麼。它們看起來相當消極，只對失去的骨頭執著不已。

不過鏡子本身就是另一回事了。我努力不去看，但它還是出現在我的眼角餘光中。骨頭邊緣閃著鈍鈍光芒，但鏡面是個漆黑的洞。嗡嗡聲響亮得令人膽寒。我察覺鏡中有些許動靜，黑暗中有什麼東西在翻捲。伴隨著這份感知的是突如其來的衝動，催促我正眼看它。欲望像尖叫聲般從我體內湧出。我甩掉這些感覺，可是我也不敢看喬治。我雙眼對著地面，指尖刺進掌心。

喬普林輕輕推了我一把，將我稍微推離他身邊。我回頭瞄了一眼，看到他蹲在椅子後，割斷束縛喬治虛軟雙手的繩子。我轉過身，但喬普林再次舉刀制止我。

「不要亂來。」喬普林說。他抬眼直視我，垂下腦袋，露出滿口黃牙。「把屍體拉下來，坐上這張椅子。」

「我才不要。」

「妳別無選擇。」

「錯了。我要撿回我的長劍，然後呢，喬普林先生，我要殺了你。」

在喬普林背後，畢克史塔的鬼魂突然迅速移動。喬普林像是被人推了一把似地往前踉蹌。他雙眼空洞，齜牙咧嘴地舉刀衝向我。

我準備行動。

就在此刻，喬治從椅子上站了起來。

我放聲尖叫。背後傳來奇普斯的驚叫。喬普林發出介於哀號和怒吼之間的怪聲，刀子從他手中落下。

走道上的拘魂罐怒罵幾聲。「還活著？太經典了。眞是順利。」

喬治表情茫然，眼鏡歪歪掛著，撲上前抱住喬普林的腰，使勁將他舉起來，往旁邊一甩，讓他踉蹌退進鐵鍊圈裡。喬普林沒有站穩，撞上三腳架，支架搖晃翻倒。鏡子鬆脫，狠狠落地。

喬治站得穩穩的，撥開遮住眼睛的頭髮，對我眨了眨一邊眼。

我目瞪口呆地看著他，嚇得幾乎說不出話。「喬治……你、你怎麼——？」

「我先忙，晚點再問。」他衝向喬普林。

喬普林驚慌失措，尖叫撲騰，忙著擺脫傾倒的三腳架。那七個鬼魂在他頭頂上盤旋；沒想到——雖然他就在圈子裡——它們完全沒打算碰他。喬治逼上前時，喬普林握住三腳架，瘋狂揮舞，準頭差勁得要命。三腳架從他手中飛出，在地上滾了幾圈，撞進另一個鐵鍊圈，也就是囚禁畢克史塔鬼魂的圈子。鐵鍊移位，相接的兩端開了一個小縫

無形的力量從上方壓落，一聲嘶吼響起。寒風吹襲整個房間，把一片片落塵吹向周圍走道。鐵鍊宛如活物般抽動顫抖——那陣風將剛才的縫隙拉得更開了。戴著兜帽的人影朝我轉頭。

它彎曲變形，如同煙霧般把自己壓扁，穿過鐵鍊間的小洞。它背後拖著一縷縷鬼氣，連到地上的屍體。人影往上伸展，頭頂抵到天花板，接著往前飄移，長袍裂開，露出兩條蒼白枯瘦的手臂，以及指節凸出的雙手。

畢克史塔的鬼魂自由了。

奎爾．奇普斯感覺到了。他的眼珠子幾乎要滾出來，肌肉緊繃，在椅子上搖晃掙扎。「露西！」他啞聲叫嚷。「救我！」

沒空撿回我的長劍。被喬普林拿到桌上了，我得越過滾在地上糾纏不清、滿口髒話的喬治和喬普林才到得了。要是我回頭去拿，奇普斯早就完蛋了。

但我手無寸鐵。除了……

我衝向奇普斯，衝向畢克史塔的鬼魂，同時彎腰握起剛才被喬普林踩散的鐵鍊，腳步絲毫不

變。跑到椅子旁時，我已經將鐵鍊像鞭子般揮起。

直擊畢克史塔醫師的腦門。

它矗立在奇普斯背後，像是要把他整個人摟在懷裡似地伸直雙臂。兩隻半透明的手掌往下猛抓。我大喝一聲（比較像是尖銳的咯咯聲），將鐵鍊揮舞成圈，削過鬼魂慘白的指尖，把它們化爲滋滋作響的白煙。鬼魂連連後退。我擋在它和椅子之間，鐵鍊上下亂甩。

「小心點！」奇普斯拚命閃躲在他身旁飛舞的鍊子。

「這樣效率不夠好嗎？」我邊喘邊說。「要我離開嗎？」

「不，沒關係，這樣就好——哎唷！」鐵鍊掃過他的頭髮。

從屍體中央汩汩溢出的大量鬼氣貼著地面後退，鬼魂變得更長，更像凶狠的毒蛇。腦袋與軀幹延伸到高空，左右搖擺，努力閃躲鐵鍊的攻擊。它的手臂往內收起，被我狠狠斬斷，隨即重新成形。鬼氣如雨般灑在我們周圍，沾了我們滿身。

即使在打鬥途中，艾德蒙·畢克史塔依舊聲聲呼喚，在我心裡呼喚——催促我去看鏡子，承諾會實現我內心深處的欲望。太老套了。它沒有招數可用。儘管他的鬼魂形貌駭人，儘管瘋狂與惡意令它無比強大，我發現自己越來越冷靜，越來越有信心。我身上沾滿塵土，累得要命，被鬼氣燒得衣服處處冒煙，但還是站穩腳步，保護我的對手。我凝視那道幻影，看到它的兜帽往後掉，露出畢克史塔整張臉。是的，它是如此醜惡，如此猙獰；是的，它尖牙利齒，眼珠像黑色的硬幣，不過呢——少了兜帽——那不過是張人臉。愚蠢、執著的男人，爲了引人注目，穿起詭異的長袍。追求他不該知道的答案，卻又怕到不敢親眼面對。無論自己是生是死，都在利用其他人。他的嗓音具有催眠的功效嗎？是啊——對某些人來說或許是如此，但我才不買帳。

我受夠他了。

我轉守為攻。鬼魂被高高揮起的鐵鍊逼退，我趁機上前，調整手臂角度，像釣客拋出釣線般把鐵鍊甩到我頭頂上。鐵鍊垂直往下將畢克史塔乾淨俐落地剖成兩半，從頭頂一路到地面。

伴隨著嘆息與輕喘，那道幻影消失了。一絲鬼氣咻咻掃過地面，被吸回屍體內，空氣劈啪作響，它不見了。

鐵鍊前端飄起白煙，我鬆手丟下它。奇普斯僵硬地坐在椅子上，表情有些痛苦。

「我把它趕回去了。應該要花點時間才能重新成形。」

「很好。」奇普斯舔舔嘴唇。「謝了，雖然不需要妳順便幫我剃頭。現在可以幫我鬆綁了吧。」

「還沒。」我望向房間另一側。「還有一件事要解決。」

□

我與鬼魂單挑的時候，喬治和喬普林的纏鬥也有了結果。兩人滿地亂滾，最後撞進一堆空棺材，跌得四腳朝天。喬普林壓在上面，他大吼一聲，掙脫喬治的箝制，搖搖晃晃地爬起來。喬治無法反應，坐倒在牆邊，筋疲力盡。

喬普林的襯衫破了，外套幾乎被剝下來，一副頭昏眼花的模樣。然而他心頭只惦記著一件事，回頭望向落在另一端、正面朝下的骨頭鏡子，朝它踉蹌走去。

不行。不准。該做個了結了。

即便我累得要命，還是比喬普林快了一步。我走上前，來到鏡子旁。那七道哀戚的淡薄鬼影依舊飄浮在鏡子上。我彎下腰撿起鏡子，不顧那群鬼魂，不顧喬普林的呼喊，帶著它往桌邊走。

鏡框冷得像冰柱，骨頭摸起來相當平滑，散發的靈異氣息讓我指尖刺痛。嗡嗡聲震耳欲聾。我刻意把正面朝下，一抬頭，就看到那群鬼魂飄在我四周，又近又遠。它們的注意力全在那面鏡子上，我感覺不到半點威脅。它們的面容空白模糊，像是被雨水浸泡過的照片。

我四周響起微弱的叫嚷：「**把我們的骨頭還回來……**」

「好啦、好啦。我看我能做什麼。」

來到桌邊的第一件事是從地上撿起我的長劍。接著迅速掃過雜亂的桌面，看到幾件喬普林的工具：撬棍、鑿子、鎚子。我不太想知道他拿這些做過什麼事。

喬普林停在桌子另一側，眼中又浮現同樣的呆滯專注。「不！」他啞聲制止。「這是我的！別碰！」

我沒理他，回頭望向擺滿棺材的走道——剛才我走過的那一條。可以看到微弱的綠光，臭著臉從背包開口往外偷看。

「骷髏頭！就是現在！鏡子在我手上了。快說話！」

微弱的嗓音透出不安。「說什麼？」

「製造鏡子的時候你在場。告訴我要如何摧毀它。我要解放困在這裡的可憐靈魂。」

「誰管它們？那些沒用的傢伙。看看它們——明明可以隨便給妳來個鬼魂觸碰，卻只是飄來飄去，無痛呻吟。那些垃圾。它們活該被困住。至於我呢——」

「給我說！還記得如果你不配合的話，我會怎麼做嗎？」

桌面另一側的喬普林突然撲向我。我舉起長劍，把他逼退。但就在同時，我握住鏡緣的手一鬆，鏡子一滑，鏡面往上翻，讓我瞥見漆黑的光滑表面……

太遲了，我把鏡子反過來按在桌上，緊緊閉上雙眼。可怕的劇痛突然刺穿我的臟腑；我感覺自己被某種力量開腸剖肚，疼痛化為再看一次鏡子的強烈欲望。那是一股難以抵擋的衝動。我知道鏡子能解決一切問題。它能帶給我至高的幸福。我的身體無比乾涸，但鏡子可以為我解渴。我餓得要命，鏡子能帶給我糧食。鏡子以外的事物全都顯得貧瘠無趣，沒有價值——在這片閃耀幽光的漆黑之外，一切都沒有意義。我看得到，我可以加入，只要我翻過鏡子，把自己交給它。就和呼吸一樣簡單。我放下長劍，伸出手……

「露西這個小笨蛋……」骷髏頭的嗓音狠狠穿透我的美夢。「和其他人一樣蠢。看得目不轉睛，明明只要砸爛鏡子就好。」

砸爛鏡子……？我僅存的理智頓時大放光明，再次與人世間的光彩、與現實中的恐懼產生連結。

我一把抄起鎚子，狠狠砸上鏡子背面。刺耳的碎裂聲，氣流往外噴射；在我耳邊揮之不去的嗡嗡聲戛然而止。那七個鬼魂同時嘆息，傳達出接近狂喜的情緒。它們變得更加模糊，微微顫抖，消失得無影無蹤。鏡子只剩滿桌碎骨、縫線，以及黑色鏡片。我再也感覺不到痛苦，或是渴望。

在寂靜的房間裡，好一陣子沒有人動彈。

「很好。解決啦。」我說。

喬普林愣了好幾秒，接著發出空洞的呻吟。「妳好大的膽子！這是無價之寶！這是我的！」他一邊叫嚷，撲上來，從桌上翻出一把巨大、看起來像塊生鏽廢鐵的燧發手槍，擊鎚掀起。

他舉槍對著我。

旁邊響起禮貌的咳嗽聲。我抬起頭，喬普林轉過身。安東尼．洛克伍德站在一旁。他身上沾滿地下墓穴的落塵，領子與頭髮黏了不少蜘蛛網，褲子膝蓋處破了，手指染血。無論他平時是多麼光鮮亮麗，在我眼中都比不上此時此刻。他若無其事地拎著他的佩劍。

「退後！」喬普林大吼。「我有槍！」

「嗨，露西。哈囉，喬治。抱歉我花了點時間。」

「沒關係啦。」

「我錯過什麼了嗎？」

「我叫你退後！」

「不多。我救了喬治——或著該說他救了我。奇普斯也在這裡。骨頭鏡子——或者該說是它的殘骸——在我這邊。喬普林先生正在拿他那把古董槍威脅我。」

「看來像是十八世紀中期的英軍手槍。」洛克伍德說：「兩顆子彈，燧發式。這個型號挺罕見的嘛。軍方使用兩年後就淘汰了。」

我盯著他看。「你怎麼會知道？」

「一點皮毛罷了。重點是這種武器準頭不太好，而且得存放在乾燥的地方，而不是像這樣的潮濕地下室。」

「閉嘴！你再不聽話——」

「我不認爲它還管用。就來試試看吧？」說完，洛克伍德朝喬普林直直走來。

喬普林氣得嘶嘶吐氣，從他手中傳來古董手槍寂寥的喀嚓聲。他狠狠咒罵，把槍丟到我們腳邊，轉過身，跌跌撞撞地橫越房間，直奔畢克史塔落在地上的屍身。

「喬普林先生！」我大叫：「停！那裡很危險！」

洛克伍德追了上去，但喬普林沒有理我們，就像一隻戴著眼鏡的瘦老鼠，他的路徑不斷偏移，腳底連連打滑，既恐慌又無助，被鐵鍊絆到，踩上碎石子，不確定要往哪裡前進。

但結局早已決定。

喬普林通過木乃伊化的屍體旁時，那道戴著兜帽的身影從磚塊地面浮起。鬼魂比剛才黯淡許多，連我也幾乎看不清，喬普林就直接穿了過去。透明的白色手臂將他包圍。他放慢腳步，停了下來；他腦袋往後仰，身體猛然抽搐。他發出一聲長嘆，接著緩緩往前倒下，穿過那道淡淡人影，倒在地上。

不過是幾秒間的事情。等我們趕到時，鬼魂早已消失，喬普林的皮膚已經發青。洛克伍德將鐵鍊踢過來圍繞畢克史塔的屍體，封住源頭。我跑到喬治身旁，他還癱坐在角落，緊閉的雙眼在我接近時睜開。

「喬普林呢？」他問。

「死了。畢克史塔奪走他的小命。」

「鏡子呢？」

「抱歉，被我砸了。」

「喔，沒關係。」他嘆息。「或許這樣最好。」

「我想也是。」

我雙腿一軟，在他旁邊坐下。房間另一端的洛克伍德臉色灰白，靠著牆壁。我們什麼都沒說。誰都沒有力氣開口。

「嘿……」奇普斯的嗓音敲出回聲。「等你們休息完，可以派個人來幫我鬆綁嗎？」

29

肯薩綠地陽光普照。現在還不到早上六點，不過已經到了適合外出的時段。樹葉閃閃發亮，草皮的露珠反射陽光；蜜蜂蝴蝶八成正四處飛舞，但我沒心力欣賞。我眼前僅有的生機是十多名靈異局職員，他們占據了挖掘基地。我坐在禮拜堂的台階上俯瞰他們，任由清新的暖意貼上我的皮膚。

他們開來好幾輛廂型車，把工寮當作臨時調查中心。伯恩斯督察站在一輛車旁，比手畫腳地和洛克伍德展開熱烈討論。即便隔了好一段距離，我幾乎能看見他的鬍鬚往四面八方揚起。另外一輛車外，一群急救人員忙著幫喬治包紮傷口——還有站成一排的凱特．古德溫、鮑比．維農、奈德．蕭。至於奎爾．奇普斯呢，他早已做好初步處置，同樣坐在台階上，不過低我幾階。我們一起盯著相關人員擁入禮拜堂。他們扛著鐵粉、銀器、各式各樣的防護容器，準備把地下墓穴裡的危險物品一網打盡。

身披白袍的鑑識人員散在禮拜堂下方的基地各處，尋找衣服碎片、血跡、落地的武器——一、兩個小時前禮拜堂外那場大戰的紀念品。

根據洛克伍德的敘述（以及事後幾間報社的報導），與溫克曼那群打手的大戰可說是勝算渺茫。總共六個敵人加入戰局——每個都帶上棍棒。洛克伍德與三名費茲偵探社的調查員幾乎賭上自己的性命。鈍器對上細刃長劍，人數優勢對上高超的戰鬥技巧。戰場以禮拜堂台階爲中心，起初，敵方憑著蠻力占了上風。不過調查員們的劍技慢慢扳回一城。局勢扭轉。等到破曉那一刻，打手們被趕出基地，在墓碑間逃竄。洛克伍德表示他讓三名對手受了重傷；奈德和古德溫解決了兩個人。第六個丟下木棒逃了。最後他們把五名俘虜丟在工寮旁，由凱特．古德溫負責看守。

不過勝利的代價也不小。每個人都遍體鱗傷——洛克伍德與古德溫受了不少皮肉傷，奈德．蕭手臂骨折。鮑比．維農被人往頭上敲了一棍，無法站立。洛克伍德闖進最近的工寮，指示奈德找電話聯絡伯恩斯，接著他衝進禮拜堂，發現敞開的靈柩台。正如我的預料，他毫不猶豫跳入黑暗中，接著匆忙尋找喬治和我。

離開比進來容易。後來我們找到開啓地下墓穴出入口（以及綁住奇普斯的鐵鍊）的鑰匙，走樓梯回到禮拜堂。我們緩緩爬上樓梯，靈異局的人馬恰好在此時抵達。

伯恩斯督察走上台階與我們會合。在聽洛克伍德或是奇普斯的證詞前（他們兩個都搶著開口），他先問起那面鏡子；那是他唯一掛記的東西。洛克伍德以花稍的手勢呈上鏡子的碎片。伯恩斯的鬍鬚整個塌下來，看來他對鏡子的狀態深感失望。他還是馬上找急救人員協助我們，接著找來大批人馬深入搜索地下墓穴。他要查出喬普林可能在裡面藏了什麼。

不過呢，他的手下再怎麼找，有樣東西是絕對找不到的。我撿回了背包——以及裡頭沉默的拘魂罐。雖然有些爭議，骷髏頭也算是救了我一命。我打算等回家再來決定它的命運。

□

除了一開始的簡短對話，奇普斯幾乎被伯恩斯遺忘了。他在階梯上坐了好一會，臉色灰白、蓬頭垢面，與平時趾高氣揚的模樣有些差距。

我一時衝動，清清喉嚨開口：「我想向你道謝。謝謝你先前替我說話。還有謝謝你追著喬治來到這裡。我還滿驚訝的。看到你被畢克史塔家的老鼠嚇得屁滾尿流，我真的料不到你有這麼大的膽子。」

奇普斯乾笑幾聲，我等著迎接尖酸的回應。然而他沉默一會才低聲說：「妳對我抱持什麼樣的評價都隨便妳。但妳還不知道當天賦開始消退的那一天，那是什麼樣的感覺。你還是感應得到鬼魂——你知道他們就在身旁，可是你再也無法看清或是聽清楚它們的動向。你什麼都做不了，怕得要命。有時候那些情緒會把你淹沒。」

說到這裡，他突然面色凝重地起身。洛克伍德踏過明亮的草坪，朝我們走來。

「我們都要被逮捕了嗎？」我向他拋出疑問。我能想到好幾個伯恩斯對我們發火的理由，比如我把骨頭鏡子砸碎就是其中一條罪狀。

洛克伍德咧嘴一笑。「怎麼會呢。伯恩斯先生有什麼理由不開心？沒錯，我們弄壞了鏡子。沒錯，我們殺了頭號嫌犯。不過倫敦的危機解除，這是他派我們調查的首要目的。他不能否認我們成功了，對吧？至少我是這麼對他說的。總之呢，他拿到鏡子了，雖然狀態不太好；而且喬普林藏在這裡的玩意兒都歸他處理。我們逮到的打手也對朱里斯．溫克曼不利。他開心得要命，只是臉有點臭而已；我也是。奎爾，你還好嗎？」

「對。」

「所以你把那個東西交給伯恩斯了。」

「他把破案的功勞歸給你？」

「沒錯。」

「全部的酬勞？」

「其實沒有。雖然跑腿調查的是我們，你和你的小隊在最後一仗也出了力。」洛克伍德說：「我提議七三分帳，希望你們能接受。」

奇普斯一時語塞，深深吸了幾口氣。「還……可以接受。」

「很好。」洛克伍德眼神閃亮。「至於我們的賭局呢。如果我記的沒錯，輸家要在《泰晤士報》刊登廣告，把贏家誇到天上去，好好低頭認輸。既然是我們找到鏡子，我們逮到喬普林，伯恩斯宣布我們是正式贏家，相信你也認同你和你的小隊輸了這一次。有什麼異議嗎？」

奇普斯咬住嘴唇，疲憊的雙眼左看右看，尋找答案。最後硬是擠出回答，不情願的模樣活像是被鳥兒從土裡硬扯出來的蚯蚓。「沒有。」

「太好了！」洛克伍德無比雀躍。「我就等你這句話。當然啦，我沒辦法逼你履行諾言，老實說剛才與你的隊員並肩作戰後，我也不想這麼做。同時呢，我知道你有試圖救喬治和露西——

這事我絕對不會忘記。別擔心。沒有必要多付出什麼代價。」

「登報廣告？」

「忘了吧。這個提議實在有夠幼稚。」

奇普斯臉上百感交集，一副欲言又止的模樣，最後只是點了頭，挺直背脊，大步踏下台階，與隊員會合，背後飄出一小片落塵。

「這麼做眞不錯。」我目送他離開。「我想這也是正確的做法。只是……」

洛克伍德抓抓鼻子。「嗯，我不確定他會抱持多少感恩之心。好啦——還能怎麼辦呢？喬治來啦。」

喬治的傷口都包紮好了。除了幾處瘀青、雙眼周圍的紅腫，他看起來出奇健康。不過神態有些怯懦，走向我們的步伐間帶著猶豫。今天早上我們三個總算有了獨處的機會。

「要是你們想殺我，動作可以快一點嗎？我現在站著都能睡著。」

「我們都是。」洛克伍德說：「可以之後再來動手。」

「抱歉給你們惹來這麼多麻煩。事情不該這樣發展的。」

「確實。」洛克伍德清清喉嚨。「但或許我也該道歉。」

「基本上我不向任何人道歉的。」我說：「至少要等我補完眠。」

「我一直對你很沒耐性，喬治。」洛克伍德說：「沒有好好珍惜你對我們偵探社的傑出貢獻。你今天的行爲幾乎都是受到那面鏡子和畢克史塔鬼魂的影響。我能理解那不是你的本意。」

他等了一會。喬治什麼都沒說。

「我給你機會多道歉幾句耶。」洛克伍德說。

「他要睡著了。」我說。喬治的眼皮不斷往下掉。我戳戳他，他猛然抬頭。「嘿，現在要問你一件事。你看那面鏡子的時候……」

喬治昏昏欲睡地點頭。「我知道妳要說什麼。答案是什麼都沒有。我什麼都沒看到。」

我皺眉。「是喔。告訴你，我也差點被困住了。我才瞄了一眼，就感覺到強大的拉力，得要費盡心力才能擺脫控制。你明明就直接看了鏡面。不只是這樣，你還對喬普林說你看到——」

「『好漂亮』？喔，那是我編的。我只是掰出喬普林想聽的話。」他對我們咧嘴一笑。「全都是演出來的。」

洛克伍德愣愣看著他。「我不懂。如果你真的直視那面鏡子——」

「他看了。」我用力強調。「當著我的面。」

「威柏弗和尼德斯——還有其他看過鏡子的人——都被嚇死了，你怎麼有辦法活下來？」

喬治緩緩摘下眼鏡，爲我們解惑。他把眼鏡垂到腰間，像是要拿衣角來擦拭似的，卻直接將手指抵住鏡片，輕輕一戳——他的指尖沒被鏡片擋住，而是直接穿透鏡框。他把手指插在鏡框裡左搖右晃。

「先前和喬普林扭打的時候，我們的眼鏡都被撞掉了。我的眼鏡撞到石頭還是什麼的，兩邊鏡片都掉到地上啦。喬普林沒有注意到，我當然也不想告訴他。就算鏡子裡面裝了馬戲團，我一點也都不在意。」

「你的意思是，當你看著那面鏡子……」

「沒錯。」他把空蕩蕩的鏡框收進口袋。「超出一定距離，近視眼會讓我什麼都看不到。」

30

地下墓穴的祕密！
破獲黑市幫派 狂徒的駭人收藏品
詳見內頁：A．J．洛克伍德將披露一切真相

多年來，倫敦《泰晤士報》密集追蹤一處邪惡黑市，其中交易的都是與靈擾有關的危險物品。指控與謠言四起，然而實際證據付之闕如——直到現在。

昨日的報導中提及警方在肯薩綠地與布魯斯伯理逮捕數人，今天的要聞是洛克伍德偵探社的調查員揭發了那夥在倫敦市中心行竊的盜匪幫派。安東尼．洛克伍德先生將於本報專訪中介紹他英勇的團隊成員，加上費茲偵探社的幾名助手，與危險的罪犯展開搏鬥，並在鬧鬼的地下墓穴尋獲大批贓物。

洛克伍德先生將一一描述這場史詩級調查行動中的諸多驚險時刻，包括漢普斯特駭人的老鼠鬼魂，以及鐵棺材驚魂記。他也將細數如同蜘蛛網般縝密的線索，最終牽扯到艾伯特．喬普林先生的死亡，這位知名研究員至少涉入一起謀殺案。「他對過去太過著迷。」洛克伍德先生說：「他花太多時間挖掘歷史的黑暗角落，最後，這份執著腐蝕了

他的良知，帶走他的理智。身處這個驚擾不斷的時代，或許我們都能從中學到一課。」

完整專訪：見四至五版。

「老鼠之屋」平面圖和照片：見六至七版。

墓地可有安寧的一天嗎？：見二十五版

□

禮拜堂地底下的混戰結束後過了三天，我們聚集在波特蘭街三十五號的地下一樓辦公室吃上午茶。我們心情愉快，睡得很飽，也獲得足夠的注目。盛大的費茲偵探社五十週年宴會仍舊是各家報紙的熱門話題，不過我們的冒險也不遑多讓。不只如此，來自靈異局的支票——伯恩斯督察本人簽的名——也剛好兌現，匯入我們的銀行戶頭。又是一個陽光燦爛的早晨。

洛克伍德坐在他的位子上給郵件分類，手邊放了一大杯咖啡，杯中緩緩飄出白煙。他一派輕鬆，領口的釦子沒扣，外套掛在一尊甲冑上，這是上個月某位客戶送來的謝禮。在辦公室角落，喬治抱著厚重的黑皮案件紀錄本，拿了一支銀筆，寫下他對鏡子失蹤案的敘述。他收集了一大疊剪報，旁邊放了一罐漿糊。

「這起案件有太多好消息可以貼了。」他說：「總比溫布頓死靈那次好太多了。」

我放下《泰晤士報》。「洛克伍德，這篇訪談滿不錯的嘛。不過奇普斯被寫成你的『助手』，他應該開心不到哪裡去吧。」

洛克伍德一臉受傷。「考量到各個層面，我覺得他被寫得很好啊。我對他讚賞有加耶。不然他可能沒有半點版面。」

「你讓那面鏡子完全沒有版面。」我說：「你提到畢克史塔，但只有說他的鬼魂從鐵棺材裡冒出來。報導完全沒有沾到那面骨頭鏡子，或是喬普林眞正的目的。」

「嗯，這都要多虧了伯恩斯。」洛克伍德拿了一塊喬治今天早上匆忙烤出來的巧克力燕麥棒。喬治煮了一堆東西，端上我們最愛的菜色點心來致歉。老實說他不必這麼做，但洛克伍德和我都還不打算對他明說。「伯恩斯嚴格禁止我提到那面鏡子。」洛克伍德繼續說：「或是它可能造成的危險。所以在媒體面前，我們得專攻黑市的部分——就是溫克曼那夥人幹過的勾當。喬普林會被寫成瘋狂學者。」他一邊咀嚼燕麥棒一邊說：「我想他確實也是啦。」

「『他的執著腐蝕了他的良知』。」我唸出訪談內容。「就像多年前畢克史塔遭到腐蝕一樣。」

「是啊，那些人就是太過好奇了。」洛克伍德說：「這種事層出不窮……」他瞥了喬治一眼，後者正忙著往本子裡黏東西。「當然了，這個案子不只是人本身的問題。鏡子對接觸過它的人產生強大的吸引力。畢克史塔的鬼魂也是。像喬普林這樣脆弱、貪婪、對這類事物無比著迷的人碰上這兩樣東西，很快就會瘋掉。」

「真正的疑問來了。」我說。「那面鏡子的真相是什麼？它真有畢克史塔宣稱的功效嗎？它真的能讓我們看見死後的世界？真的是通往另一個世界的窗口嗎？」

洛克伍德搖搖頭。「整件事充滿矛盾。不看鏡子就無法得知真相，看了鏡子就幾乎必死無疑。」他聳聳肩。「無論如何，它確實都讓人見識到另一個世界啦。」

「我認為那的確是一扇窗。」喬治抬起頭。他臉上的瘀青還沒消，不過眼中的光彩已經恢復。他換了一副新眼鏡。「在我看來，畢克史塔的理論雖然怪，倒是有幾分道理。鬼魂透過世界間障壁的脆弱處來到這邊，我們稱之為源頭。要是把足夠的源頭擺在一起，或許就能挖出夠大的洞，讓人看到另一個世界。這個想法很迷人——」他閉上嘴，突然發現我們一同瞪著他看。

「呃，我對這件事已經沒興趣了。誰想吃燕麥棒？」

「反正現在都不重要啦。鏡子都被我打破了，再想也沒有用。」

「妳確定？」喬治拋來陰沉的眼神。「碎片在靈異局手上。說不定他們會想辦法把它拼回來。我們完全不知道蘇格蘭警場內部的狀況，也不知道費茲偵探社在搞什麼鬼。你們忘記那間圖書館裡的藏書了嗎？他們甚至連瑪莉．杜拉的小冊子都收入了館藏——有多少人知道這項情報？裡頭可能藏了更多驚人的知識。」

「喬治。」我說。

「我知道。我現在就閉嘴。只是說說而已，我知道那面鏡子很可怕。」

「說到可怕的東西，我們要如何處理這一個？」拘魂罐擱在我桌子一角，拿了針織茶壺套罩住。它已經在這裡擺了三天了。肯薩綠地的事件落幕後，鬼魂硬是拒絕現身；沒有臉，沒有聲音，甚至連最微弱的鬼氣光芒都看不見。骷髏頭固定在罐子底部，空蕩蕩的眼窩往外眺望。沒有半點跡象顯示那個險惡鬼魂的存在，為了維護隱私，我們一直沒有掀開栓塞。

「沒錯，我們得要決定它的命運。」洛克伍德說。「它真的在地下墓穴救了妳？」

「對……」我瞪著沉默的茶壺套。這個橘色條紋的茶壺套是喬治的媽媽織給洛克伍德的禮物，罩在拘魂罐上剛剛好。「這傢伙基本上光顧著歡欣鼓舞，因為我們快掛了，但在少數幾個場合，它好像起了那麼一點作用。到了最後——我被鏡子控制，感覺幾乎要放棄抵抗的時候——它開了口，讓我脫離鏡子的箝制。」我皺眉。「不知道它是否真的有這個意思。就算是，大概也只是因為我對它的百般威脅。我知道它有多扭曲。在漢普斯特，它差點害死我們。」

「所以要怎麼處理它？」洛克伍德問。

「這是第三型鬼魂。」喬治的嗓音中帶了點歉意。「我知道我不該說這種話，但它太重要了，不能隨便銷毀。」

洛克伍德往後靠上椅背。「交給露西決定，她受到的影響最大。喬治說得對，這顆骷髏頭或許還有些價值，我們原本打算把這件事昭告天下。但它真的值得我們大費周章，冒這麼大的風險嗎？」

我掀起茶壺套，凝視罐子好一會。「老實說，我目前一點都不想讓任何人知道我和這個鬼魂有所聯繫。會有什麼後果？與畢克史塔的鏡子一樣，而且更糟。每個人都會為之瘋狂。靈異局會抓我去做一堆實驗，想向骷髏頭問出情報。那是地獄。我再也沒有安寧的一天。所以如果你們不介意，這件事可以暫時保密嗎？」

「當然可以。」洛克伍德說：「沒問題。」

「至於摧毀它呢，」我說。「我不太確定眞的該這麼做。在地下墓穴時，我聽見困在鏡子裡的鬼魂的聲音。它們並不邪惡——只是很悲傷。就算不像骷髏頭這樣對我說話，它們還是試著與我溝通。所以我才會打碎鏡子，這是它們的願望。我的意思是，我越來越能理解自己的天賦了；或許它正在增強。我和任何鬼魂的聯繫都絕對比不上骷髏頭。所以無論是好是壞，就算這個卑鄙、陰險的傢伙每句話裡有半句是謊言，我認爲還是該把它留在這裡。姑且。說不定有一天它能幫上我們大忙。」

我發表完自己的想法後，我們安靜了好一會。喬治拎起他的筆。我處理了一些文件。洛克伍德望向窗外，陷入沉思。

「這張照片是朱里斯．溫克曼舉辦拍賣會的倉庫。」喬治舉起一張剪報。「你們沒對我說屋頂有那麼高。」

「沒錯。這一跳比芙洛．邦斯的破船還要可怕。」我說。「洛克伍德，芙洛今晚幾點要來？」

「六點。我還是覺得邀請她來吃晚餐有點危險，但我們欠她不少人情。最好先準備一噸甘草糖。對了，我有沒有對你們說過溫克曼的手下怎麼有辦法追蹤我們？溫克曼在靈異局裡有眼線。

露西和我第一次在他店裡被逮到的時候，他就找對方問出負責本案的調查員身分。所以囉，拍賣會後，他早就搞清楚我們屬於哪間偵探社，派手下一路尾隨我們到墓園。」

「讓溫克曼知道我們的名字感覺不算好事。」喬治說。

「希望他這陣子會忙到沒空管我們。」

「還有一件事。」這件事在我心底擱著好幾天了，一直到現在，在寧靜斑駁的陽光中，它才找到機會浮出來。「在費茲圖書館那次，我們看到潘妮洛．費茲和那個人說話……她交給他一樣東西——一個箱子。不知道你們有沒有看到。」

「我沒有。」洛克伍德說：「我把頭轉到另一邊了。」

「我塞在桌下那個匪夷所思的空間裡。」喬治說。「你們不會想知道我眼睛盯著什麼看。」

「嗯，我不知道箱子裡裝了什麼，」我繼續說下去，「但外頭印了一個符號。喬治——還記得康比柯瑞大宅那次，你從費爾法那裡摸來的護目鏡嗎？」

「我不只記得……」喬治往他桌上格外雜亂的角落翻了一陣。「就在這裡呢。」他舉起那副護目鏡，厚實的橡膠外框，鑲上透明鏡片。這幾個月我們稍微研究了一番，但還無法摸索出半點端倪。

「看看你的桌子！」我忍不住斥責。「你和喬普林有夠像……對，就是這裡——有沒有看到鏡片上的豎琴符號？費茲女士的箱子上也有這個圖案。」

洛克伍德和喬治盯著鏡片。「有意思。我沒看過哪間公司使用這個商標。」洛克伍德說：

「我想是費茲偵探社內部部門的標記。喬治？」

「不知道。至少不是公開的部門。仔細想想，那場私會有點怪。費茲女士和那傢伙到底在討論什麼事？某個組織？真的沒聽清楚，我的耳朵被膝蓋遮住了。」他摘下新眼鏡，放到腰間，在貼上運動服前改變心意，羞赧地再次戴上眼鏡。

「別在意。」我說：「你想怎麼擦眼鏡都隨便你。你一點都不像喬普林，真的。」

洛克伍德忙著挑選最中意的燕麥棒，點點頭。「一點都不像。那個沒有朋友的社交障礙神經病，對死亡抱持著病態的執著，而你呢……」他端起盤子。「小露，來點餅乾吧？」

「謝了。」

「而我呢……」喬治催促道。

洛克伍德咧嘴一笑。「這個嘛……你至少有兩個朋友，對吧？」他把盤子傳來傳去。「說到這，我想到我原本要說的話了。」

喬治看了我一眼。「他又要虧我了。」

「我想他又要吹噓和溫克曼的手下打得有多精彩。就是我們都沒看到的那場大戰。」

「對，這次他要單手打倒四個壯漢。」

洛克伍德舉起手。「就三個而已。雖然其中一個真的超級高大，身上毛超多。」他說：「我一直在想這個案子。從頭到尾，每個人都對鏡子的祕密無法自拔。喬普林、奇普斯、我們，全都深受誘惑。伯恩斯也是。或許只有溫克曼還有點理智。他不在乎鏡子本身，對吧？他只想把它賣掉。他知道鏡子的神祕感讓它價值連城。」他低頭盯著桌面，像是在整理思緒似的。「總之呢，簡單來說——」

「你就說吧。」我對喬治眨眨眼，把燕麥棒咬碎。

「簡單說呢，我認爲祕密只會帶來麻煩。我們身旁太多祕密了，它們只讓事情變得更糟。好啦。我下定決心了。我要讓你們兩個看一樣東西。」

我停止咀嚼。

「喔天，你身上該不會有什麼危險刺青吧？」喬治說：「我才剛忘記卡瓦身上那些花樣。」

「不是刺青啦。」他笑了笑，但笑容中帶了一絲傷感。「如果你們不忙的話，現在就可以帶你們去看。」

他起身走向辦公室另一頭的拱門。喬治和我默默跟上。喬治與我互看一眼。我發現我的手在抖。

我們離開辦公室，離開辦公桌和從窗外流入的陽光。我們爬上螺旋階梯，離開洗衣籃與吊起來晾著的衣物。我們踏進廚房，昨晚的碗盤還沒收。我們來到前廳，門前鋪上嶄新的阿拉伯地毯。我們走過掛著面具和捕鬼道具的牆下。轉向樓梯口，再次往上爬。亂七八糟的衣帽架、客廳、書房開著的門……我清楚意識到每一樣擺設。我們共享的這個空間——普通的東西、熟悉的東西，再過不久，它們的意義可能會永遠轉變，被我們即將見到的事物改變。

二樓走廊只有一扇狹窄的窗戶，和平時一樣陰影幢幢。兩間臥室的門都關著。與平常一樣，喬治用過的浴巾披在葉片式電暖器上，看了就讓人不爽。鳥兒的歌聲從某扇開著的窗戶飄進來，悅耳而響亮。

洛克伍德停在那扇禁忌之門外。他雙手插進口袋。「到啦。以前曾經帶你們參觀這棟屋子，然後呢……其實一直沒有介紹完，對吧？我猜你們或許會想看看這個房間。」

我們凝視這扇平凡無奇的門，褪色的標籤殘膠和以往沒有兩樣。「呃，對……」我開了口。「不過如果你……」

他點點頭。「開門走進去就是了。」

「上面沒有什麼機關吧？」喬治說：「我一直以爲門上可能有什麼會把人吊起來的陷阱。會不會只要一進門就有鍘刀降下來？沒有？是我想太多了？」

「你眞的想太多了。門上什麼都沒有。我當然信任你們兩個。」

我們繼續盯著門板看。

「可是啊，洛克伍德，祕密是雙向的。」我突然說道。「就算我們眞的好奇又怎樣？如果你沒有這個意願，我們也沒有知道的必要。」

洛克伍德又露出招牌笑容。二樓走道頓時明亮許多。「沒事的。這件事我已經想了好一陣子，不知道爲什麼，就是有個坎過不去。不過發現骷髏頭對妳提起這件事，我想也該是時候了。好啦，就讓我爲兩位開門吧。」

□

儘管骷髏頭滿口謊言，它也說得出眞話。它向我們透露了畢克史塔祕密文件的地點，不小心忘記提及鬼魂就在那裡等著。在肯薩綠地，它曾幫我進入地下墓穴，又在我生死交關的時刻雀躍不已。換句話說，它的眞話件隨著危險。而它對這個房間的描述毫無虛假。

洛克伍德一拉開房門，我們馬上注意到內側門框鑲上厚實的鐵條，仔細地釘入木頭。這是爲了抵擋此刻從房內爆出的靈異力量。

厚重的窗簾遮住對面的窗戶，掩蓋所有的陽光，使得房裡一片黑暗。空氣凝重濃稠，帶著濃濃的薰衣草氣味。

起先難以看清任何房內擺設。喬治和我在門口站了一會，慢慢捕捉到掛了滿牆的銀色護符。我們的雙眼漸漸適應黑暗，盯著房裡的一切。這時，我感覺到地板突然歪斜震盪，彷彿我們瞬間跑到海面上，隨著波濤起伏。喬治清清喉嚨。我一手抓住他的手臂。

洛克伍德站在我們後面，等待我們的反應。

「你的雙親？」先找回聲音的人是我。

「很接近了。」安東尼．洛克伍德說：「是我姊姊。」

《洛克伍德靈異偵探社2　低語的骷髏頭》完

Lockwood & Co. 名詞表

*代表第一型鬼魂、**代表第二型鬼魂

Agency, Psychical Investigation　靈異事件偵探社

專門調查鬼魂造成的污染、損害的行業。倫敦市內有十多間偵探社，最大的兩間（費茲和羅特威爾）旗下有數百名調查員；最小的（洛克伍德）則只有三名員工。偵探社大多由成年監督員負責營運，但調查的重責大任幾乎都落在擁有強大超自然天賦的少年孩童肩上。

Apparition　幻影

鬼魂顯現的形體。幻影通常會模仿死者的外貌，不過也有是動物或物體的案例。有的幻影可能是極罕見的形貌。最近的萊姆豪斯碼頭一案中，惡靈變成發出綠光的眼鏡王蛇，惡名昭彰的貝爾街恐怖事件的鬼魂則是以拼布娃娃的外形現身。無論強弱，大部分的鬼魂不會（或是無法）改變外表。唯一的例外是變形鬼。

Aura　靈光

許多幻影周圍會散發出光芒或氣息。靈光大多相當微弱，以眼角餘光看得最清楚。強烈明亮的靈光稱為異界光芒。少數幾種鬼魂，像是黑暗惡靈散發的黑色靈光，比它們周遭的夜色還黑暗。

Catacomb　地下墓穴／墓室

用於葬墓的地下空間。在倫敦並不常見，自從靈擾爆發以來，少數現存的墓室皆已全數廢止。

Catafalque　靈柩台

將棺木垂降至墓室的液壓機械裝置。

Chain net　鍊網
銀鍊細織而成的網子；用途多樣廣泛的封印。

Chill　惡寒
鬼魂在近處時，氣溫驟降的現象。這是即將顯現的四種徵兆之一，另外三種是無力、瘴氣、潛行恐懼。惡寒可能會擴散得很廣，也可能集中在某些特定的「冰點」。

Cluster　群聚
一群鬼魂占據一個小區域

Cold Maiden*　冰魔女*
朦朧灰暗的女性形體，通常穿著老式連身裙，從遠處看不太清楚。冰魔女會散發出強大的悲傷與無力，極少接近生者，但有例外。參見「Floating Bride　飄浮新娘」。

Creeping fear　潛行恐懼
一種無法說明的恐慌，通常會在鬼魂逐漸顯現時體驗到，會伴隨惡寒、瘴氣、無力出現。

Curfew　宵禁
英國政府爲了對付靈擾爆發，在幾個人口眾多的地區強制設立宵禁。在宵禁期間（從太陽剛下山到黎明），普通人得盡量待在屋內，受房屋障蔽保護。許多城鎮以警鐘來提示宵禁開始與結束。

Dark Spectre　黑暗惡靈****
恐怖的第二型鬼魂之一，形成一片會移動的黑暗。有時稍微看得見那片黑暗的中央幻影，有時那片黑影沒有形體，帶著流動感，可能會縮小成跳動心臟的尺寸，或是迅速擴張、吞噬整個房間。

Death-glow　死亡光輝
死亡地點殘留的能量。死得越悽慘，光芒就越旺盛。強大的能量可存留好幾年。

Defences against ghost　對抗鬼魂的障蔽
三個主要的防禦措施依照效用強弱來排序，分別是銀、鐵、鹽。薰衣草也能提供些許保護，亮光和流動的水亦同。

DEPRAC　靈異局
靈異現象研究與控制局（The Department of Psychical Research and Control）的簡寫。這個政府機關致力於與靈擾爆發有關的事務，調查鬼魂的本質，尋求摧毀最危險的鬼魂的方式，並監控那些互相競爭的偵探社。

Ectoplasm　靈氣
構成鬼魂的奇異物質，極不穩定。高濃度靈氣對生者極度危險。參見「ichor　靈液」。

Fetch　學人鬼****
令人不安的罕見鬼魂，以活人樣貌現形，通常是目擊者的熟人。不太具攻擊性，但會造成極大恐慌和迷惑，因此多數專家將其分類爲第二型鬼魂，處理時得高度警戒。

Fittes Manual　《費茲教戰守則》
英國第一間靈異事件偵探社創辦人梅莉莎．費茲撰寫的名作，是調查員的指導手冊。

Floating Bride*　飄浮新娘*

女性形象的第一型鬼魂，冰魔女的變體。飄浮新娘通常沒有腦袋或缺少某個身體部位。有些仍在尋找身體缺失的部位；其餘的會在高處悲傷地懷抱或抓握該部位。因漢普敦宮兩名被斬首的皇室新娘鬼魂而得名。

Gallows mark　絞架標誌

用來支撐絞架台的石台。石台在木架朽壞後通常還會在行刑地點留存很久。

Gallows Wraith　絞架死靈****

死靈的惡性變體，會在行刑遺址出現。在泰伯恩刑場殺害三名調查員的「老歪脖」是名聲最響的絞架死靈。

Ghost　鬼魂

死者的亡魂。從古至今，鬼魂一直存在，但是受某些不明原因的影響，它們越來越普遍。鬼魂分成許多型態，大致有三種類型，詳見「Type One　第一型」、「Type Two　第二型」、「Type Three 第三型」。鬼魂總是盤據在源頭附近，那裡通常是它們死去的地點。鬼魂在天黑後力量最強，特別是子夜到凌晨兩點之間。大部分的鬼魂不會留意生者的存在，或是不感興趣。少數鬼魂極具敵意。

Ghost cult　拜鬼邪教

因各種原因對鬼魂懷有病態興趣的一群人。

Ghost-fog　鬼魂霧氣
帶著綠色光澤的蒼白薄霧，有時會伴隨著顯現冒出。可能是由靈氣構成，冰冷、讓人不舒服，不過本身並沒有危險性。

Ghost-jar　拘魂罐
以銀玻璃製作，用來禁錮源頭的容器。

Ghost-lamp　驅鬼街燈
射出明亮白光的電力街燈，可以驅趕鬼魂。大部分的驅鬼街燈都加裝了遮罩，會整夜定時開啓與關閉。

Ghost-lock　鬼魂禁錮
第二型鬼魂展現的危險力量，可能是無力的延伸。受害者的意識會慢慢消退，被龐大的絕望擊倒。他們的肌肉變得無比沉重，再也無法自由思考移動。大部分的案例中，他們只能僵在原地，無助地等待飢餓的鬼魂接近……

Ghost-touch　鬼魂觸碰
與幻影直接接觸，這是具攻擊性鬼魂最致命的力量。一開始是尖銳龐大的寒意，冰冷的麻痺感會傳遍全身。人體器官一一衰竭；肉體很快就會發紫腫脹。患者若未即刻接受治療，性命難保。

Glimmer*　微光鬼*
極其微弱難察的第一型鬼魂。微光鬼的顯現只有光斑狀的異界光芒在空中掠過。觸碰和穿行都很無害。

Greek Fire　希臘之火
鎂光彈的別稱。在千年前拜占庭（或希臘）帝國時期，顯然就已使用這類早期武器來對付鬼魂。

Haunting　鬧鬼
詳見「Manifestation　顯現」。

Ichor　靈液
靈氣在極其濃厚集中下呈現的形態。能燃燒許多物質，只有銀玻璃能安全禁錮。

Iron　鐵
抵擋各種鬼魂的重要障蔽，歷史悠久。一般人會以鐵製飾品保護家園，並隨身攜帶鐵製護符。調查員會攜帶鐵製細刃長劍和鐵鍊，作爲攻擊與防禦的道具。

Lavender　薰衣草
人們相信這種植物的濃郁甜香可以驅趕邪靈。因此，不少人佩戴乾燥的薰衣草束，或是將之燒出刺鼻的煙霧。調查員有時會攜帶薰衣草花水，用來對付脆弱的第一型鬼魂。

Limbless　無肢怪****
浮腫畸形的第二型鬼魂，通常具有人頭和軀幹，但缺少足以辨識的四肢。與死靈和骨骸一樣，幻影形態令人不快。顯現時常伴隨著有強烈的瘴氣和潛行恐懼。

Listening　聽覺
三種超自然天賦中的一種。有這項能力的靈感者能夠聽見死者的聲音、過去事件的回音、其他與顯現有關的超自然聲音。

Lurker*　潛行者*

某種第一型鬼魂，盤據在陰影之中，幾乎不動，絕不接近生者，但會散發出強烈的焦慮與潛行恐懼。

Magnesium flare　鎂光彈

裝了鎂、鐵粉、鹽、火藥的金屬小瓶子，瓶口用玻璃封住，還加裝點火裝置。調查員用來對付敵對鬼魂的重要武器。

Malaise　無力

當鬼魂接近時，人們往往會感到憂鬱倦怠。在某些極端的案例中，無力感會擴大爲危險的鬼魂禁錮。

Manifestation　顯現

鬼魂出現。涵蓋各種超自然現象，像是聲音、氣味、異樣感、物體移動、氣溫下降，瞥見幻影。

Miasma　瘴氣

一種令人不快的氣息，通常涵蓋討人厭的滋味與氣味，在鬼魂顯現時出現。常會伴隨著潛行恐懼、無力、惡寒。

Night watch　守夜員

一整群小孩在太陽下山後看守工廠、辦公處、公共區域，多半是受大公司和地方議會的雇用。雖然這些孩子不能使用細刃長劍，不過會手持鑲著鐵製尖端的守夜杖抵擋幻影。

Operative　調查員

偵探社調查員的別名。

Other-light　異界光芒
某些幻影散發出的詭異光芒。

Pale Stench*　白臭鬼*
第一型鬼魂，散布難聞腐味的可怕瘴氣。最好用燃燒的薰衣草束來對付。

Phatasm　幽影****
任何維持半透明、輕盈形象的第二型鬼魂都稱為幽影。除了朦朧輪廓和少數面部五官細節，幾乎看不見幽影。儘管外型虛幻，它們不比更有存在感的惡靈安全，反而因為難以捉摸而更加危險。

Phantom　幽靈
鬼魂的另一種泛稱。

Plasm　鬼氣
詳見「靈氣　Ectoplasm」。

Poltergeist　騷靈****
具備破壞力的強大第二型鬼魂。釋放爆發性的強大超自然能量，甚至能讓沉重的物體飄到半空中。它們不會構成幻影。

Problem, the　靈擾爆發
目前影響英國的傳染性鬧鬼現象。

Rapier　細刃長劍
靈異現象調查員的正式武器。鐵製劍刃的尖端有時會鍍上銀。

Raw-bones　骨骸****

一種令人不快的罕見鬼魂，外表是鮮血淋漓、沒有皮膚的屍骸，圓滾滾的眼睛，外露獰笑的牙齒。不受調查員歡迎。許多專家認爲它是死靈的變體。

Relic-man/relic-woman　盜墓者

探找源頭和其他超自然人工製品，然後在黑市裡販售的人。

Salt　鹽

常用來抵擋第一型鬼魂的障蔽。效用比鐵和銀弱，但便宜許多，能用在許多居家環境中。

Salt bomb　鹽彈

裝滿鹽巴的投擲用小型塑膠袋，打中目標時會炸開，鹽巴四散。調查員會用此逼退比較弱的鬼魂。面對較強的對手用處不大。

Salt gun　鹽槍

大範圍噴撒鹽巴的器具。此種武器對付第一型鬼魂十分有效。在大型偵探社應用日廣。

Sanatorium　療養院

收容慢性病患者的醫療院所。

Seal　封印

一項物品，材質通常是銀或鐵，能夠用來包裹或是覆蓋源頭，阻止鬼魂逃逸。

Sensitive, a　靈感者

擁有卓越超自然天賦的人。靈感者通常會加入偵探社或守夜員行列；也有人從事不需與訪客實際接觸的超自然業務。

Shade*　虛影*

標準的第一型鬼魂，或許是最常見的訪客。虛影看起來可能會像惡靈一般眞實，或是虛幻如幽影，不過它們完全沒有那兩類鬼魂的危險智能。虛影似乎對生者的存在渾然不覺，通常會展現出固定的行爲模式。它們投射出悲傷與失落的情感，不過鮮少展現憤怒或是任何更強大的情緒。它們幾乎都是人類的形貌。

Shining Boy　發光童靈****

披上男童漂亮形貌僞裝的第二型鬼魂（女童較罕見），行走間散發出冰冷醒目的異界光芒。

Sight　視覺

能看到幻影和其他鬼魂現象（像是死亡光輝）的超自然能力。三種超自然天賦中的一種。

Silver　銀

抵擋鬼魂的重要障蔽。很多人佩戴銀製首飾當作護符。調查員會在佩劍上鍍銀，這也是封印的關鍵材質。

Silver-glass　銀玻璃

特製的「防鬼」玻璃，能夠關住源頭。

Source　源頭

鬼魂進入現世的物體或是場所。

Spectre　惡靈****

最常遇到的第二型鬼魂。惡靈一定會形成清晰精細的幻影，有時幾乎與實體無異。它通常會重現死者生前或是剛死時的模樣。惡靈比幽影實在，不像死靈那樣恐怖，行爲模式也與它們不同。許多惡靈不會輕易傷害人類，僅執著於它們與生者間的交易——可能是揭露某個祕密，或是導正過去犯下的錯誤。然而，有些惡靈極具攻擊性，很想接觸人類。應當要極力避開這些鬼魂。

Stalker*　隨行者*

似乎容易受到人類吸引的第一型鬼魂，隔著一段距離跟蹤生者，但從不會冒險接近。聽覺高超的調查員有時會感應到隨行者枯瘦雙腳緩緩飄過的咻咻聲，還有來自遠方的嘆息呻吟。

Stone Knocker*　投石怪*

超級無聊的第一型鬼魂，除了發出輕敲聲，幾乎什麼都不會做。

Talent　天賦

看到、聽到，或是以其他方式偵測鬼魂的能力。很多小孩生下來就擁有某種程度的超自然天賦。這種技能往往會在成長期間漸漸消退，不過少數的成人依舊保留這份力量。如果擁有一般水準以上的天賦，孩童可以加入守夜員行列。能力格外強大的孩子通常會加入偵探社。天賦的三個主要類別是視覺、聽覺、觸覺。

Tom O'Shadows*　門口老湯姆*

倫敦人用來稱呼徘徊在門口、拱門或窄道的潛行者或虛影。常見的城市鬼魂。

Touch　觸覺

從物體上感應超自然震盪的能力，那些物體得與死亡或是鬧鬼事件有緊密連結。這類震盪會化作視覺影像、聲音，或是其他的感官印象。這是三種天賦中的一種。

Type one 第一型

最弱、最常見、最不危險的鬼魂等級。第一型鬼魂極少察覺到它們的周遭環境，多半會重複某個單調的行為模式。常遇到的案例包括：虛影、潛行者、隨行者。參見參見冰魔女、飄浮新娘、白臭鬼、投石怪、門口老湯姆。

Type two 第二型

最危險、最常鬧事的鬼魂等級。第二型鬼魂比第一型強大，殘留著某種程度的智能。它們清楚意識到生者的存在，可能會想造成傷害。最常見的第二型鬼魂依序是惡靈、幽影、死靈。參見黑暗惡靈、學人鬼、無肢怪、變形鬼、騷靈、骨骸、尖叫怪、獨行者、發光童靈。

Type Three 第三型

極度罕見的鬼魂，僅有梅莉莎・費茲通報過，爭議不斷。據聞它能與生者進行完整的溝通。

Visitor 訪客

鬼魂。

Ward 護符

某種用來驅趕鬼魂的物體，材質通常是鐵或銀。小型護符可當成首飾佩戴；大型護符則是掛在屋子周圍，通常同樣具備裝飾性。

Water, running　流動的水域

古時候便有人觀察出鬼魂不喜歡橫渡流動的水域。到了現代，英國人有時會利用這個常識來對付它們。倫敦市中心擁有交錯的人工運河或是渠道，來保護主要的商圈。有些店主會在前門挖出小水溝，引入雨水。

Wraith　死靈**

一種危險的第二型鬼魂。與惡靈的力量和行爲模式雷同，但外表更加駭人。它們的幻影是死者死亡時的模樣：憔悴、凹陷、瘦得驚人，有時候還腐敗生蟲。死靈通常以骸骨的形貌現身，散發出強大的鬼魂禁錮。參見「Gallow Wraith　絞架死靈」、「Raw-bones　骨骸」。

下集預告

洛克伍德
靈異偵探社

3

The Hollow Boy

切爾西區靈擾大規模爆發，蘇格蘭警場陷入困境，民眾抗議。洛克伍德偵探社這段時間成果豐碩，但版面都被切爾西區搶走了。

因爲洛克伍德與露西、喬治分享了他的祕密，偵探社更加團結，露西也眞心覺得這裡是自己的歸屬。但這時，洛克伍德和喬治卻找了新祕書荷莉加入，讓露西非常震驚……

洛克伍德靈異偵探社2 低語的骷髏頭 / 喬納森．史特勞
（Jonathan Stroud）著 ; 楊佳蓉 譯. -- 初版. --
臺北市 : 蓋亞文化, 2023. 08
面 ; 公分
譯自 : *The Whispering Skull*
ISBN 978-986-319-931-1（第2冊 : 平裝）

873.57 112011423

Light 026

洛克伍德靈異偵探社 2 低語的骷髏頭

作　　者 喬納森．史特勞（Jonathan Stroud）
譯　　者 楊佳蓉
封面裝幀 莊謹銘
編　　輯 章芳群
總 編 輯 沈育如
發 行 人 陳常智
出 版 社 蓋亞文化有限公司
地址：台北市 103 承德路二段 75 巷 35 號 1 樓
電話：02-2558-5438　傳眞：02-2558-5439
電子信箱：gaea@gaeabooks.com.tw
投稿信箱：editor@gaeabooks.com.tw
郵撥帳號 19769541　戶名：蓋亞文化有限公司
法律顧問 宇達經貿法律事務所
總 經 銷 聯合發行股份有限公司
地址：新北市新店區寶橋路二三五巷六弄六號二樓
電話：02-2917-8022　傳眞：02-2915-6275
港澳地區 一代匯集
地址：九龍旺角塘尾道 64 號龍駒企業大廈 10 樓 B&D 室
電話：+852-2783-8102　傳眞：+852-2396-0050
初版一刷 2023年08月
定　　價 新台幣 450 元
Published and Printed in Taiwan

ISBN 978-986-319-931-1